国家出版基金项目
NATIONAL PUBLICATION FOUNDATION

国家出版基金项目
“十二五”国家重点图书出版规划项目

中國京劇流派劇目集成

启功题签

《中国京剧流派剧目集成》编委会　编

第　贰拾陆　集

學苑出版社

图书在版编目（CIP）数据

中国京剧流派剧目集成．第26集 ／《中国京剧流派剧目集成》编委会编．— 北京 ：学苑出版社，2014.12
ISBN 978-7-5077-4702-7

Ⅰ．①中… Ⅱ．①中… Ⅲ．①京剧－剧本－作品集－中国 Ⅳ．① I232

中国版本图书馆 CIP 数据核字（2015）第 007926 号

出 版 人：孟 白
责任编辑：潘占伟
装帧设计：徐道会
出版发行：学苑出版社
社　　址：北京市丰台区南方庄2号院1号楼
邮政编码：100079
网　　址：www.book001.com
电子信箱：xueyuanpress@163.com
销售电话：010-67601101（销售部） 67603091（总编室）
经　　销：新华书店
印 刷 厂：北京信彩瑞禾印刷有限公司
开本尺寸：889×1194 1/16
印　　张：12.75
字　　数：326千字
版　　次：2015年1月第1版
印　　次：2015年1月第1次印刷
定　　价：200.00元（精装）

《中国京剧流派剧目集成》学术顾问

《中国京剧流派剧目集成》编委会

主　编

副主编

序言

◎黄克

京剧向称国粹艺术，内容博大精深，剧目十分丰富，人们常以“汉唐三千宋明八百”形容其浩瀚。其中流派剧目又以演员表演的鲜明个性使剧目显得更为多彩多姿，充满魅力，既被专业人员钻研承继，也为广大戏迷喜闻乐见，遂成为京剧舞台上一大亮点。

流派

举凡表演艺术，原本就无不带有表演者的个人色彩。京剧表演艺术因其唱念做打诸多方面功夫的综合性和繁难性，表演的个性化尤为突出；加以行当的粗分、剧目的雷同，于大致相同的条件下尽显各自的千姿百态、千变万化；一招一式、一腔一韵之中可以体现不同的特色，同样一出戏，甚至同样一个戏中人物也完全可以演出不同的风采，这种充满个性化的表演，遂成为京剧竞技场上最是为人乐道而又情趣无穷的审美内涵。倘若这种富于个性化的表演为受众所认可，且代有传人，形为规范，即可自成一家，成为迥异于他人的艺术流派。以“四大名旦”（梅兰芳、程砚秋、荀慧生、尚小云）为例，虽皆工旦行，却又各有千秋。京剧大师王瑶卿就曾这样分析这四位后起之秀的独到之处：“梅兰芳的样儿，程砚秋的唱儿，尚小云的棒儿，荀慧生的浪儿。”所谓“样儿”，指梅的艺术造诣全面，要什么有什么；所谓“唱儿”，指程以行腔之新颖动听为能；所谓“棒儿”，指尚的刀马功底深厚；所谓“浪儿”，指荀的柔媚多姿、风情万种。寸长尺短，一语道破各有专擅的各家流派特点。如此成就固然来自自己的勤学苦练、苦心孤诣，更少不了观众的知音捧场、鼓励有加。因此，一个艺术流派的形成，对于创始人来说，无疑是开拓了审美追求的新境界；对于受众戏迷来讲，则更是得到了多样化审美需求的新满足。梨园行有云：唱戏的是疯子——指其追求的执着，听戏的是傻子——指其享受的痴迷。二者相得益彰、相映成趣，或许正道出京剧流派形成之三昧。

流派剧目

在京剧传承的一二百年间，随着历史的变迁、社会的发展，以及新人辈出、师承转换，荡涤旧物、崇尚新声，传统剧目中的绝大部分早已绝迹于舞台，然而，其精华部分（包括剧目中表现出来的唱念做打等程式体系）还是被完好地保存了下来，并得到长足的发展。其间，流派创始人于剧目的推陈出新做出了不可磨灭的贡献。基于对剧目乃至剧中人物的理解和认识，以及更便于发挥自己技艺特长的需要，流派创始人对浩如烟海的传统剧目进行了严格的筛选，经过了整理加工再创作，使之又焕发出崭新的韵味和光彩；随着这样剧目的增多，最终形成了自己流派所特有的剧目系列。而另外的流派又在另外的剧目系列中发挥着自己的优势，即或剧目相同，不同流派依然可以于演出中表现出自己的独特风格。总之，在其演出的剧目中，无不打上自己表演风格的鲜明烙印。京剧舞台上一度出现的这种百花齐放、争芳斗艳的盛况，实由自丰富多彩的流派剧目，这在京剧发展史上已是不争的事实。

但也应看到，如今京剧流派剧目相对于京剧的鼎盛时期，已是光景不再。个中原因很复杂，就客观因素而言，新兴的艺术形式的多种多样，人们的欣赏习惯和娱乐方式已经有了更广泛的选择余地，因而完全可以去旁骛；此外，就京剧本身而言，演出剧目之贫乏不能不说是观众锐减的重要原因之一。本来演出场所和演出场次就不多，翻来覆去又只是那几出骨子老戏，怎么能吸引观众，特别是年轻观众呢？——连那些老戏迷们也都听腻歪了。

回过头来看，今日演出剧目的贫乏和流派创始人晚年艺术景况也不无关系。他们在艺术的巅峰期——集中在上个世纪二三十年代，创作或改编了一出出新戏，直令观众赏心悦目，目不暇接。当其时，除了富连成科班或游动的散班演出些大路戏外，北京的京剧舞台几乎就是流派剧目的天下。据1932年商务印书馆出版的《五十年来北平戏剧史材》的记载，自民国十二年（1923）至十八年（1929）这六七年间，以梅派剧目为例，只“初演”的剧目——也就是自家独创的新戏或整理改编的传统戏，就有前后本《西施》、《洛神》、《廉锦风》、头二三四本《太真外传》、《俊袭人》、全本《宇宙锋》、《凤还巢》、《春灯谜》等12出戏（其中前后四本《太真外传》这四出戏是在一年多时间里陆续完成的）；同一时间段，马派“初演”的剧目也有《化外奇缘》、全本《玉镯记》、《秋灯泪》、《战宛城》、全本《火牛阵》、《鸿门宴》、全部《临江馆（“馆”应作“关”）》、全部《浣纱溪》、《范仲禹》、全本《清风亭》、头二三四本《大红袍》、全本《天启传》、《许田射鹿》、全本《十道本》等15出戏（其中《大红袍》分头二和三四本两次演出），当然，其中还不包括“初演”以外的经常性的大量的传统戏演出。试问，这些曾经轰动一时的流派创始人编创的新剧目于今又有多少出传承下来了呢？个中主要原因就在于流派创始人到了晚年一些唱做吃重的剧目已难胜任，只有将其已臻于炉火纯青的技艺凝炼到少数剧目之中，或演出或教习也只拘囿于这少数几个剧目了。而其传人也就将这几出戏奉为圭臬，全不知其鼎盛时期的所谓“文武双全”、所谓“昆乱不挡”为何事，致使一些当年的热门戏几近失传，这不能不说是梨园一件憾事。记得梅兰芳先生曾撰文论述学艺过程中的“少、多、少”，大意是初学时会的戏（包括技艺）自然是少的。随着所学剧目的增多，技艺的增长，激发起拓宽其艺术驰骋领域的热情，兼收并蓄，从而极大地丰富了自己。进而又随着审美取向的定型，艺术见识的提高，势必要对自己所学所用下一番去芜存精的工夫，扬长避短，使自己的独特技艺集中在少数几个代表剧目之中。表面看来演出的剧目是少了，但炉火纯青，在艺术创新上却达到了新境界。从少到多，从多而少，贯穿着的是继承与发展的艺术成熟的过程，也闯出了一条攀升艺术高峰的必由之路。后学者以为，学会了几出流派代表剧目便可以薪尽火传，得到了真经，孰不料缺少广博的根基，既影响个人的发展，也造成了剧目越传越少的现实。这难道不是应该汲取的教训吗？

有道是“礼失求诸野”。由于流派剧目的独特韵味及其所富有的艺术魅力，由于京剧作为自娱自乐的审美取向已深入人心，更由于迷恋传统演唱艺术者的大有人在，京剧传统剧目——包括一些已经消失于舞台的流派剧目，至今仍在京剧爱好者中间传唱不息。我们不妨到公园里看一看那一圈圈围着的戏迷，他们来自四面八方，或许彼此并不相识，只凭一把胡琴就将大家凝聚在一起，有滋有味地互相欣赏着一段段流派唱腔。更不用说那遍布全国各地乃至国外华人聚居区的票房，他们还时不时地粉墨登场，过一把戏瘾呢！这种自拉自唱、自娱自乐的红火场面，充分显示了京剧流派剧目的深厚群众基础和顽强的生命力，对于相对落寞的京剧舞台不啻一种发人深省的挑战。然而，这又何尝不是对京剧振兴的潜在的呼唤和有力的支持呢！

流派剧目集成

正鉴于其强大的生命力和深厚的群众基础，“振兴京剧”作为文化建设的国策的提出可谓正得其时。而振兴之务，首要的是挖掘和继承优秀传统剧目，以之作为发展和创新的基础和借鉴。我们编纂《中国京剧流派剧目集成》的初衷正在于此：将流派剧目演出的精彩瞬间记录于永恒，将构成流派剧目的诸多元素一一记录在案。诸如每剧的剧情本事、创始人表演特点的提要，剧中人物行当归属、服装扮相，剧本曲文、唱腔谱、伴奏谱、锣鼓经，以及身段谱等得以再现流派表演风格的内容，都力图完整地记录整理出来，为流派艺术的教学和研究提供文字的基础资料。持此，内行自可作为表演的参考，京剧爱好者也可以作为演习的蓝本。

这一工作，对于京剧剧目的基本建设虽然可谓之善举，但具体做起来却困难多多。首当其冲的就是剧目的选定。京剧剧目虽称汗牛充栋，但保存下来的资料却十分有限。京剧形成初期，以“老生三杰”又称“前三鼎甲”的程长庚、余三胜、张二奎为代表的一代固然没有留下什么音像文字资料；即或以“老生新三杰”又称“后三鼎甲”的谭鑫培、孙菊仙、汪桂芬为代表的一代除了少量的唱片外也没有完整的剧目传下来，所以我们的剧目整理工作只能从民国初年以降的“四大须生”、“四大名旦”开始。他们受熏陶于前辈艺术家，可谓传统的集大成而又能创新的一代，整理剧目以他们为重点自然最合适不过。遗憾的是这些艺术大师大都已经作古，得到他们指点和首肯已不可能，为此，我们只能通过其亲传或再传弟子来进行流派剧目的整理工作。从中我们更深地体会到抢救要及时，当初未能抢救下来现在也不要嫌晚而不为，抢救一点是一点，否则能够保存下来的精华越来越少，越加难向历史向后人交代了。

更难的则是遴选整理者。剧目的全面整理需要全面的人才。我们在组织稿件的过程中却发现这样的人手颇不易得。如果流派创始人或其传人曾在戏校任教，且有较为完整的教案保存下来，今日稍加整理即可选用，自然不是难事。不过这样的情况并不多，大量的剧目尚需要对当年的演出本进行追忆记录，加工整理。曾经受业于流派创始人或其传人的京剧工作者虽然是整理演出本的合适人选，但是他们大都是单位的骨干，忙于演出，忙于剧务，或居于领导职位，很难分出身来。即或肯于应承下一两出戏，也常有如下的情况：能演不能说，能说不能写，能写又不能打谱。因此，完成一个剧目经常需由记录者、整理者和打谱人联袂而行，倘再加上剧目的传授者和提要的撰写人，则非四五人鼎力不可。《中国京剧流派剧目集成》收入二百多出戏，每出戏即使平均两三人参加，也要组织四五百人次。其繁难可以想见，其壮观亦可以想见。当然，这还仅就整理者的数量而言，更为难能可贵的还在于参与者的无私奉献。试想，跟演一出戏或教一出戏相比，以文字整理出一出戏，不仅费时而且费力，无疑是一桩一般人不肯为也不屑为的苦差事，而我们的整理者却能甘之如饴，乐此不疲，没有为京剧事业的传承而不计个人得失的宝贵情操，是难有这种积极性的。不仅如此，随着岁月流逝，整理流派剧日益困难，更需要求助一些老专家，他们或是资深艺员、教师，或是资深票友、戏迷，而今已是硕果仅存的京剧艺术的专家、流派历史的见证人。在他们身上洋溢着一种传承京剧流派的使命感，和对振兴京剧的期待。他们热情地参加到这项工作中来，或亲自动手，为我们整理剧目；或答惑解疑，给我们工作以指导。使我们在受教于他们的同时，油然而生一种深深的敬意。

克服了上述困难，《中国京剧流派剧目集成》终于呈现在读者面前。书中，除了囊括主要流派的主要代表剧目，试图反映京剧鼎盛时期的大致面貌而外，尚有可说道者。首先是挖掘整理出一批流派剧目，其中不乏已近失传的流派艺术精品。其中共收流派五十余家、剧目二百多出，不仅是从装扮到曲谱俱全，而且半数以上不曾整理出版过，可算是京剧剧目建设的一个不小的工程。下列剧目可为佐证。如王（瑶卿）派名剧《南天门》（今能见到的只剩下王和老谭合拍的剧照）、余（叔岩）派名剧《太平桥》（据说是老谭给余说的开蒙戏）、马派名剧《白蟒台》（写王莽被俘后向旧臣一一乞命事，老生扮演反面人物堪称奇特）、麒派名剧《斩经堂》（其中吴汉的悲剧性格曾引起过热烈争论）、荀派名剧《鱼藻宫》（写吕后残害戚姬事，乃荀派悲剧剧目之一），以及汪（笑侬）派名剧《哭祖庙》、龚（云甫）派名剧《徐母骂曹》、徐（碧云）派名剧《绿珠坠楼》、裘（盛戎）派名剧《打銮驾》等，都是难得一见的流派剧目之珍品。而以“关外唐”名世的唐（韵笙）派名剧经其家人和传人的努力竟整理出其代表作《驱车战将》、《闹朝击犬》、《好鹤失政》、《绝龙岭》、《未央宫斩韩信》、《刀劈三关》等七出之多，堪称流派剧目建设的新收获。除此之外，《中国京剧流派剧目集成》还特别着力于武戏的挖掘整理。较之文戏，武戏更难整理，需要将演员在台上的动作招式一一准确地反映出来，没有深入的钻研领会、亲身体验，很难下笔。众所周知，杨小楼作为一代武生宗师，其“武戏文唱”乃武生的不二法门，也是令人神往的一种表演境界，在武戏剧目整理中理应得到体现。资深票友朱家溍先生得其真传，整理了杨派名剧《麒麟阁》，并详细记述了前后六次观剧的心得，惜乎不及将其用工尺谱记下的昆曲吹腔翻为简谱便溘然而逝了。另一出杨派名剧《镇潭州》则是根据京剧耆儒刘曾复先生的讲授整理出来的，其中杨再兴上场的“蝴蝶霸”、和岳飞对打的“枪架子”，皆独得杨派之秘，给人以再闻《广陵散》般的惊喜。此外，高盛麟的《长坂坡》、《走麦城》，王金璐的《落马湖》、《蚆蜡庙》也都走的杨派的路子，有的就是直接跟杨宗师学的。南派大武生盖叫天武功盖世，他的剧目身后却乏人整理，多亏移居上海的原中国戏校武功教师赵雅枫先生以耄耋之年勉力整出《一箭仇》，也算保存了盖派一脉。还值得一提的是收获了一批武丑戏。叶盛章当年是以武丑戏挂头牌演大轴的第一人，勇于创新，能戏甚伙，现将其创作的名剧《酒丐》、《祥梅寺》、《打瓜园》、《徐良出世》、《三盗九龙杯》、《铜网阵》等七出代表作一并推出，既再现了叶氏当年神勇，也为乏人承继的武丑行当提供一些演习之本。尤为可喜的是我们也挖掘整理出富连成科班总教习、文丑“萧派”创始人萧长华老先生的《选元戎》、《荡湖船》、《变羊记》等已近绝迹舞台的拿手剧目。凡此，整理者挖掘流派剧目的辛勤劳作成果，均为我们编纂“集成”增添了光彩。

为了方便读者翻检使用，本书采取四五出戏合编一册的形式，这样全书约有五十册之多，并拟分三批推出。第一批为老生行的余派，以及号称“南麒、北马、关外唐”的三派，和武丑行的叶（盛章）派，计五家八册。第二批则以旦行“梅、尚、程、荀”为代表，包括老旦、刀马旦等流派。第三批是老生、小生、武生、净、丑等其他流派。预期一两年内出齐。倘若其中有重要疏漏，又得人整理，亦可考虑编辑出版“集外集”，以满足读者的需求，也使这部“集成”更为名副其实。

当然，《中国京剧流派剧目集成》的编纂，其目的只在提供流派剧目作为研究家和后学者的参考借鉴。而流派、流派，意重在“流”。所谓流，指流行和流变。流派艺术正是在流行、流变中最终形成的，即或在最终形成之后，也还是靠流行、流变而发展的，倘若泥古不化，抱残守缺，就会失掉其鲜活的生命力，艺苑奇葩也会枯萎，这已为京剧发展史所证明。不过，流派艺术发展也需要有个前提，那就是首先要掌握渗透在表演程式唱念做打、手眼身发步中的艺术个性，而流派剧目就是其艺术个性展现的载体。继承流派艺术，不能只满足于模拟外在的“体”，更要在剧目演练中去体味其艺术个性的“魂”，这样才能促使京剧流派艺术从剧目建设到表演个性都得到发扬光大。此乃传承流派剧目的题内之义，自毋庸赘言。

目录

张君秋

白荫棠　整理　池秀光　董育婷　记谱

秦香莲

根据电影版及张君秋演出本整理

京剧《秦香莲》又名《铡美案》，是目前戏曲舞台上最流行的剧目之一，有好几个不同版本。据记载此剧原始版本是梆子戏《明公断》，故事出自《秦香莲》鼓词。1953年中国戏曲研究院参考地方剧加以改编，增加首尾，刊于《京剧丛刊》第二十六集。上世纪60年代，北京京剧团为增强票房号召力，组织强强联合，在头二本《铡美案》基础上又编排新的版本。新本由马连良饰王延龄，张君秋饰秦香莲，裘盛戎饰包拯，谭富英饰陈世美，李多奎饰国太，赵丽秋饰皇姑，黄元庆饰韩琪，马富禄饰张三阳；李慕良、何顺信、汪本贞操琴，谭世秀、金瑞林司鼓。一经露演，轰动京城，一票难求，不少观众排三天长队为购得一票，盛况空前。为使更多的观众欣赏到该剧，长春电影制片厂与香港繁华影业公司联合于1964年将北京京剧团的演出本拍成电影艺术片。拍摄时陈世美、韩琪、张三阳分别由马长礼、谭元寿、李四广扮演。

电影版《秦香莲》情节如下：北宋年间，陈世美进京应试，考中状元，被招驸马。其家乡连年大旱，父母去世，其妻秦香莲携儿女进京寻夫，闯宫遭逐。丞相王延龄怜之，试图让秦香莲在陈世美寿辰之日扮成歌女席间弹唱以助破镜重圆，不成。王延龄授秦香莲纸扇，暗示其到开封府告状。陈世美派家将韩琦追杀，韩放走秦香莲母子，自刎。秦香莲向包拯控告陈世美“杀妻灭嗣”，包拯将陈世美召到开封府，好言相劝，话不投机。包拯令秦香莲与陈世美对质，陈世美自恃国戚，强词狡辩，包拯怒欲铡之。皇姑、太后闻讯阻刑，包拯不顾，铡死陈世美。

该剧的唱、念、做、表都有极高的艺术性。

上世纪60年代正是张君秋张派形成之时，张派最突出的艺术特色就在于唱法、唱腔。张派的唱富于整体美，他与琴师何顺信创编的唱腔新而不脱离本体。他在演唱时注重节奏的变化，剧评家王家熙总结说：“他以装饰唱腔运用气口创造了‘点唱法’，在行腔中不唱实、唱满，而在胡琴的衬托下，用画龙点睛的手法，把腔唱活。这是一种高难度的唱法。”

该剧中有两个唱段最令人难忘：其一是〔琵琶词〕“夫在东来妻在西”；其二是〔二黄原板〕“心如刀绞我的泪难忍”。两个唱段并不长，〔琵琶词〕十二句，且融入民歌，凄楚好懂。那段〔二黄原板〕也只有六句：“心如刀绞泪我的难忍，低声下气叫官人。念在二老公婆分，看在儿女二娇生。抛弃糟糠心何忍，望官人将妻认。莫叫夫妻两离分，儿失去天伦。”这两个唱段真是唱之凄凄听之惨惨。

裘盛戎饰演的包拯既体现了刚正不阿又表现出人的多面性。当包拯取出俸禄时他的感情多么复杂，内心是多么沉重啊，“这是纹银三百两，拿回家去度饥寒。教子南学把书念，千万读书你莫做官。你爹爹倒把这高官做，害得你一家不团圆。带领儿女回家转，香莲下堂把我怨，她道我‘官官相互有牵连’。本当铡了陈世美，国太苦苦死纠缠。有心不铡陈驸马，倒叫包拯呐，我两为难！”裘盛戎的高人之处，就是很准确地把握了包拯这个人物刚柔相济的多个侧面，完整地刻画出了角色的丰富的精神世界——一个感情丰满有血有肉的活人，而不是概念化的花脸行当。

在舞台演出本中裘盛戎的做亦充分得到了展现，当包拯唱完末句〔西皮散板〕“镇了国法好保宋朝”，随锣鼓（八大大仓）撤右腿面向“小边”台口亮住，在【软四击头】中上右步左脚踢蟒，左手抓住蟒襟向前趋步，右手叼袖上右步，左转身面向下场门亮住。在两个【撕边一击】中涮左步跟一小趋步，再涮右步跟一小趋步。【急急风】从台中走至“大边”停步，右手捋髯摇首沉思，此时众人喊堂威，包拯右回身捋髯扫视众勇士，右手放髯，【撕边倾仓】出右袖上腕跺右脚吸左腿面向外亮侧身相。乐队起〔尾声〕，在【急急风】中下场门下。众人随下。

裘盛戎创造的这个下场不仅气势宏大肃穆威严，又体现了包拯的思想斗争，他摇首沉思，预感到了此案必有非同一般的阻力，但众人的堂威，又给了他力量，正义使他无所畏惧，所以他是怀着正能量迈着雄壮的步子走下场的。

我们说好戏还得要好角演，这出《秦香莲》给观众留下了无穷的思念，不知何年才能出现这样的好戏呢！

常立胜

人物行当

陈士美	老生	王　朝	净
秦香莲	旦	马　汉	净
王延龄	老生	张　龙	老生
包　拯	净	赵　虎	老生
国　太	老旦	二大太监	丑
张三阳	丑	朝官甲	老生
韩　琪	老生	朝官乙	小生
皇　姑	旦	朝官丙	净
门　官	净	朝官丁	丑
李　安	丑	四宫女	旦
英　哥	娃娃生	四小太监	杂
冬　妹	娃娃生	四刽子手	杂
家　院	老生	八校尉	杂

服装扮相

陈士美　俊扮。蓝豆包、黑三髯，花领蓝褶子、小绦子，黑彩裤、黑厚底靴。（第二场换忠纱帽、宫花，红官衣、玉带、红衬褶，红彩裤；第四场换黑改良学士巾、红团花帔；第六场换驸马套翅、红团龙蟒；第八场换纱帽，内戴甩发）

秦香莲　俊扮。大头、线尾子、点翠头面，花领墨绿褶子、白花裙子、素彩裤，彩鞋。（第三场换银钉头面、白椅子，灰素褶子，白色大坎肩、白腰巾子、白素裙子，白彩鞋；第五场头上不系白椅子；第六场换蓝褶子，头系蓝椅子；第七场换白椅子，灰素褶子、白腰巾子；第八场不系腰巾）

王延龄　俊扮。改良相巾、黄绸条、白鬓发、白三髯，缃色团花褶子、缃衬褶，缃彩裤，黑厚底靴。（第六场换相貂，缃色蟒、玉带）

包　拯　黑整脸。黑发鬏、黑相纱、黑满髯，黑蟒、玉带、紫衬褶，紫彩裤，黑厚底靴。

国　太　俊扮。白网子、黄绸条、老旦凤冠，女黄蟒、玉带、绿腰包，青彩裤，福字履。

张三阳　勾小花脸。宝蓝鸭尾巾、黪八字吊搭髯，宝蓝褶子、小绦子，黑彩裤，大袜、方口皂靴。

韩　琪　俊扮。将巾、黑三髯，花领蓝褶子，黑彩裤，黑厚底靴。（第七场换花边蓝箭衣、大带）

皇　姑　俊扮。大头、线尾子、凤冠，宫装、云肩、花腰包，粉彩裤，彩鞋。（第八场换红女蟒、玉带、云肩、红花腰包）

门　官	黄三块瓦脸。大板巾、额子、耳毛子、黑扎髯、牵巾，绿马褂、紫团花箭衣、大带，红彩裤，黑厚底靴。
李　安	俊扮。大太监帽，缃绸条、白鬓发，缃色团龙蟒、小绦子，缃彩裤，朝方靴。
英　哥	俊扮。孩儿发，花领淡湖色大襟袄、腰巾子，淡蓝色散腿裤，彩鞋。〔第三场换孩儿发（上系白条），蓝布茶衣、白孝巾子，黑散腿裤，白圆口孝鞋〕
冬　妹	俊扮。梳抓髻，腰巾子、花领藕荷色对襟裤袄，彩鞋。〔第三场换抓髻（上系白孝条），藕荷色对襟素袄、白孝巾，蓝散腿裤，白圆口孝鞋〕
家　院	俊扮。青软罗帽、黪二涛，海青褶子、大带，黑彩裤，黑厚底靴。
王　朝	紫三块瓦脸。大板巾、额子、黑满髯，蓝花箭衣、黑马褂、苫肩、大带，红彩裤，黑厚底靴。
马　汉	元宝脸。大板巾、额子、黑满髯，蓝花箭衣、黑马褂、苫肩、大带，红彩裤，黑厚底靴。
张　龙	俊扮。大板巾、额子、黑三髯，蓝花箭衣、黑马褂、苫肩、大带，红彩裤，黑厚底靴。
赵　虎	俊扮。大板巾、额子、黑三髯，蓝花箭衣、黑马褂、苫肩、大带，红彩裤，黑厚底靴。
二大太监	勾小花脸。大太监帽，大太监服、小绦子，红彩裤，朝方靴。
朝官甲	俊扮。荷叶盔、黑三髯，白色团龙蟒、玉带，黑彩裤，黑厚底靴。
朝官乙	俊扮。纱帽，粉色团龙蟒、玉带，湖色彩裤，黑厚底靴。
朝官丙	红三块瓦脸。黑大镫、黑满髯，蓝蟒、玉带、苫肩，红彩裤，黑厚底靴。
朝官丁	勾小花脸。圆展纱帽、黑八字吊搭髯，绿蟒、玉带，红彩裤，朝方靴。
四宫女	俊扮。大头、线尾子、小过桥，云肩、宫女衣、花腰包，粉彩裤，彩鞋。
四小太监	俊扮。小太监帽，小太监衣，红彩裤，黑薄底靴。
四剑子	俊扮。大板巾、额子、单翎、牵巾，刀斧手服，红彩裤，黑薄底靴。
八校尉	俊扮。大板巾、额子、牵巾，箭衣、黄马褂、大带，红彩裤，黑薄底靴。

道具

桌　子	**两张**	**椅　子**	**四把**
矮　凳	**一个**	**包　袱**	**一个**
云　帚	**两个**	**扇　子**	**三把**
书	**一本**	**罗　裙**	**半幅**
纹　银	**两包**	**银　锭**	**一个**
酒　壶	**两个**	**酒　杯**	**两个**
托　盘	**一个**	**礼　单**	**一个**

琵　琶	一个	香　炉	一个
蜡　扦	两个	印　盒	一个
惊堂木	一块	状　纸	一张
锁　链	一条	文房四宝	一份
尚方剑	一把	车　旗	一副
红色桌围椅披	两份	灰素桌围披	一份
缃色桌围椅披	一份	黄小帐子桌围	一份
朝　珠	一副	瓜　锤	两根
瓜　棍	两根	腰　刀	十四把

第一场

〔【快原场】

〔【撞金钟】陈士美左肩挎包袱“上场门”缓步上，至“九龙口”前，略掂一下包袱，上步右回身向“上场门”里望去。秦香莲左手拉冬妹、右手携英哥上至“九龙口”前，稍亮。

陈士美　（向“上场门”内拱手）爹娘不必送了。

〔陈父陈母内白：“儿呀，你要早去早回。”

陈士美　二老请回，孩儿记下了。（向“上场门”抱拳、躬身、拜别）

秦香莲　（向“上场门”内躬身行礼）公婆请回去吧，媳妇再送官人一程。

〔【慢长锤】陈士美走至台中“大边”一侧。秦香莲携儿女送至台中“小边”一侧。陈士美再回头向“上场门”处远望。

〔西皮原板〕

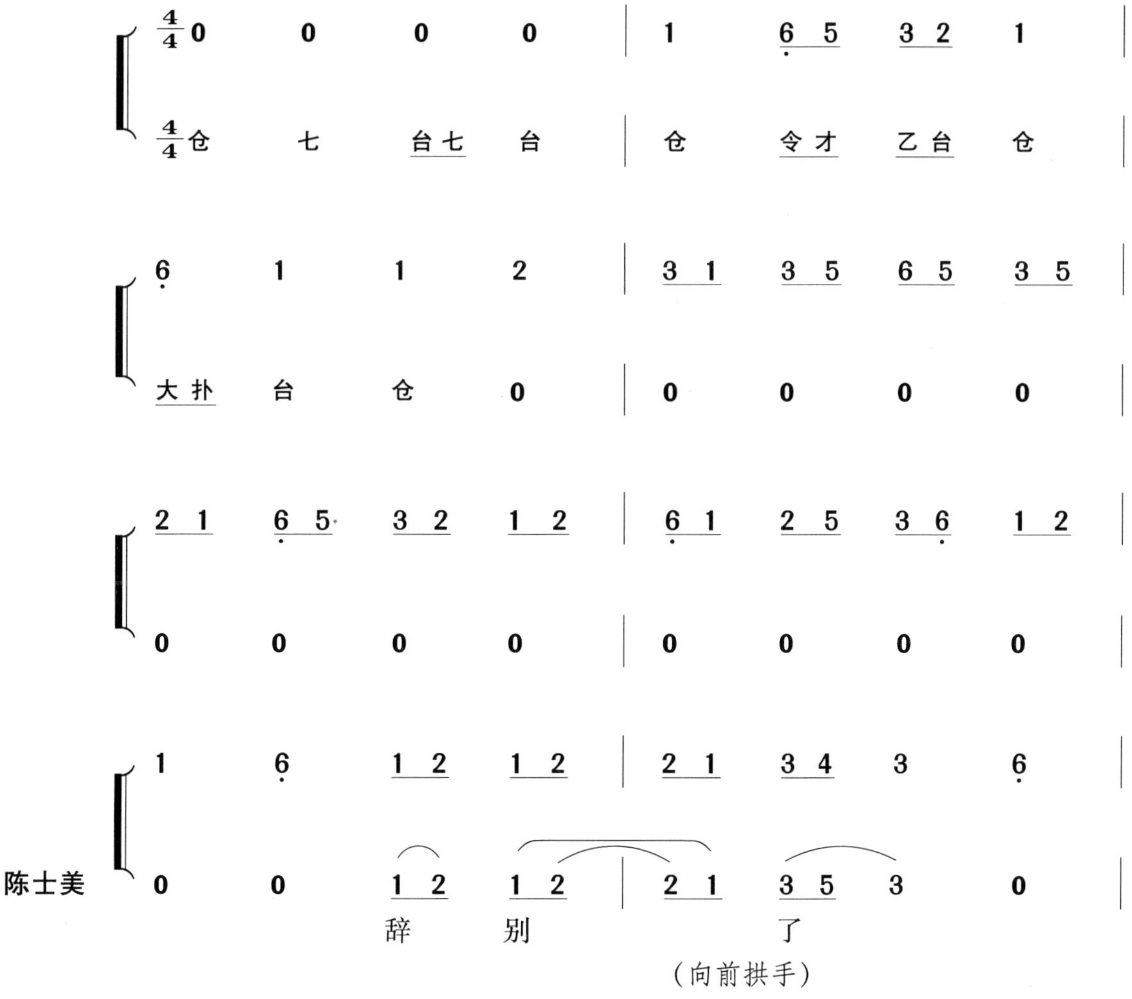

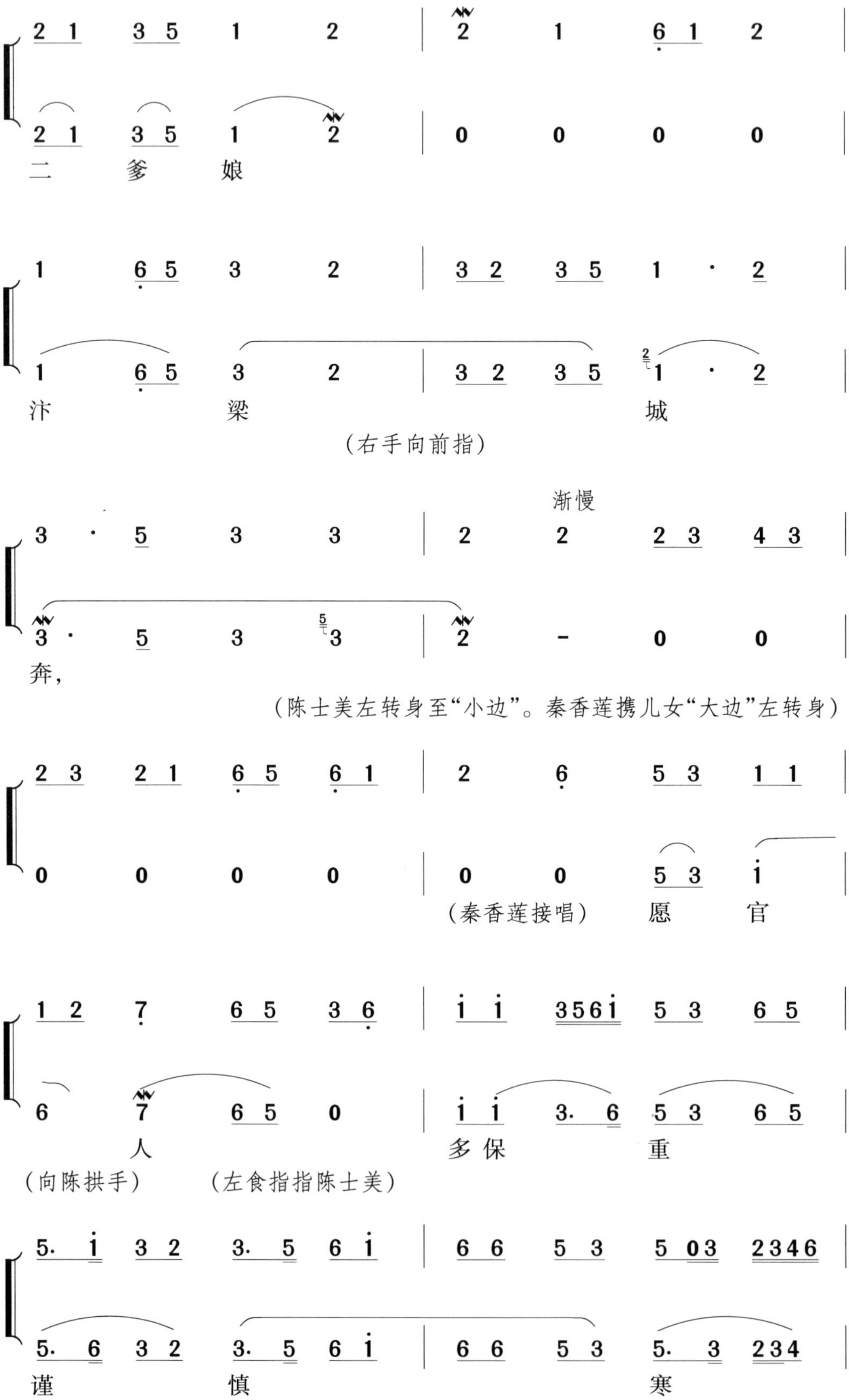
二 爹 娘
汴 梁 城
（右手向前指）
渐慢
奔，
（陈士美左转身至“小边”。秦香莲携儿女“大边”左转身）
（秦香莲接唱） 愿 官
人
多保 重
（向陈拱手） （左食指指陈士美）
谨 慎 寒

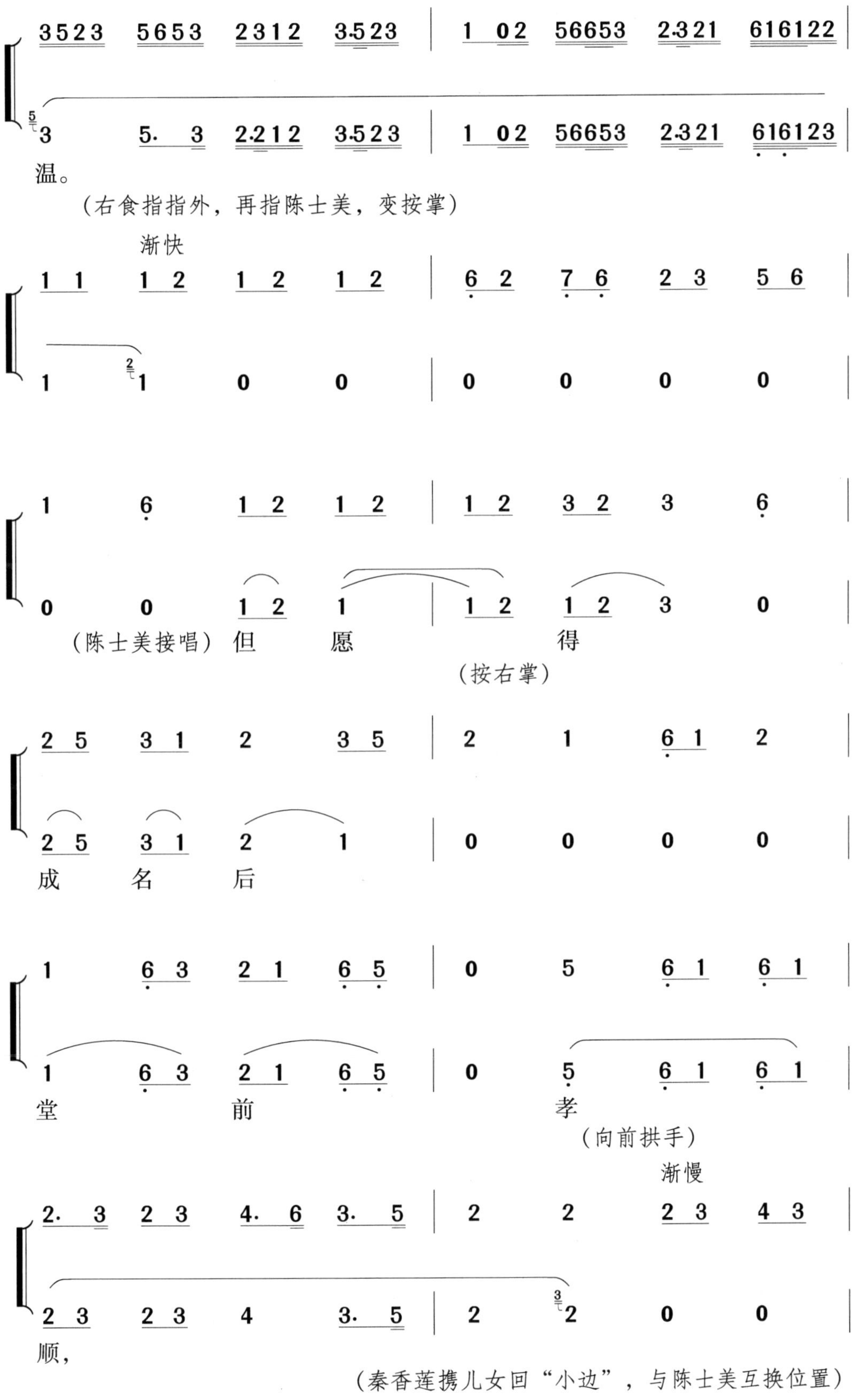
温。
（右食指指外，再指陈士美，变按掌）
渐快
（陈士美接唱）但 愿 得
（按右掌）
成 名 后
堂 前 孝
（向前拱手）
渐慢
顺，
（秦香莲携儿女回“小边”，与陈士美互换位置）

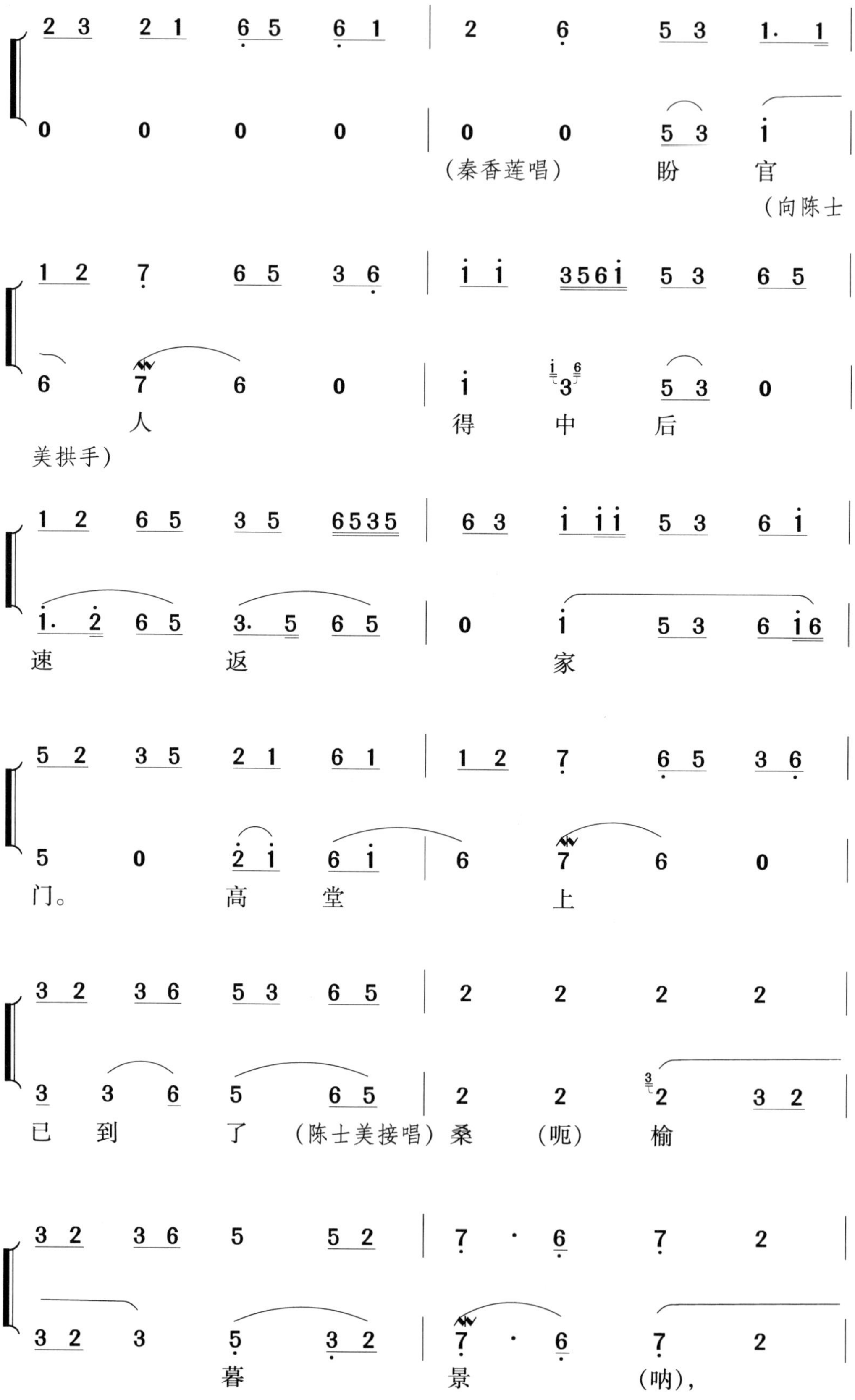
（秦香莲唱）盼官
（向陈士美拱手）
人
得中后
速返
家
门。
高堂
上
已到了（陈士美接唱）桑（呃）榆
暮
景（呐），

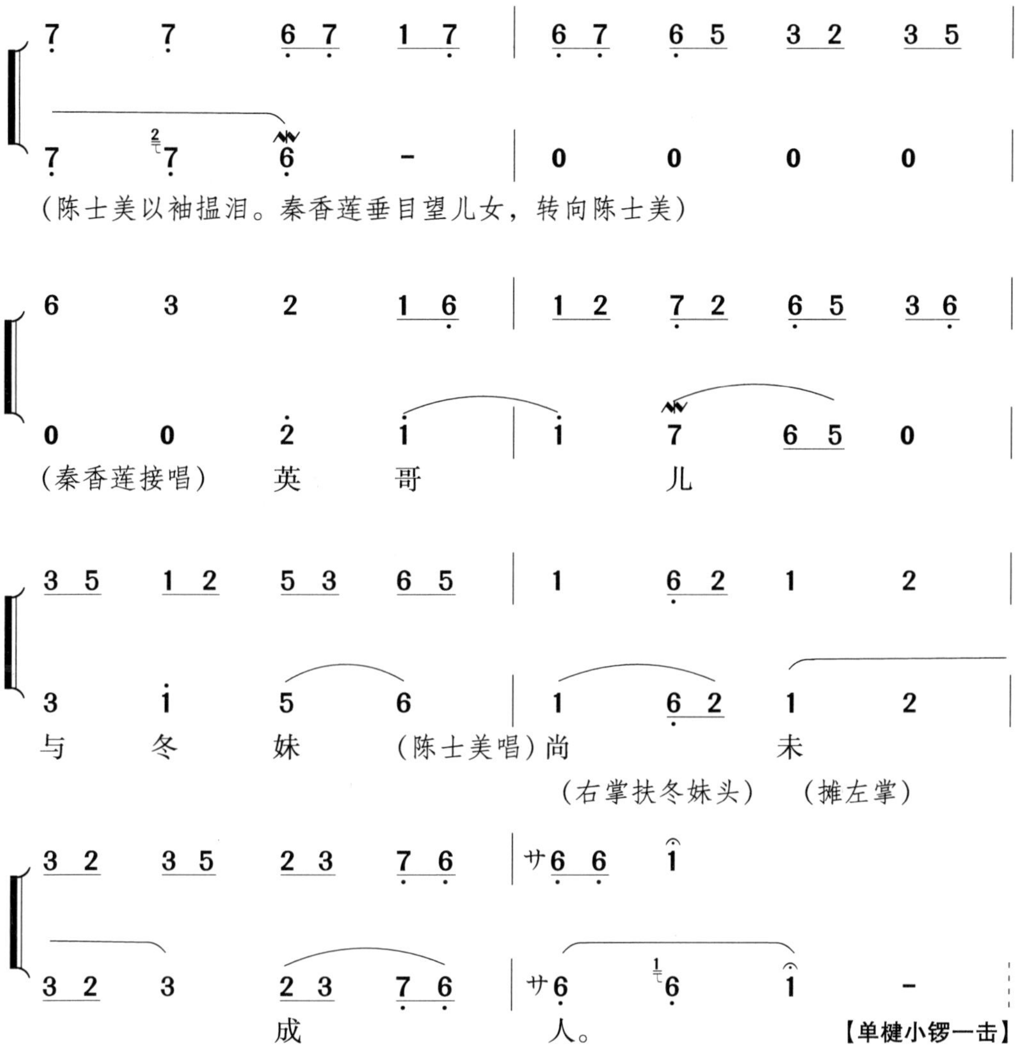

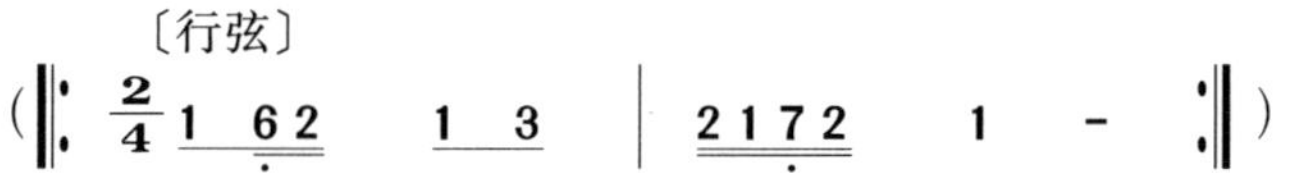

英　哥　爹爹，（在〔行弦〕中走至“大边”陈士美右侧，仰首相问）京城好不好哇？

陈士美　呃京城么……（右掌拍着英哥后背）哦，好得很哪，哈哈哈……

「**【单槌大锣一击】**〔行弦〕止。秦香莲眼望陈士美按左掌轻唤。

秦香莲　官人哪！**【凤点头】**（低首微摇转向陈士美）

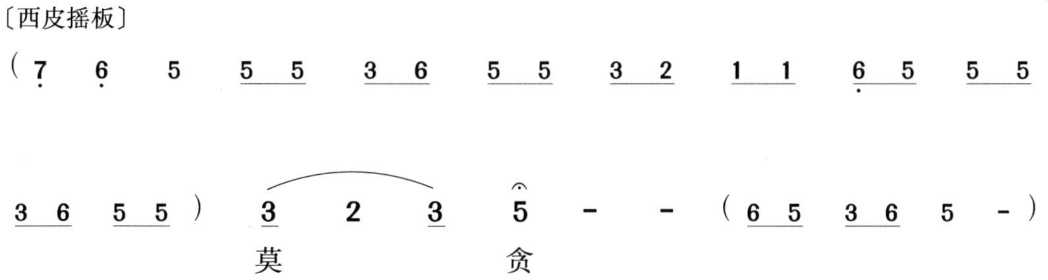

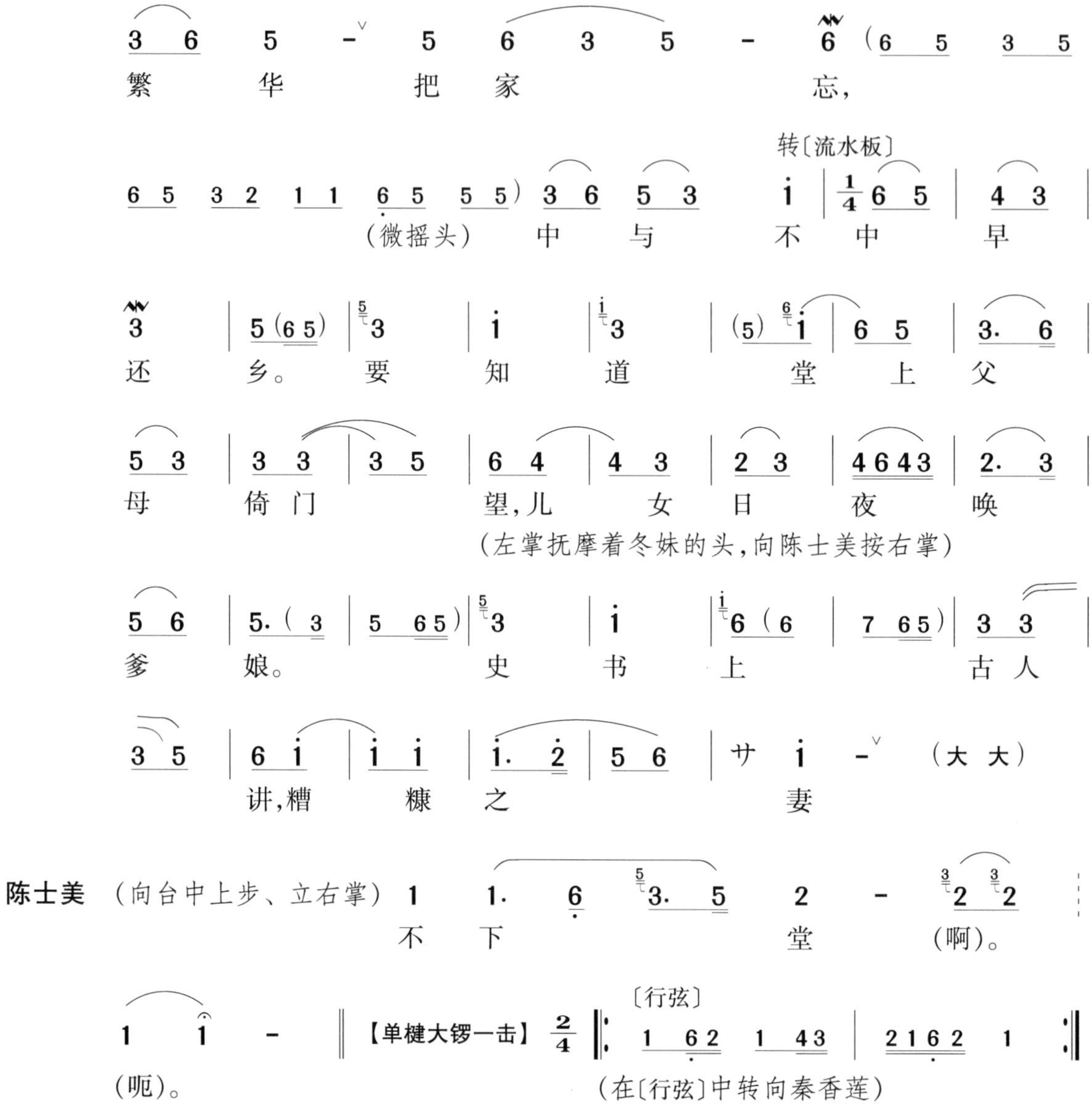

娘子，想（右食指香莲，后自指）你我夫妻相依为命，我（右掌端髯）陈士美此番（右食指指外）进京赶考，中与不中，有福同享，有难同当，（右掌指香莲，后自指）夫妻恩爱地久天长！**【单楗大锣一击】**

秦香莲 （眼望陈士美）官人之言妾身谨记。君去求官，妾奉高堂，（眼望陈士美）若得富贵，莫弃糟糠。**【单楗大锣一击】**

陈士美 （向香莲按右掌）哎呀娘子啊！你但放宽心，（微挥右掌）请回去吧。

秦香莲 （低首望儿女）啊儿呀，拜送你家爹爹。（向右转头）

英　哥
冬　妹 （同至台中双膝跪地）送爹爹！**【大锣一击】**

陈士美 儿啊，（搀起儿女）随你母亲回家去吧。

英　哥
冬　妹 （凑近陈士美）爹爹！

〔〔行弦〕停。**【大锣抽头】**陈士美抚摩着儿女的头，抬头再望秦香莲，慢退步、左转身，轻掉右袖“下场门”下。冬妹从身后走至香莲右侧。

秦香莲 （望着陈士美远去的身影拱手相嘱）官人！保重了。

冬　妹 妈，爹爹走了。

英　哥 他什么时候回来呀？

〔母子三个依依不舍地望着远去的陈士美向后退着……闭幕。

第 二 场

〔**【撤锣】**

〔李安内白：“嗯哼！”

〔**【小锣上场】**李安右手执云帚“上场门”上，缓步至台中。

李　安 领了太后旨，去请状元公。（扎）只因新科状元陈士美，人品出众，文才超群，圣上见喜（抱拳躬身），奏明太后。太后要将公主许配于他，将那陈士美招为东床驸马。是咱家命人去请，少时定要到来，待咱家在此等候。（移至台中“大边”一侧）

〔大太监内白：“状元公随咱家来呀！”

〔**【长锤】**大太监右手执云帚“上场门”上，至“小边”台口，陈士美精神抖擞端带随上，至“小边”抖单袖。

〔西皮流水〕

陈士美

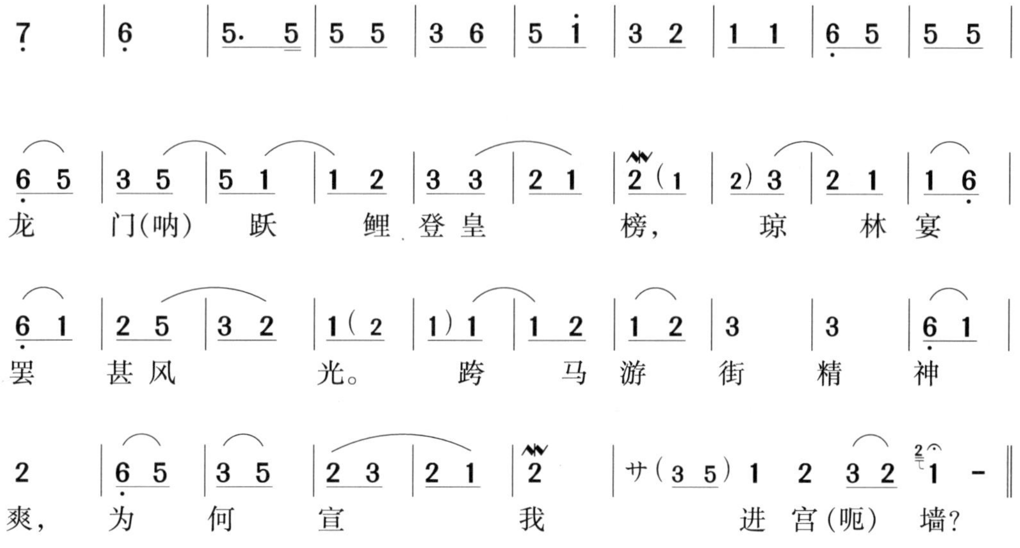

〔**【大锣住头】**大太监至台中“小边”一侧，向“大边”一侧的李安躬身禀告。

大太监 启禀老公公，（云帚指“小边”陈士美）状元公请到。

〔陈士美忙至台中“小边”一侧，向李安躬身施礼。大太监站李安身后。

陈士美 公公，陈士美有礼。

李　安 （向陈士美抱拳躬身）咱家还礼。

陈士美 啊公公，太后传旨宣我进宫，（摊右掌）有何旨意？

李 安 （拱手）恭喜状元公，贺喜状元公。（云帚指陈士美）你可是喜上加喜啦！

〔【小锣一击】陈士美稍感意外，随转向李安拱手相问。

陈士美 公公，何言喜上加喜？

李 安 嗨嗨，只因状元公金榜题名，（云帚由左向右移）扬名天下，如今（拱手）太后要将你招为东床驸马啦。（【撕边一锣】陈士美向外呆愣）你一步登天，这造化可不小哇！

〔【大锣一击】（〔亮弦〕2 3 5 2 1 –）陈士美左手背供。

陈士美 （面向外）呀！（抖右袖）【凤点头】

〔西皮摇板〕

（过门同前） 4 3 3 3 1 2 1 2 3 （6
公 公 把 话 对 我 讲，

5 5 5 3 6 5 5 3 2 1 1） 6 2 1 2
太 后 招

1 2 5. 6 3 2 1 （4 3 2 1 6 2 1 1
我 为 东 床。

6 5 5 5 3 6 5 5） 3 2. 1 6 2 1 –
低 下 头 来

6161 2321 7 6 5 2 7. 6 7 7 6
暗 思 想 （呃），
（左掌抚摩纱帽）

〔【大锣一击】（〔行弦〕‖: 2/4 6535 6 7 | 6535 6. 7 :‖）（陈士美抬头沉思，摇摆右掌。李安凑至陈士美身边。【单楗大锣一击】〔行弦〕停。

李 安 嗨嗨！一登龙门，可身价（伸右赞美指）十倍呀！

陈士美 （忙左转身向李安抱拳躬身）噢，噢噢，是是是！（【大锣凤点头】抖单袖，左手背供）

〔西皮摇板〕

（过门同前） 3 2 2 1 1 2 3 2 1 3 2 3
此 事 叫 我 无 主

2 6 1 （4 3 2 1 6 2 1 1 6 5 5 5）1 2 1
张。 荣 华

2 1 5 ⁵3 - 2 1 （4 3 2 1 6 1 2）
到 （哇） 手
（握右拳）

³2 - 1 ⁵3 2 3 2 3 2 1 1 ³2 - 【大锣一击】
岂 能 放，
（摊抖双掌）

〔行弦〕
（‖: 2/4 2161 2 3 | 2161 2 :‖）

李 安 （再凑向陈士美）状元公，你还犹豫什么哪，哎，我倒忘了问了，你家里有没有妻子啊？

陈士美 啊！（【大锣一击】忙立双掌，摇头）公公，公公，我是孑身无双，（向李安伸左食指）孤身一人。

李 安 好，那就快随咱家（向左拱手）叩谢太后去吧！

陈士美 （忙拱手）噢，噢噢，是是是！（【大锣凤点头】抖双袖，上步）

〔西皮摇板〕
（过门同前）3 2 3 2 3 2 1 1 3. 3 2 3 2 3 2 （4 3 2 1 6 1 2）
天 子 门 生（呐 啊）
（拱手）

李 安 哎，你是当朝（伸右赞美指）驸马了！

陈士美 1 - 1 6 1 6 1 ⁵3. 5 2 3 2 1 1 - ¹6 ¹6 6 1 - ‖
驸 （哇）马 郎。
（伸左赞美指，看着李安） （慢向右转面向外）

（【撕边一锣】双掌背弹髯，双掌端髯，低头望髯，再抬头向外，举双掌）哈哈哈……

李 安 （云帚招呼陈士美）状元公，随咱家来呀！哈哈哈……

「【一锤锣】李安“下场门”下，陈士美随下，大太监随后下。

第 三 场

「堂桌，“小座”、“大边”跨椅。灰素桌围椅披。

「【撤锣】

张三阳 啊哈！（【小锣五击】右手摇扇“上场门”上，至“九龙口”前合扇子再至台中）

（多罗0）〔数板〕

（用扇自指）张三阳 开客店，

屋子 干 净可 价钱又 贱。
蚊子 没有， 臭.虫 再甭 谈，什么
(扇击左掌数算着) 虱子、 蛇蚤、 苍蝇、
老.鼠 一辈子 看不见。
您要 不信就 问.问 看,.在
汴梁 城中 数着 咱，数 0 着 咱。(左手握扇，伸右赞美指)
(**【小锣五击】**左转身坐“小座”)
孟尝君子店，千里客来投。(扎)

在下张三阳。在这汴梁城开了一座招商客店，买卖倒是不错。哎呀天不早了，我门口儿照看照看去。(将“小座”搬成“小边”跨椅。出门站中台口)我说有投宿的客人住这儿来！(至“大边”台口观望着)

〔秦香莲内白：“公婆……啊……”

〔**【纽丝】**秦香莲左手领儿，右手拉女“上场门”上，疲惫地走至“小边”。

〔亮弦〕

(6. 5 6 5 -)

英哥 冬妹 (同)妈，我爹在哪儿呢?

〔二黄散板〕

【大锣凤点头】 サ (6 5 5 3 2 2 2.1 6 6 5 -)

秦香莲
i i. 2 3.6 5 5 6 6 (6 66 57
遭 不 幸 老 公 婆
(向前拱手)

6 -) 6 6 5 56 i - (6 56 76 i -)
双 双 命 丧， (仓)
(以袖揾泪)

7 6 2 7.6 5 5 6 7 (6 56 7 -)
三 年 来 我 儿 夫

2 6 6. 5 53 6 6 56 5 - (3 2 2
音 信 渺 茫。

16 5 -) 5 i 65 5 6 6 (6 57 6 -)
(仓) 秦 香 莲 寻 良 人
(双掌抚胸)

秦香莲

6 6 6 3 | 5 6 | i 7 | 6 2 | 7 6 | 5 6
离 了 湖 广，来 到 了 汴

7 7 - (6 5 6 7 -) 7 6 6 5
梁 城 艰 苦 备

3. 5 6 - 6. i 5 6 5 - ‖ 【大锣住头】
尝。 （母子三人以袖揾泪）

冬　妹　（凑近香莲）妈，我饿了。

英　哥　（摇着香莲左臂）妈，我走不动了。

秦香莲　（双手抚着英哥）儿啊，不要啼哭，（右手指外）天色已晚，我们找个店房（转向女儿）歇息歇息，明日再寻找（左手指外）你爹爹去……吧……（哭，揾泪）

英　哥　【小锣一击】妈，我爹在哪呢？

冬　妹　（摇着香莲右臂追问）在哪儿呢？

英　哥　（向远处呼唤着）爹！

冬　妹　（亦随呼）爹！

秦香莲　（眼望儿女，潸然泪下）儿……啊……（以袖揾泪）

张三阳　（右手向“小边”台口招呼）哎，我说要是住店，（扇指台中）可是住这儿啊！

秦香莲　（抬头看张三阳，【小锣一击】拉儿女至台口）啊，老人家，我这厢（躬身施礼）有礼！

张三阳　（抱拳躬身）还礼还礼！我说这一妇人，你是（摊双掌）住店的吗？

秦香莲　唉，我乃外乡之人，（撒右掌）千里迢迢来到京都，（摊双掌）无亲投靠，望求老伯行个方便……吧……（【小锣一击】揾泪）

张三阳　（点头摆掌）好好，别哭别哭，没什么没什么，既是这样，（双手招呼）来来来，（扇指屋内）快上里边，里边来。

「【小锣五击】秦香莲携儿女进门，站“小边”。张三阳随后站“小边”伸左掌礼让香莲。

张三阳　请坐，请坐。（香莲坐“大边”座，冬妹、英哥立于左侧。自己坐“小边”座）请问这位妇人，您呐姓什么，叫什么，是什么地方的人哪？

秦香莲　我叫秦香莲。

张三阳　噢，秦香莲。

秦香莲　湖广荆州人氏。

张三阳　（探身）哪儿？

秦得莲　湖广荆州人氏。

张三阳　湖广荆州人？

秦香莲　是。

张三阳　（扇击左掌）哎哟！这么一说（双掌指香莲后自指）咱们是同乡了？

秦香莲　噢，老伯也是（摊右掌）荆州人氏？

张三阳　对啦，（双掌自指）我也是荆州人。哎呀，这可说呀，美不美，（扇指外）江中水。亲不亲，（双掌指香莲后自指）当乡人。这倒不错啦，你们就住这儿吧。

秦香莲　多谢了！

张三阳　我说，你们到这儿来，是投亲来了是不是？

秦香莲　唉，寻找我丈夫来了。

张三阳　找您丈夫来了？（点头）噢，那就是了。哎，您哪丈夫叫什么呢？

秦香莲　他叫陈士美。

张三阳　（探身再问）谁？

秦香莲　陈士美。

张三阳　（以扇抚头略想）哦，陈士美……那么（扇指英哥兄妹）这俩小孩是你什么人呢？

秦香莲　（手指儿女）这是我与他的一双儿女。

张三阳　（点头）噢，噢噢，莫怪(左手指英哥二人，转向外）跟他爸爸陈士美长得一样嘛。

秦香莲　听老伯之言，莫非与我（拱手变摊掌）丈夫相认么？

张三阳　哦，有过一面之缘。前三年哪，我这店里住过一个赶考的书生，是湖广荆州人，叫陈士美。他中了状元，（伸左赞美指）做了官啦！

秦香莲　(**【撕边一锣】**喜出望外，起身转向儿女）哎呀儿啊，原来你爹爹高中了，待我们谢天谢地！（母子三人一排躬身施礼拜谢天地）啊(拱手)老伯，我丈夫他如今住在哪里？

张三阳　他就住在驸马府哇！**【撕边一锣】**

秦香莲　（稍愣）啊？（探身摊右掌）什么驸马府哇？

张三阳　哦，（迟疑片时，**【小锣一击】**顿足）唉，我对你实说了吧！自从你丈夫陈士美中了状元之后，老太后十分的喜爱，把他招为东床驸马了！

秦香莲　（闻言大惊，站立椅前**【撕边一锣】**）噢！(左手指外)他，他……他……(晕坐椅上)

英　哥
冬　妹　（同）妈，妈！

〔**【快冲头】**英哥哭跪在香莲右腿旁，冬妹扶香莲左肩立在身旁，兄妹哭唤着。张三阳悔之不及，摊双掌走动着。

张三阳　哎呀，你瞧这是怎么话儿说的！

〔二黄小导板〕

秦香莲　**【大锣导板头】**　サ（3　2　-　2. 1　6　6　5　-）3
晴

3 i　2　-　2.（5　6 1　2　-）7　6　5
天　　　　　　　　　　　　霹　雳　魂

2　i.　6　i　2 3　i　i　-
飘　荡，　　　　　　　　（缓缓站起以袖揾泪）

英　哥
冬　妹　（同）妈！

秦香莲

〔【快冲头】秦香莲上前，英哥随在右侧，冬妹跟在左侧，低头看一双儿女伤心泪下。

秦香莲 儿……啊…… （以袖揾泪）【快纽丝】

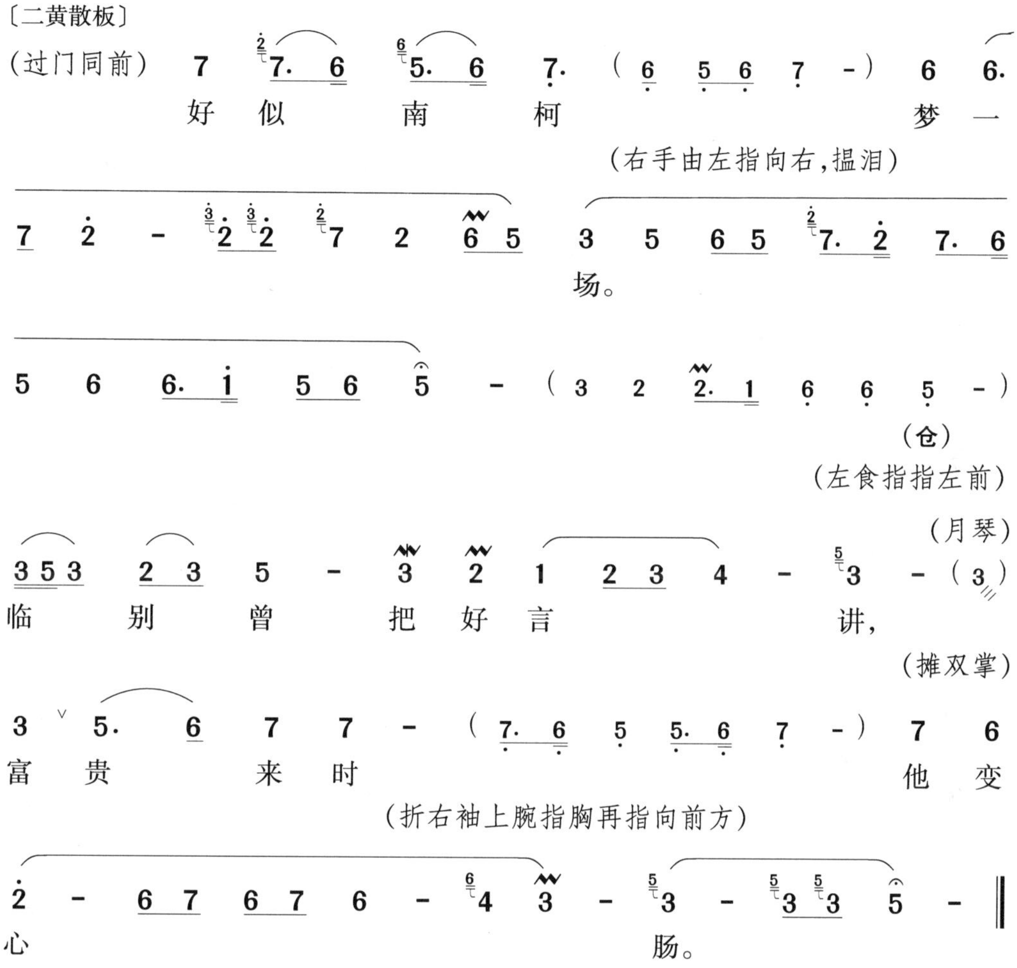

〔【大锣住头】英哥、冬妹凑近母亲。

英　哥
冬　妹 （同）妈！

秦香莲 （为冬妹搌泪）喂呀……

张三阳 （按双掌安慰母子们）好了好了，别难过了。【小锣一击】香莲哪，你打算怎么办呢？

秦香莲 我要找他辩理！

张三阳 （按双掌拦阻）哎呀慢着，慢着。夫人，我想那个驸马府门禁森严，他不让你们母子进去呢？

秦香莲 就罢了不成么？

张三阳 （双手握扇稍想）呃……哎，这么办吧，我把你们带了去，到那儿呀，你就说你跟驸马是乡亲，他们把门的就叫你进去了不是。见到了驸马那不就好说了吗？

秦香莲 唉，也只好如此…… （哭，以袖搌泪）

英　哥
冬　妹 （扯香莲衣襟）妈，我们饿了。

秦香莲 （抚摩着儿的头）儿啊，忍耐一时吧。

张三阳 哎哟饿了？甭说是没吃什么呢。（向母子招手指“下场门”）来来，到后边我给你们做点什么吃吧。瞧这可怜劲儿的，来，走吧。

〔**【一锤锣】**秦香莲向张三阳躬身施礼致谢，携儿女“下场门”下。张三阳随下。

第四场

〔堂桌、“小座”。红色桌围椅披。桌上放一银包。

〔前场锣鼓收。

〔门官内白：“嗯哼！”**【五锤】**“下场门”上，至中台口。

门　官 奉了驸马命，把守墨池宫。（站“大边”台口巡视）

〔**【大锣水底鱼】【住头】**张三阳引领秦香莲母子“上场门”上，站“小边”台口。香莲站“小边”，左手拉英哥右手领冬妹。

张三阳 您瞧见没有，（扇指）这可就是驸马府。你们去啊，我在（扇指身后“上场门”）前头等你们啊，我那边等你们。

秦香莲 多谢了！（张三阳“上场门”下）儿啊，随为娘进去。（携儿女至中台口）

门　官 （立右掌拦阻）嗯！**【撕边一锣】**（香莲母子退后一步）这一贫妇为何擅闯府门？**【撕边一锣】**

秦香莲 唉，（拱手）烦劳通禀，就说（无奈）乡亲求见驸马。

门　官 嗳！**【撕边一锣】**我家驸马也曾吩咐于我，所有乡亲一概不见！

秦香莲 **【撕边一锣】**（抬头稍愣）噢！他招为驸马，连乡亲都不见了？

门　官 嗯！**【撕边一锣】**

秦香莲 （低头看儿女）啊，（拱手）尊官，对你家驸马言讲，（右掌自指胸）我这乡亲乃是（双掌抚左侧英哥头）英哥之母，（双掌抚右侧冬妹头）冬妹之娘，一定要见！（拉儿女欲进门）**【撕边一锣】**

门　官 （立右掌阻止）好了好了，在此稍待，我与你通禀就是。

秦香莲 多谢了！（为儿女整衣掸尘，退至“小边”台口）

门　官 （右转身进门向“下场门”里躬身）有请驸马！

〔**【五锤】**门官归“大边”台口。陈士美左手握书观看，“下场门”上，至台中。

陈士美 何事？（看书，归“小座”）

门　官 启禀驸马，门外有乡亲求见。

陈士美 嗯！**【小锣一击】**本宫再三吩咐，所有乡亲一概不见。

门　官 只是那一妇人言道，她这乡亲乃是英哥之母！（左手指外。陈士美抬头向外呆坐椅上**【大锣一击】**）冬妹之娘！**【大锣一击】**一定要见驸马。

〔**【撕边一锣】**陈士美将书抛掷桌上，顾盼左右，急上至“大边”，左手抓门官右腕，探身追问。

陈士美 她，她她……她是一人前来，还是携有老小？

门　官 （伸左食、中二指）只带两个幼童。

陈士美 （稍松口气放门官右手**【撕边一锣】**）出去对她们言讲，本宫公务繁忙，不能接见。

（转身归椅前）

门　官　是。（欲走）

陈士美　转来！

门　官　在！【大锣一击】（拱手听命）

陈士美　（从桌上拿银）赏她纹银百两，命她们速回原郡，另谋生路去吧！

门　官　是。（接银欲走）

陈士美　转来！

门　官　在！【大锣一击】

陈士美　不准放她们进来，若是不遵，（左手指门官）定要尔的狗命！【冷锤】

门　官　是！

〔【五锤】陈士美左手握书“下场门”下。门官出门站台中“大边”一侧。香莲母子凑近。

秦香莲　啊尊官，怎么样了？

门　官　【撕边一击】（右手将银举起）我家驸马言道，他公务繁忙不能接见，赏你纹银百两，命你速回原郡，另谋生路去吧！（右手银伸至香莲面前）

秦香莲　【冷锤】（心头一震，抬头向外）这银子我是（摔左袖）不要的！

门　官　（不解地望着香莲）啊？【撕边一锣】

秦香莲　事到如今，我对你实说了吧！【五锤】（抖左袖上前一步。双掌抚胸自指）我就是你家驸马原配的夫人（左掌掩面）到了。

门　官　【撕边一锣】（惊呆）啊！（再看香莲身旁）这，这两个幼童呢？

秦香莲　这是他的一双儿女。【撕边一锣】（将冬妹搂在怀中）

门　官　（点头）哦……哦……哦（稍想）好，我来问你，驸马府中近日有件大喜之事，你可知道？

秦香莲　这……【小锣一击】（稍想）明日就是你家驸马寿诞之日。

门　官　（右掌背供转向外）哦，哦哦！【撕边一锣】

秦香莲　啊尊官，你就该让我们进去才是。

门　官　（拱手）哎呀夫人哪！【五锤】（上前）非是小官不肯，只是我家驸马有言在先，小官（连摇右掌）不敢违抗啊！

秦香莲　这个……【撕边】【叫头】（低头看儿女，抖右袖上腕，向门官拱手）尊官哪！（双掌抚胸）可怜我母子受了千辛万苦，（向外拱手）乞讨来京，指望夫妻（看儿女）骨肉团聚，谁想他招为驸马，不肯相认。望求尊官你想个主意，让我们见他一面……（以袖揾泪）

英　哥
冬　妹　（同）你叫我们进去吧！（英哥扯门官右袖晃动着）【撕边一锣】

门　官　（低头看英哥）这！这……这……【撕边】【叫头】（右掌抚头稍想）有了！你将罗裙扯下半幅交与小官，你就往里闯，（右掌自己指胸）我在后面嚷，就是驸马怪罪下来，小官也有抵赖之词！

〔【撕边一锣】香莲抬头略想片刻。

秦香莲　好，（向门官躬身施礼）多谢了！

〔二黄散板〕

【快纽丝】（过门同前） 3 1 2 7 6 ┆ 5 ┆ 2 2 ┆ 1 ┆

低 头 用 力 扯 罗 裙，

（右转身面向里从腰间扯下罗裙半幅，双手奉与门官）

2 ┆ 5 6 ┆ 7 6 ┆ 2 ┆ 6 5 ┆ 3 5 ┆ 6. 1 5.（3 2. 1 6 5 -）

多 谢 尊 官 一 片 心。 （仓）

（躬身施礼拜谢）

3. 6 5 6 6 5 5 6 1 3 2. 3 2 1 7 6 1 - ┆

手 拉 儿 女 府 门 进，

〔【急急风】门官右手托银包，上搭着罗裙，摆动左掌示意香莲往台中后区走。香莲左手拉英哥右腕，右手领冬妹左腕，台中进门向里走。门官摇摆右掌呼喊着紧随其后。

门　官 不要往里闯，不要往里闯！

〔香莲母子在“小边”一侧小圆场至“小边”。门官为香莲指引路径，呼喊着追至“小边”台口。

门　官 不要往里闯，不要往里闯！

〔陈士美闻喊声“下场门”急上至台中，向外张望。门官见陈士美上呼喊着急从“小边”台口奔至“大边”台口。

门　官 不要往里闯！【撕边】

陈世美 （见香莲闯入，大惊）啊！

秦香莲 （上前向陈士美拱手）官人！

陈士美 （急抬右掌摭面，向香莲连摆左掌）这……

英　哥
冬　妹 （呼唤着）爹！

陈士美 （崩登仓）（转向门官，摔左袖）哼！

〔【快纽丝】门官面向外单腿跪地。

陈士美 1 2 1 2 3 6 3 3 2 1 1 6 1 2 ‖【叫头】

为 何 将 她 放 进 门？

嘟！适才怎样吩咐与你，不准放她们进来，（左手指着门官）你，你你敢违抗我命吗？【撕边一锣】

门　官 （拱手）驸马之命焉敢违抗，只是（右手指香莲）她执意要闯，小人我就挡，她在前面闯，我在后面嚷，扯下罗裙半幅，驸马【大锣一击】（双手端银包、罗裙至胸前）请看！【撕边一锣】（右手将罗裙举起）

陈士美 （扫视香莲）哼！无用的东西，还不与我（向门官摔左袖）滚了下去！【冷锤】

门　官 哦，是是是！

秦 香 莲

〔【五锤】门官出门，右食指刮额头之汗，弹汗，“下场门”退下。

秦香莲 （上前拱手）啊，官人！

英　哥
冬　妹 （同）爹！【撕边一锣】

陈士美 （面向台中）你不在家中侍奉（拱手）二老，到我这驸马府（扫视香莲摊右掌）做什么来了？（转向外）

秦香莲 【撕边一锣】（不解地望着陈士美）难道你不曾见我身穿（右袖搭于腕上）孝服么？

〔【撕边一锣】陈士美右手捋髯望香莲。

秦香莲 （向外拱手）二老公婆他，他他下世去了…… （哭）

〔陈士美心头一震，掸左袖，呆立台中“大边”一侧。

英　哥
冬　妹 （同）我爷爷、奶奶想您都想死了！

〔亮弦〕

陈士美 爹娘……啊……

〔【大锣凤点头】陈士美、秦香莲母子等以袖揾泪。

〔二黄散板〕

秦香莲 （过门同前）

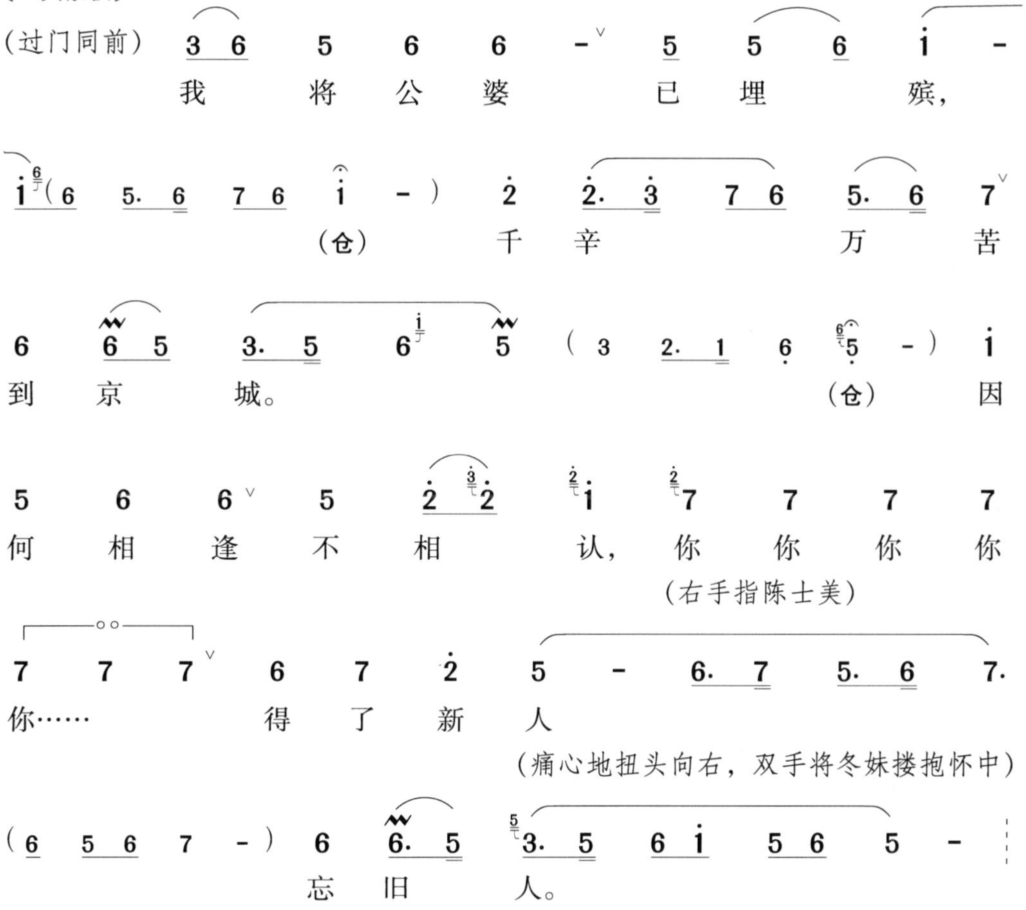

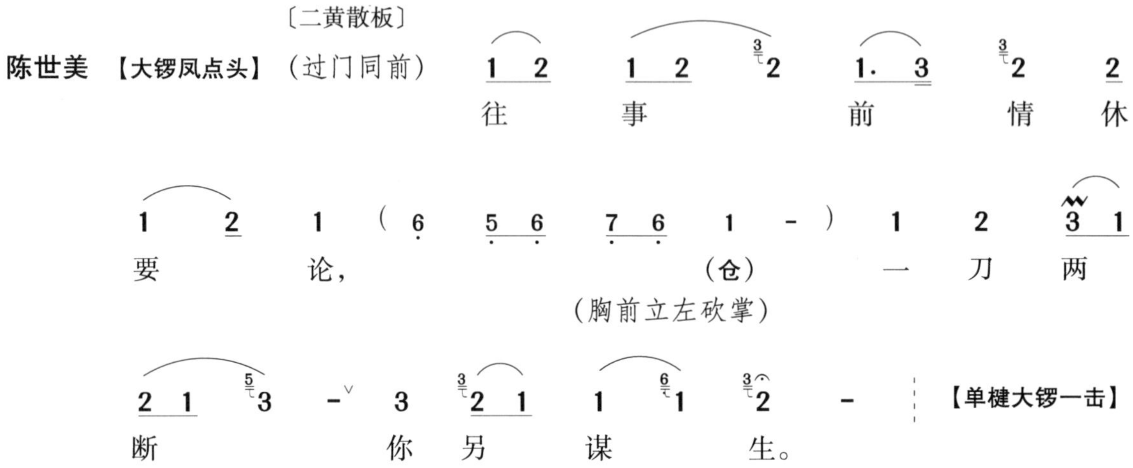

〔秦香莲心寒意冷地扭头向外。

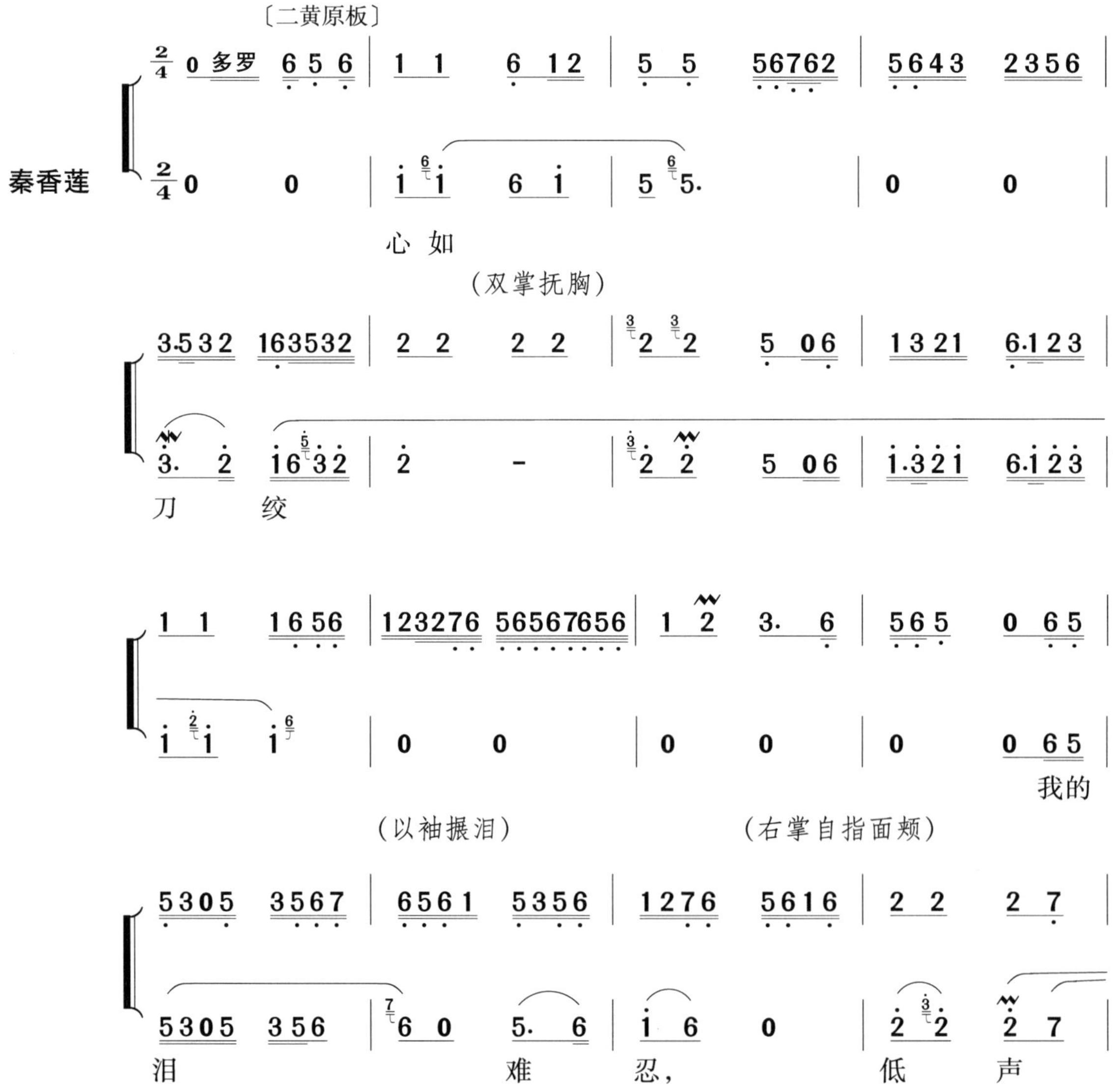

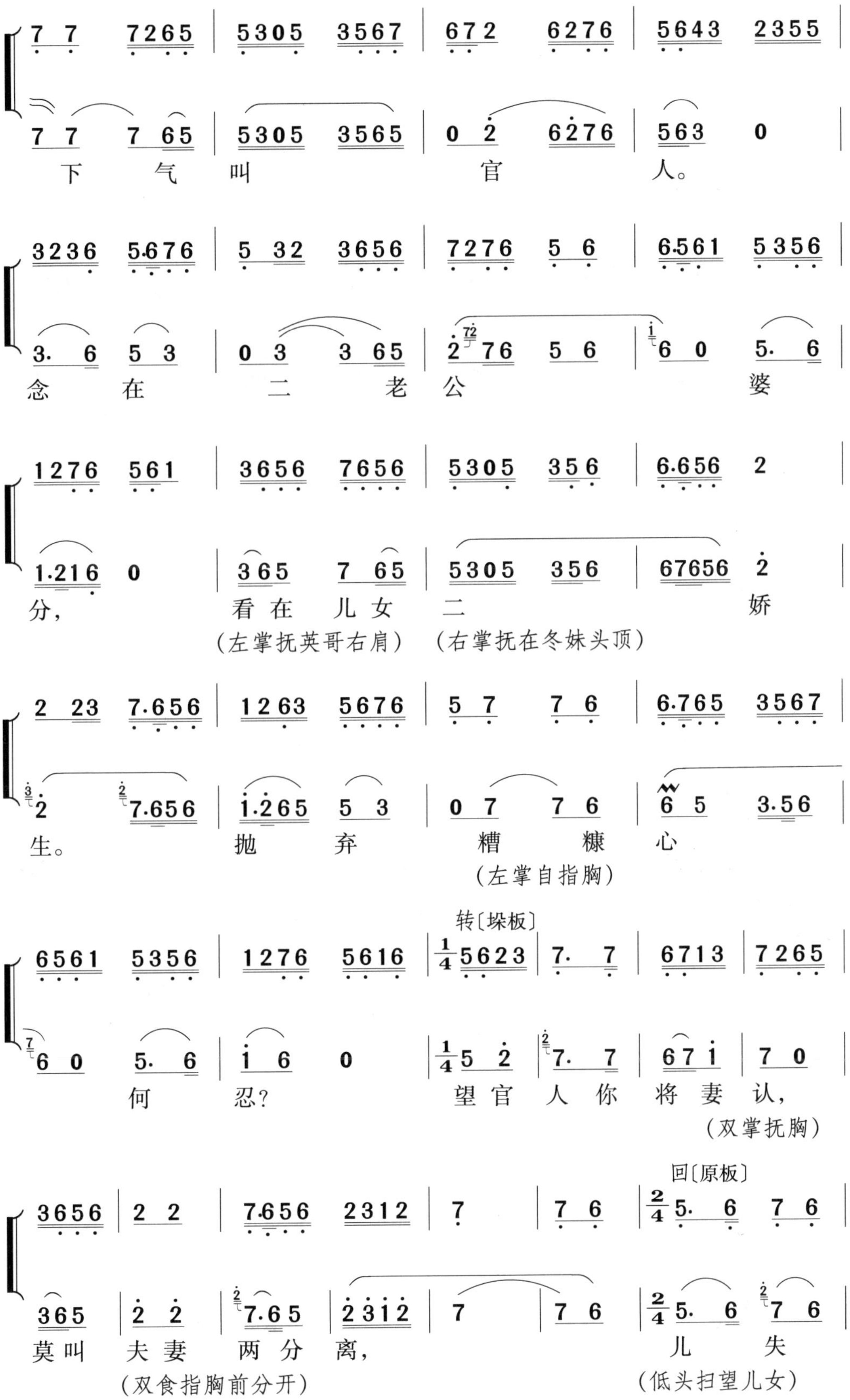
下 气 叫 官 人。
念 在 二 老 公 婆
分， 看 在 儿 女 二 娇
（左掌抚英哥右肩） （右掌抚在冬妹头顶）
生。 抛 弃 糟 糠 心
（左掌自指胸）
转〔垛板〕
何 忍？ 望 官 人 你 将 妻 认，
（双掌抚胸）
回〔原板〕
莫 叫 夫 妻 两 分 离， 儿 失
（双食指胸前分开） （低头扫望儿女）

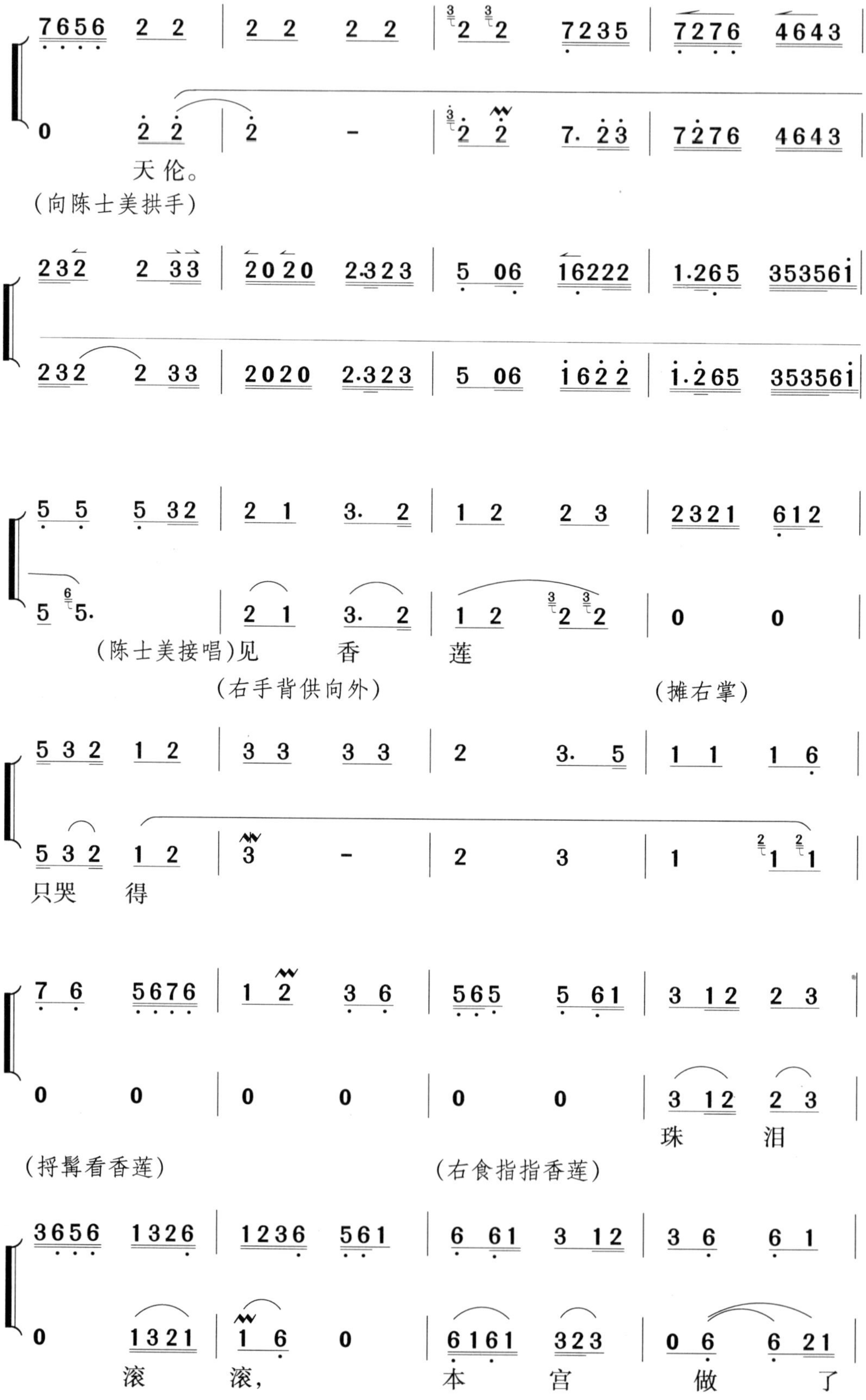
天伦。
（向陈士美拱手）
（陈士美接唱）见 香 莲
（右手背供向外）
（摊右掌）
只哭 得
（捋髯看香莲）
（右食指指香莲）
珠 泪
滚 滚，
本 宫 做 了

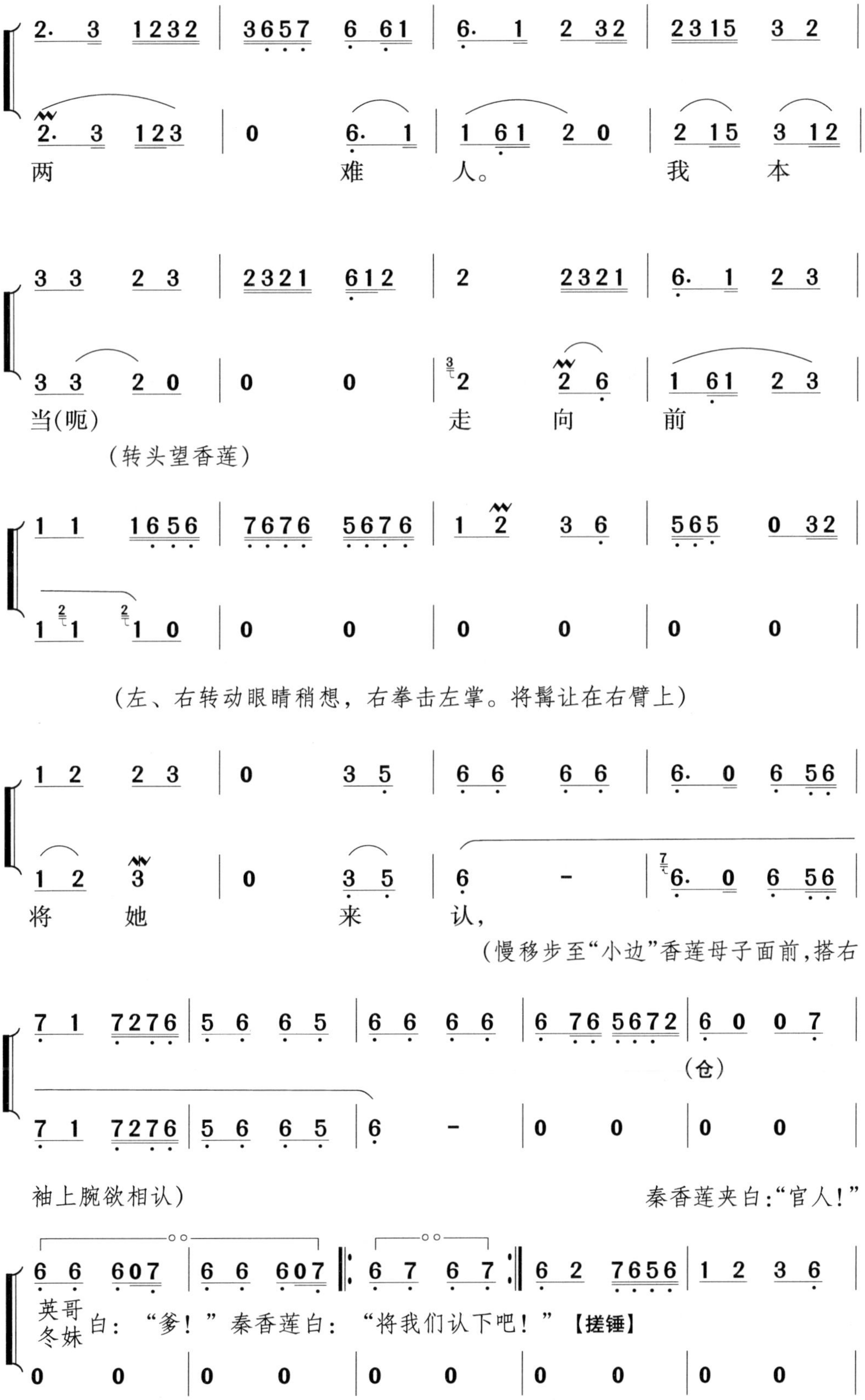
两 难 人。我 本
当(呃) 走 向 前
(转头望香莲)
(左、右转动眼睛稍想，右拳击左掌。将髯让在右臂上)
将 她 来 认，
(慢移步至“小边”香莲母子面前，搭右
(仓)
袖上腕欲相认)
秦香莲夹白：“官人！”
英哥
冬妹
白：“爹！”秦香莲白：“将我们认下吧！”
【搓锤】

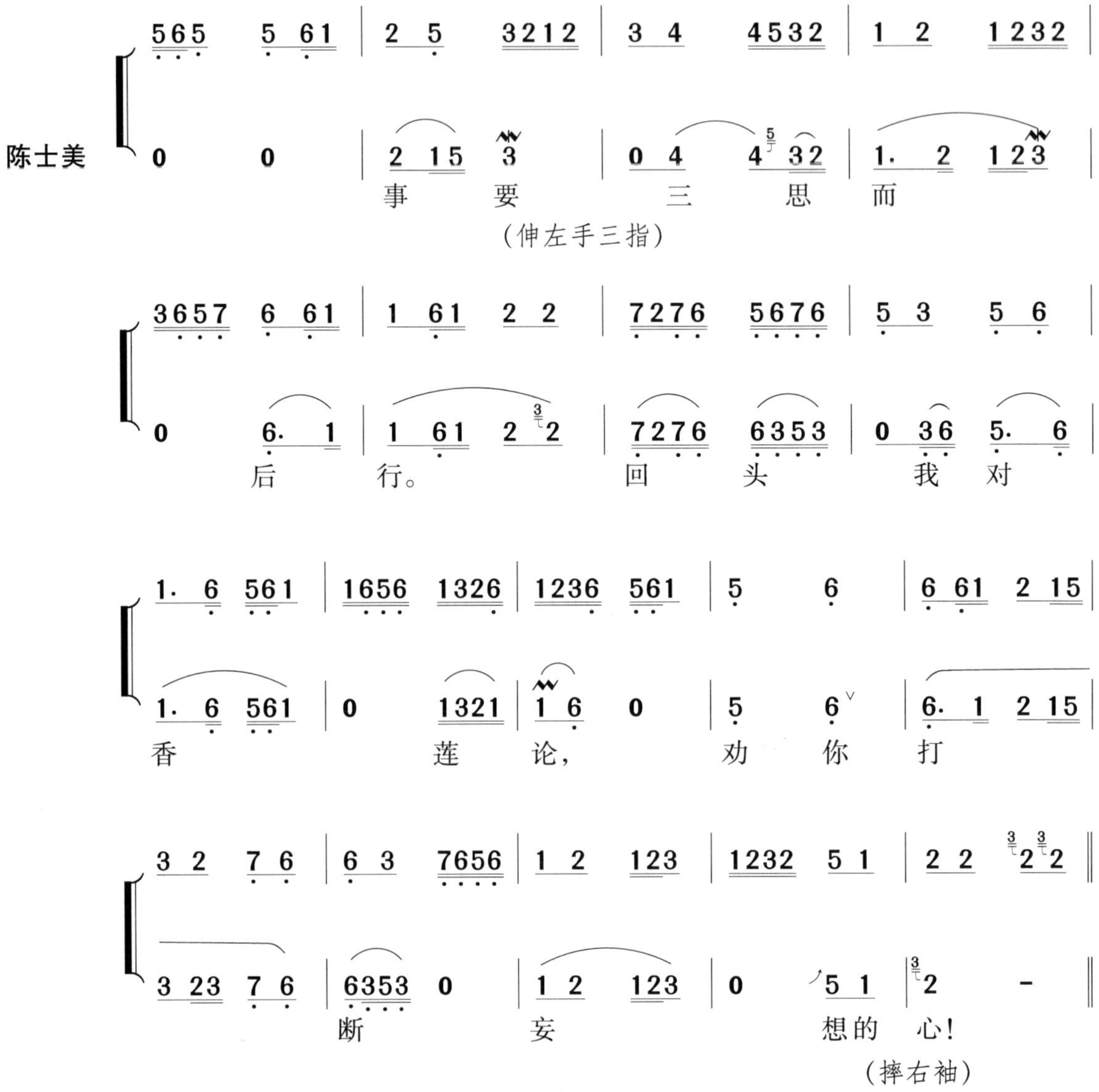

〔【撕边】【叫头】陈士美面向外站。香莲右掌挡脸，后退两步，搌泪，低头向儿女。

秦香莲 儿啊！（向右侧冬妹）早也盼望（左手指陈士美）你家爹爹，（对左侧英哥）晚也盼望你家爹爹，如今千辛万苦（左手指陈士美）将他找到，谁料他身做高官（面向冬妹摆左掌）不肯相认，你二人还不上前（将儿女推至台中）哀告……

〔【撕边一锣】香莲躲至“小边”，暗自以袖揾泪。

英　哥
冬　妹 （同）爹！（【撕边一锣】陈士美转面看儿女）爹！

〔【撕边一锣】兄妹上步双膝跪地。陈士美抖动着按右掌，转头向外。

英　哥
冬　妹 （同）别不要妈妈，自您走后我爷爷奶奶想您都想死了，我妈带着我们俩人好不容易才找到您，您就把我们认下吧！

〔【撕边一锣】兄妹向陈士美伸出双臂。陈士美颤抖着，右食指将边络髯弹上右肩。

秦香莲

〔行弦〕

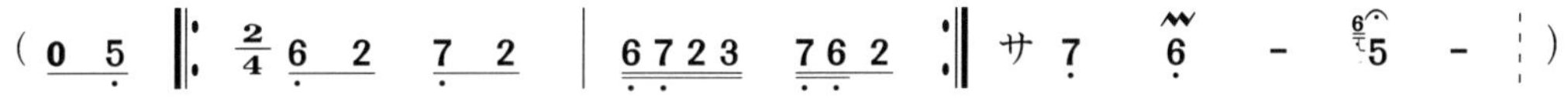

陈士美按双掌颤抖着向儿女跪跄两步，再用水袖将髯荡起，退回至“大边”台口。

〖**【撕边】【崩登仓】**陈士美双袖搭在腕上，髯口让在左臂上，左转身向外亮住。

陈士美 哎呀！**【大锣凤点头】**（抖双袖）

〔二黄散板〕

（过门同前）

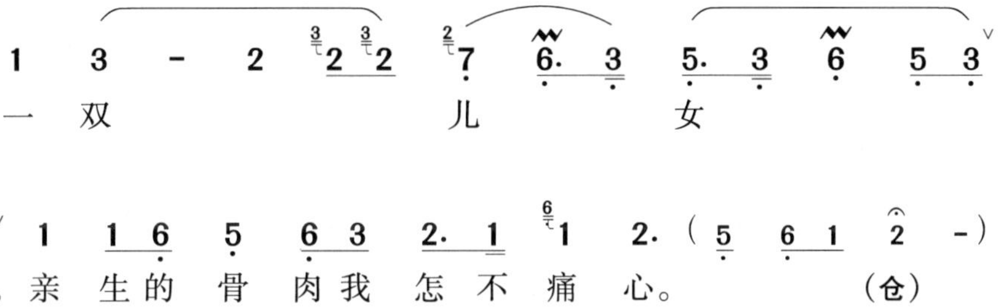

英　哥
冬　妹 爹！（兄妹再伸双臂乞求相认）

陈士美

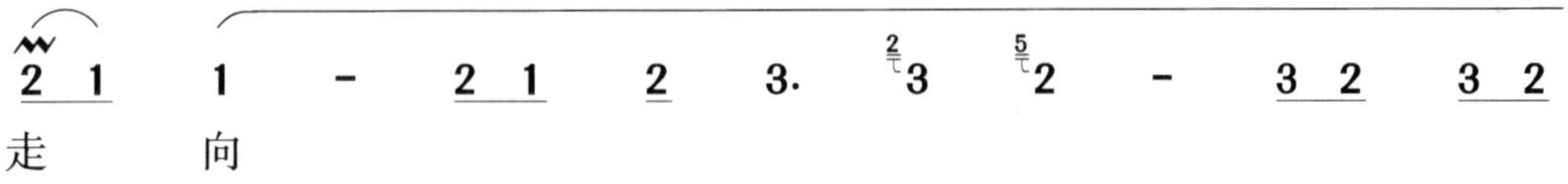

（按右掌指儿女，颤抖着向前移两步，抖右袖）

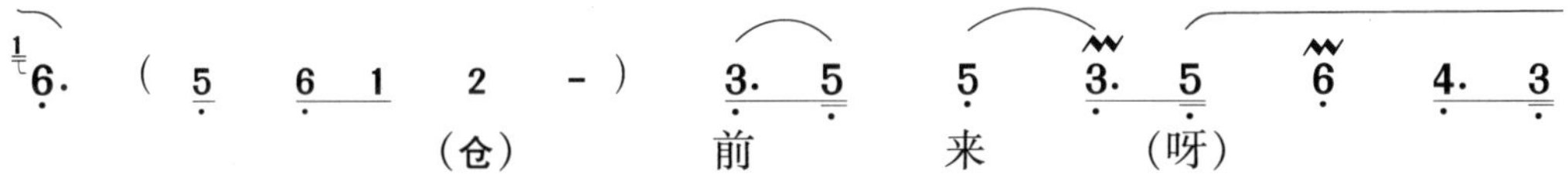

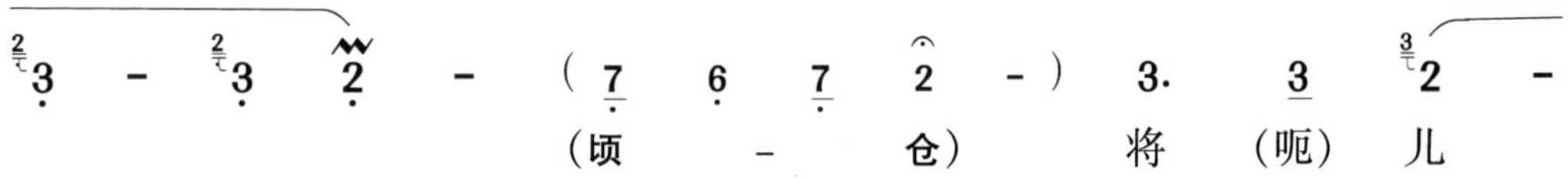

（两抖袖上腕）

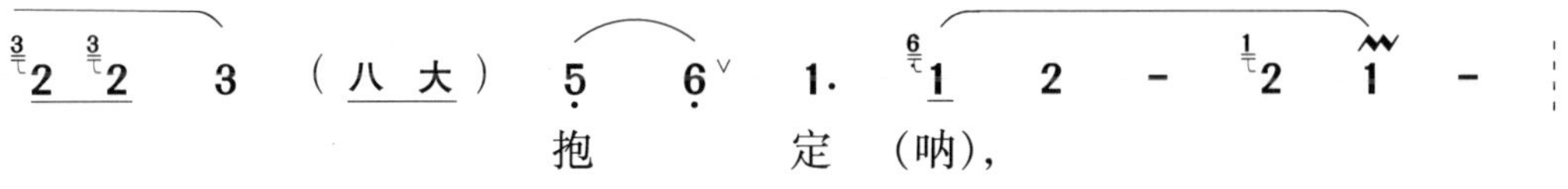

（挪动沉重的双腿走向儿女）

〖**【撕边一锣】**两个孩子起身，英哥从身后绕至陈士美左侧，冬妹在右侧仰面望爹。陈士美右臂搂冬妹肩，左掌轻抚女儿面。

〔行弦〕

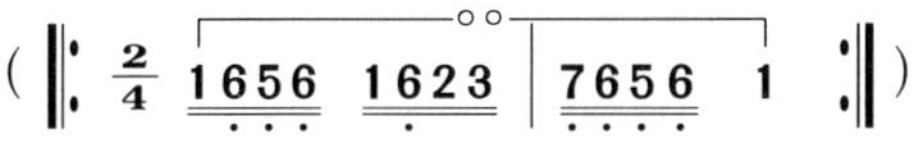

英　哥
冬　妹 （摇晃陈世美呼唤着）爹！

陈士美 （左右望着儿女）唉，儿……啊……

英　哥
冬　妹 （双膝跪在陈士美两侧仰面相望）爹！

陈士美 （双掌按儿女肩，潸然泪下）儿……啊……（【大锣一击】猛抬头斜视上方。右掌护头。〔行弦〕停）不可！

〔二黄散板〕

【大锣凤点头】（过门同前）1 2 1 2 2 3 2· 1 6 2 1 2（6· 1 2 -）
险 些 断 送 我 的 前 程。（仓）
（右掌抚胸）（垂目看儿女）

3 6 5 5 7· 6 5 2· 1（崩登仓）（将儿女推坐台中，陈士美上前两步）
咬 定 牙 关 不 相 认，

英　哥
冬　妹 爹！（仰首相望揾泪）【大锣凤点头】

陈士美 （过门同前） 1 5 3 2 1· 2 2 1 2 3 -（6 1 2
免 得 富 贵
（看着儿女）（边唱边退至“大边”台口）

3 -） 2 - 1 3 3 3 2 1 6 1 1 2 - 【撕边】（八仓）
化 烟 云。
（左袖掸拂右袖后，向香莲母子摔右袖，背身而立）

〔【撕边一锣】秦香莲上至台中间陈士美拱手。

秦香莲 官人，（左手指儿女）两个孩儿跪在你的面前苦苦哀告，（拱手）望你念在骨肉之情将他们收下。吃不了的残茶剩饭与他们一碗半碗；穿不了的破衣褴衫（按双掌指儿女）与他们遮寒。只要你将他们收下，（双掌抚胸）为妻（按双掌从中向右移）去到长街与人家浆浆洗洗，缝缝连连，从今以后再也（摆双掌）不找你来……了……哇……

〔【撕边】秦香莲退回“小边”背身揾泪。

英　哥
冬　妹 妈！（英哥跑回香莲左侧，冬妹回右侧）

陈士美 【大锣叫头】（抖右袖上腕）香莲！事已至此，你求之无益，你快快带领两个孩儿回家另谋生路吧！（挥右掌背身）【撕边一锣】

秦香莲 （分开儿女上前，拱手）官人，我来问你，你离家之时（右掌自指胸）与我留下了几句言语，（左手指着陈士美）你，你，你你你还记得么？

陈士美 哼！（冷面无情地）我什么都记不得了！【撕边一锣】

秦香莲 （惊异地扭头向外）你那时言道我陈士美中与不中，有福同享，有难同当，夫妻恩

爱，地久天长。可，可是（右手指陈士美）你讲的？【撕边一锣】

陈士美　（摆右掌上步）我记不清了！【冷锤】

秦香莲　（惊愕地望着陈士美）那时为妻忍住悲泪，对你言道：“君去求官（拱手），妾奉高堂，若得富贵，（左手指前方，摇头）莫弃糟糠。”【撕边一锣】

陈士美　（走近香莲）哼！什么糟糠不糟糠，（右食指指香莲后指外）你快快与我出去！【冷锤】（背身而立）

秦香莲　（赶上前）你叫我们（右手指外）到哪里去？

陈士美　（面向香连）随你自便！【冷锤】

秦香莲　（撤身）你就这样（看儿女后探身质问）恩断义绝么？

陈士美　【撕边一锣】（撤身再探身，逼向香莲）我与你从来就无有（摆右掌转面向外）什么恩义，你快快与我（挥右掌向台口上步）出去！【撕边一锣】

秦香莲　（撤身怒视陈士美）狠心的（左手指陈士美）贼子啊！

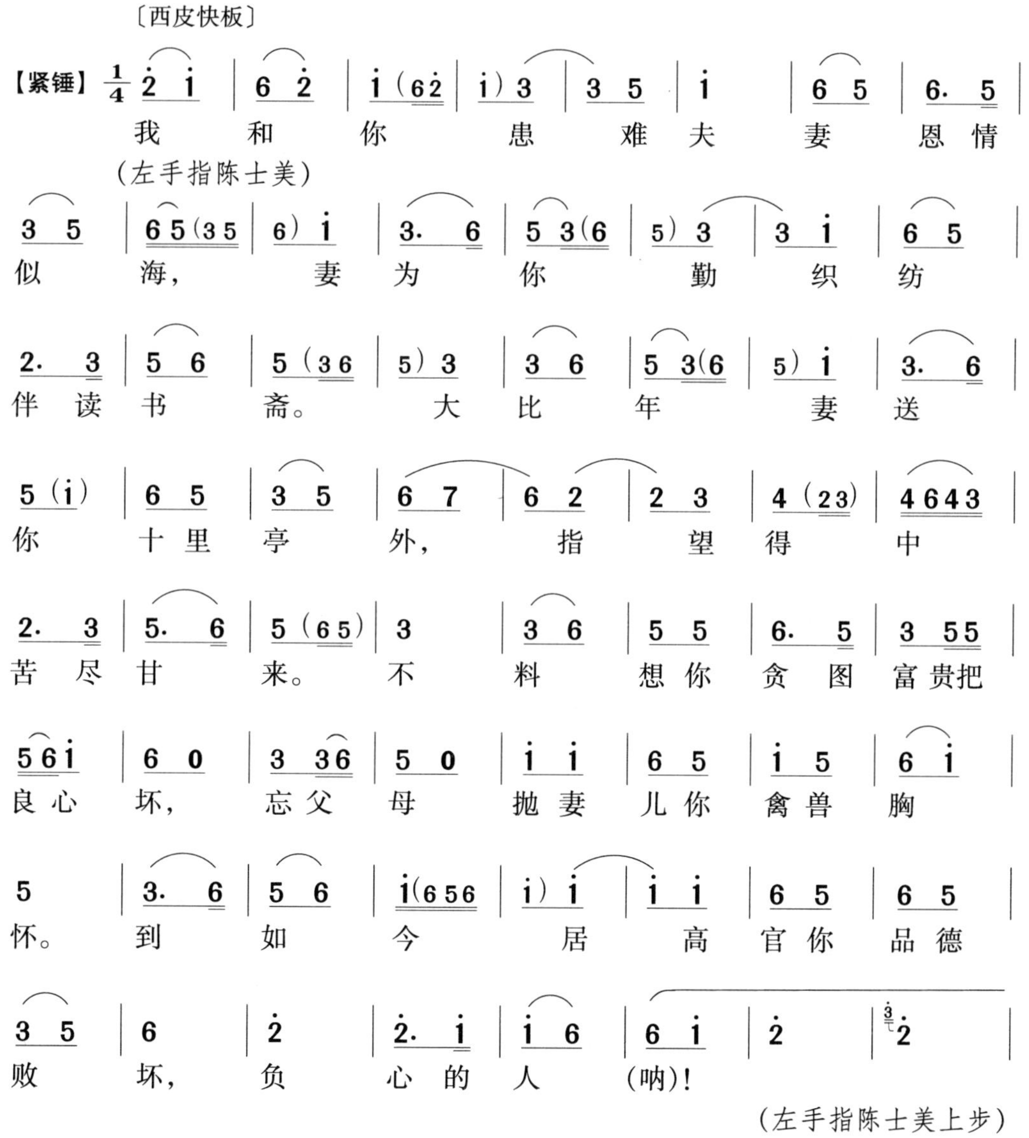

英　哥
冬　妹　（同）妈！

〔【撕边】【崩登仓】秦香莲举双拳打陈士美，被其双手架住，陈将香莲推倒在“小边”，英哥、冬妹扑向香莲。

陈士美　来人！

大太监　在！（由“下场门”急至台中。另二小太监“上场门”至台中）

陈士美　（右手指香莲）将他们轰了出去！（拂右袖“下场门”下）

大太监　出去，出去！

〔【乱锤】大太监指挥着二小太监推搡着母子三人台中出门，将香莲等推倒在“大边”台口，英哥在香莲左侧，冬妹在右侧。大太监等“下场门”下。

〔【水底鱼】张三阳“上场门”急上至台中口。

张三阳　香莲，这是怎么啦？【撕边一锣】

秦香莲　（抬头搌泪）他，他，他不但不认，反将我们赶出来了……哇……（母子揾泪）

张三阳　【撕边一锣】（向外呆亮）怎么着！（扇指前方）他把你们赶出来了？

秦香莲　正是。

张三阳　（扇击左掌顿足）嗨！【冷锤】我想这世上真有这种忘恩负义的人哪？你就这么忍受了吗？

〔【撕边一锣】母子三人站起。

〔幕内传来鸣锣声、开道声。

〔张三阳闻声向“上场门”内张望。香莲母子至台中张望。

秦香莲　啊，老伯，这是哪位大人鸣锣开道？

张三阳　嗳，我说香莲哪！这是（拱手）王延龄（扇指“上场门”内）王老丞相下朝。

秦香莲　（抬头向外）噢，王丞相！【撕边一锣】（右掌托颊略想片刻）啊老伯，你将我一双儿女带回店中，我要拦轿喊冤去了！【撕边一锣】（将儿女推送至张三阳面前）

张三阳　好，去你的！

〔【快扫头】香莲在台中双搭袖上腕，向张三阳蹲身，施礼拜谢，向左缓双袖上步至中台口，疾步至“小边”。张三阳领英哥、冬妹走后方至“大边”。秦香莲反“云手”分双臂，搭双袖上腕，左转向张三阳拱请式告别，“上场门”急下。

张三阳 走，跟我回去吧！

〈**【快原场】**张三阳手拉英哥、冬妹“下场门”下。

第五场

〈堂桌、“小座”。缃色花桌围椅披。

〈接前场锣鼓。

〈王延龄内白：“家院！”**【大锣一击】**家院内白：“有！”王延龄内白：“将那告状的女子带进二堂回话！”家院内白：“啊！”

〈**【快长锤】【撕边】**王延龄“上场门”上，至“九龙口”前稍亮。**【快长锤】**上步两抖袖。

〔西皮摇板〕

王延龄 （过门同前）

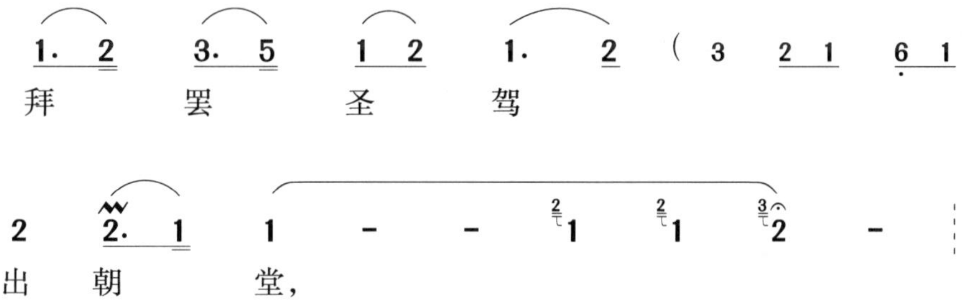

〈**【闪锤】**缓步上至中台口，抖单袖，单手捋髯。家院“下场门”暗上站“大边”。

〔西皮流水板〕

（过门同前）

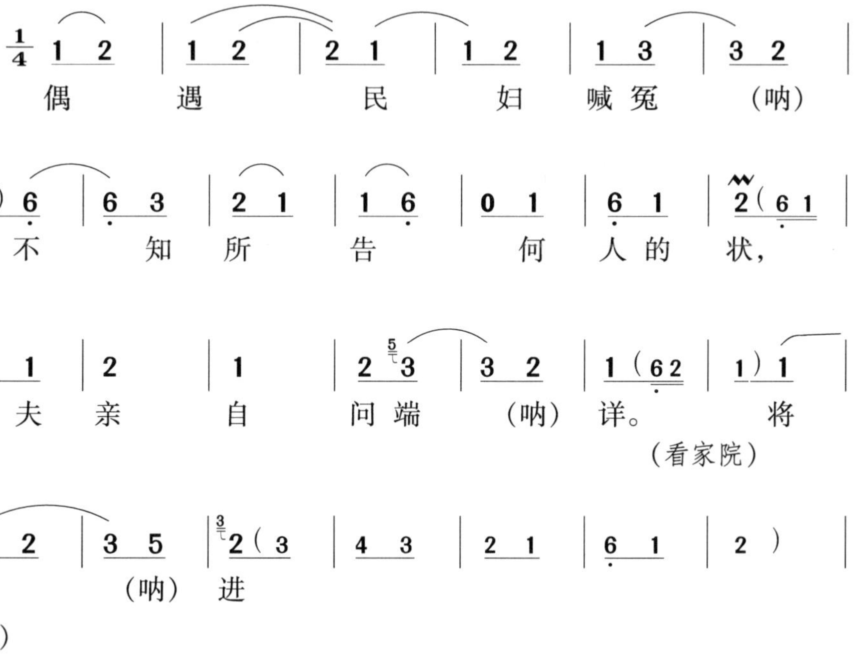

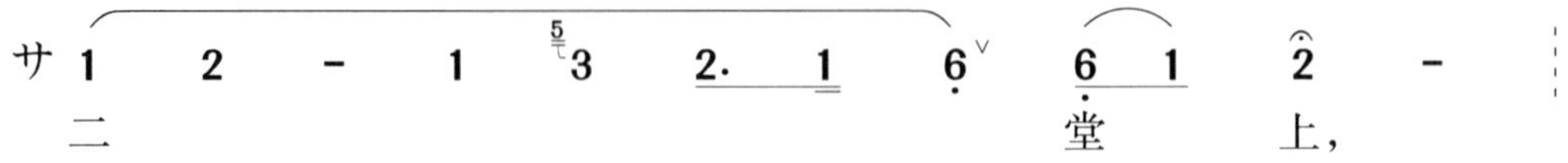

家　院　【单槌大锣一击】（出门向“上场门”）民妇上堂！

〔【纽丝】王延龄入“小座”，左侧站家院。秦香莲“上场门”上，至“小边”台口，抖单袖。

〔西皮散板〕

秦香莲　（过门同前）

〔【大锣住头】秦香莲进门，在“小边”向王延龄施礼，侧身双膝跪地。

王延龄　这一女子家住哪里，姓字名谁？

秦香莲　小妇人秦香莲，湖广荆州人氏。

王延龄　哦，湖广荆州。（上下打量香莲）【小锣一击】你拦轿喊冤，所告何人？

秦香莲　状告当朝驸马（右手指外）陈士美。

王延龄　（甚感惊诧）哦！陈士美？【大锣一击】（单捋髯稍想）你与他有何瓜葛？（伸右掌示意）起来讲。

秦香莲　相爷容禀！（施礼起身）

王延龄　（按右掌）慢慢讲来。

〔西皮流水板〕

秦香莲　【一锣凤点头】（过门同前）

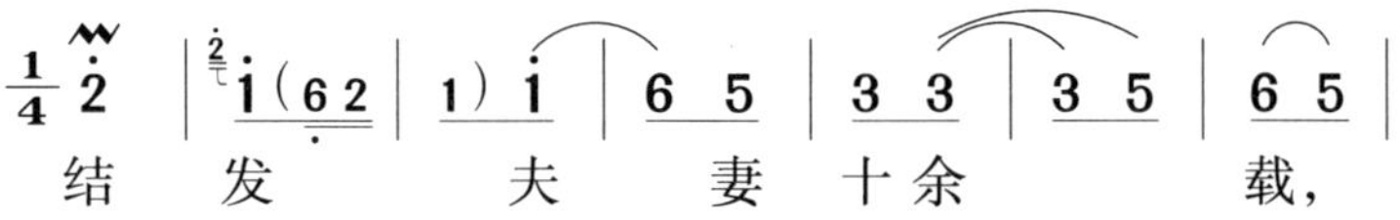

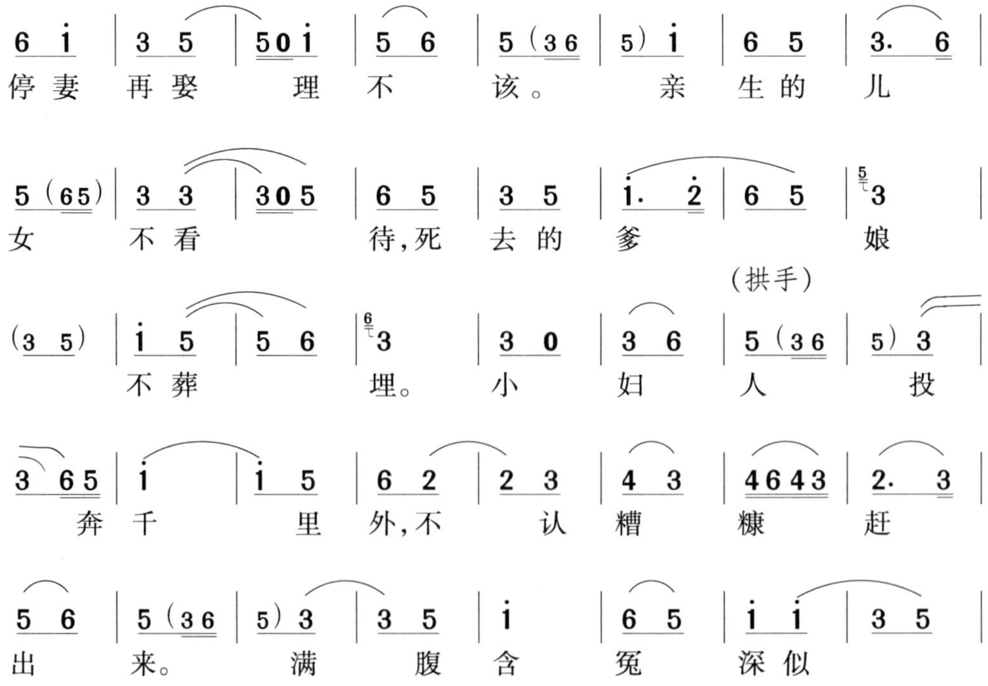

6 3 | 3 5 | 5 3 | 0 5 | 6 5(6 | 7)6 | 5 i | 6 5 | 3 ⁵3 | 5̂ ‖
海,望　求　相　　　　爷　　你　做　主　　裁。

（躬身施礼拜谢）

〔亮弦〕

〔【单槌大锣一击】サ（4　3　6　⁶5̂　－）

〔王延龄右食指捋髯望香莲，点头，以示知悉原委。

王延龄　哦！（离座至台中）

〔西皮摇板〕

【闪锤】（过门同前）4　3　3　3　－ ∨ ⁵3. 2　1. 2　3　－
听　她　言　来　　非（呀）诬　　赖，

（7̣　6̣　5　5 5　3 6　5 5　3 2　1 1）6　⁵3.　2　1
状　元　　驸

2∨　1 5　3 2　1（3　2 1　6̣ 2　1 1　6̣ 5　5 5　3 6　5 5）
马　不 成　（呐）才。

（右拇指指头后）

3　2　2 1　1. 6̣　3　1. 3　³2　³2 ³2　7̣　－　⁷6̣　6̣　3̣ 6̣
宫　廷　之　　事　　须　掩（呐）盖，　　此　　事　叫

5̣.　3̣　∨6̣　2　²7̣.　6̣　⁶5̣.∨　6̣　1（1　2 1　6̣ 2
我　　　怎　安　　　　排？

1 1　6̣ 5　5 5　3 6　5 5）3　－　2 1　6̣ 2　1. 6̣　³2
低　　下　头　来，

（右掌抚摩头）

³2 ³2　1 6̣　5̣　－（6 5　3 5　6 i　5）サ 5̣　－∨　2　－
暗　　思

（右手捋髯思索）

²7̣　²7̣ ²7̣　6̣. 7̣　2　7̣　²7̣　6̣　－　【单槌大锣一击】
揣　　　（呀），

（背双手沉思）

〔行弦〕

2/4 0 7 6535 | 6 7 6535 | 6 0 3. 5 | 6 7 6535 |

（转动双眼，细想，左拳击右掌）

6 35 6i52 | 4245 6i567 | 6 - |

（夹白）有了！（抖单袖上步）

〔西皮散板〕

【纽丝凤点头】（过门同前）3 2 21 1 2 61 2 1 - ‖**【大锣住头】**

忽 然 一 计 上 胸 怀。

（入“小座”）

秦香莲，我来问你，既是他原配的妻子，今年他多大年纪？

秦香莲 三十二岁。

王延龄 （摊右掌）几月生辰？

秦香莲 七月十五。

王延龄 哦，（右掌抚髯点头称是）不错，不错，明日就是你丈夫寿诞之期，（左掌自指胸后向外指）老夫还要过府祝贺。秦香莲，我来问你，你可晓得东周列国（右食指指外）百里奚在堂上与他夫人（双食指放胸前）相会的故事么？

秦香莲 （躬身）略知一二。

王延龄 好，（右拳击左掌）知道就好。老夫有意，明日设法（右食指指香莲后指外）将你带进府去，你用乡音曲调编些歌词，打动于他，倘若将你认下岂不是好？

秦香莲 事到如今也只好如此……（躬身应是）

王延龄 来。

家　院 有。

王延龄 取纹银十两过来。

家　院 是。（“下场门”取银复上）

王延龄 你住在哪里？

秦香莲 住在（右手指外）张三阳的店中。

王延龄 哦，哦哦，将这银子拿去以作度日，明早来到我府，与你同去便了。

秦香莲 多谢相爷！

王延龄 （示意家院）送她出去吧！

家　院 是。**【大锣凤点头】**（递银）

〔秦香莲台中接银退回“小边”。

〔西皮散板〕

秦香莲 （过门同前）i i 3 3 6 5 7 6 5 5 - 6 -

深 施 一 礼 出 府 外，

〔**【大锣凤点头】**家院“下场门”暗下。秦香莲台中向王延龄躬身施礼，出门站“大边”台口。

秦香莲

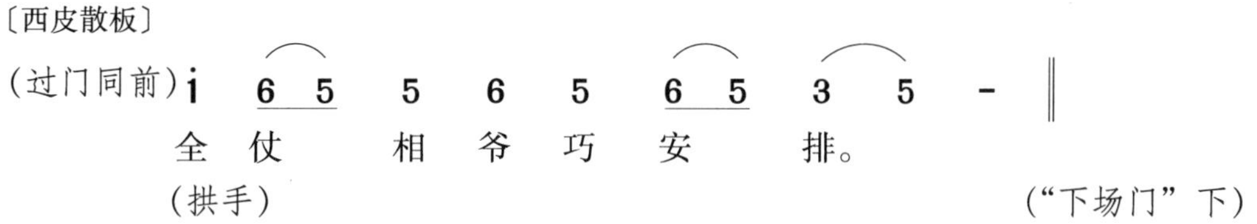

王延龄 唉。【大锣凤点头】（起身抖单袖至台中）

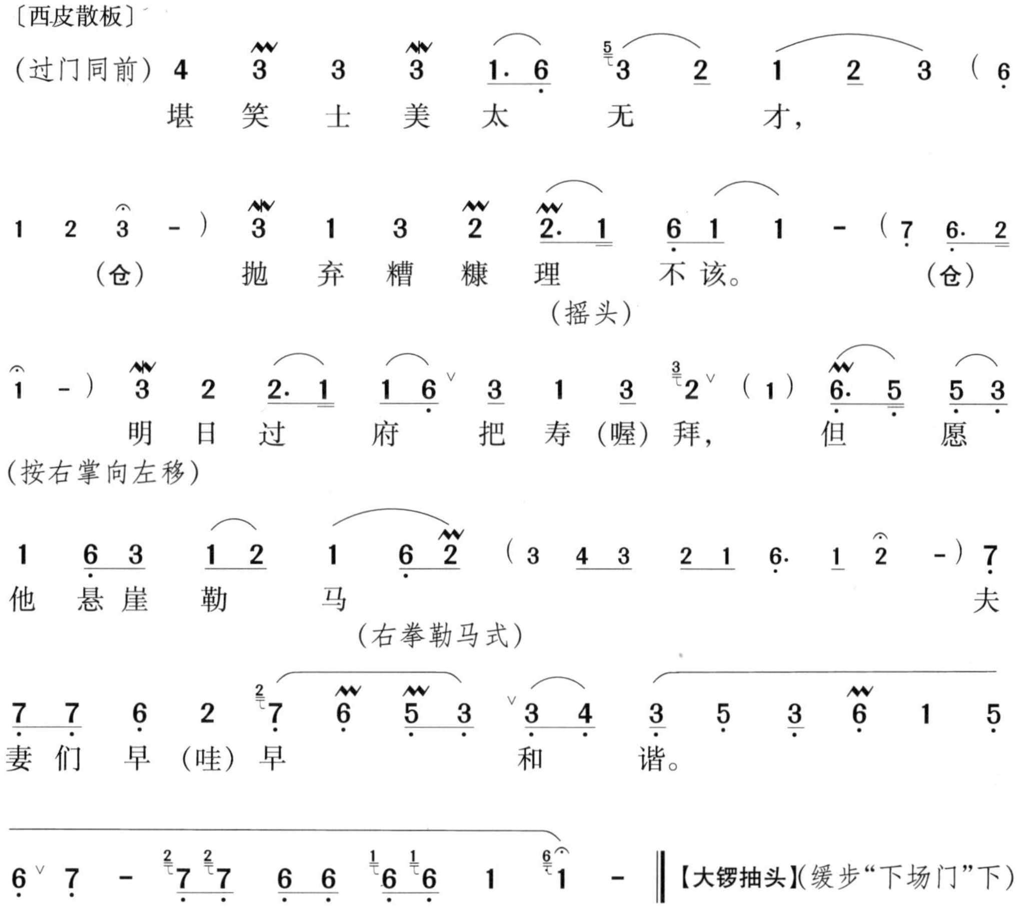

第六场

〔堂桌，八字椅。红色桌围椅披。

〔【长锤】四宫女“上场门”上，“站门”。一大太监右手执云帚随上，归站“大边”台口。皇姑在前，陈士美紧随，二人兴冲冲至“九龙口”前，各自搭袖上腕，喜笑颜开对面而望。

陈士美 哈哈哈……

皇 姑 （拱手）驸马！

〔【大锣凤点头】二人各抖单袖，上至中台口，陈士美站“小边”，皇姑站“大边”。

〔西皮摇板〕

皇　姑　(过门同前) 3· 6 5 ⁲7 6 5 6 3 5 － 6 (6 5 3 5 6 5 3 2 1 1 6 5 5 5)
驸　马千秋喜气　　扬，

陈士美　3 2 2 2 1 1 2 2 0 6 2 1 3 2 3 2 1 6 6 1 1 － ‖
夫妻们恩　爱　　　地　久天　　　　长。
(二人偎袖搭肩)

〔【大锣住头】陈士美坐"大边"跨椅，左侧站大太监，皇姑坐"小边"跨椅，宫女归站里"八字"。

皇　姑　今乃驸马寿诞之期，驸马请上，待本宫拜寿。(起身)

陈士美　(起身) 士美也有一拜！

〔【五锤】二人各自向里躬身施礼，归原座。

皇　姑　本宫备得寿酒，(拱手) 与驸马祝寿。

陈士美　(拱手答谢) 有劳公主。

〔内喊："列位大人到。"

大太监　(向陈士美躬身) 启禀驸马，列位大人前来拜寿！

陈士美　(伸右掌示意) 公主回避了。(宫女两边下，皇姑"上场门"暗下) 有请！

大太监　(向外拱手) 有请啊！

〔奏唢呐牌子<小傍妆台>陈士美出门站"大边"台口，身后是大太监。四朝官"上场门"上，至中台口与陈士美拱手礼让，四官"挖门"分站两边。陈士美随入站中间，大太监站"大边"跨椅旁。众官"合龙口"向里躬身行礼拜寿。

四朝官　与驸马拜寿！

陈士美　多谢了！(面向外躬身回拜)

〔曲牌止。四朝官归回站两边。

陈士美　列位大人，请至东厅入席。

四朝官　到此就要叨扰！

陈士美　(向众拱手) 少时再来奉陪。

四朝官　(向陈士美拱手) 请！

〔【五锤】四朝官出门"插门"，"下场门"下。

〔内喊："王丞相到！"

大太监　启禀驸马，王丞相到！

陈士美　(喜出望外) 噢！老相国来了？(向大太监) 快快动乐相迎！哈哈哈……

大太监　动乐相迎啊！

〔奏牌子<小傍妆台>　(乙字调)

陈士美　哎呀呀，(伸右赞美指) 老相国也来了，哈哈哈……老相国来了！

〔陈士美边叨念着边整冠迎至门外站中台口"大边"一侧。同时家院双手端礼单盘"上场门"上，至"小边"台口。王延龄随上至台口"小边"一侧，与陈士美碰面。

陈士美　(上前拱手) 老相国！哈哈哈……

王延龄 （拱手）驸马，哈哈哈……

「陈士美伸右掌礼让，王延龄进门，家院随后，同至“大边”。陈士美跟进门，大太监随后同至“小边”。二人同向里躬身施礼。王延龄坐“大边”跨椅，陈士美坐“小边”跨椅。曲牌止。

王延龄 哦，驸马，想你一步青云，攀龙附凤。今日寿辰，（双手端带）老夫特地前来祝贺。

陈士美 哎呀，老相国（伸右赞美指）乃三朝元老，本宫有何德何能，敢劳相国亲自前来祝贺。

王延龄 呃，理当如此。来，看礼单。

陈士美 呃，（伸双掌拦阻）慢来，慢来！本宫小小生辰，焉敢受此厚礼。

王延龄 呃，驸马，这叫做“千里送鹅毛，礼轻仁义重”。

陈士美 啊？

王延龄 啊！

陈、王 （同笑）哈哈哈……

陈士美 哎呀，如此愧领了。

「**【小锣一击】**家院台中递盘，大太监接盘放桌上，二人各归站原位。

王延龄 告辞了。（拱手向前走）

「陈士美忙上前拦阻。闭二幕。家院、大太监跟至前。

陈士美 且慢，相国既然到此，何妨少饮几杯。

王延龄 呃，（点头）好，寿酒么倒要吃上几杯。

陈士美 宾客俱在东厅，（伸左掌相让）老相国请来入席。

王延龄 呃，（按右掌拦阻）呃慢来，慢来。（右手指右侧）想东厅之上，老夫的门人甚多，若在一处饮酒，大家俱有不便哪。

陈士美 呃，相国说的是。好，将酒宴摆在（右手指左侧）西花厅，本宫亲自（拱手）奉陪。

王延龄 好，好，这倒使得，这倒使得。（从家院手中接过折扇）

陈士美 内侍，将酒摆在西花厅，本宫亲自把盏。（伸手礼让）老相国请。

王延龄 （拱手）驸马请。

「奏曲牌。

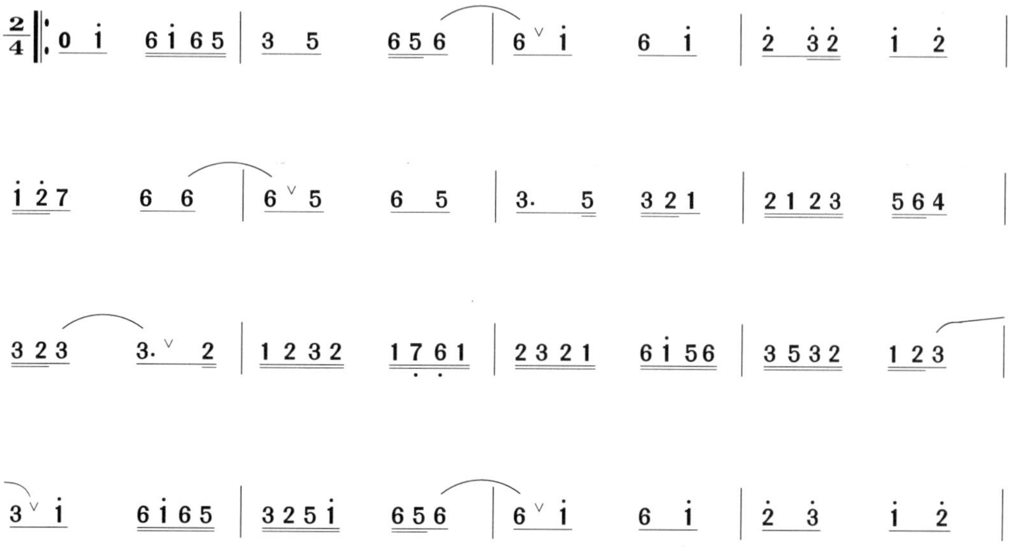

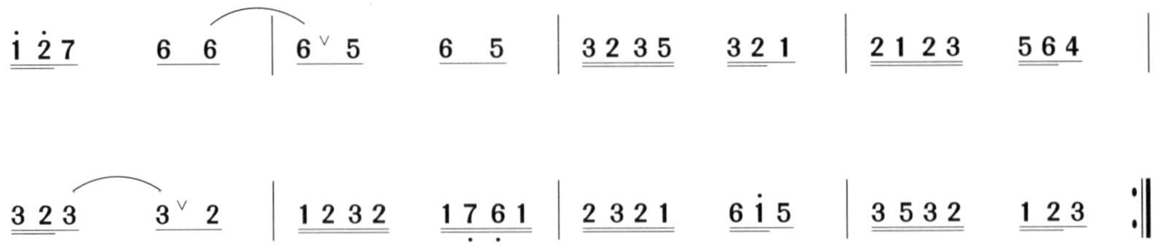

大太监至中台口引家院、陈士美、王延龄等依序经“大边”小圆场至“小边”台口。二幕启。

〖两张斜桌成八字，“大座”。红色桌围椅披。桌上各放酒壶、酒杯各一，“小边”斜桌放扇子一把。大太监“挖门”至“小边”，家院至“大边”。陈士美站台中伸手礼让，走中间，王延龄入“大边”斜桌座，陈士美坐“小边”座。大太监给二人斟酒毕，站“小边”桌旁。家院站“大边”桌旁。乐止。

陈士美　（端杯）相国请。

王延龄　（端杯）驸马请。

〖**【小锣一击】**二人饮酒毕。大太监、家院分别斟酒。

王延龄　啊驸马，老夫忘记了驸马是哪里人氏？

陈士美　（从桌上拿扇指外）我乃湖广荆州人氏。

王延龄　噢，湖广荆州人氏？

陈士美　正是。

王延龄　哎呀呀，（伸左赞美指）好地方！

陈士美　（按左掌）小地方。

王延龄　但不知贵乡出何（以扇指外）名产奇珍？

陈士美　哎呀，我们那里无有什么名产奇珍，不过是出了些个（略带得意地向王延龄伸左赞美指）文人才子。

王延龄　噢，哎呀呀！如此说来，是文章福地，（向陈士美伸左赞美指）礼义之乡？

陈士美　礼义之乡。

王延龄　（扇击左掌）着哇！若不是礼义之乡焉能出驸马你这样礼义的人才。

陈士美　哎呀呀，（拱手）老相国，你夸奖了。（得意地）哈哈哈……

王延龄　（讥讽地）哈哈哈……（二人端杯互让）请。（以扇遮面饮酒）**【小锣一击】**唉！

陈士美　啊相国，为何这样愁闷？

王延龄　驸马，（以扇指外）你听东厅之上猜拳行令何等热闹，你我二人（扇指桌前）在此饮酒（摆扇子）毫无趣味。

陈士美　这有何难，待我唤出宫娥彩女，叫她们弹唱歌舞，（拱手）与相国解闷如何？

王延龄　哎呀呀，宫娥彩女的歌唱（以扇指耳）老夫听过多次，（摆扇）不胜厌烦。

陈士美　（拱手）依相国之见呢？

王延龄　（双手握扇略想）**【小锣一击】**哦，有了，驸马，适才老夫路过长街，几个村妇在那里歌唱，（扇指耳）倒也动听，倒不如唤一个前来唱上几段，助助酒兴，你看如何？

陈士美　哎呀呀！（向后闪身）想那村歌野调，怎能登这大雅之堂。

王延龄　（扭头，向后闪身）呵呵，驸马你不要小看她们，她们唱的是（用扇点动左手各指数算着）离合悲欢的故事，动听得很哪！

陈士美　哎呀呀，老相国，只怕（摆左掌扭头向外）观之不雅。

王延龄　噢，驸马不允，（略想）好，（从右侧出桌奔台中）老夫（拱手）告辞。

陈士美　哦，慢来，慢来，（忙从左侧出桌追至台中）老相国，老相国，不必如此，（拱手）就依相国也就是了。

王延龄　（开扇自扇）这便才是。

〔**【五锤】**二人向里从中间分别入原座。

陈士美　内侍！

大太监　（向陈士美躬身）有。

陈士美　命人去到大街上，唤一个歌唱的村妇前来。

大太监　遵命！（向外欲走）

王延龄　嗳，（点扇相拦）慢来，慢来，驸马今日生辰，他们的事务特多，焉能抽出身来。倒不如派老夫（扇指左侧家院）这个小介去唤，你看如何？

陈士美　好，好，（拱手）但凭相国，但凭相国。

王延龄　来。

家　院　有。

王延龄　去到长街唤一个歌唱村妇前来。(开扇背供,向家院)嗳,(一语双关地)要好的呀！

家　院　（点头会意）噢，是是是。**【小锣一击】**（出门"上场门"下）

王延龄　啊驸马，少时村妇（扇指桌前）到此歌唱，（扇指陈士美后自指）你我要仔细听上一听，（扇把儿在胸前画圈）其中的意义不小啊！

陈士美　（扇击左掌）好，好，少时等她到来，我们倒要仔细（扇把儿自指耳）听上一听。

王延龄　着哇，仔细地（扇击桌面）听上一听。

〔家院内白："随我来！"

〔**【小锣五击】**陈士美、王延龄端杯互让，以扇遮面饮酒。家院"上场门"上，进门站"大边"原位。秦香莲左手挟琵琶随上至"小边"台口。

秦香莲　悄悄西廊进，（右手自指嘴）歌唱挽（双目斜视左下方）夫心。

〔**【小锣一击】**（**匝匝匝匝匝匝**）**【小锣一击】**秦香莲进门至"小边"。

家　院　（伸右掌示意香莲）见过相爷。

秦香莲　（向王延龄躬身施礼）参见相爷。

〔**【撕边一锣】**陈士美见是秦香莲，向后闪身，惊。

陈士美　啊！

王延龄　（侧目观察着，用扇示意香莲）见过驸马。

秦香连　（向陈士美躬身施礼）参见驸马。

陈士美　来！

大太监　（躬身听命）在！**【大锣一击】**

陈士美　（起身左手指秦香莲）出去！

大太监　（上步云帚指香莲）出去！

王延龄　（伸扇拦阻）且慢！**【大锣一击】**驸马，（扇指秦香莲追问陈士美）你认得她？

陈士美　我，我怎么会认得她呢！（转头向外）

王延龄　（扇击左掌）着哇！**【大锣一击】**既不相认，（右掌指桌）村妇到此，驸马因何这样（摊双掌）大惊小怪呀？

陈士美 （语塞）啊！

王延龄 （追问）啊？

陈士美 （遮掩）噢，不是啊，相国，今日乃（用扇自指）本宫寿辰，（用扇点戳着香莲）你看这村妇破衣烂衫，而且身着孝服，这成何体统啊？【**撕边一锣**】（扭头向外，升扇自扇）

王延龄 哎呀呀！（扇指陈士美后自指）你我听她的歌唱，你管她的（用扇击桌）衣服做甚哪？

陈士美 不是啊，这厅堂之上宾客如云，岂不惹人耻笑哇？

王延龄 哎呀呀，驸马，（扇指陈士美）这就是你的不是了。

陈士美 （向后闪身）啊！怎么是本宫的不是呢？

王延龄 （扇指陈士美后自指）想你我在朝为官，府中家眷，（扇把儿自指嘴）吃的是珍馐美味，穿的是（扇把儿指左袖）绫罗绸缎。可惜这个（左食指指香莲）村妇，（摆扇）不曾嫁着一个好丈夫，故而她（左掌自指脸）抛头露面，（扇指桌面）到处卖唱度日。（双手扶桌）驸马你不怜悯于她，倒还罢了，反笑她衣衫褴褛，哎呀，（双手扶桌，探身，摇头）似乎有些不近人情吧！

陈士美 哦！（忙掩饰）哈哈哈……相国，（双手握扇）本宫不过是一句戏言。

王延龄 哎呀呀！你这一句戏言不甚紧要，险些叫她（扇指香莲）乘兴而来，（扇指外）败兴而归！

陈士美 （心头一震向后撤身【**撕边一锣**】）啊！

王延龄 （探身追问）啊？

陈士美 （尴尬掩饰地）啊，哈哈哈……

王延龄 （讥讽地）哈哈哈……【**小锣一击**】这村妇，你唱的什么曲调？

秦香莲 湖广荆州曲调。

王延龄 哦，怎么，湖广荆州曲调？（双手握扇）哎呀呀！（用扇点戳陈士美）唱起驸马爷的家乡之音来了。哦！（扇击左掌）是了，想湖广荆州乃是（按右掌）文章福地、（伸右赞美指）礼义之乡，曲调么，想必也是（双掌互击）好的。好好好，老夫倒要（右掌自指耳）一饱耳福。

陈士美 内侍。

大太监 有。

陈士美 叫她到（挥扇指外）廊下去唱。

大太监 是。

王延龄 （伸扇拦阻）慢来，慢来，老夫年迈（用扇自指耳）耳聋，还是（扇指桌面）堂上唱！

陈士美 （扭头向外）廊下唱！

王延龄 （扇指桌）堂上唱！

陈士美 （转向外背身，扇扇，不睬）廊下去唱！

〔王延龄从右侧出桌至台中。陈士美忙从左侧出桌追至台中“小边”一侧相拦。

陈士美 哦，哦老相国，老相国！怎么，你又要告辞？

王延龄 不是呀！你我唤来（扇指香莲）村妇唱上几段，为的是助助酒兴，（扇指陈士美）驸马你叫她（扇指外）廊下去唱，分明是（扇指香莲）嫌弃于她，（横扇托髯）厌烦于我，（拱手欲走）故而告辞。

陈士美 （忙拦）哎，好好好，相国不必动怒，（斜视香莲）叫她堂上唱（开扇，转向里）

也就是了。

王延龄 嘿！（摊双掌）多此一举么。来！

家　院 （躬身听命）有。

王延龄 （扇指香莲）赐她个座位。

家　院 是。

〔**【五锤】**陈士美、王延龄从中向里回原座。家院“下场门”搬凳放“大边”，回桌旁站立。

秦香莲 （躬身施礼）谢相爷！（面向外坐）

王延龄 慢慢唱来。

秦香莲 是。（怀抱琵琶沉思）**【撕边一锣】**

（唱<琵琶词>1 5 弦，琵琶弹拨乐器伴奏）

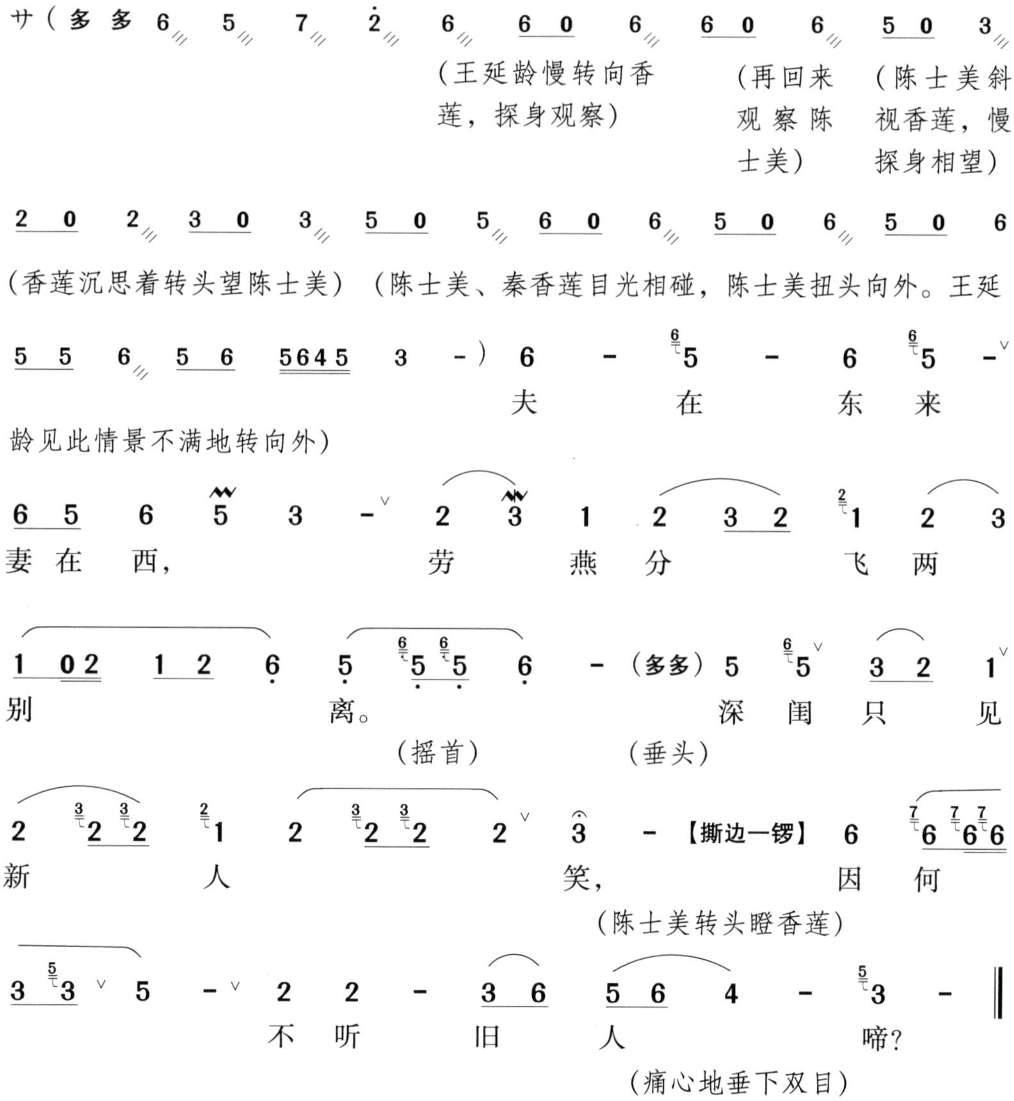

王延龄 **【小锣一击】**（扇击左掌）好！这几句书头唱得好！哎哎，驸马，（扇指陈士美再指

香莲）可曾听见？

陈士美 啊！（摊双掌）听见什么？

王延龄 （向后闪身）哎呀呀，（扇指香莲）这几句好书头，（扇指陈士美）你不曾听见？

陈士美 不曾听见。

王延龄 （摇扇）不妨，（扇自指后陈士美）等老夫重述一遍你听。

陈士美 好，好。

王延龄 哦，她唱的是……噢，唱的是：（用扇扳动左手各指数算）“夫在东来妻在西，劳燕分飞（双食指分开）两别离。”一个（扇指右再指左）东、一个西，儿女（摇扇）不是儿女，夫妻（摊双掌）不是夫妻。

陈士美 （不满地）相国，（左食指指王延龄的杯子）你的酒冷了！

王延龄 （忙摆扇）不妨事，（伸左食、中二指）还有两句呢：（再扳左手各指数算）“深闺只见新人笑”，哦，笑……笑…… （转向香莲）笑什么？

秦香莲 “因何不听旧人啼”。

王延龄 呃，好！（扇击左掌）**【撕边一锣】**“因何不听旧人啼？”妙得紧！妙在这“新人笑”，“旧人啼”！唉！老夫我好恨哪！

陈士美 **【撕边一锣】**（不解地）相国，你恨着何来？

王延龄 恨的是（扇子由左向右移）人情冷暖，（用扇点戳桌面）世态炎凉。

陈士美 哼！你管他世态炎凉不炎凉，（左食指指王延龄桌上）你的菜都凉了！

王延龄 （摇扇）呃！不妨事，不妨事！（扇自指嘴再指胸）凉在口内热在心中，（双手按桌）你道是与不是啊？

陈士美 （语塞）哦，哦哦！（忙端杯）请，请，请。

王延龄 （点头应付，转面、左食指指香莲）我说我的，你唱你的呀！（开扇自扇）

〔陈士美无趣自饮，开扇自扇，垂首闭目。

〔反二黄原板〕

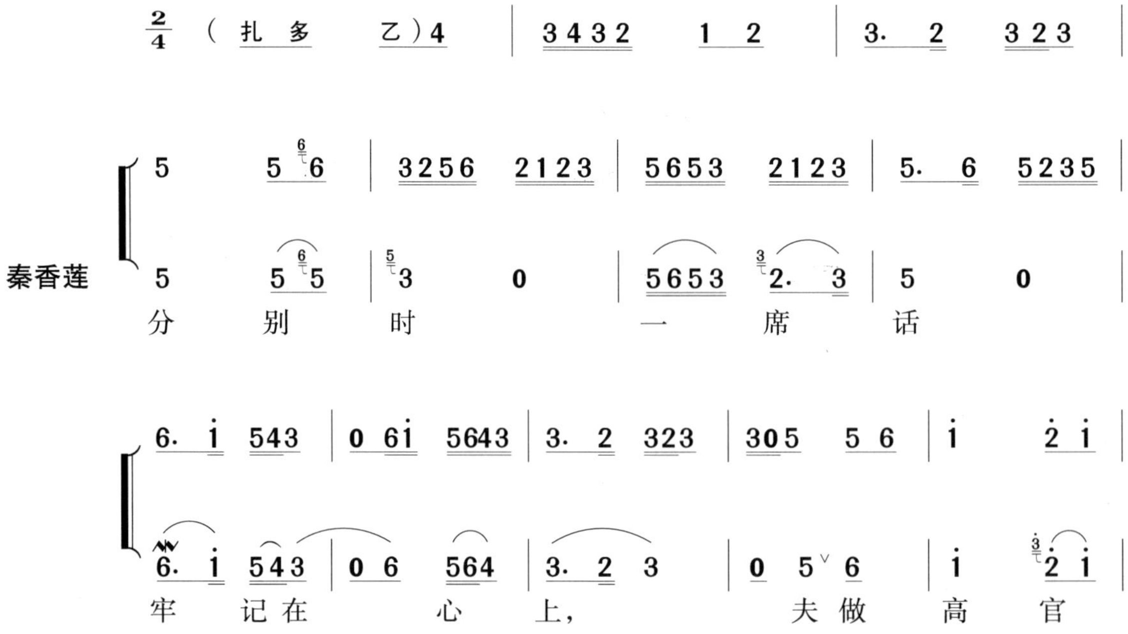

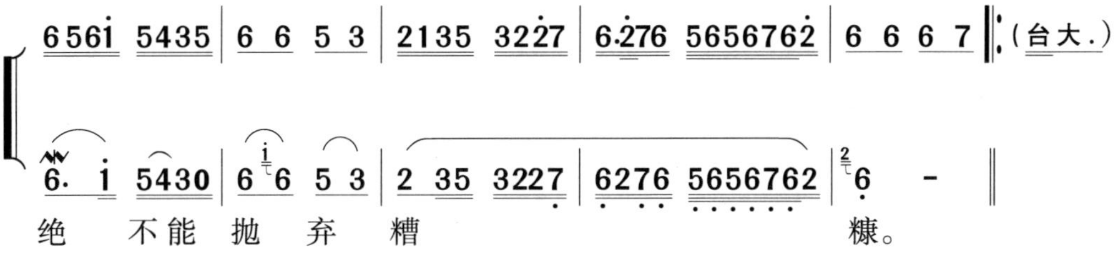

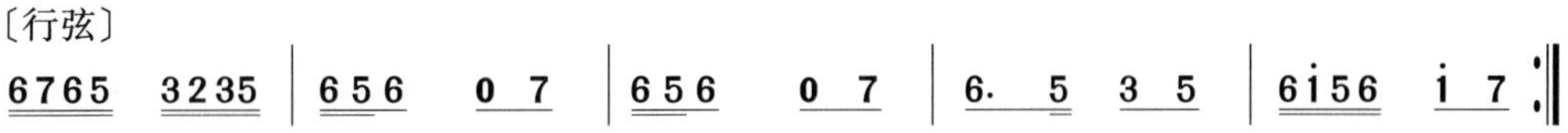

〔陈士美双手扶桌，当香莲唱“糠”字时佯打瞌睡。〔行弦〕中二人对白。

王延龄 哎驸马！（扇头击桌）哎，驸马！

陈士美 哦哦，（向王延龄拱手）相国！

王延龄 （扇指香莲）书正唱在（扇柄画圈）绝妙之处，（扇指陈士美后扶桌晃身）驸马因何昏昏欲睡，莫非（开扇自扇）有什么愁烦之事吗？

陈士美 哦！本宫（扇自指胸）心如明镜，毫无愁烦，（拱手）相国（摆手）不必多疑。

王延龄 哎呀！如此说来，（扇托髯）我倒少见（摊双手）多怪了。啊驸马，汉朝宋弘（伸左食、中二指）有两句言语，（看陈士美）你可记得？

陈士美 （摊左掌）哪两句？

王延龄 他说道：（扇指左再指右）“贫贱之交不可忘，（扇左、右两指）糟糠之妻（扇头点指桌面）不下堂。”

陈士美 哦！我倒忘怀了。（面转向外）

王延龄 哎呀呀！（扇头点戳陈士美）你真是贵人多忘事啊！

陈士美 （不满地）啊！

王延龄 （满不在乎）啊？

王延龄
陈士美 （同）哈哈哈……

王延龄 （左手指香莲）唱啊！

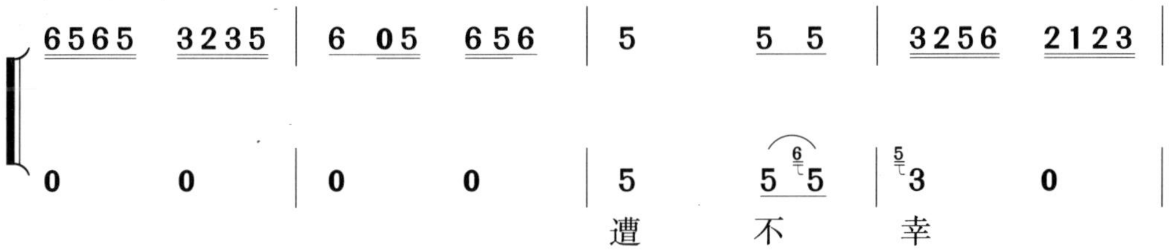

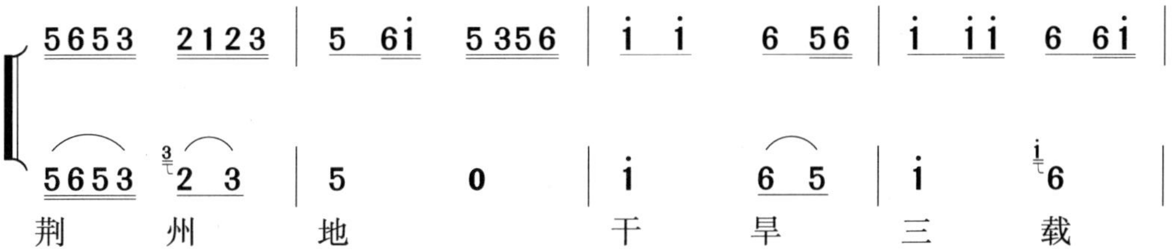

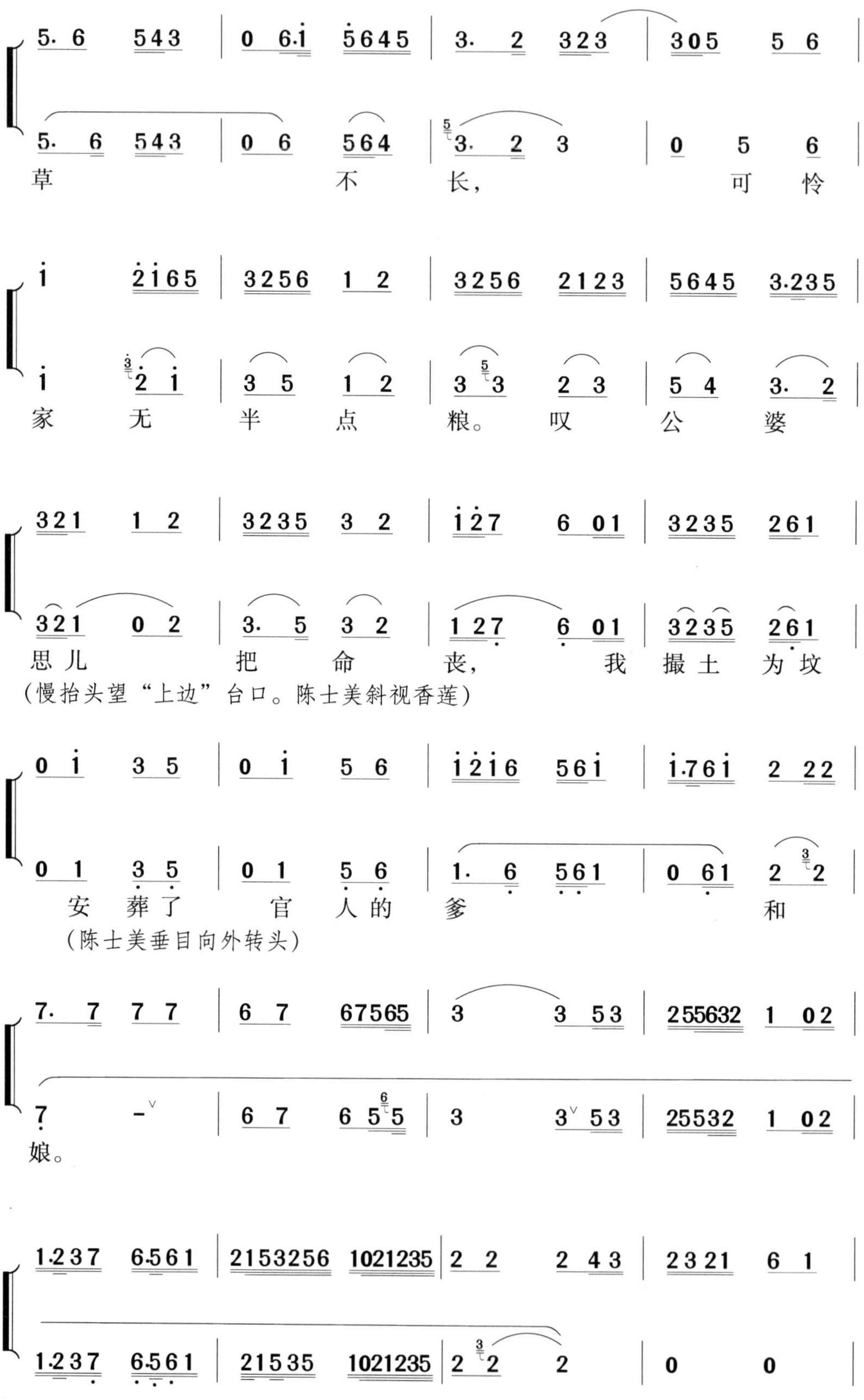
草 不 长， 可 怜
家 无 半 点 粮。 叹 公 婆
思 儿 把 命 丧， 我 撮 土 为 坟
（慢抬头望“上边”台口。陈士美斜视香莲）
安 葬 了 官 人 的 爹 和
（陈士美垂目向外转头）
娘。

秦 香 莲

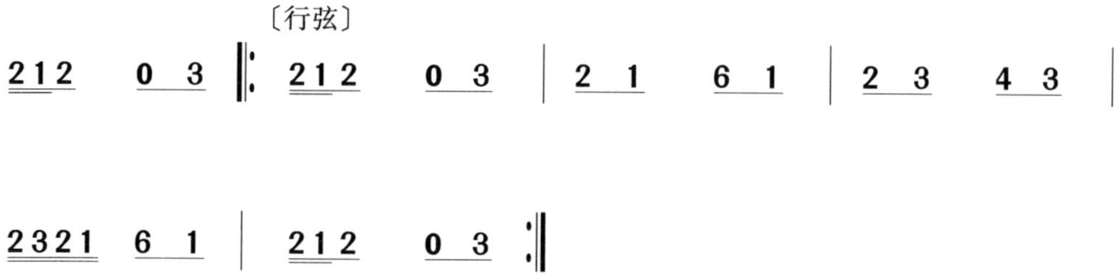

「〔行弦〕中二人对白。

王延龄 （双手扶桌点头，赞叹不已）哎呀呀！（端双掌）双手撮土埋葬双亲，好一个（伸左赞美指）贤德的儿媳妇！啊，驸马，（扇指香莲）这样的女子，（扇柄画圈）世间少有吧？

陈士美 （后闪身）呃！（扇指香莲）村歌野调，怎能（摊双手）当作真话呀？

王延龄 啊！（扇指香莲）村歌野调（摇扇）不算真话？

陈士美 不算真话。

王延龄 驸马，当初可曾（扇点戳桌面）听过此段歌词？

陈士美 我怎么会听过这段歌词呢？（转向外扇扇）

王延龄 着哇！（扇指陈士美）你既不曾听过，你怎么晓得（扇指香莲）她不是（摊双手）真话呢？

陈士美 （后闪身）这个……

王延龄 （探身叮问）哪个？

陈士美 （探身对视）啊！

王延龄 （探身逼问）啊？

陈士美 （仰望掩饰）哈哈哈……（转向外扇扇）

王延龄 （讥讽地）哈哈哈……（左手指香莲）唱啊！

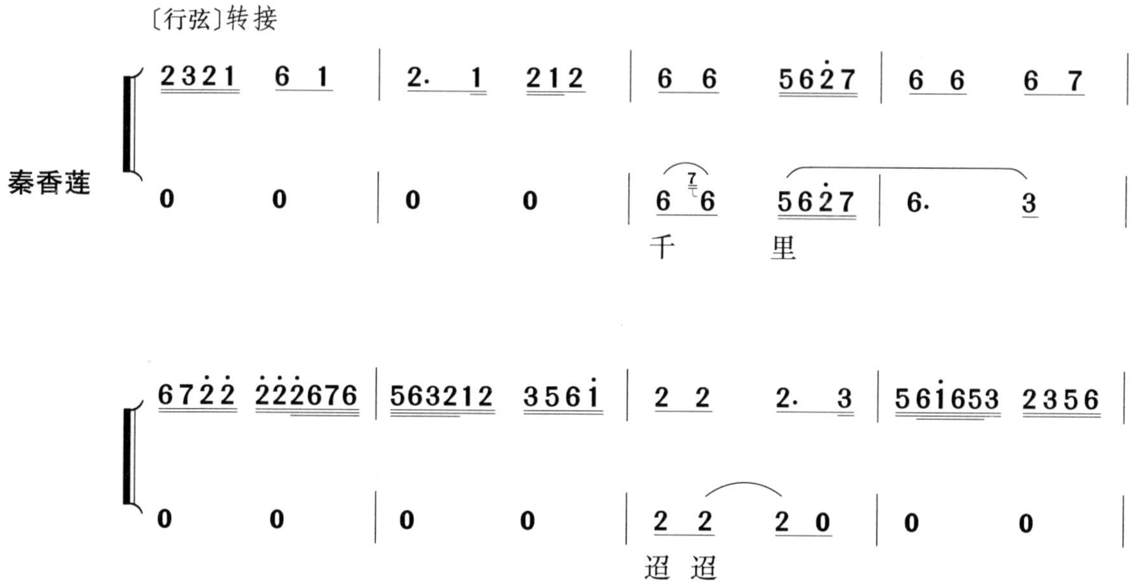

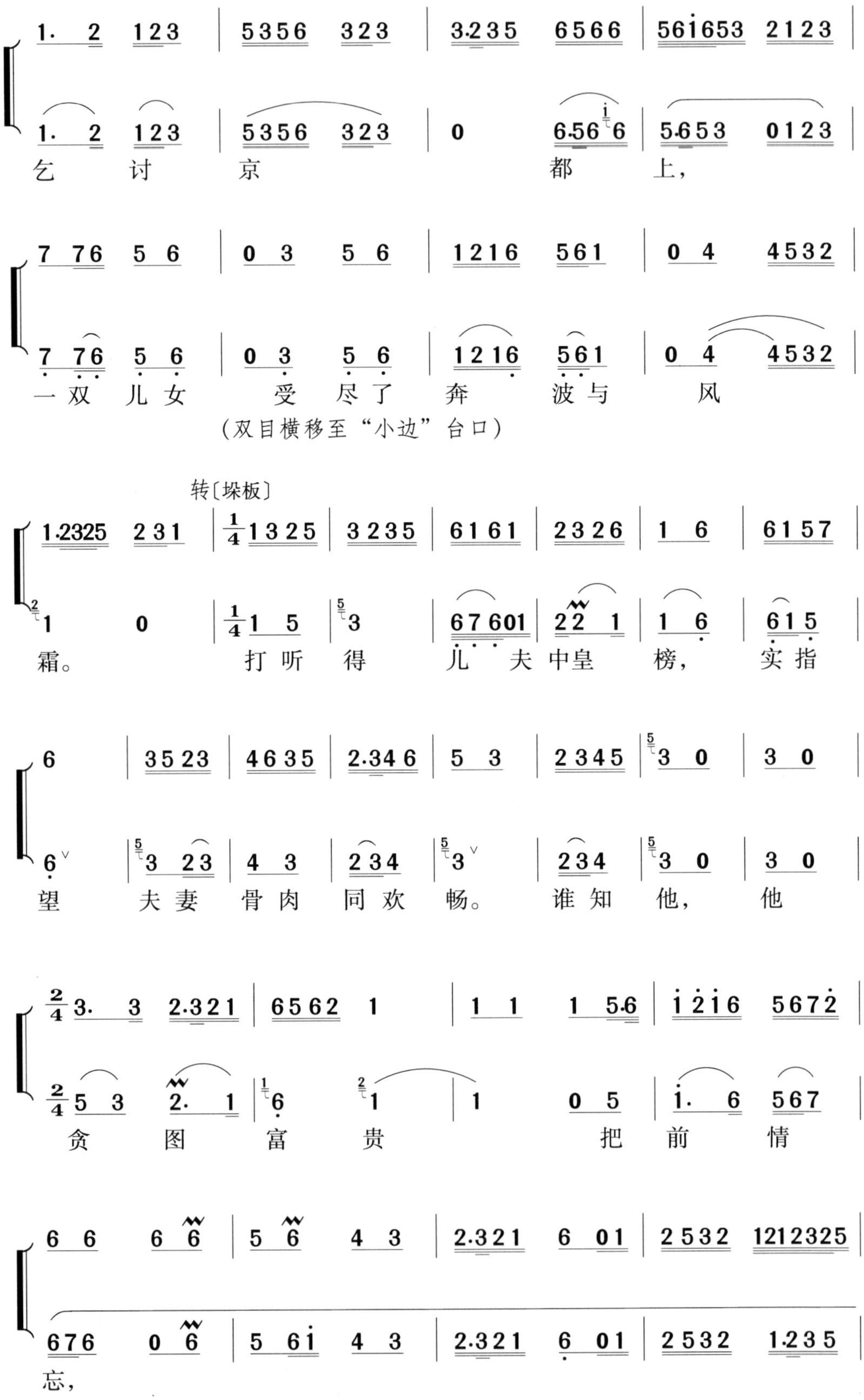
乞讨京都上，
一双儿女受尽了奔波与风
（双目横移至“小边”台口）
转〔垛板〕
霜。打听得儿夫中皇榜，实指
望夫妻骨肉同欢畅。谁知他，他
贪图富贵把前情
忘，

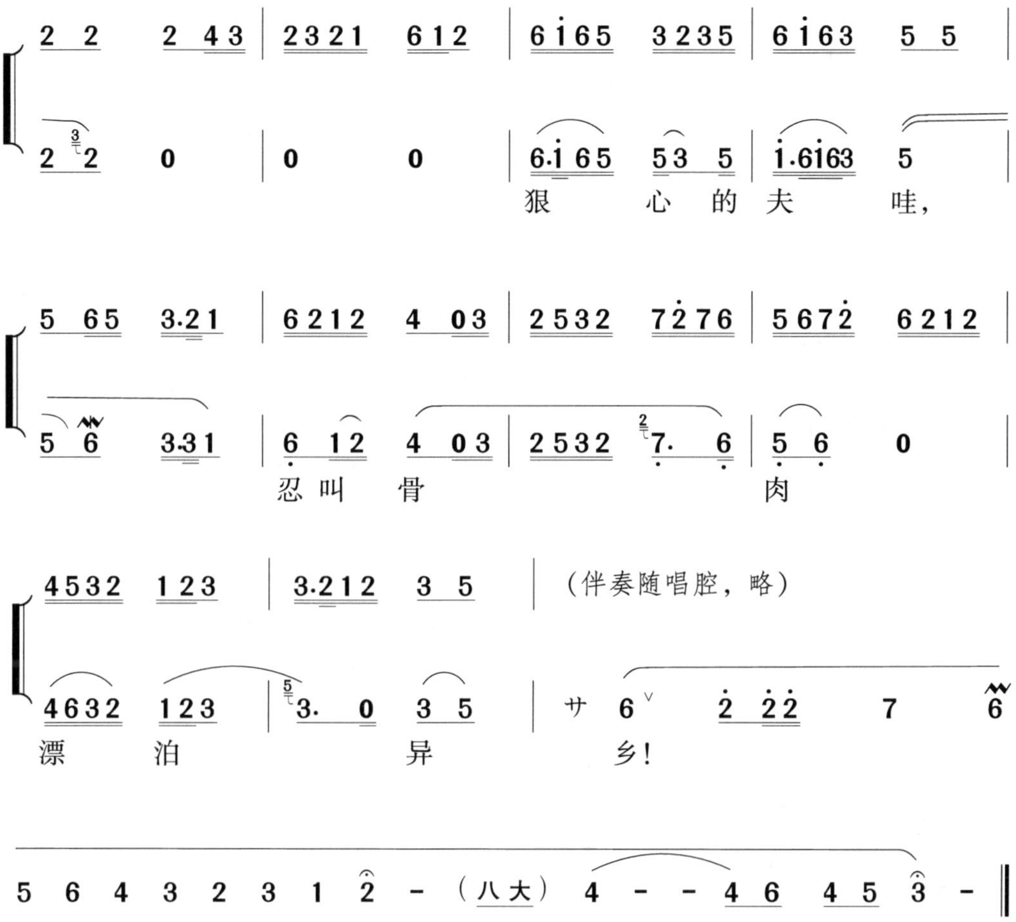

〔【撕边一锣】秦香莲潸然泪下，以袖揾泪。王延龄双手按桌问香莲。

王延龄 噢！听你之言，这个女子的丈夫，（扇指陈士美）还是个做官的？

秦香莲 正是。

王延龄 你唱了半日，你唱的是（侧目望陈士美）哪家事情？

〔陈士美侧耳听。

秦香莲 是我自己的苦情。

王延龄 哦，是你自己的苦情！你叫何名字？

秦香莲 我叫秦香莲。

王延龄 哪里人氏？

秦香莲 湖广荆州人氏。

王延龄 你丈夫叫何名字？

秦香莲 这个……

〔【撕边一锣】陈士美不由得起身站立。

王延龄 （开扇）大胆地讲，（左手端髯）老夫与你做主。叫什么？

秦香莲 陈士美！（右手指前方）

大太监 （上至台中，云帚指香莲）嘫！

〔【冷锤】陈士美呆坐椅上。

大太监 胆大贫妇，竟敢提起（拱手）驸马爷的名讳，难道你就不要（双手叉腰逼向香莲）脑袋了吗？

王延龄 （扇指太监）呀呸！

〔【冷锤】大太监面向王延龄双膝跪台中。

王延龄 想世间之上，同名同姓的甚多，（扇指香莲）她丈夫叫陈士美，（扇指陈世美）与你家驸马什么相干？【大锣一击】哼！（扇头点戳着大太监）狐假虎威，狗仗人势！（转向陈士美）驸马，你说（扇指太监）对不对呀？

陈士美 （稍愣）呃，对对对。（左手指太监）嘟！

〔【冷锤】大太监转向陈士美跪。

陈士美 本宫在此，哪个要（左手点戳着大太监）你这个奴才前来多管闲事，还不与我滚了出去！【冷锤】滚了出去！

〔【撕边一锣】陈士美呵斥左右众人后，开扇面向外自扇。大太监"上场门"溜下。王延龄端杯独饮，放杯。

王延龄 呵呵！（摊双手）我倒不在乎！（转向香莲）往下再唱！

秦香莲 （拱手）啊相爷，（左掌自指胸）我纵有千言万语，也唱（摆左掌）不出来了……哇……

〔【撕边一锣】秦香莲站起，琵琶放凳上，以袖搌泪。陈士美枕右拳佯睡。

王延龄 （扇击左掌）唉，可怜哪可怜！

〔【撕边一锣】家院将凳和琵琶"下场门"送下。王延龄从右侧出座至"小边"桌前。

王延龄 啊驸马。（见陈士美不理不睬，随转至台中）啊香莲，看你丈夫（扇指身后）假装沉睡，（扇柄指胸）想是有回心之意，（右手端髯）待老夫暂退，你亲自哀告于他（扇指身后）去吧！

秦香莲 （躬身施礼）谢相爷！

〔【冲头】王延龄背双手走香莲身后"下场门"下。香莲左"障袖"护头，右"搭袖"上腕，【叫头】转向陈士美。

秦香莲 官人哪！（拱手）你如今（左掌自指脸）真醉也罢，假醉也罢，望你（拱手）念在夫妻之情，（双掌自指胸）将我母子认下了……吧……（搌泪）

〔【撕边一锣】陈士美慢抬头，双手扶桌立起。

陈士美 秦香莲，你既念在旧日夫妻之情，为何逼我（探身，摊抖左掌）太甚哪？

〔【撕边一锣】香莲向外惊呆亮住。

秦香莲 我要夫妻团圆，儿女有靠，何言（打量陈士美，摔右袖）逼你太甚？

〔【撕边一锣】陈士美出座至台中，抖动左双指逼向香莲。

陈士美 你要夫妻团圆，儿女有靠，你就不顾我这（右手指头）驸马的前程！【冷锤】

秦香莲 （右"障袖"护头）这驸马的前程么？（左手指外【撕边一锣】放袖）害得官人（双掌自指胸）妻离子散，你，你要它何用！【冷锤】（向陈士美甩双袖）

陈士美 呸！（左双指点戳着春香莲）分明你自已高攀不上，一心赖在（颤抖的左掌自指）我的身上，受人拨弄，想害我身败名裂！【冷锤】（左双指抖指秦香莲）你，你你，还有什么旧日夫妻之情？【撕边一锣】

秦香莲 （盯望陈士美）依你之见，莫非要我母子销声匿迹不成？（向陈士美甩右袖）【大锣一击】

陈士美 （横跨右步逼向香莲）嗯！（右掌捋髯，得意忘形）合乎天理，顺乎人情。

秦香莲 （上步逼向陈士美）这天理人情，只怕由不了你！

「**【撕边一锣】**王延龄“下场门”溜上，至台中后区静观。

陈士美 （上步逼向香莲）由不了我也要由我。你与我（右食指指外）滚了出去便罢，如若不然（右掌握拳）我就要哇……

秦香莲 （上下打量陈士美探身叮问）你要怎样？

陈士美 我就要……

「**【撕边一锣】**陈士美举拳欲打香莲，王延龄从中将二人分开。香莲站“大边”，陈士美站“小边”，王延龄站中。

王延龄 哦，驸马，为何（扇自指脸）变脸变色？

陈士美 哼！（冷面相视）

王延龄 啊，驸马，依老夫相劝，（扇指左侧香莲）将她认下了吧！

陈士美 我与她素不相识，我认她做甚？（不满地转头向外）

王延龄 哦！你与她素不相识？（稍想片时）哦，哦哦，我明白了，你怕（伸双食指）夫妻相认之后，（拱手）圣上降罪与你。无妨，你若将她认下，倘若（拱手）圣上降罪，老夫我拼着这顶（右手自指头）前程不要，（按右掌点动着向左移）替你担待担待！**【大锣一击】**

陈士美 相国，想本宫一不欺君，二不害民，要让相国替我担待何来呢？（走至“小边”）

王延龄 **【冷锤】**啊！怎么，（伸右食指）你一不欺君，（伸右食、中二指）二不害民？哼哼！依老夫看来，（右手指左侧香莲）她就是你欺君害民（将髯让在左肘上“冲掌式”）铁板的干证！**【冷锤】**（亮住）

陈士美（右手提蟒撤身、握左袖亮住。稍顿拱手）相国，（右手指香莲）不要听她一面之词，伤了（左掌指王延龄后自指）你我同朝的和气！（双端带转向外）

王延龄 哼哼，驸马，依我相劝，（扇指左侧香莲）将她认下；如若不然哪……呵呵，与你（微点扇头转向外）不利呀！

秦香莲 （上前）官人，既有相爷担待，（右手指陈士美）你，你你就回心转意了吧！**【撕边一锣】**

陈士美 （怒视香莲）呵呵！听你二人（左食指点指王延龄、秦香莲）一唱一和，莫非是设下圈套，陷害本宫不成？！**【冷锤】**

王延龄 （撤身）哼哼！（摊双掌）这是哪里说起！（右掌自指胸）老夫好心好意，劝你夫妻相认，怎么说我设此圈套。哎呀，真真岂有此理！**【冷锤】**（转向外）

陈士美 （双端带逼向前）本宫之事，不用你管！**【大锣一击】**（转向外）

王延龄 哼！有道是，（按右掌向右移）路不平有人（翻右腕回左方）铲，（按右掌）事不公有人管。（右手指下方）此事啊，老夫我是（右掌端髯左右两摆，放髯）管定了！**【冷锤】**（转向外）

陈士美 （怒视王延龄）只怕你管不了！

王延龄 （晃身）管不了也要管！**【冷锤】**你认是不认？

陈士美 哼哼，要认哪你认！（握右袖，向外上步亮）**【冷锤】**

王延龄 啊！老夫（颤抖上前）认她做甚？

陈士美 （逼上前）将她带回府去，烦闷之时，叫她弹唱几段，开心解闷，岂不是一举两得！

〔(崩登仓)秦香莲以袖掩面。陈士美左手握袖、右手托蟒、右转身“上场门”下。

【撕边】(崩登仓)王延龄开扇怒视陈士美，颤抖着退至台中，秦香莲忙向前搀扶。

王延龄 (合扇)好恼!(扇交左手抖右袖，上步)

〔西皮摇板〕

【快纽丝】(过门同前) 1 3 3 3 3 1 2 3 (6 1 2 3 -)

船到江心难补漏，(仓)

(右手握扇点戳“上场门”)

4 3 2 1 2 3 1 2 1 (7 6 2 1) 4

只恐你大祸降临头。怒

3 3 1 2 2 2 1 2 3 - - - 3 3 2 -

气不息出门(哇)走，

(髯口让在右臂上，左手抓蟒)(颤抖着向前走，出门站“大边”台口。秦香莲随后出门站台口“小边”一侧)

秦香莲 (拱手)相爷呀!

【纽丝】【凤点头】(过门同前) i i. 2 3 6 5. (6) i 6 5 5 3 3 6

只要有三寸气誓

5 - - 3 5 3 5 - 5 (6) 2 2 - - 2

报冤仇!

2 6 7 - - 7 7 6 5 6 6 5 5 -

〔【撕边】(崩登仓)王延龄将髯让在右臂上，伸左赞美指。

王延龄 好哇!(扬右手扇交左手)

【撕边】【快纽丝】(过门同前) 4 5 3 3 3 3 5 1 2 3

香莲说话气节有，

(6 1 2 3 0) 1 3 1 2 3 1 2 1 (7 6

(仓) 定将是非争到(哇)头。

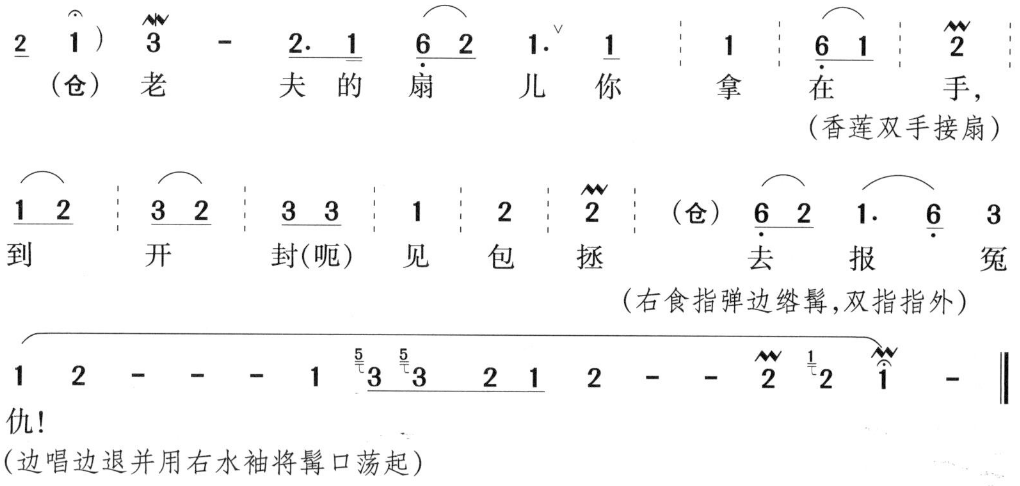

〔**【撕边】**（**崩登仓**）王延龄右手握袖，左手提蟒亮侧身相。

秦香莲 （躬身施礼）谢相爷！

〔**【冲头】**王延龄、秦香莲“下场门”分下。闭二幕。

〔同时陈士美左手托蟒“上场门”疾步上至台中。

陈士美 内侍快来！

〔**【快冲头】**大太监执云帚“下场门”急至“大边”，躬身。

大太监 驸马有何吩咐？

陈士美 命你跟随疯妇，看她投奔哪里，速报我知！

大太监 是。

陈士美 家将韩琪来见！

大太监 （云帚指外）韩琪来见哪！（出门，“下场门”下）

〔韩琪内白：“来也！”**【五锤】**左手握袖、右手提褶襟“上场门”上，至“小边”台口。

韩　琪 忽听唤家将，急步上厅堂。**【大锣住头】**（进门，站“小边”，躬身行礼）参见驸马，有何吩咐？

陈士美 韩琪。

韩　琪 （拱手）在。

陈士美 （右手端髯）本宫平日（摊右掌）待你如何？

韩　琪 （转向外，右掌自指胸）待小人恩重如山！**【撕边一锣】**

陈士美 好！本宫有件为难之事，你可（按右掌）干办得来？

韩　琪 （右掌自指胸）小人干办得来！

〔**【撕边一锣】**大太监“下场门”上，进门，站“小边”，躬身禀报。

大太监 启禀驸马，那一疯妇带领儿女直奔开封府而去！**【大锣一击】**

陈士美 取钢刀过来！

大太监 是！

〔**【五锤】**大太监“下场门”取腰刀复上，双手递交陈士美，站“小边”。

陈士美 （左手接刀）韩琪！（**【五锤】**末锣）

韩　琪 在！

陈士美 （右手指刀）这里有钢刀一把，命你将那一疯妇和两个幼童，一起杀来见我！（八仓）（将刀扔向韩琪）

韩　琪 （接刀稍愣）那疯妇叫何名字？

陈士美 秦香莲。

韩　琪 她身犯何罪？

陈士美 嗯？

〔**【撕边一锣】**韩琪退后拱手。

陈士美 本宫这事，不用你管！

韩　琪 哦，是是是。**【撕边一锣】**（欲走）

陈士美 转来！

韩　琪 在！

陈士美 我要钢刀见血为证！（右手指刀）

〔（**崩登仓**）韩琪抽半刀出鞘向外稍亮。陈士美右手握袖、左手提蟒，**【快冲头】**“下场门”下。大太监随下。

〔韩琪望陈士美远去，出门站台中，左手握刀，抖右袖上腕。**【叫头】**

韩　琪 且住！驸马命我前去杀人，不说罪状，是何缘故？（稍思片刻，垂首无奈）唉！杀人不问罪，(拱手)驸马命难违！(摊双手)

〔（**八仓**）右手反绕袖，背右手，面向里亮。**【快原场】**“下场门”急下。①

第七场

〔正场设：小帐子、佛桌（黄桌围），桌上放两个蜡烛台，一个香炉。

〔秦香莲内唱。

〔西皮导板〕

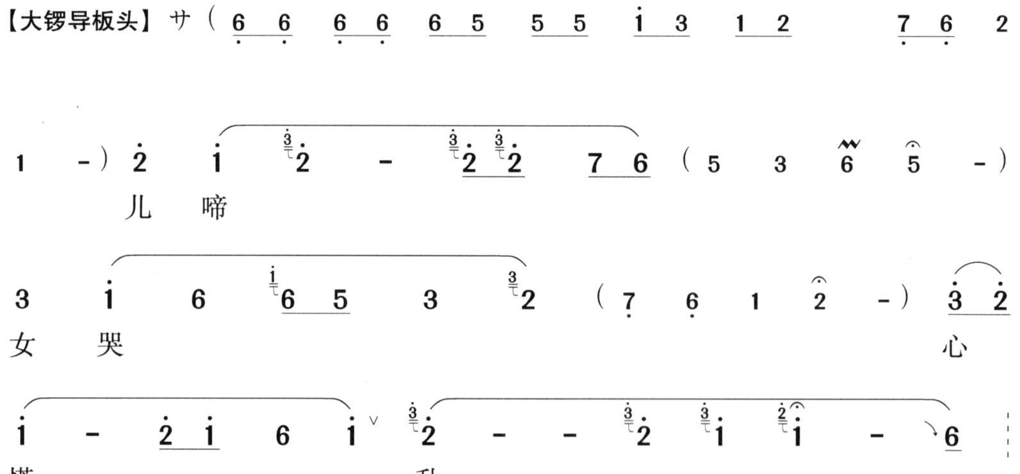

---

① 在1958年的录音中有韩琪向张三阳（马富禄饰）打听秦香莲母子下落，张三阳担心香莲母子遇害而追至庙中为香莲求情等情节，而电影本没有。此次整理采用的是电影本。

（左手领儿、右手牵女随“乱”字腔“上场门”急上，至“九龙口”前，向外张望。拉儿女奔“大边”台口，三个滑右步卧地。**【纽丝凤点头】**香莲急起身，接唱）

〔西皮散板〕

（过门同前） 3 5　5 3　i. 6　5　6 5　3　5.（2　3 6　5 -）

不　辨　西　北　与　东　南。　　（仓）

（向“小边”台口和“大边”台口张望寻找）（香莲右回首望“上场门”）

3 6　5　7　5. 6　3 6　5 6　2　2 - - 2　1　1 -

耳　旁　听　得　有　人　追　赶，

（领儿女至台中，向“上场门”观望）

⌈（**崩登仓**）香莲右手抓冬妹左腕，三人疾至“小边”台口。**【急急风】**沿台口走整圆场，三人回至“小边”台口，向台中观看。**【撕边】**（**崩登仓**）香莲拉儿女至中台口，推门、展双臂将儿女推入庙内，左转身关门、插门。**【急急风】**母子三人从“大边”一侧躲入小帐后。

⌈同时韩琪左手倒提刀，右手端大带“上场门”快步追上，至“九龙口”前，四下搜寻至“小边”台口，放大带，捋髯张望。

韩　琪　啊？

〔西皮散板〕

【快纽丝】【凤点头】（过门同前） 3　3　1　2 3　2 1　6　1（7　6. 2

追　到　此　处　无　人　烟。

1 -）　1 5　3　3　1 2　2　3　1 3　2 -

（仓）　难　道　她　把　双　翅　展？

（走至“大边”台口寻找，右手指左前方）

⌈香莲从“小边”一侧，出帐窥探台中，英哥、冬妹探头。

英　哥
冬　妹　（同）妈！

⌈**【撕边】**（**崩登仓**）香莲大惊，忙伸右掌捂英哥嘴，推二人躲回帐后。韩琪闻声右回首望台中。

⌈**【快纽丝】**韩琪向中台口“小边”一侧上步，右转身，右弓箭步，左回首，右手指台中。

韩　琪　（过门同前） 3　1　3　2 3　2 1　6　1（7 6　2　1 -）

一　定　藏　在　庙　里　边。　（仓）

（面向外站立）

3 4　3　3　1 2　2　2.　3　3　6 1　2 ‖

劈　开　庙　门　用　目　看——

（右手指台中）

〔【快扫头】韩琪右手握刀、左转面向里劈门，压刀式，左脚踹门。【急急风】韩琪进门至“小边”，左转身、左手搂髯，右手横刀，面向“大边”站立。

〔香莲母子从“大边”一侧冲出帐至“大边”，香莲左侧是英哥，右侧站冬妹。

英　哥
冬　妹　妈！（惊恐地望着香莲）

秦香莲　英哥、冬妹！

〔香莲抚儿女头安慰着，张双臂护卫着儿女，从桌前跑至“小边”台口。同时韩琪台口举刀追至“大边”里首。

英　哥
冬　妹　（跌倒在“小边”台口）妈！

〔香莲忙上前将兄妹拉起。韩琪追至“小边”，削香莲头，举刀复砍，香莲双手抓住韩琪右臂，二人向左蹉步。

〔【撕边】（崩登仓）韩琪抬右臂轰开秦香莲。

韩　琪　看刀！

秦香莲　（左手抓韩琪右腕）你，你，你……（右手抖指着韩琪）

英　哥
冬　妹　妈！（惊恐地站娘身后）

韩　琪　（双手再举刀）啊！【撕边一锣】

秦香莲　（双手托韩琪右臂）军爷！【撕边一锣】我与你无仇无恨，杀我母子所为何来？！（用力摊开韩琪右臂）【撕边一锣】

韩　琪　（退两步摊双掌）这……（看香莲母子）这……【乱锤】（摊抖双掌退回“大边”）哎呀！（无言以对，左掌掩面，向外扭头）

〔西皮散板〕

秦香莲　【快纽丝】(过门同前)

3 3. 6 5 i 6 5 5 3 | 5 | 6 |
进 庙 来 因 何 故 举 刀

6 3 5 6 （6 5 3 3. 5 6 -） 3 3. 6 5 5
就 砍？ （仓） 不 问 罪 就

3 5 6 6 （6 5 3 5 6 6） i i - - -
杀 人 于 心

i i 6 5 5 6 - 6. i 5 6 5 - （嘟……仓大0
何 安？

（右手指向韩琪）（母子双膝跪地，搌泪）

〔行弦〕

|: 1/4 5 36 | 5 i | 6536 | 5 0 :| 5 36 | 5 i | 6546 | 5 - | ）

韩 琪 哼！（右手指香莲）我来问你，家住哪里，姓字名谁，你今来到（右手指下方）京都（摊右掌）做什么来了？（右手指香莲）你，你你起来讲！（退回“大边”〔行弦〕止）

〔**【单楗大锣一击】**母子起，立“小边”。

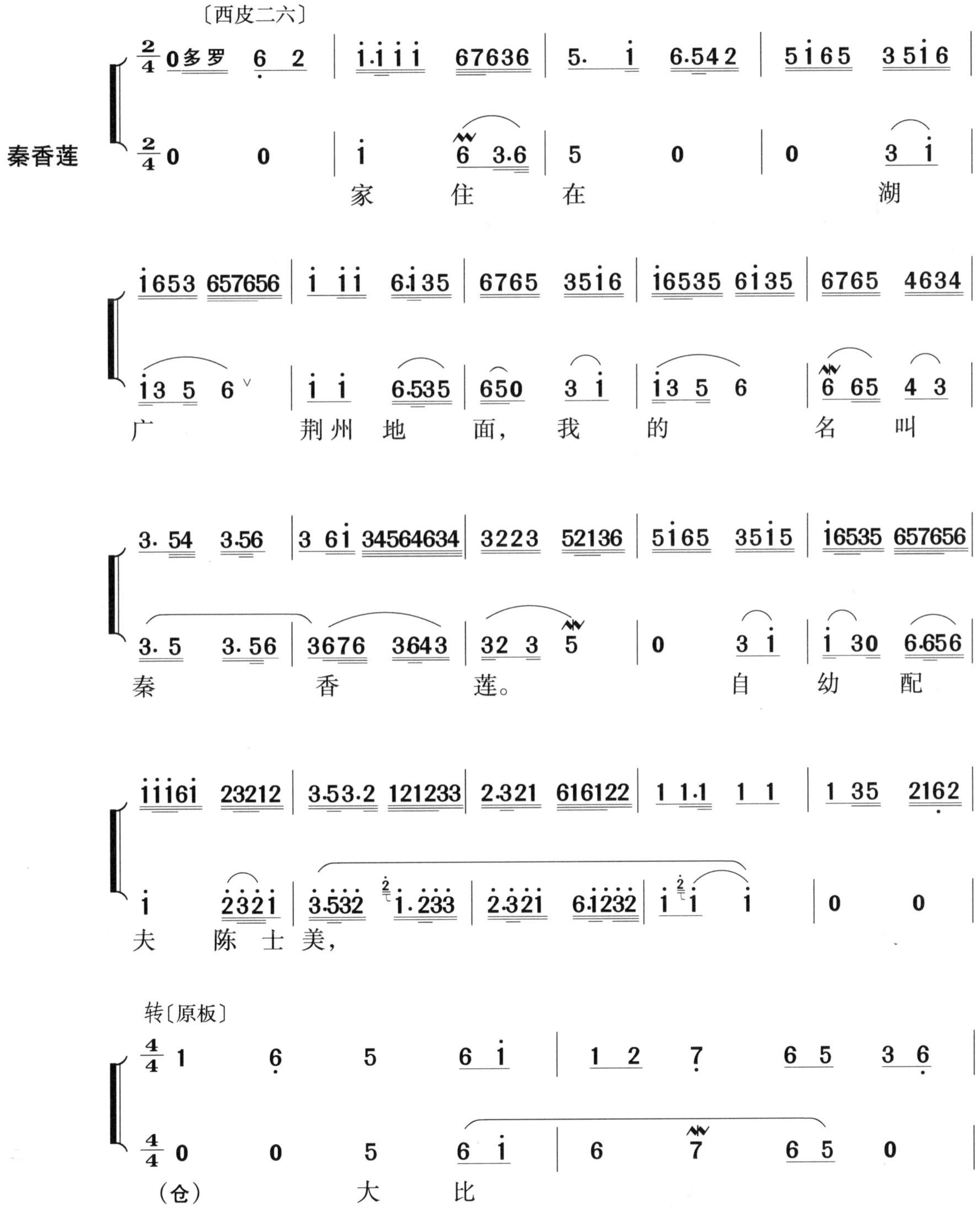

（韩琪摊双掌呆立）

韩琪夹白：“啊！”

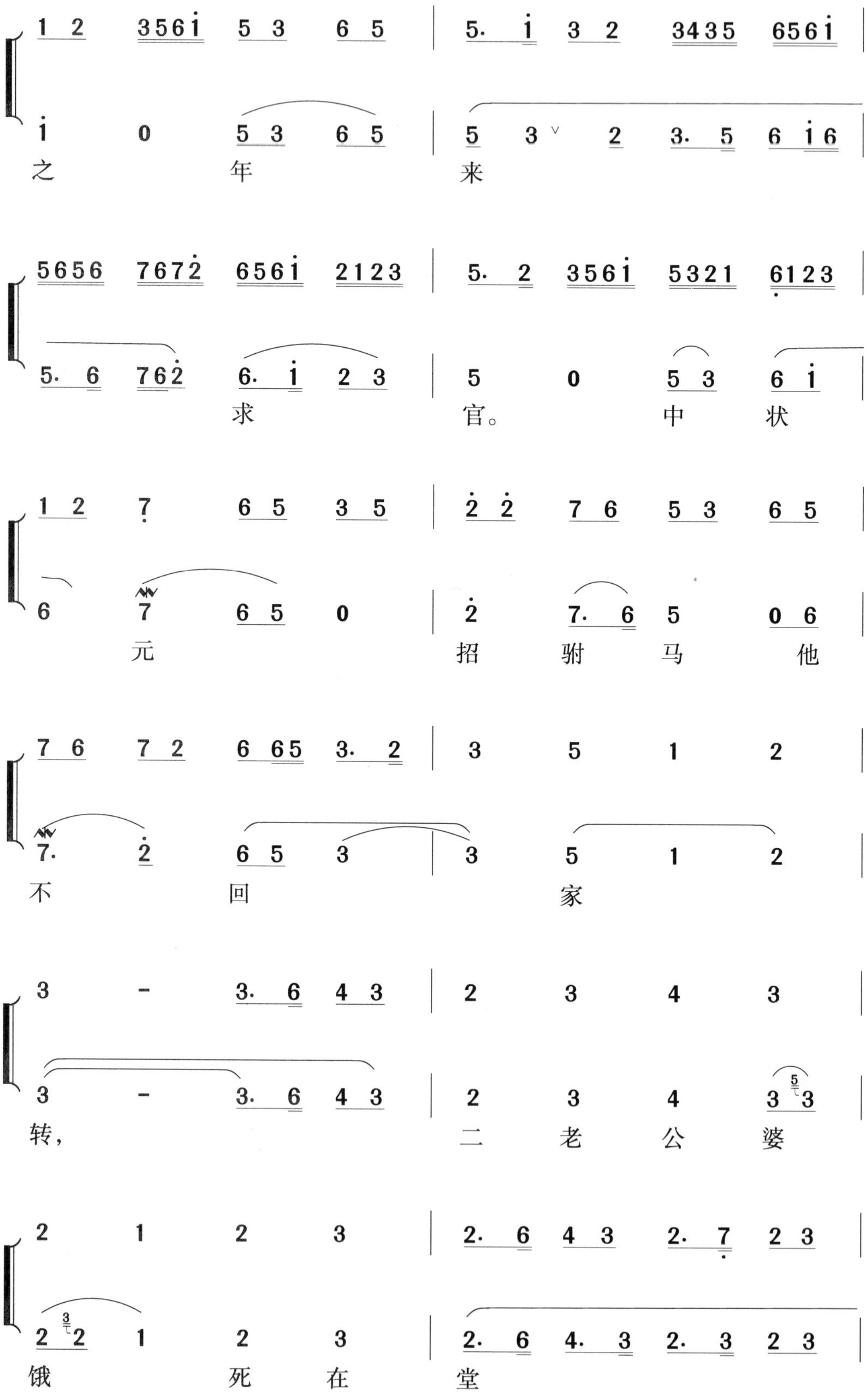
之 年 来
求 官。中 状
元 招 驸 马 他
不 回 家
转，二 老 公 婆
饿 死 在 堂

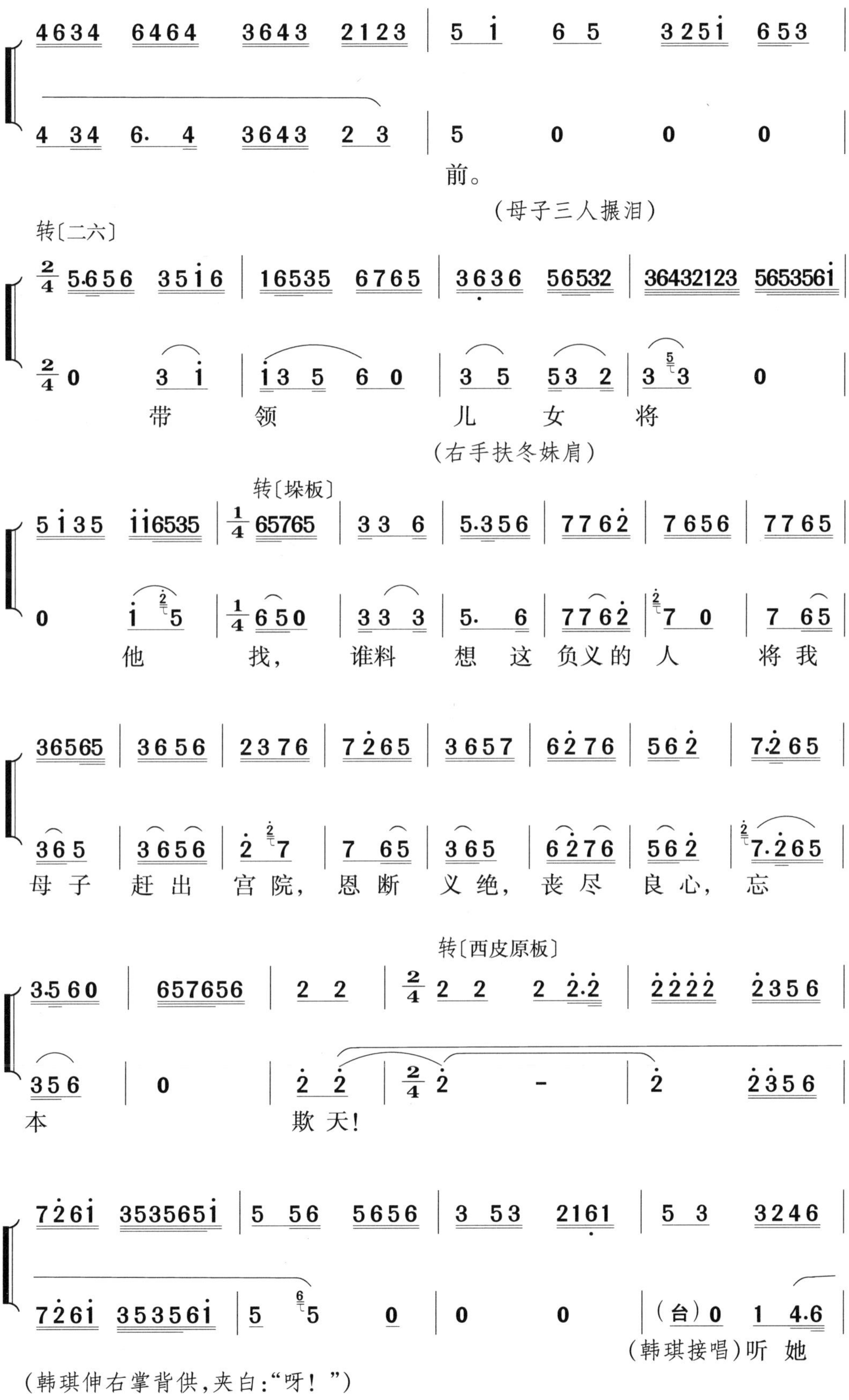
前。
（母子三人揾泪）
转〔二六〕
带 领 儿 女 将
（右手扶冬妹肩）
转〔垛板〕
他 找，谁料 想 这 负义的 人 将 我
母 子 赶 出 宫 院，恩 断 义 绝，丧 尽 良 心，忘
转〔西皮原板〕
本 欺 天！
（台）
（韩琪接唱）听 她
（韩琪伸右掌背供，夹白：“呀！”）

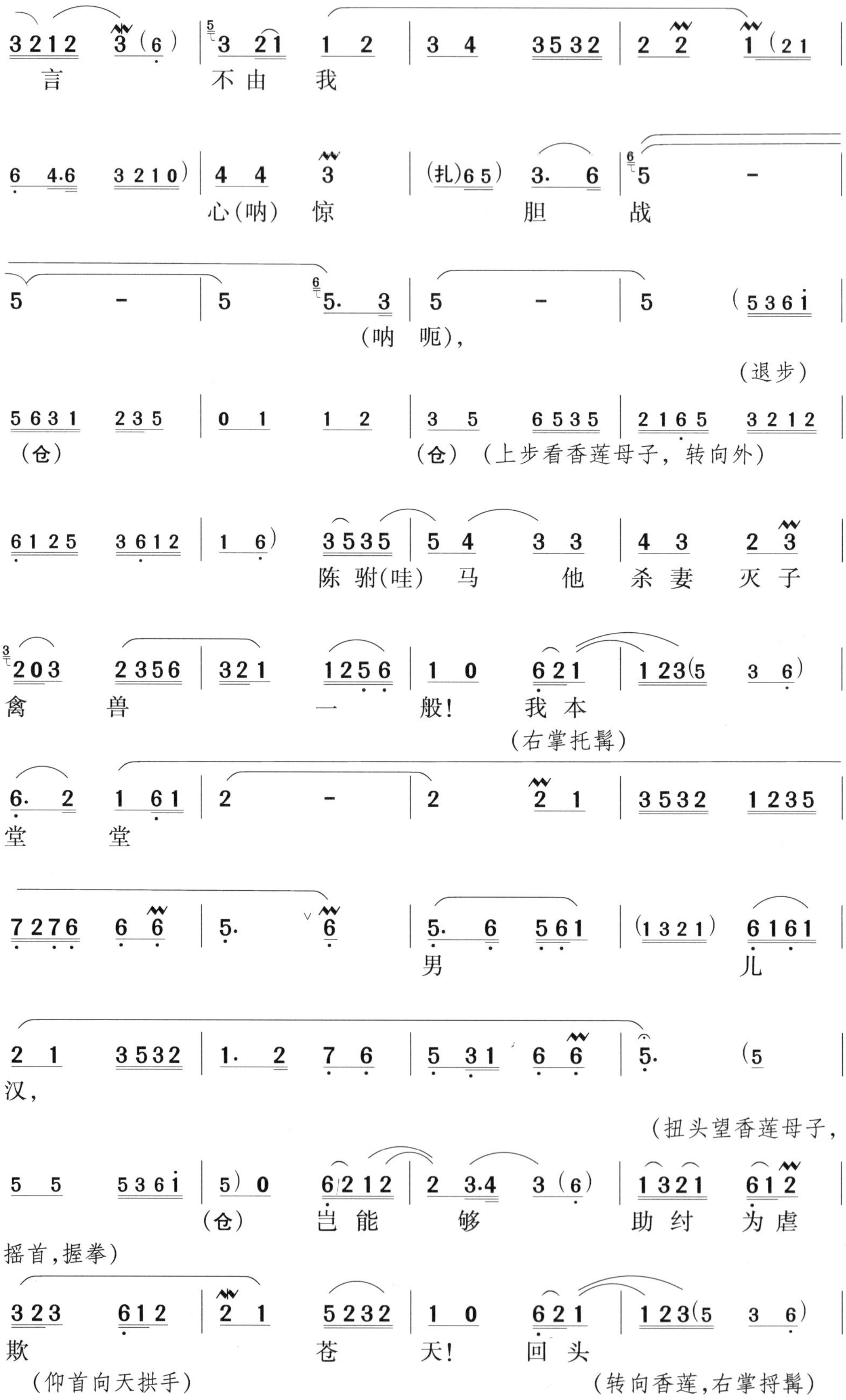
言 不由 我
心(呐) 惊 胆 战
(呐 呃),
(退步)
(仓) (仓) (上步看香莲母子，转向外)
陈驸(哇) 马 他 杀 妻 灭 子
禽 兽 一 般! 我 本
(右掌托髯)
堂 堂
男 儿
汉,
(扭头望香莲母子，
(仓) 岂 能 够 助 纣 为 虐
摇首，握拳)
欺 苍 天! 回 头
(仰首向天拱手) (转向香莲，右掌捋髯)

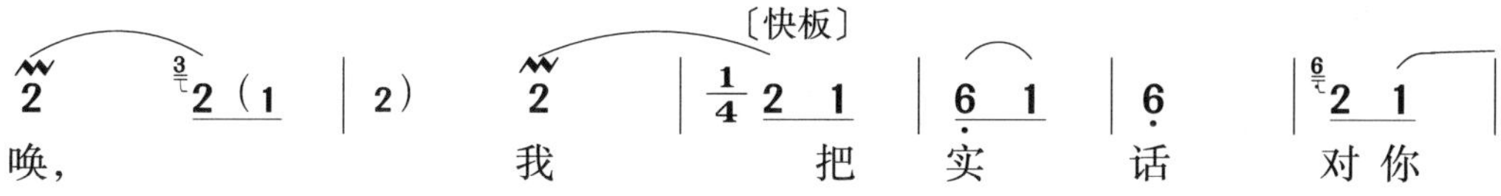

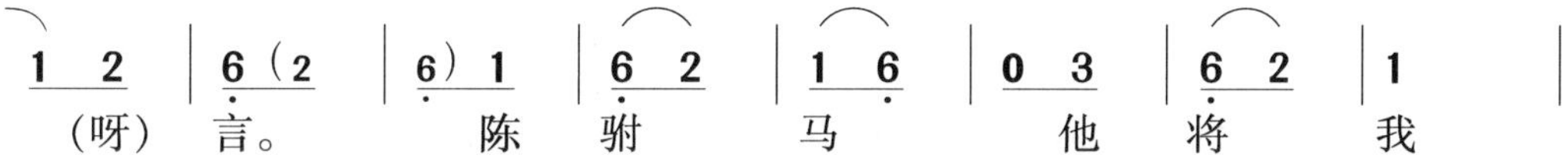

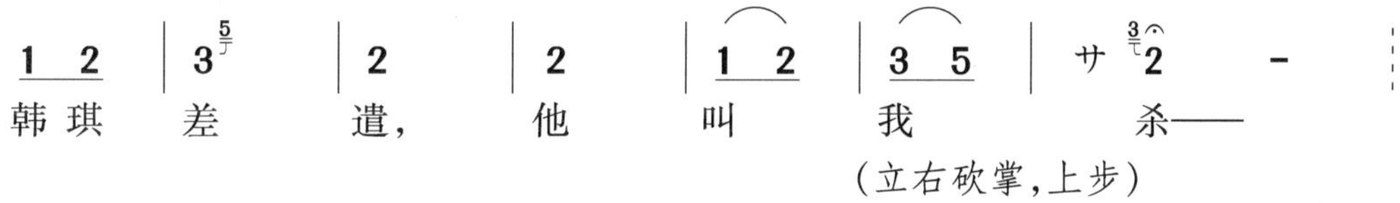

〔【单槌大锣一击】香莲将儿女紧搂怀中，问韩琪。

秦香莲 杀，杀什么呀？

韩　琪

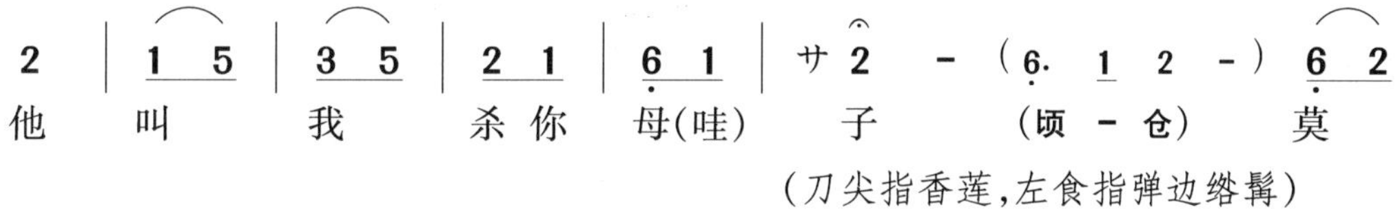

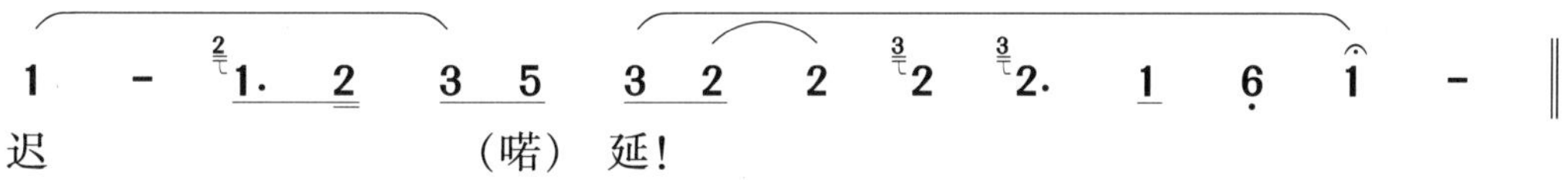

〔【撕边】（崩登仓）韩琪摊抖左掌后退两步。香莲低首望儿女。

英　哥
冬　妹 （仰面看娘）妈！【撕边】

秦香莲 苦命的儿……啊……

〔【大锣凤点头】韩琪上步横刀，左手捋髯望母子，不由退回，左弓箭步，戳刀，左掌掩面，垂首。香莲以袖揾泪，将儿女搂抱怀中，抬头向外。

〔西皮散板〕

秦香莲

6 5 3 5 －（0 2 3 6 5 －）3 3 6 5 i 5 6

人 寰。 我 母 子 忧 患

（母子们揾泪）（左掌扶英哥头，右掌扶肩）

i 5 i6i65 5 6.756 7656 7656 i － － － 6i6i 2321

中 又 遭 大 难，

（扭头看右侧冬妹，右掌搂肩左掌抚胸）

6i23 7 6 6 6 3. 5 3 5 － 6 5 65 4 3 3 2. 1

苦 命 的 儿 （喏） 啊！

（看左侧英哥） （左掌扶儿头）

2 3 5. 6 7. 2 7 2 7. 6 5 6 6. 5 5 －

（以袖揾泪）

〔【大锣凤点头】韩琪左手戳刀，右掌挡面，变双手戳刀，低头。

秦香莲 （过门同前）3 3. 6 5 i 6 5 3 （仓） 3. 6 5 － 3. 5 3

有 何 人 明 正 义 与 我

（韩琪右手戳刀右弓箭步，望香莲）

5 － 6 6 － 6 6 6 5 4 － 5 6 6 5 5 － －

伸 冤？

（韩琪颤抖着，转望母子三人） （香莲母子双膝跪地）

英哥 冬妹 妈！（兄妹依偎在娘怀中）

〔【撕边】（崩登仓）韩琪左手握刀倒提式，甩髯于右臂上，按右掌望秦香莲母子。【撕边】

〔亮弦〕

（7 2 i －）

韩琪 （伸右掌背供）呀！【大锣凤点头】（捋髯，再望母子）

〔西皮散板〕

（过门同前） 3 3 2 3 3 3 2 4 3 4 － 3. 2

她 母 子 只 哭 得 天 昏

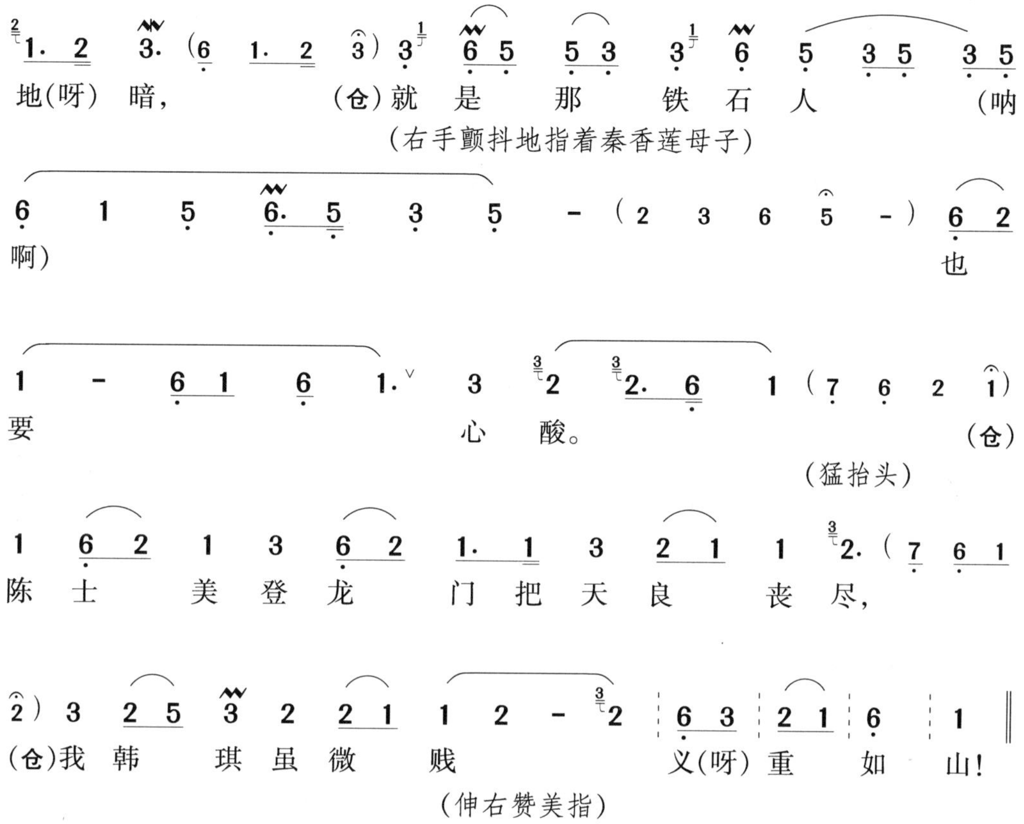

(【大锣住头】看着香莲)你们逃命(向左挥右掌)去吧!

〔【撕边一锣】母子起身稍愣。

秦香莲 (拱手)谢，谢军爷!

〔【快冲头】香莲右掌推冬妹后背，左手拉英哥向“大边”台口疾行。韩琪走其身后至“小边”，双手托刀，垂目望，右掌护头。

韩　琪 (举右掌招香莲)转来!【冷锤】

秦香莲 (止步，回首)军爷，莫非有追悔之意么?【撕边一锣】

韩　琪 (摆右掌)并非我有追悔之意，(右手指外)陈驸马他，他，他要(右掌拍肚)我钢刀见血(右手举刀、左手弹鬓上肩，(崩登仓)左手指刀，上步至“小边”台口)为证!

秦香莲 (左掌托颊仰面)噢!【撕边一锣】(回头望韩琪)他，(左手指外)他……他要钢刀见血为证么?【撕边】(低头看儿女，抖双袖上腕)

韩　琪 正是。(横刀垂首)

秦香莲 (拱手)【叫头】军爷呀!(拱手)只求你将(右掌扶胸自指)我一人杀死，留下这两个(双按掌指左侧英哥)无父(右掌按头、左掌扶胸指右侧冬妹)无母的孩儿!

英　哥
冬　妹 妈!(双手紧抱母亲左臂)
(手牵娘的衣襟晃动)

秦香莲 让他们逃命去……吧……(母子三个双膝跪地，揾泪)

英　哥
冬　妹 妈!

〔【撕边】（崩登仓）韩琪压刀式退两步，背刀式按掌望香莲母子，呆愣片时。

〔亮弦〕

（7 - 2̇ - i̇ -）

韩　琪　哎呀！（【大锣凤点头】右转身、左手倒提刀，右“山膀”）

〔西皮散板〕

（过门同前）5 1 6 6 6 3 6 5 3 2 1 1 2

眼睁睁她母子身遭大难，

（7 6 1 2）6 5 1 1. 2 7 6 5 6 1 3 2 2 1

（仓）韩琪心中似油煎。怎能无

1 3 3 1 2（【撕边一锣】7 6 1 2 -）7 7 6 2 7 -

故杀良善，钢刀无（哇）血

（左手翻腕横刀，垂目望刀）

6 - 5 7. 6 5. 6 5. 6 1（7 6 2 1 -）

难回还。（仓）（匝 匝 匝）

（摊抖右掌）（转动双眼稍想，握拳）

哎！【大锣凤点头】（上步）

（过门同前）2 1 2 | 1 5 | 3 5 | 2 1 | 6 1 | 2 |

我唯有一死天地鉴，

2 5 | 3 5 | 2 1 1 2 - 1 2（2. 3 5 5 2 1

留得清白

（伸右赞美指）（右食指弹髯上肩，

6. 1 2 -）2 - 2 3 5 - 3. 2 1 -

在

【撕边两击】右手指外）（按右掌向右移）

2 1 3 2 - - - 2 2 1 - ‖

人间（呐）！

（【撕边】（崩登仓）右手握刀，刺刀式，垂目望刀）罢！

〔韩琪摊左掌，**【软四击】**向里跨右腿，踢左腿、左转身，翻腕横刀上腕，将髯甩在右臂上，横刀劲下。**【撕边】**

秦香莲 （见状大惊）军爷！

英　哥
冬　妹 妈！

〔**（崩登仓）**韩琪“僵尸”倒于“小边”。香莲双障袖于头上，母子三人奔至韩琪身边，跪拜。

（起乐：サ 5 － 6 － 5 － 3 － 5 － 1 2 3 －）

〔**【撕边】**香莲颤抖着拾刀，双手托刀垂目望，抬头向外稍想片刻。

秦香莲 罢！

〔**（崩登仓）**香莲双手端刀上步，儿站左、女随右亮住。

〔**【快原场】**三人“下场门”下。

第八场

〔大帐、堂桌、“小座”、“大边”跨椅。红色桌围椅披。桌上放印匣、文房四宝、惊堂木、腰刀、状纸（搭印匣上）。

〔众内喊堂：“噢！”

〔**【快长锤】**八校尉、张龙、赵虎等左手扶刀、右手“山膀”，“上场门”上，“站门”。

〔**【撕边】**包拯右手提蟒、左手捋髯，健步走至“九龙口”外，凝重威严地亮住。

【快长锤】【凤点头】包拯向台中迈两步，抖单袖、双手端带。

〔西皮摇板〕

（7 | 6 | 5 | 55 | 36 | 5i | 32 | 12 | 65 | 55 | 36 | 5i）

包　拯 3 3 3 1 2 3 2 （35 21 61
陈 州 府 放 粮 归

20） 25 3 2 － 2 （3） 4 － 3 －
万 民 欢 笑，

〔**【闪锤】**包拯右手提蟒，走至中台口，抖单袖。

〔西皮流水板〕

$\frac{1}{4}$（5 | i | 0 6i | 5i65 | 4356i | 5676 | i | 2227 |

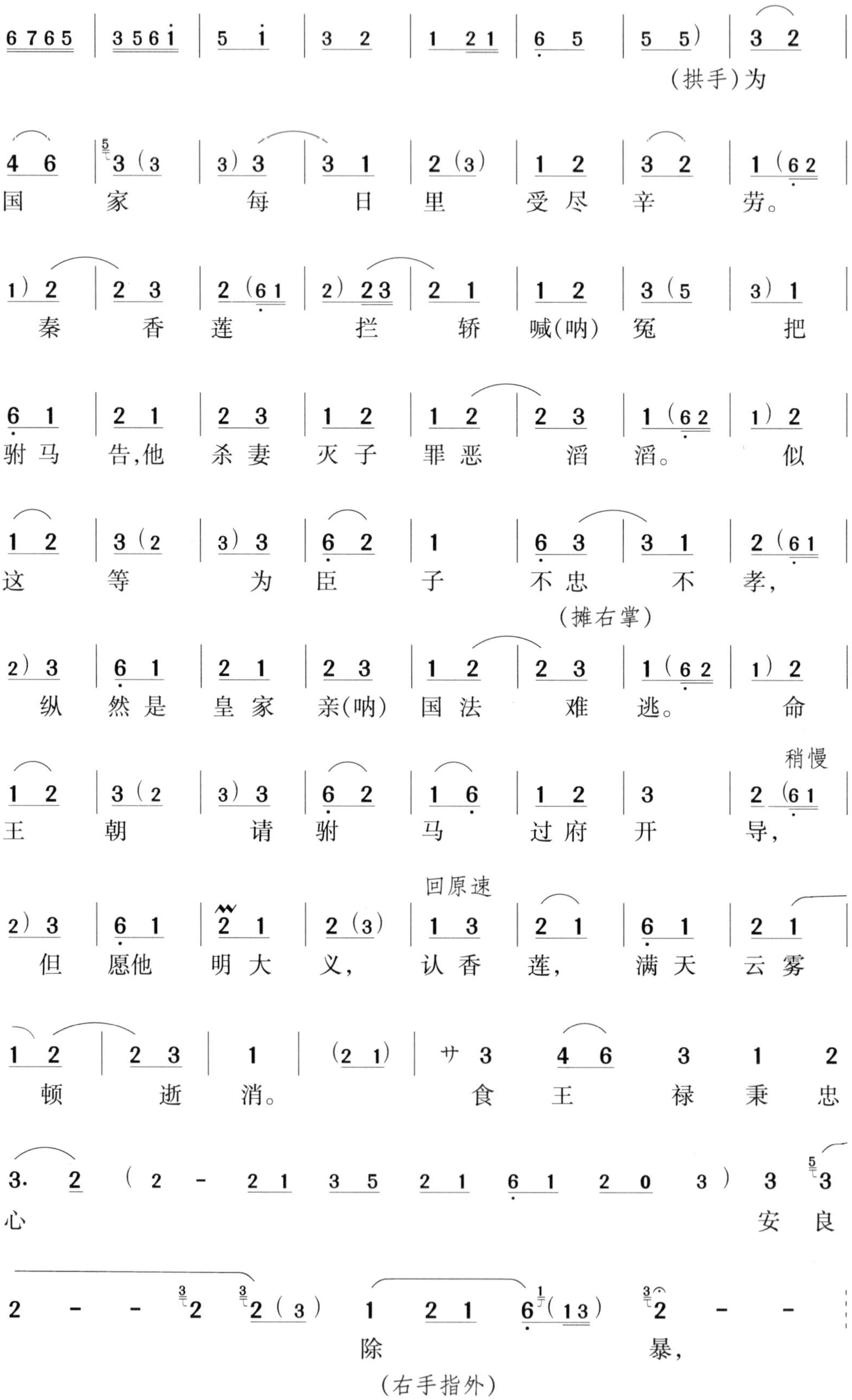
（拱手）为
国 家 每 日 里 受尽 辛 劳。
秦 香 莲 拦 轿 喊(呐) 冤 把
驸马 告,他 杀妻 灭子 罪恶 滔 滔。 似
这 等 为 臣 子 不忠 不 孝,
（摊右掌）
纵 然是 皇家 亲(呐) 国法 难 逃。 命
稍慢
王 朝 请 驸 马 过府 开 导,
回原速
但 愿他 明大 义, 认香 莲, 满天 云雾
顿 逝 消。 食 王 禄 秉 忠
心 安 良
除 暴,
（右手指外）

〔【闪锤】包拯归“小座”。校尉、张龙、赵虎等随归里“八字”。赵虎从印匣上取状纸送交包拯。包拯左手接状，右转身面向外。

〔西皮摇板〕

包 拯 （过门同前） 3 3 3 1 1 2 （3 21 61
陈 士 美 不 悔 过

2 - ） 21 6 1 - 2 - - 1 ‖
国 法 难 饶。

（右手指状纸）

〔【冲头】包拯将纸交右手，面向“小边”台口，展状细观。马汉“上场门”上，进门，站“大边”，向包拯拱手。

马 汉 禀相爷，驸马过府。

包 拯 【撕边一锣】（右手拿状纸转向马汉）他，他来了？

马 汉 正是。

包 拯 那王朝呢？

马 汉 不知为了何故，王朝被驸马押解而来！

包 拯 【撕边一锣】（眉头微锁，即对马汉）鼓乐相迎。

马 汉 （向外拱手）鼓乐相迎！

〔奏唢呐曲牌<小傍妆台>。

〔赵虎接包拯递过的状纸放桌上，搬“小座”成“小边八字椅”。张龙将“大边”跨椅搬成“大边八字椅”。包拯出门，迎至“大边”台口。

〔同时四小太监“上场门”上，“一条鞭”。大太监执云帚、左手抱宝剑，上至“小边”台口。陈士美在【撕边一锣】中上至“小边”稍亮，即至“小边”台口下轿，大太监掀轿帘。陈士美、包拯同上至中台口，互拱手。

包 拯 啊，驸马。

陈士美 明公，本宫来了。

包 拯 （伸右掌礼让）请！

〔四小太监“上场门”下。陈士美“挖”至“大边”入“八字椅”，左侧站大太监。包拯入“小边八字椅”。曲牌止。

包 拯 （拱手）不知驸马驾到，未曾远迎，当面恕罪。

陈士美 岂敢，本宫来得鲁莽，（拱手）明公海函。

包 拯 （拱手）岂敢，驸马到此必有所为？

陈士美 我命家将韩琪出外办事，不想被响马杀死！

包 拯 （左手捋髯）响马可曾带到？

陈士美 现已带到。

包 拯 带上堂来。

陈士美 （对大太监）带响马。

大太监 是。响马上堂！

〔【冲头】王朝项戴铁链“上场门”上，进门，站“小边”。

王　朝　叩见相爷。（侧身单腿跪）

包　拯　啊！【撕边一锣】（右手捋髯，上下打量王朝）你不是王朝么？

王　朝　（拱手）正是小人。

包　拯　（摊右掌）因何项戴铁链？

王　朝　（右掌自指）是小人到了驸马府，告之韩琪死在庙内之事，驸马爷竟道，韩琪是小人杀死！【撕边一锣】

包　拯　（侧视陈士美，再问王朝）你，可曾招认？

王　朝　（拱手）招认了。

包　拯　（右手指王朝）嗯！【撕边一锣】（抬左手背供）人命关天，（向王朝摆右掌）不该招认。

王　朝　（向前凑身，左手背供，右掌自指）小人若是不招，（斜视陈士美）驸马焉能如此放心大胆过府。

包　拯　【撕边一锣】（稍想，点头称是，按右掌示意王朝稍等，即向陈士美拱手）啊，陈驸马，（右手指王朝）此乃是臣府的王朝，怎说是响马？

陈士美　（右手指王朝）分明是响马，怎说是你府的王朝？

包　拯　王朝也罢，响马也罢。来！

赵　虎　（拱手听命）在！

包　拯　（挥右掌）铁链去掉！

陈士美　（站身，伸右掌拦阻）且慢！【大锣一击】走脱响马哪个承担？【冷锤】

包　拯　驸马，你来看！【撕边一锣】（起身，双手端髯）走脱响马，走不了（低道望髯）咱老包！【大锣一击】（端髯亮相）铁链去掉！（抖右袖）

赵　虎　啊！

〔【五锤】赵虎取下王朝项上铁链放桌上，回原位，王朝站右侧。陈士美向包拯甩右袖回座。

包　拯　这真响马，被为臣拿住了。

陈士美　他是哪个？

包　拯　带上堂来，（左手指陈士美）你便知分晓。来。

王　朝　（拱手听命）有。

包　拯　带响马！（边念边至台口，左手背供，按右掌向王朝示意）将她们母子带了上来。

王　朝　（随包拯而动，点头会意）哦，是是是。（右手指外）将大小三个响马，带上堂来！

〔【纽丝】包拯回座。王朝站回原位。秦香莲左手领儿，右手牵女“上场门”上，至“小边”台口，抖单袖。

〔西皮散板〕

秦香莲　（过门同前）i　i 3　3 6　5　5　6　3 5　6（6. 5 3
　　　　忽　听　大　人　一　声　唤，

3. 5　6）3 6　5　5　6　5　6 5　3　5　-　‖
（仓）急　忙　上　前　问　根　源。
（边唱边领儿女进门，走S形至台中）

秦香莲

〖【住头】陈士美见香莲母子进门大惊，右手忙从大太监手中拔出宝剑刺向香莲母子。

陈士美 看剑！

〖秦香莲张双臂护儿女，撤至“小边”台口。

包　拯 且慢！**【撕边一锣】**（急上前左手抓陈士美右腕，立右掌拦阻）驸马，（右手指香莲）你认识她？

陈士美 我，我不认识她！

包　拯 啊！（右手捋髯斜视陈士美再看香莲）**【撕边一锣】**既不相认，一言不问，为何仗剑就杀？

陈士美 我杀了她再问！（探身逼向香莲）

包　拯 （伸左掌拦阻）哎！**【撕边一锣】**（掌心掌背互击）你杀了她还问什么呢？

陈士美 （后坐身呆愣）啊，这…… **【大锣一击】**

包　拯 啊？（左掌拍陈士美握剑右手）莽撞了。（和缓地）哈哈哈……

陈士美 **【回头】**（尴尬地）哈哈哈……

〖【快原场】包拯向香莲挥手，母子三人出门“上场门”下。包拯、陈士美回原座。大太监接陈士美递过的宝剑入鞘，站原位。

包　拯 （拱手）陈驸马，将她母子三人，就该认下才是。

陈士美 （右手捋髯）嗯！**【撕边一锣】**本宫命你审问响马，怎么盘问起本宫来了？（起身）来。

大太监 有。

陈士美 顺轿！（右手端蟒向前至中台口）**【撕边】**

大太监 （向外喊）顺轿！（随向前）

包　拯 （赶上前，按左掌拦阻）且慢！（仓）哪里去？

陈士美 顺轿（右手指外）回府！

包　拯 （右手指陈士美）只恐你来得—— **【撕边两击锤】**（搭右袖上腕，抬左腿成左丁步，左手指陈士美亮住）去不得！（左手指出，抖右袖）

〔西皮导板〕

包　拯 **【大锣导板头】**サ（0 5 6 2 7 6 5676 1 0 2 22 2 2 7· 6 5 5 3

2· 3 5 5 2 1 7 2· 2 1 –） 4· 6 3 3·（2 1· 2
包 龙 图

（双端带）

3 –） 2· 5 3 2 1 2·（3 5 5 2 1 6· 1 2 –）
打 座

2 3 2 – 3 2· 3 2· 1 6 1· 2 3 5 1 2 –
在 开 封 府（哇 哦），

（胸前按右掌）

〡【**扬钹·回头**】包拯侧目望陈士美。

〡【**原场**】张龙、赵虎分别把桌旁“八字”椅搬至台中，成外场“八字”椅。包拯伸左掌请陈士美入座，二人“合扇”向里各站椅前。

〡【**四击头**】二人合扇向外转，包拯右手提蟒、左手捋髯，向外亮；陈士美左手提蟒、右手捋髯向外亮。

〡【**撕边**】二人转面对视，陈士美向包拯摔右袖转向外。包拯抖左袖。

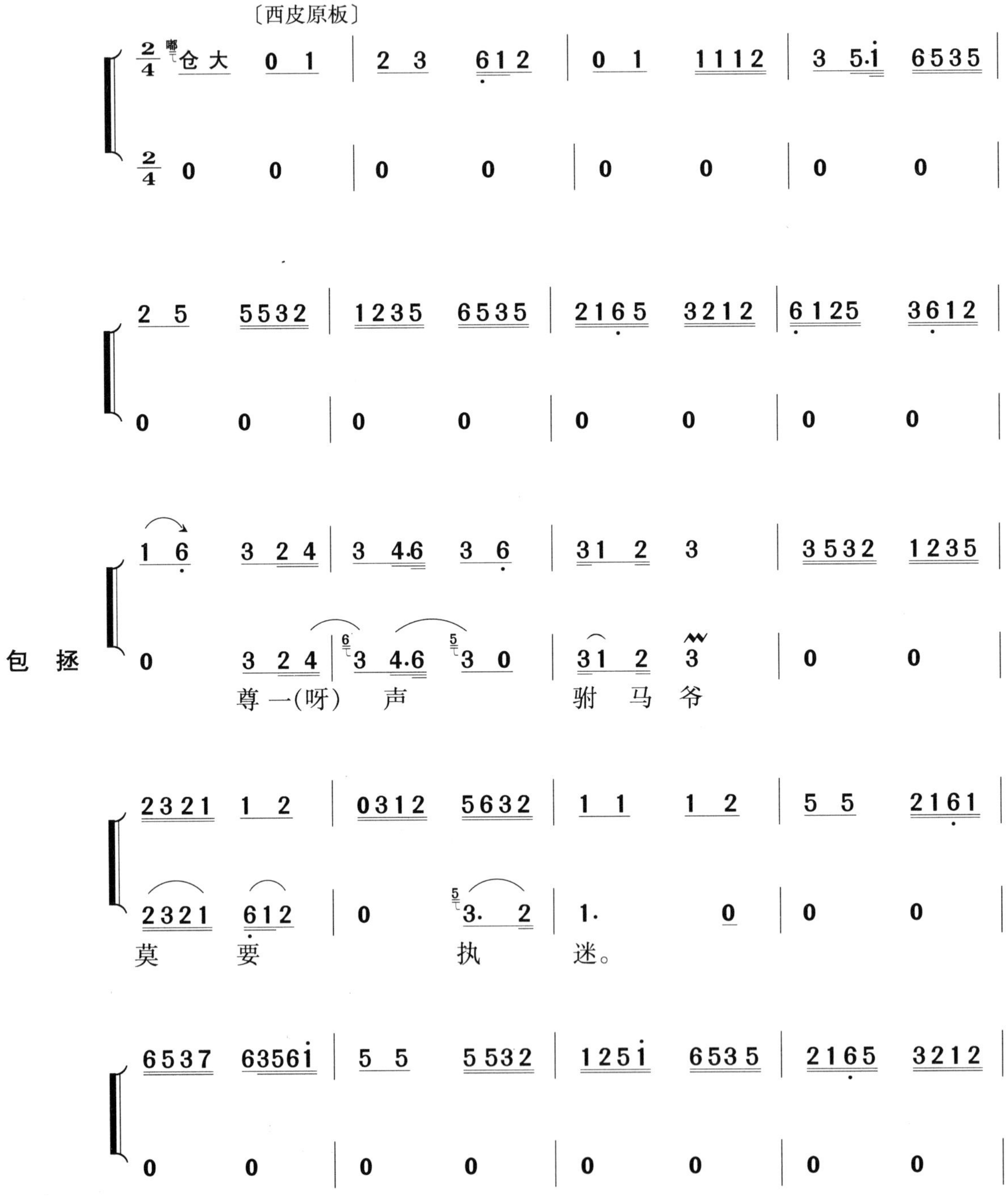

（陈士美面向外右手捋髯）

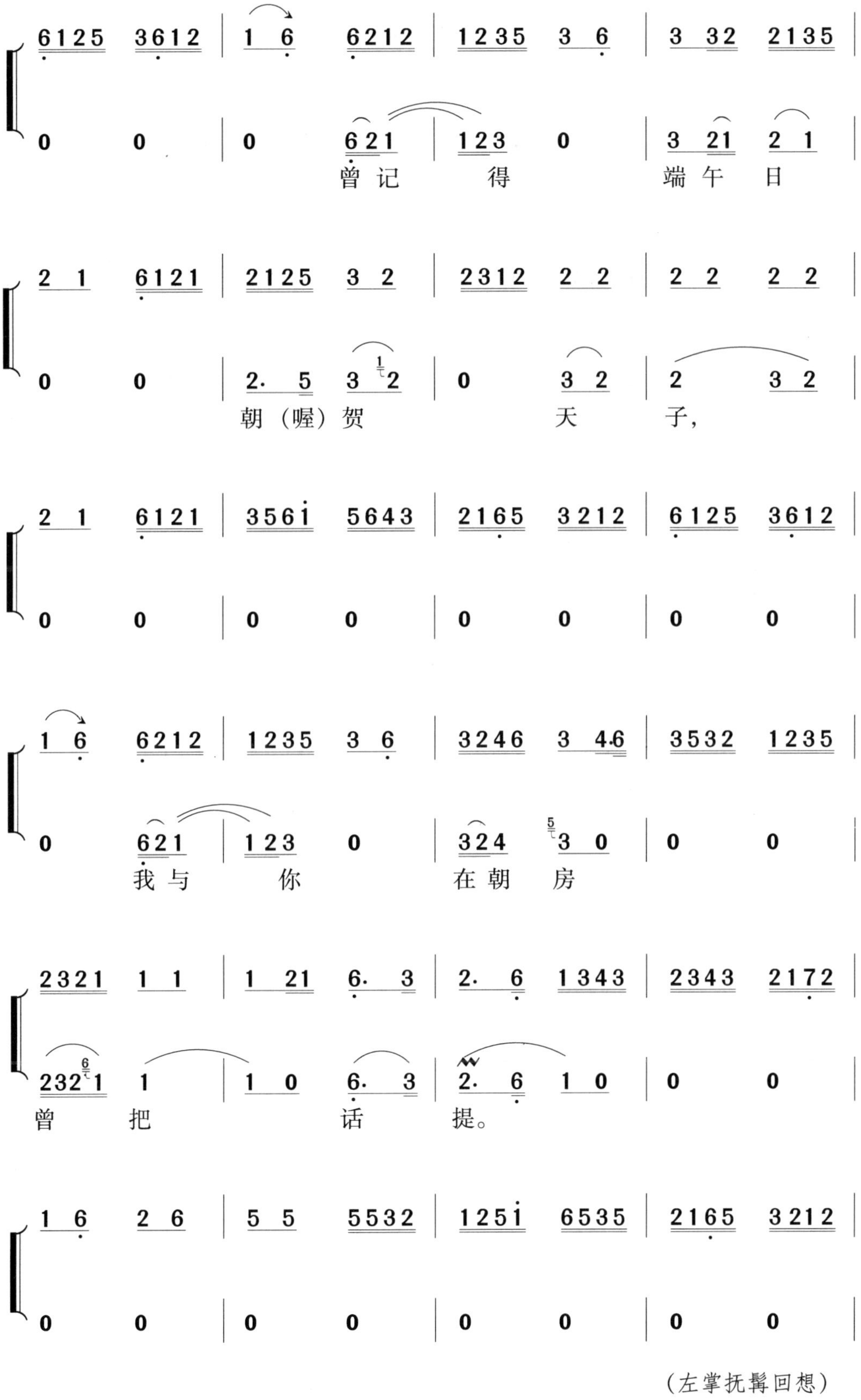
曾记 得 端午 日
朝（喔）贺 天 子，
我与 你 在朝 房
曾 把 话 提。
（左掌抚髯回想）

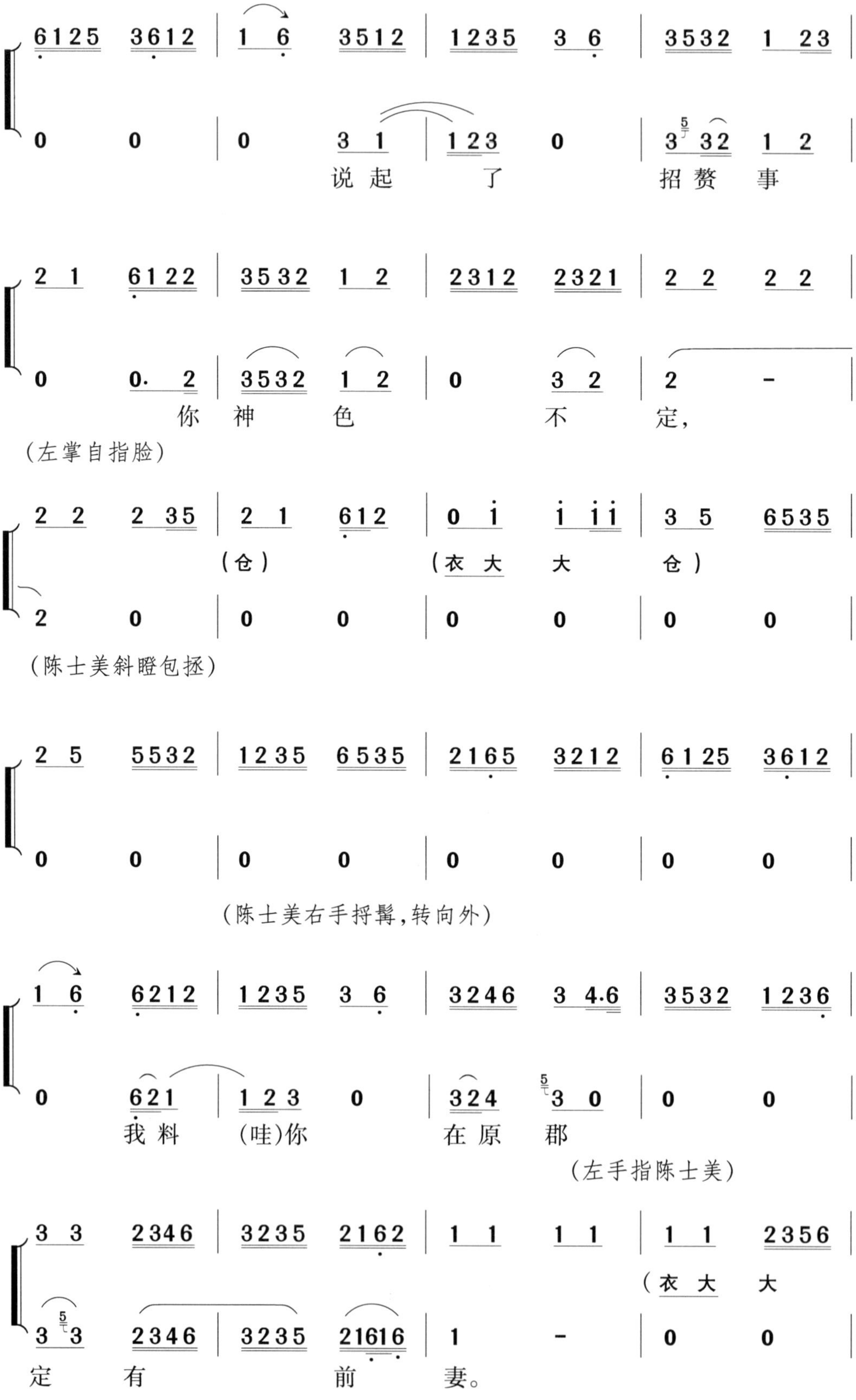
说起了招赘事
你神色不定，
(左掌自指脸)
(仓)
(衣大大仓)
(陈士美斜瞪包拯)
(陈士美右手捋髯，转向外)
我料(哇)你在原郡
(左手指陈士美)
(衣大大
定有前妻。

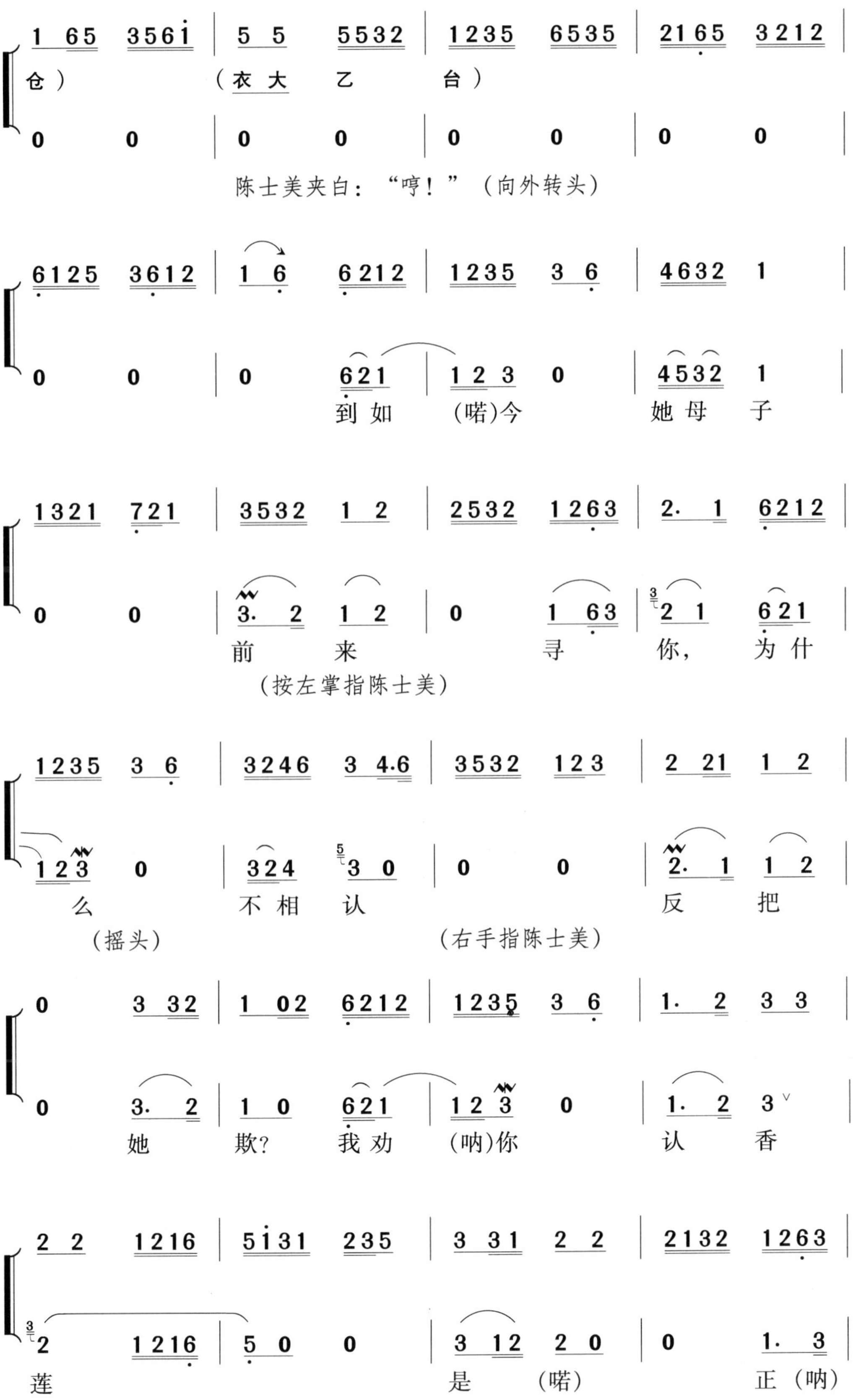
仓）
（衣大 乙 台）
陈士美夹白：“哼！”（向外转头）
到如 (喏)今 她母 子
前 来 寻 你，为什
（按左掌指陈士美）
么 不相 认 反 把
（摇头）
（右手指陈士美）
她 欺？我劝 (呐)你 认 香
莲 是 （喏） 正（呐）

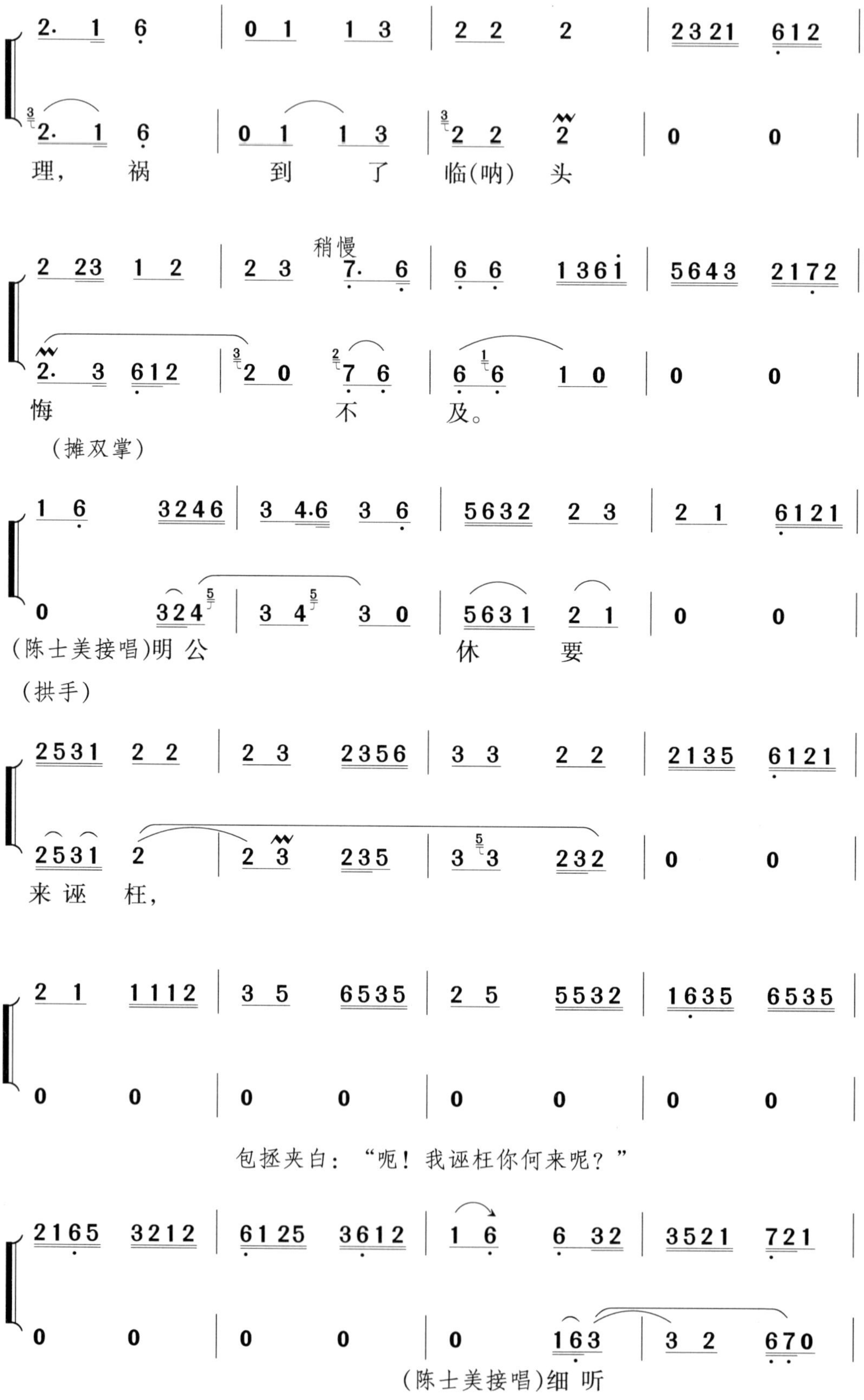
理，祸到了临(呐)头
稍慢
悔不及。
(摊双掌)
(陈士美接唱)明公休要
(拱手)
来诬枉，
包拯夹白：“呃！我诬枉你何来呢？”
(陈士美接唱)细听

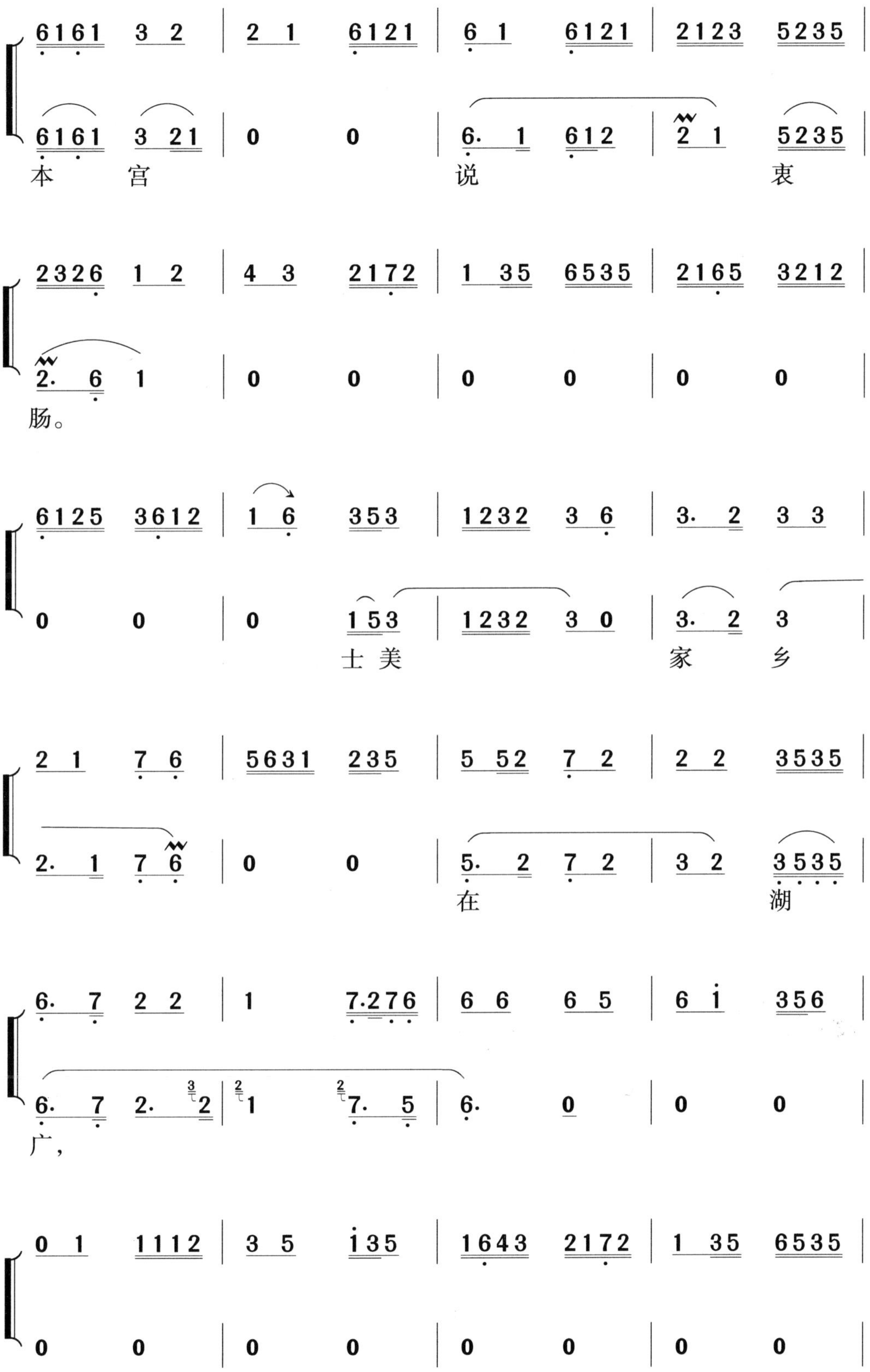
本 宫 说 衷
肠。
士 美 家 乡
在 湖
广，

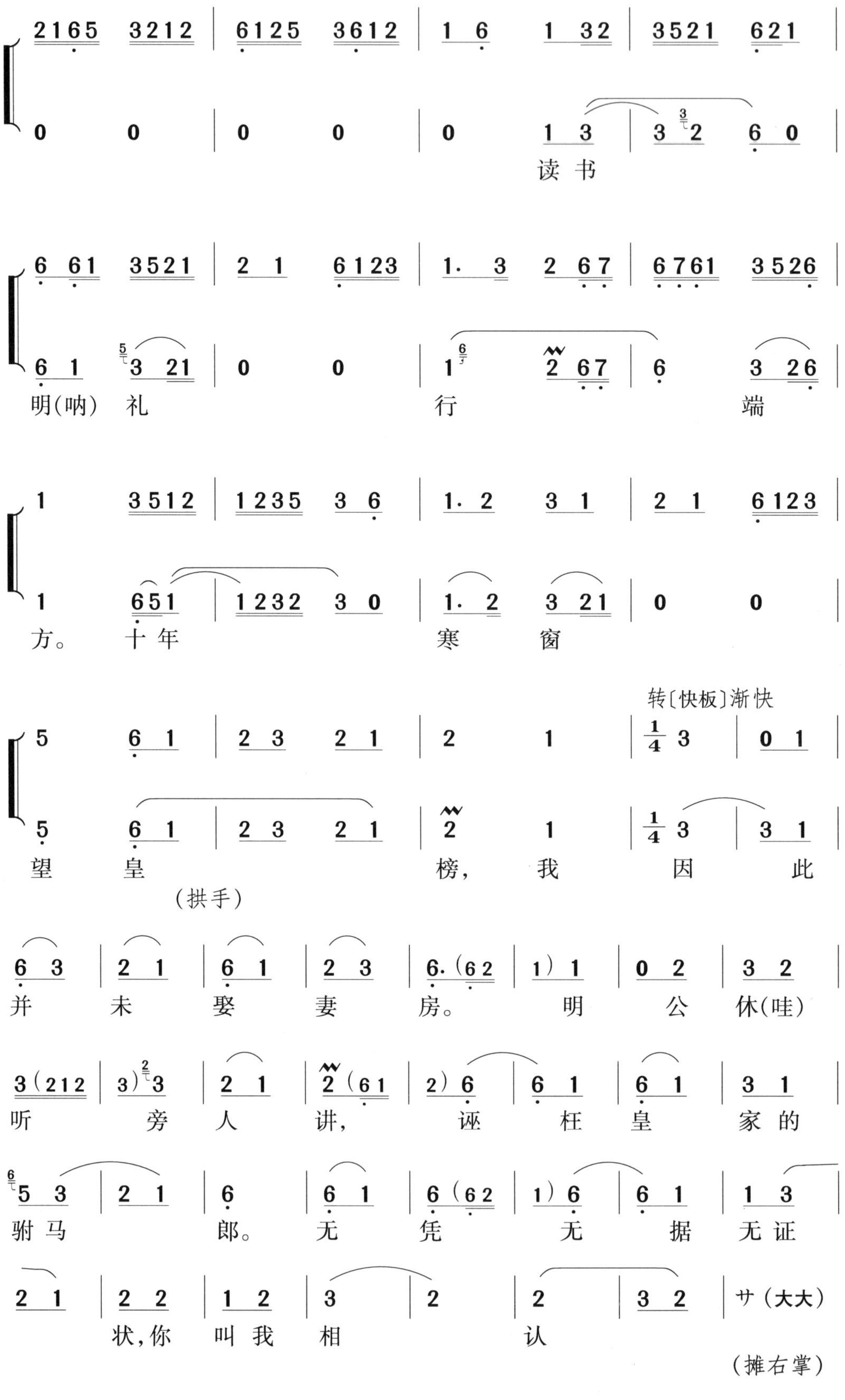
读书
明(呐)礼 行 端
方。十年 寒 窗
转〔快板〕渐快
望 皇 榜，我 因 此
(拱手)
并 未 娶 妻 房。明 公 休(哇)
听 旁 人 讲，诬 枉 皇 家 的
驸马 郎。无 凭 无 据 无证
状，你 叫 我 相 认
サ(大大)
(摊右掌)

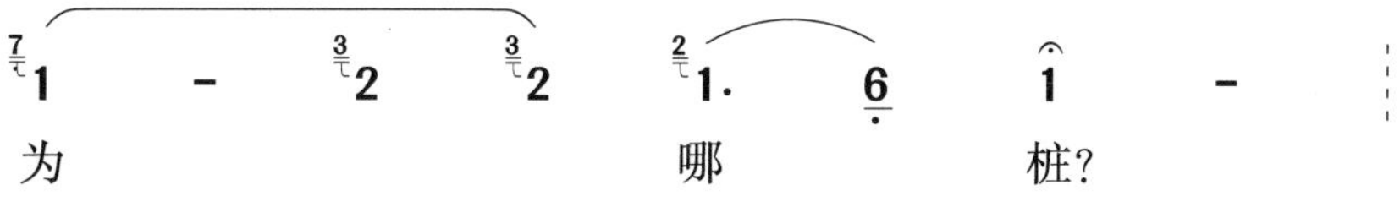

〔【单槌大锣一击】陈士美起身面向外站。包拯起身拱手。

包 拯 驸马。

〔【闪锤】张龙将陈士美座椅“下场门”送下，复上站原位。赵虎将包拯座椅搬至桌后成“大座”，回原位。

包 拯 （上至台中）

〔西皮流水板〕

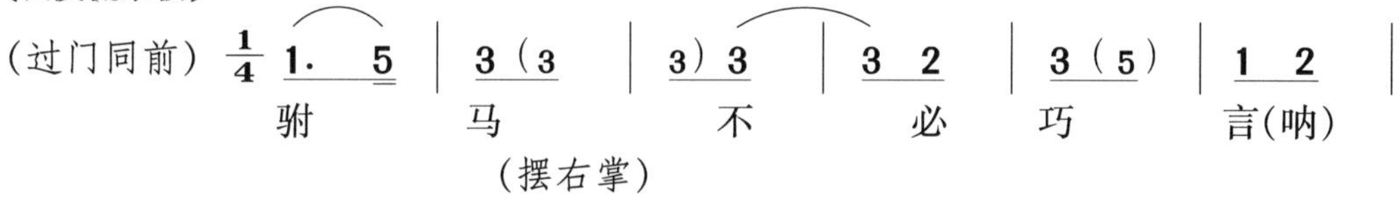

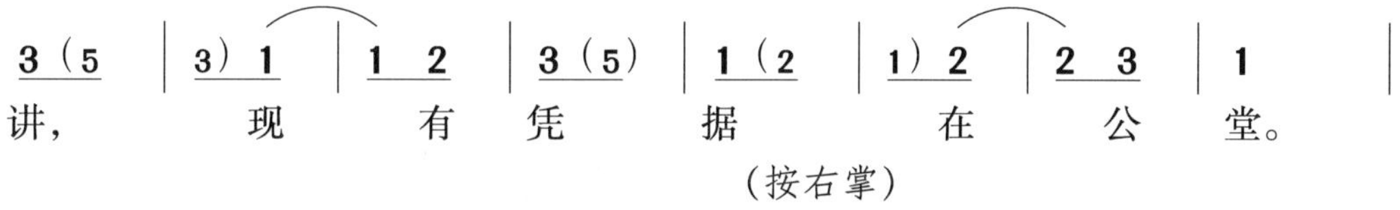

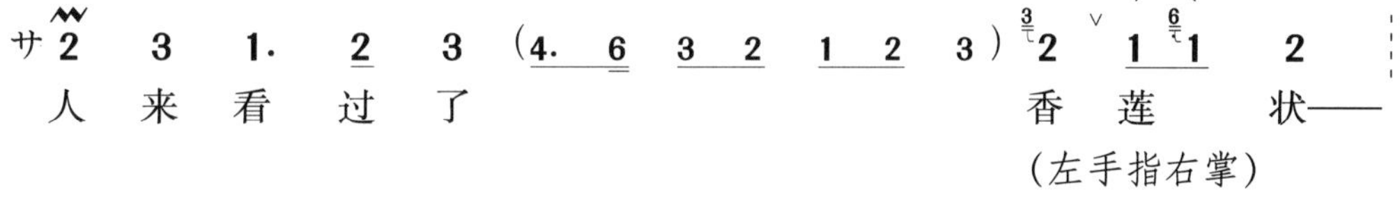

王 朝 啊！【快长锤】（从桌上取状纸至“小边”台口，单腿跪，双手展状）状纸呈上。

〔【紧锤】包拯握右袖，看陈士美冲上前欲抢状，伸左掌拦阻。包拯左手抓陈士美右腕，二人同上前。陈士美左手握袖背于后，包拯右手指状纸。

〔西皮快板〕

包 拯

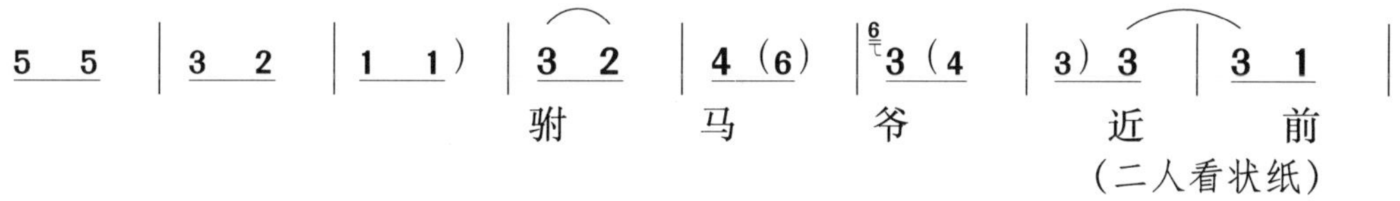

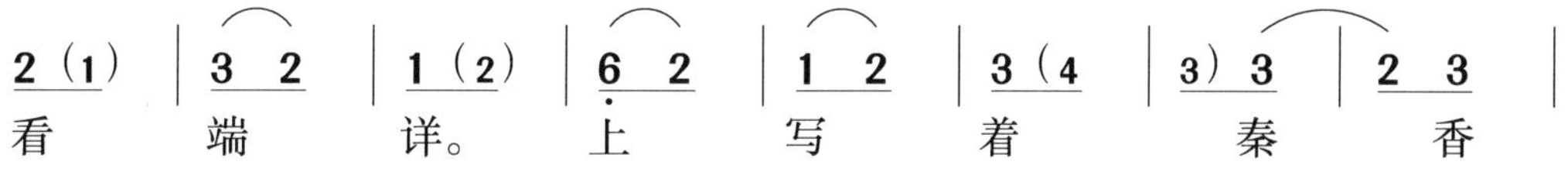

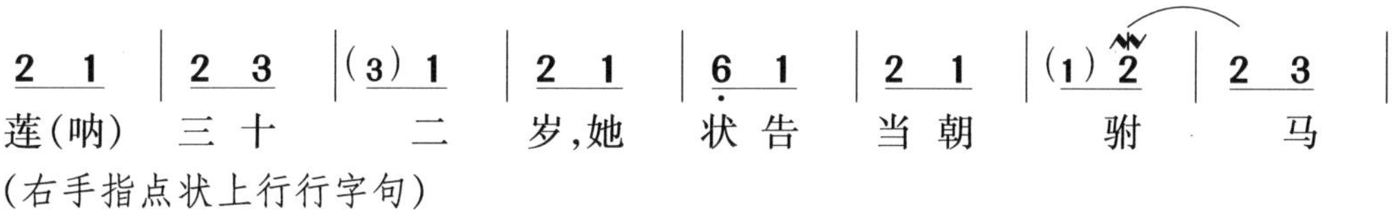

1 2 | 3 5 | 2 1 | 6 1 | 2 1 | 6 1 | 2 1 | (1) 2 | 2 3 | 1 2 |
郎,他 欺君 王(啊),藐皇 上(啊),悔婚 男儿 招 东 床(呃)。

3 2 | 3 | 0 3 | 6 2 1 | 1 2 | 3 (5) | 2 1 | 2. 1 | 2 1 | 0 3 |
杀 妻 灭 子良(呃)心 丧,他 逼死 韩琪 在

1 2 | 1 3 | 1 2 | 3 | 0 3 | 2 3 | 2 1 | 6 1 | 2 2 | 2 0 |
庙(哇)堂。将 状纸 押 至 在(了) 爷的 大 堂(呃) 上!
(回头看状纸) (右手指王朝)

王 朝 啊!

〔【大锣凤点头】王朝将状纸送回桌上,站回原位。包拯扔陈士美右腕,抖右袖,左手捋髯,斜视陈士美。

〔西皮散板〕

包 拯 (过门同前) 3. 2 1 2 3 2 3 (5) 2 1 6 1 - ‖
咬 定了 牙 关 为 哪 桩?

陈士美 (右手指包拯)住口! (抖右袖)

〔西皮散板〕

【大锣凤点头】(过门同前) 3 2 2 1 2 1 1 2 (7
开 封 有 人 将 我 告,
(右手端带)

6 1 2 -) 6 2 1 3 2 1 1 2 1
(仓) 何 不 升 堂你 问 根 苗?
(右手指包拯) (抖右袖)

包 拯 嘿嘿! (左手捋髯上步)

【大锣凤点头】(过门同前) 3 3 3 3 3 3. 2 1.
你 劝 我 升 堂 有 什

2 3 (6 1 2 3 -) 3 3. 2 1 2 3 2 1 6
么 好, (仓) 霎 时 叫 你的 魂 魄
(左手指陈士美)

1 (2 1 7 2 1 -) 3 3 4. 6 3 2 1
销。 (仓) 人 来 击 鼓
(眼望左右)

2.（3 5 5 2 1 6. 1 2 - ）3 4 - 3 - -
（哇）　（顷 - 仓）　喊　堂　号！
（搭右袖上腕，左手捋髯，亮住）

「【撕边】（崩登仓）陈士美左手捋髯与包拯对峙。击堂鼓（冬冬冬）
「【急急风】包拯站台中抖双袖。

众　（喊堂）噢！

「陈士美退至“大边”，左侧站大太监。四刀斧手“两边”上，“双进门”分“挖”至两边台口。包拯左手握袖、右手托蟒、右转身入“大座”。四刀斧手随归里“八字”。

包　拯　【快纽丝】（过门同前）3 1 2 3 2 3 2 1 6 1
你　带上　香　莲就　质对　一　遭。
（右手指王朝）

【撕边】（崩登仓）（右手惊堂木击桌）带香莲！

王　朝　（上步、“左山膀”）香莲上堂！（回原位）

「【纽丝】秦香莲左手领儿，右手拉女“上场门”上，至“小边”台口。

〔西皮散板〕

秦香莲　（过门同前）i 6 5 3 6 5 5 6 3 5 6（6 5 3
全　仗　相　爷　把　仇　报，
3. 5 6）3 6 5 3 i 6 5 6 5 3 5 -
（仓）负　义　之　人　罪　难　逃。
（边唱边拉儿携女进门，站“小边”）

包　拯　（右手指）香莲！

【大锣凤点头】（过门同前）3 3 3 3 3 3 3（6
那　旁　站　定　陈　士美，
（左手指“大边”）
1 2 3）3 3 1 2（3）2 1 6 1
（仓）只管　向　前　对　供　招。
（右掌指香莲再指陈士美）

「【撕边】（崩登仓）包拯右手提蟒、左手捋髯，怒视陈士美。

秦香莲　遵命！

「【紧锤】香莲至台中向包拯躬身领命，左回身至“大边”，望着陈士美，双手颤抖怒指着退至台中，向陈士美摔甩双袖。

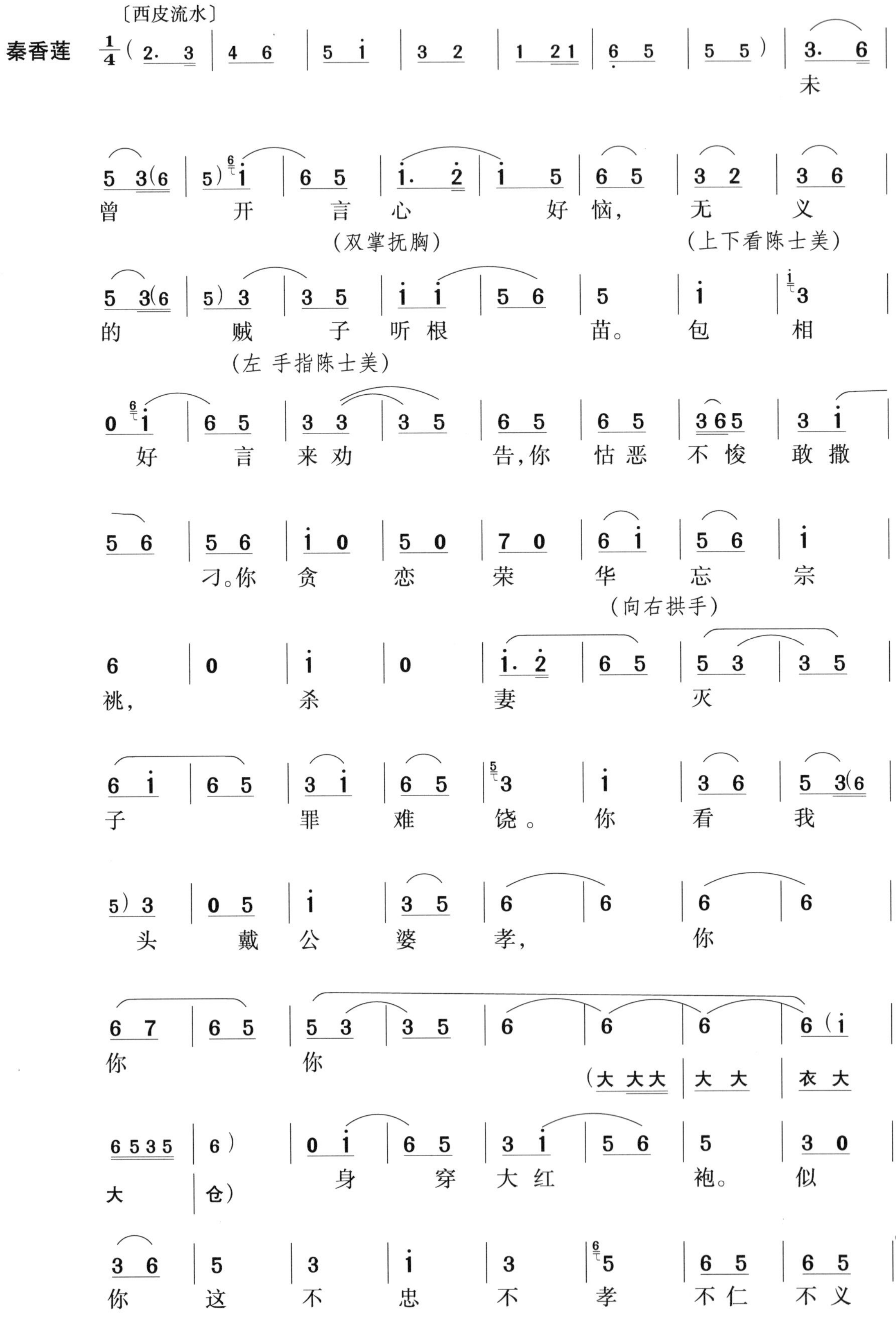
〔西皮流水〕
秦香莲
未曾开言心好恼，无义的贼子听根苗。
(双掌抚胸)
(上下看陈士美)
(左 手指陈士美)
包相好言来劝告，你怙恶不悛敢撒刁。你贪恋荣华忘宗祧，
(向右拱手)
杀妻灭子罪难饶。你看我头戴公婆孝，你你你
(大 大大 大 大 衣 大 大 仓)
身穿大红袍。似你这不忠不孝不仁不义

6 5 | 6 ^{5}3 | 3 5 | $^{6}\dot{1}$ | $\dot{1}$ | 6 $\dot{1}$ | 6 5 | 3 5 |
千古　少,枉　披　人　皮　在

6 5 | ^{7}6 | 5 0 | 7 6 | 5 6 | 7 | 0 56 | 7 $\dot{2}$ |
今　朝。

7 6 | ^{5}6 | ^{5}6 | $^{\dot{1}}$5 | サ ^{6}5 - ‖

〖【撕边】（崩登仓）陈士美欲从大太监手中拔剑刺香莲。王朝、马汉伸掌拦挡。香莲护儿女退至“小边”。

陈士美　疯妇！【撕边】

包　拯　（惊堂木击桌，左手指陈士美）嘟！

〔西皮散板〕

【大锣凤点头】（过门同前）3 3 3 3 5 3 3 （$\underset{\cdot}{6}$ 1
你　命　韩　琪　去　行　刺，
（左手指陈士美）

2 3）3 3 1 2 3 2. 1 $\underset{\cdot}{6}$ 1
（仓）杀　她　母　子　你　还　不　招。
（右手指陈士美）

〖【大锣凤点头】包拯双手按桌、探身、怒视陈士美。

陈士美　（过门同前）4 5 3 3 3 3 5 1 2 3 （$\underset{\cdot}{6}$ 1 2 3 -）
我　命　韩　琪　有　谁　晓？（仓）
（转向外右手指下方）（包拯从桌上拿刀）

包　拯　2 ^{5}3. 2 1 2 3 2 1 $^{1}\underset{\cdot}{6}$ 1 0
现　有　你　府　的　杀　人　刀。
（崩　登　仓）
（左手指陈士美后指右手刀，右手将刀扔至台中）

〖【撕边】（崩登仓）大太监拾刀递陈士美。

陈士美　（接刀验看）哎呀！

〖【快纽丝】包拯挥右手，秦香连拉儿女出门，“上场门”下。陈士美右手握刀，左食指弹边绺髯上肩，左手指刀。

陈士美 （过门同前）3 3 3 3 4 - 3 3 3 2 3 4 - 5. 5 3 -

大 堂 之 上（呃） 验 了 刀，

〔【紧锤】马汉上至陈士美左侧抢过刀送回堂桌上，归站原位。包拯从“小边”一侧走出堂桌。陈士美惊慌抖右袖上步。

〔西皮快板〕

陈士美 1/4 3 | 3 2 | 1 | 3 | 2 1 | 6 | 1 | 3 5 |

三 十 六 计 走 为 高。 不

3 | 3 | 1 2 | 2 | 6 1 | 3 | 2 |

辞 明 公 忙 搭 轿，

（右手端蟒前行）

包 拯 【撕边】（崩登仓）（赶上前伸左掌拦）哪里去？

陈士美 哼哼！

〔西皮散板〕

【纽丝】【凤点头】サ 3 2 1 1 3 2 2 3 4 - 5 3 2 2 1 1 -

我 有 本 章 奏（哇）当 朝。

（拱手）

包 拯 （左手指陈士美）住口！（抖左袖上步）

〔西皮散板〕

【大锣凤点头】（过门同前） 3 3 3 2 3 3 2 1. 2 3 （6

如 今 有 人 将 你 告，

1 2 3 -） 3. 2 1. 2 3. 2 3. 5 2 1 6 1

（仓） 先 打 官 司 你 后 上 朝。

陈士美 （双端带，晃身）哼哼！

〔西皮散板〕

【大锣凤点头】（过门同前） 3 2 2 1 1 2 1 1 2.

纵 然 有 人 将 我 告，

（7 6 1 2 -） 3 3 2 1 1 3 6 1 2 1

（仓） 敢 把 我 当 朝 的 驸

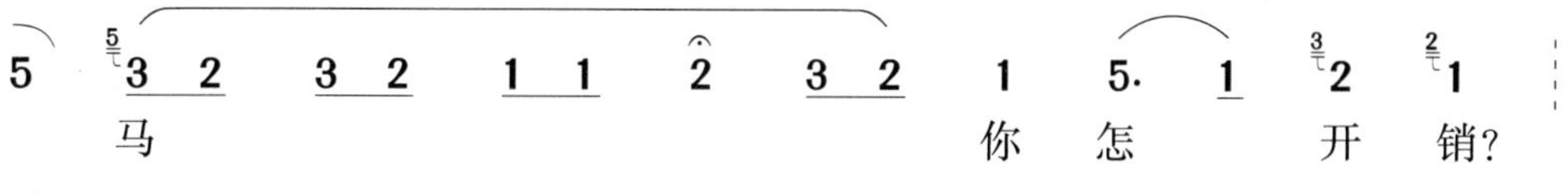

〔【撕边】（崩登仓）包拯双握袖、倒背双手，退步亮住。

包 拯 呸！（两抖袖上前）

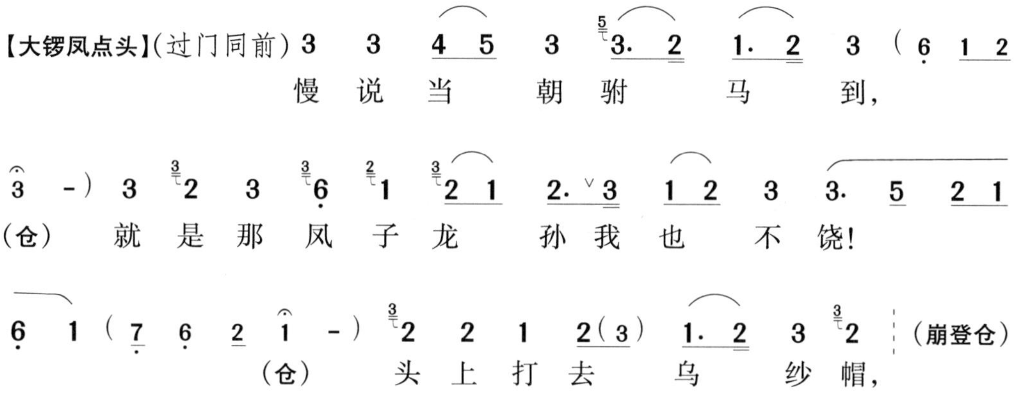

〔陈士美左握袖，右手端蟒向前探身，包拯扬左袖打陈士美头，张龙接陈士美甩出的纱帽，"下场门"送下，复上站原位。大太监急出门，"下场门"逃下。陈士美上前伸右手抓，被包拯左手轰开。

包 拯 勇士们！

众 有！

〔【大锣凤点头】四刀斧手急聚"大边"陈士美身后站半圆形，两边二人抓双臂、解玉带，中间二人按肩解蟒带。

包 拯 （过门同前）

〔（崩登仓）中间二刀斧手脱下陈士美蟒袍，一人送"下场门"，复回站原位。

包 拯 刽子手！

众 有！

〔【大锣凤点头】四刀斧手复上前抓陈士美。包拯左手握袖，右手捋髯，怒视陈士美。

包 拯

众 啊！

〔【急急风】陈士美平躺，被四刀斧手举过头顶"下场门"下。众人归站"小边"台口，王朝、赵虎、张龙、马汉成一排，八校尉在其身后成两排，面向"下场门。”包拯右手握袖、左手提蟒，【纽丝】威严地稳步走至“大边”抖右袖，右转身面向外。

包　拯　（过门同前）3 2. 5 3 2 1 6 1 2.（3 4 3 2 1
铡了　这无（哇）义　人

6. 1 2 -） 2 1 1 6 1 - 1 2 2 2 1 - ‖
再　奏　当　朝。

（拱手）

〔（八大大 仓）包拯撤右步，面向“大边”台口亮住。【软四击头】包拯上右步，左脚踢蟒、左手抓蟒，向前趋步，右手握袖，上右步左转身，面向“下场门”亮住。

〔【撕边一锣】包拯涮左步，随向左跟一小“趋步”。

〔【撕边一锣】包拯涮右步，随向右跟一小“趋步”。

〔【急急风】包拯走过台中停步，右手顺髯，摇首，沉思，心潮起伏，预感此案非同一般，必有阻力。

众　（喊堂）噢！

〔包拯不觉一振，向右回身，右手捋髯扫视众勇士，顿感正义在身无所畏惧。右手放髯【撕边】（顷仓）搭右袖上腕，左手端蟒，跺右脚别左腿，面向外亮侧身相。

〔【急急风】包拯向“下场门”下。赵虎、张龙领众人抽心成对，随后向“下场门”冲下。【急急风】转【冲头】

〔国太内唱。①

〔西皮导板〕

【大锣导板头】　サ（3. 5 6 6 6 6 6 2 7 2 7 6 5 5 5 5

5 3 1 1 1 1 1 3 2 2 7 6 2 1 -）

1 5 3 3 2 4 4 3（4 3 2 1 2 3 -）
皇　儿　进　宫（呃）

3 - - 3 2 3 4 3 - 3 3 2 3 -
一　声　报　（哇　啊）！

---

① 在1958年的录音中，皇姑先见包拯，为陈士美讲情，未果，才回宫搬国太，共赴开封府再次讲情。电影本把两个情节合为一处。此情节据电影本。

〔【急急风】四小太监手拿瓜棍、瓜锤，四宫女空手“上场门”上，“站门”。大太监甲执云帚站“大边”台口。

〔【撕边】（崩登仓）国太右侧立皇姑，二人同乘一车，由大太监乙双手执车旗推至“九龙口”前，稍亮片刻。

〔【紧锤】大太监乙推国太、皇姑到台中。

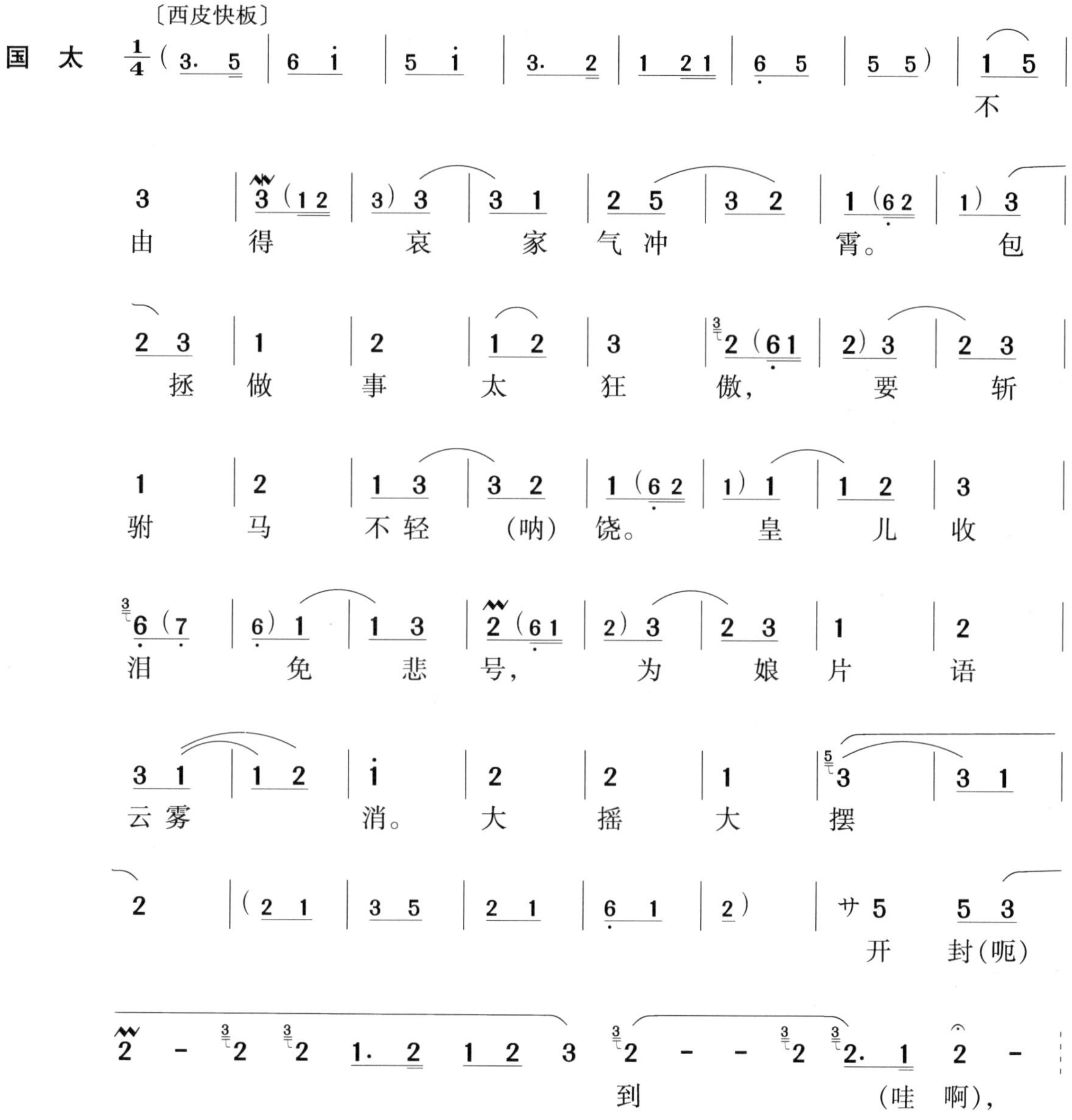

〔【快长锤】小太监、宫女、大太监等“插门”，圆场，至“小边”台口成两排，宫女在前。国太、皇姑小圆场至“小边”台口下车。大太监乙将车旗“上场门”送下，大太监甲随下。同时王朝等四人暗上，“下场门”“一条鞭”。

王朝、马汉、张龙、赵虎 （同上步、跪右腿、拱手施礼）迎接国太！

〔亮弦〕

（4　3.　1　2　-）

〖【大锣凤点头】国太、皇姑上至中台口。

〔西皮摇板〕

国　太　（过门同前）6 2　1　3　2　2 1　1　2　1　-　-‖
快　宣　包　拯　把　我　朝。

〖【大锣住头】大太监甲、乙“上场门”各搬一椅放“小边”台口，成双虎头椅。国太、皇姑“合扇”转身入座，国太坐里首。国太左后、皇姑右后分站大太监甲、乙。四宫女站椅后“斜一字”，身后是四小太监。

王　朝
马　汉
张　龙
赵　虎　（向里拱手）有请相爷。

〖【纽丝】王朝等四人中间分开成“斜胡同”。四校尉“下场门”上，站“斜胡同”。包拯单手提蟒上至“大边”。

包　拯　何事?

王朝等　（拱手禀告）国太、皇姑到。

〖【大锣一击】包拯右手捋髯，抬首微震。

包　拯　哦!

〖【撕边】【大锣凤点头】王朝、马汉等四人站“大边斜一字”，身后是四校尉。

包　拯　（稍思片时、上步）

〔西皮散板〕

（过门同前）1　2　3　1 2　2　3　2　2　-
走　向　前　来　忙　跪　倒，

〖【撕边一锣】包拯上至台中，端蟒、撒蟒、跪右腿，拱手拜迎。

国　太　（伸右掌）平身。

包　拯　谢国太!【夺头】（左手撩蟒起身，站中台口“大边”一侧）

〔西皮原板〕①

2/4（大扑台　仓 1 | 2321　6561 | 2　6）6 21 | 123　（3　6）|
国 太

324　3（46 | 3532　123）| 3.　5　234 | 3　21　1　65 |
到(哇)　此　为　哪

① 在1958年的录音中，国太、皇姑与包拯的对唱以〔散板〕为主，电影本把〔散板〕改为〔原板〕。

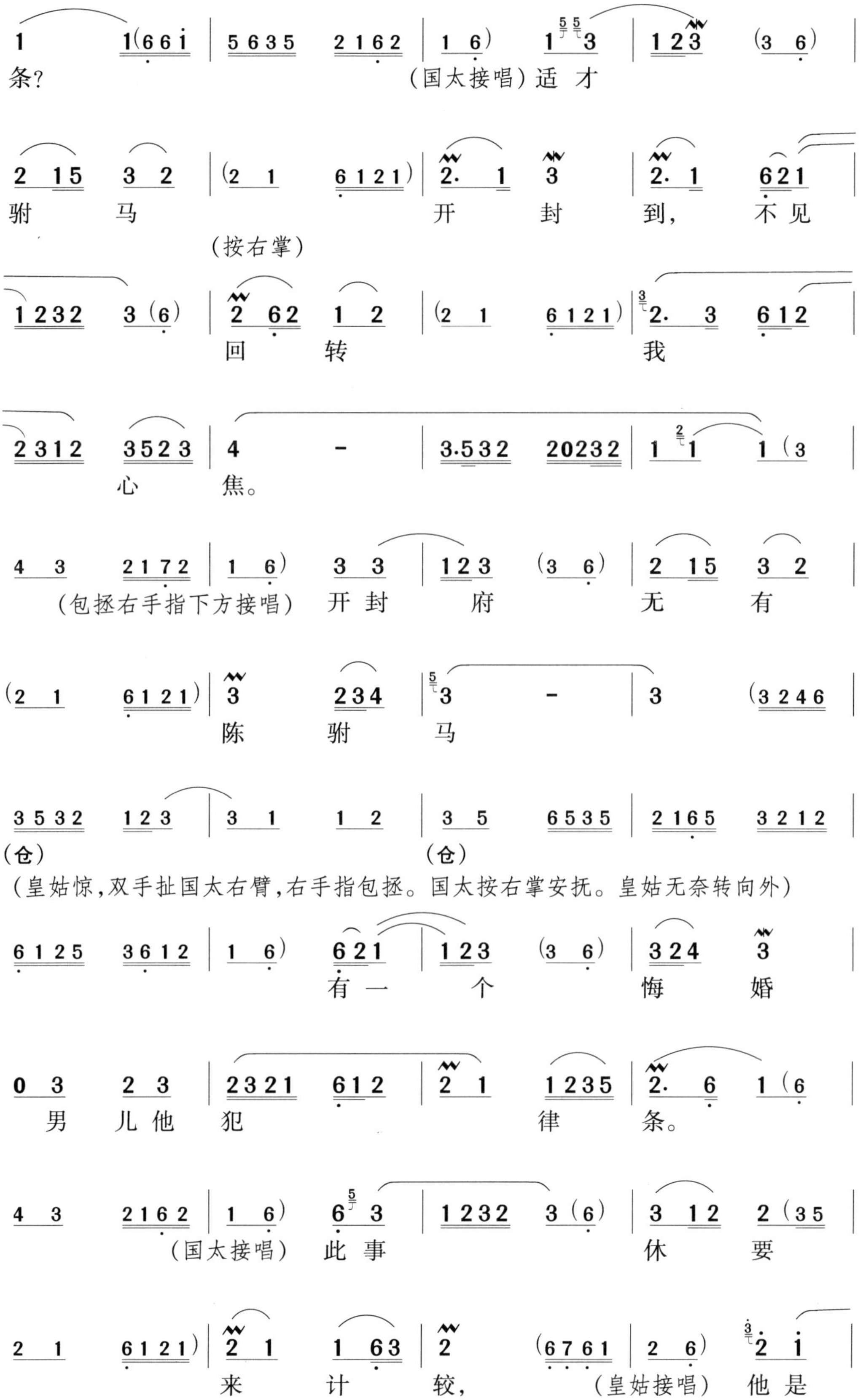
条？（国太接唱）适 才
驸 马 开 封 到，不见
（按右掌）
回 转 我
心 焦。
（包拯右手指下方接唱）开 封 府 无 有
陈 驸 马
（仓） （仓）
（皇姑惊，双手扯国太右臂，右手指包拯。国太按右掌安抚。皇姑无奈转向外）
有一 个 悔 婚
男 儿他 犯 律 条。
（国太接唱）此 事 休 要
来 计 较，（皇姑接唱）他 是

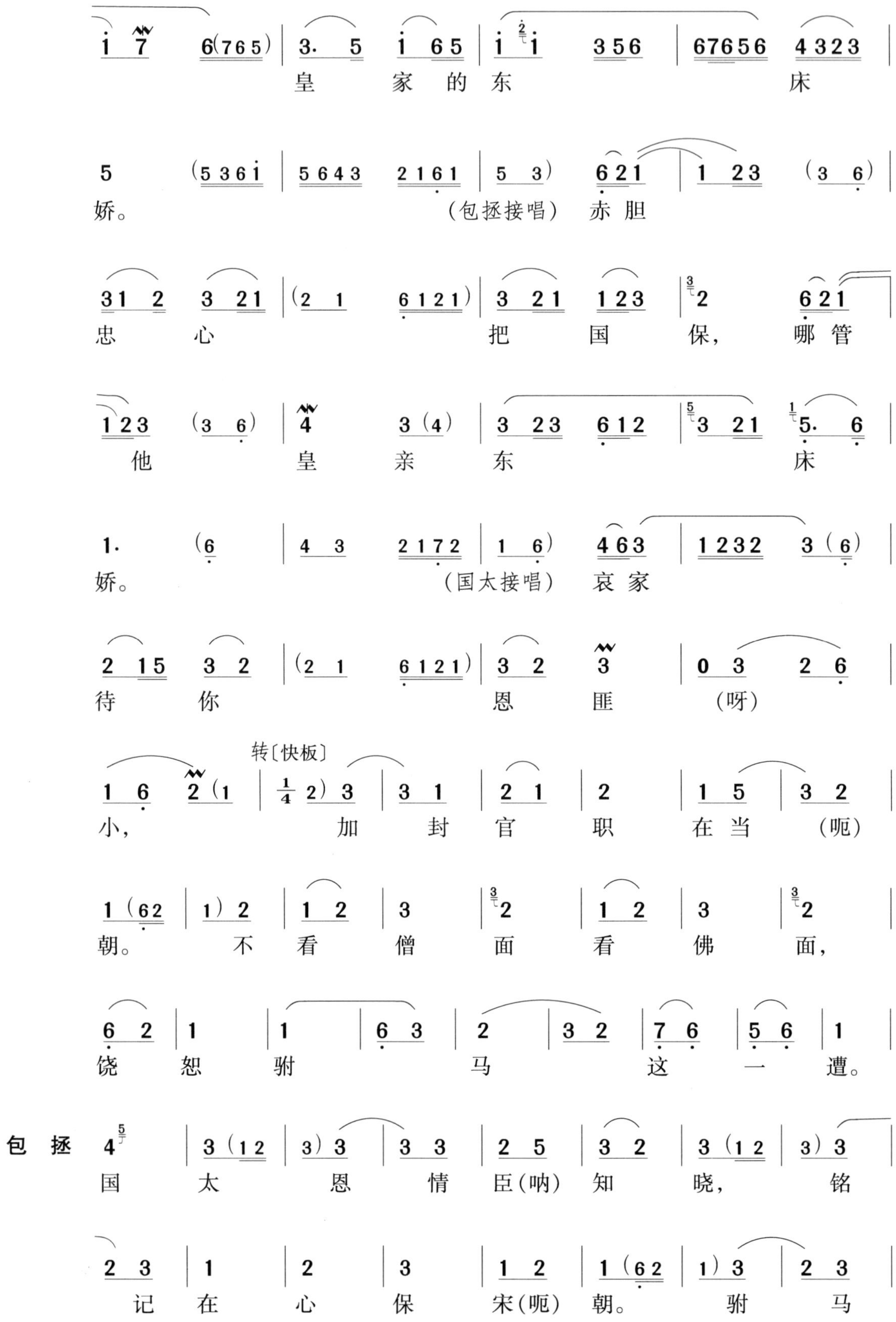
皇家的东床
娇。（包拯接唱）赤胆
忠心把国保，哪管
他皇亲东床
娇。（国太接唱）哀家
待你恩匪（呀）
转〔快板〕
小，加封官职在当（呃）
朝。不看僧面看佛面，
饶恕驸马这一遭。
包拯
国太恩情臣（呐）知晓，铭
记在心保宋（呃）朝。驸马

犯下了欺君罪，杀妻灭
子犯律条。香莲她开封将他
告，执法如山我不轻饶！
（上步）
国太
包拯你竟敢逞狂傲！
包拯
刚正无私不折挠！
皇姑（猛回头怒视包拯）
皇亲国戚 サ（大大）你难治
（左手指包拯）
罪！
〔【撕边】（崩登仓）包拯握右袖、上步、晃身。
包拯 哼哼！【撕边】【大锣凤点头】（右手捋髯、挺身）
〔西皮散板〕
（过门同前）
心如磐石不动摇。
（摊右掌）
（仓）慢说国太皇（呃）姑（哇）到，宋王爷
到（哇）此（喏）（顷 - 仓）我也
（双掌背弹髯、双端髯、上步亮住）（闪动着

3 2 1. 1. 2 3 3. 5 2 3 2. 1 6 1. –
不 饶!

双睛以示决心)

〔【撕边】(崩登仓)包拯扔髯,双端带,背身而立。国太起身,右手怒指包拯。

国 太 嘟!(【大锣凤点头】抖右袖)

皇 姑 (双手摇国太右臂)喂呀母后……哇……

〔西皮散板〕

国 太 (过门同前)2 2 1 5 3 2 3 4 3 2 3 4 3 – – 3 3 2 3 –
开 封 府 内 我 且 坐 了 (哇 啊)!

〔【纽丝】二小太监将双虎头椅"上场门"送下,复上。皇姑搀扶国太从"小边"一侧入桌后,国太坐"大座",右侧站皇姑。四宫女"小边斜一字",身后是四小太监。大太监甲、乙站宫女前。

包 拯 (站中台口"大边"一侧,看此情景,转向外摊双手)啊?

皇 姑 (左手指包拯)哇!

【大锣凤点头】(过门同前) 3 6 5 3 i 6 6 5 5 3 5 3 5 –
看 你 如 何 把 案 销。
(摊左掌)

〔【撕边】(崩登仓)包拯搭右袖上腕,上步。

包 拯 刽子手!

众 有!

包 拯 (抖右袖)

【大锣凤点头】(过门同前) 2. 2 2 3 3 1 2 2 (6. 1 2 –) 3 2 – 2
陈 士 美 搭 至 在 铜 铡 内!

〔【撕边】(崩登仓)包拯左手捋髯。国太忙起身、按双掌。

国 太 啊,包爱卿!(坐)

【纽丝】【凤点头】(过门同前) 6 2 1 2 1 1 2 2 1 1 2 1 –
快 宣 原 告 把 我 朝。

〔(崩登仓)包拯右手捋髯,左手指王朝。

包 拯 带香莲。

王 朝 (向"下场门"招左掌)香莲来见。

〔【撕边】【大锣凤点头】秦香莲拉儿女"下场门"上,至"大边"台口。

秦香莲 (拱手)参见相爷。(向包拯躬身施礼)

包 拯 (左手指香莲)香莲!

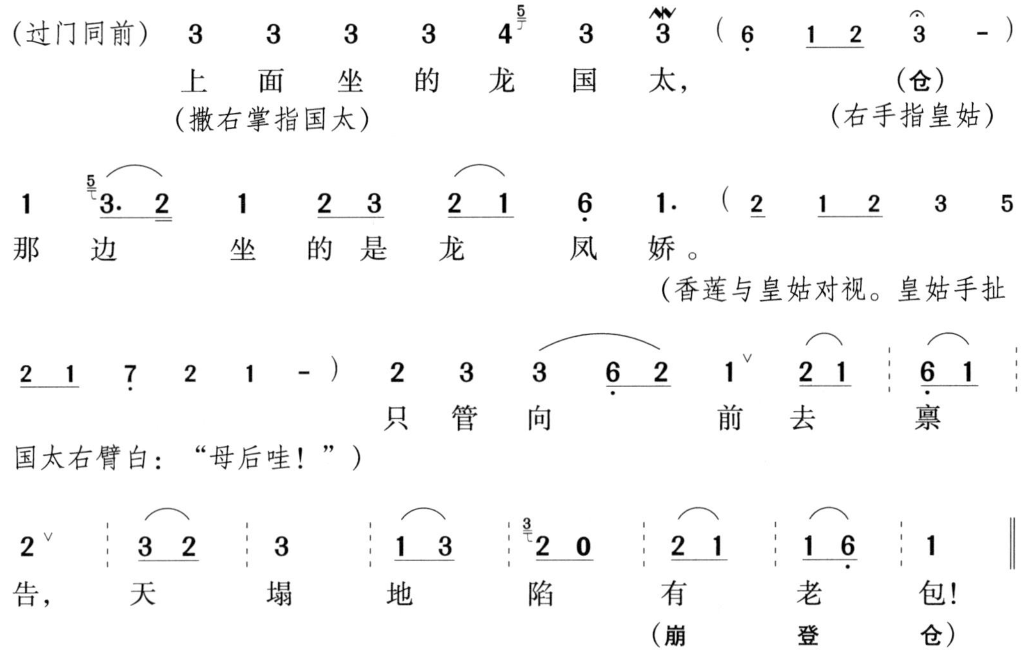

秦香莲　(拱手)全仗相爷！(向包拯躬身施礼)

〔【五锤】王朝等众人两边分"斜胡同"，包拯"下场门"下，众随下。秦香莲领儿女上至"大边"，向国太躬身施礼。

秦香莲　叩见国太。(母子三个跪"大边")

国　太　下跪何人？

秦香莲　陈士美的原配妻子秦香莲。

皇　姑　(左手指香莲)哇！

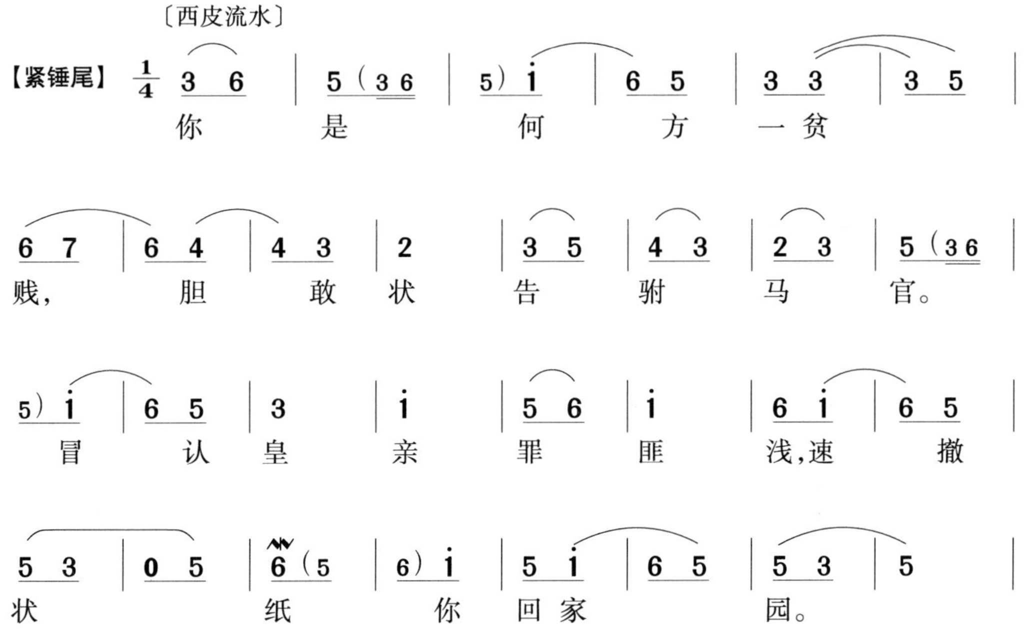

秦香莲

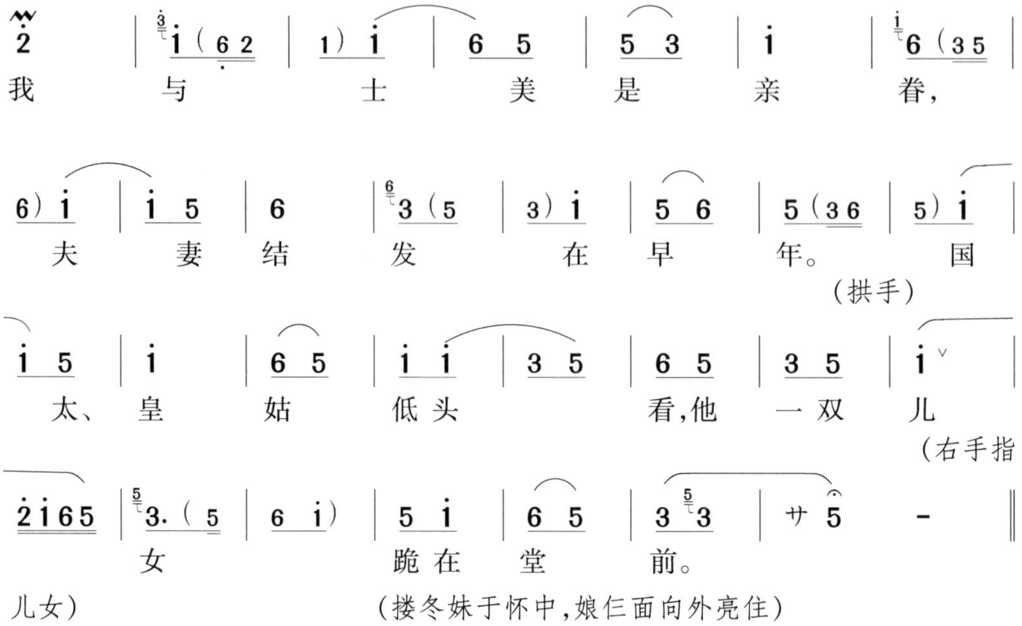

〔【大锣一击】国太起身站立。

国 太 香莲哪！

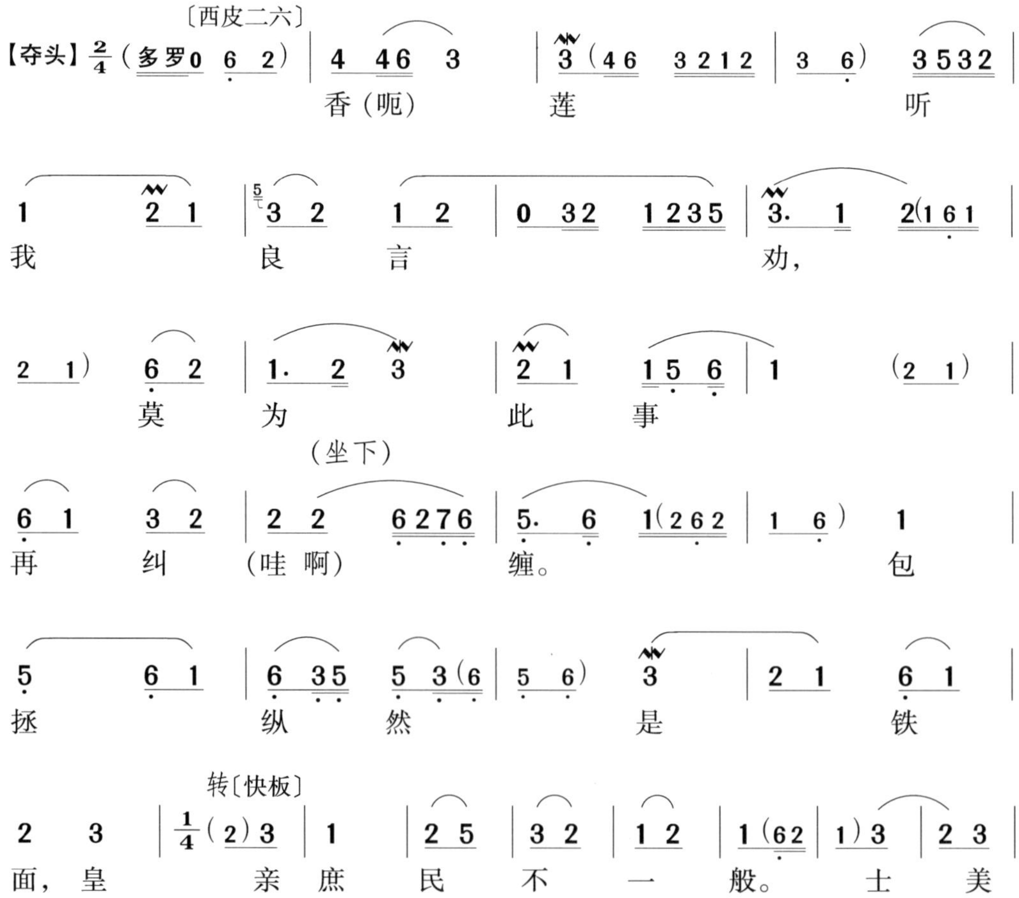

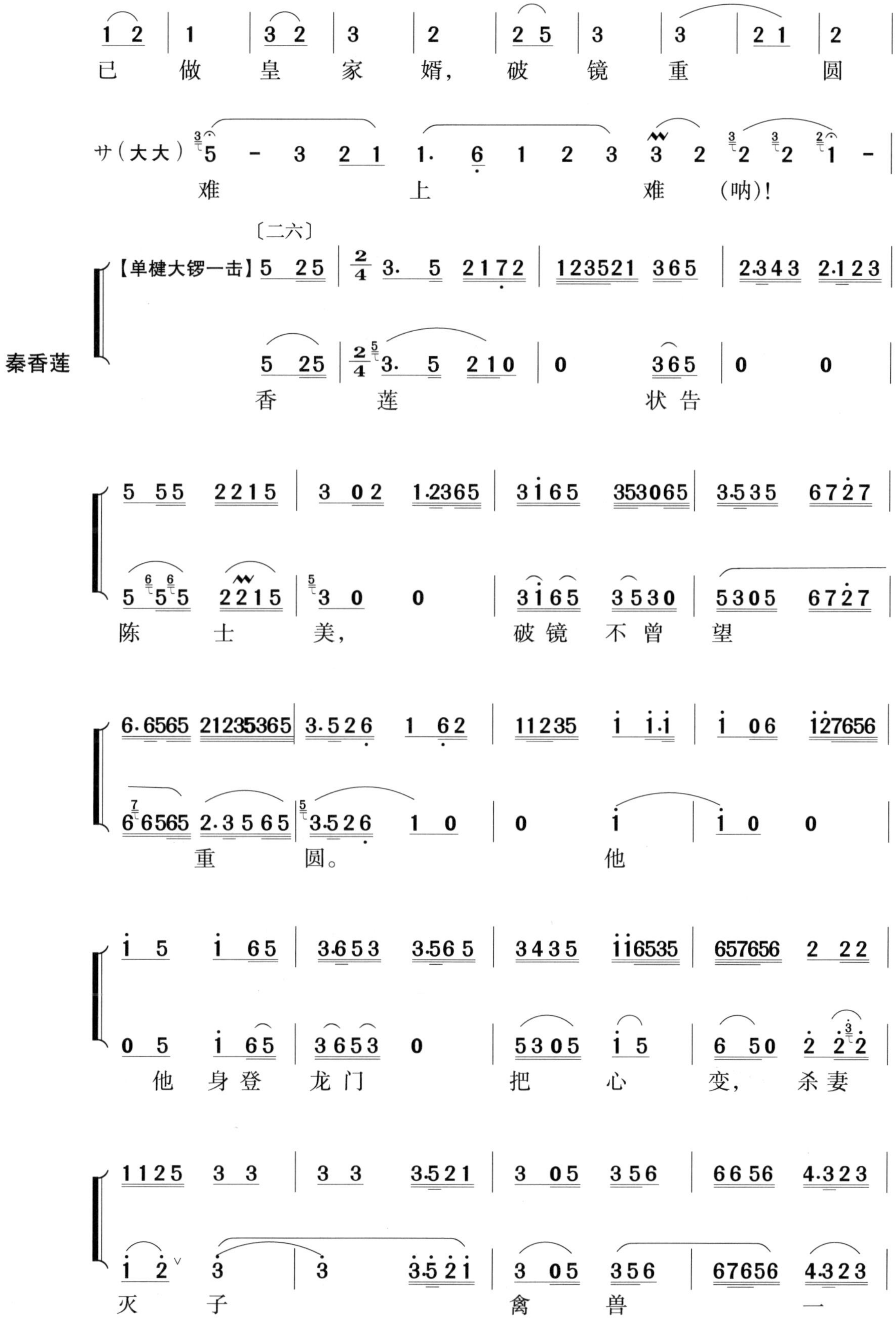
已 做 皇 家 婿，破 镜 重 圆
サ（大大）
难 上 难 （呐）！
〔二六〕
【单槌大锣一击】
秦香莲
香 莲 状告
陈 士 美，破镜 不曾 望
重 圆。他
他 身登 龙门 把 心 变，杀妻
灭 子 禽 兽 一

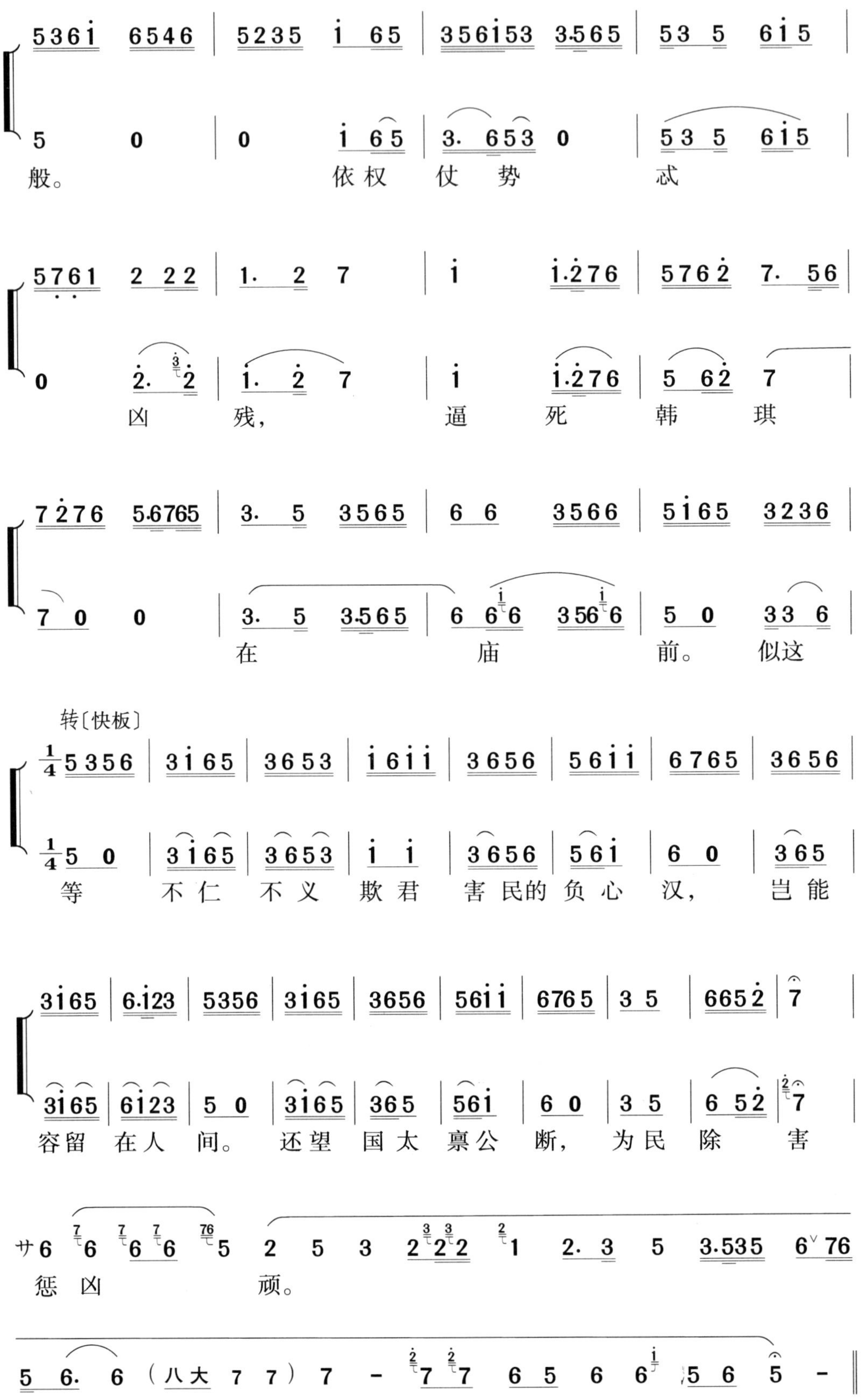
般。 依权 仗 势 忒
凶 残， 逼 死 韩 琪
在 庙 前。 似这
转〔快板〕
等 不仁 不义 欺君 害民的负心 汉， 岂能
容留 在人 间。 还望 国太 禀公 断， 为民 除 害
惩 凶 顽。
（八大 7 7）

〔【撕边】(崩登仓)皇姑左手扯国太右臂，右手指冬妹、英哥,国太按右掌点头会意。

国　太　嘟！（起身、右手指香莲）【大锣凤点头】

〔西皮散板〕

（过门同前） 2 2 1 3 2 ∨ 3 2 3 4 3 -

人 来 抢 她 儿 和 女，

（右手指香莲）

〔【急急风】香莲闻言张双臂护儿女，被大太监推倒在地，二小太监赶至“大边”，分抓英哥、冬妹右腕拉回“小边”，将兄妹隐于身后。

英　哥
冬　妹　（向香莲招手呼唤）妈！妈！

秦香莲　（上前欲追被大太监拦在台中，向儿女招手呼叫）英哥！冬妹！儿……啊……（以袖揾泪）

国　太　（与皇姑对视，点头会意）

【大锣凤点头】（过门同前） 6 2 1 6 3 2. 1 6 2 1 1 2 2 1 -

撤 回 状 纸 我 放 你 的 儿 男。

（坐下）

英　哥
冬　妹　（在小太监身后招双手）妈！妈！【撕边一锣】

秦香莲　（面向“上场门”招右手，望）英哥！【撕边一锣】（招左手，望）冬妹！【撕边一锣】（八大台 仓 匝匝匝）（转向外抬头稍想）罢！（抖双袖）

【纽丝】【凤点头】（过门同前） i 3 3 6 5 2 i 2 2 - i. 2 i - i 6

拼 着 一 死 击 堂 鼓！

（右障袖护头，左手指“大边”台口）

〔【撕边】（崩登仓）香莲冲至“大边”台口，举右手击鼓。（冬冬冬）【急急风】

众　（喊堂）噢！

〔四校尉、王朝等“下场门”急上，站“斜胡同”。包拯双手端蟒冲上至“大边”，看台口香莲，不解其意，摊左掌。

包　拯　啊？

【大锣凤点头】（过门同前） 3 1 3 3 2 1 6 1 （7 6 2 1）

香 莲 击 鼓 为 哪 般？ （仓）

秦香莲　i 3 3 6 5 6 i 5 6

国 太 抢 我 的 儿 和 女！

英　哥
冬　妹　妈！

〔（崩登仓）包拯回首望“小边”小太监身后，向里上步。

包　拯　（拱手）国太呀！

〔西皮散板〕

【快纽丝】【凤点头】（过门同前）3 1 3 2 2 1 6 1（7 6 2 1）
欺压民女心何安？（仓）

国　太　1 1 6 2 1 1 6 3 2 2（7 6 1 2）
快快放了陈驸马，（仓）

1 1 6 3 2 1 6 2 1 1 2 2 1
放了驸马我放她的儿男（呐）！

〔（崩登仓）包拯右搭袖上腕，左手指外。

包　拯　勇士们！

众　有！

〔【大锣凤点头】包拯抖右袖。王朝、马汉上至包拯身后。

包　拯　3 3 3 3 3 3 4. 5 3 3 -
与爷抢回她的儿和女！

众　啊！

〔【急急风】王朝、马汉冲至“大边”，拨开大太监、宫女和小太监，手拉英哥、冬妹送至“大边”香莲左右。王朝、马汉回原位立。

包　拯　（拱手）国太呀！【撕边】

英　哥
冬　妹　妈！

秦香莲　（搂着儿女伤心泪下）儿……啊……（以袖揾泪）

包　拯　（看香莲母子后转向国太）

【大锣凤点头】（过门同前）6 2 1 6 3 2 2 1 6 1.
拆散骨（哇）肉理不端。
（摊双掌）（转向外）

皇　姑　（左手指包拯）大胆！

〔（崩登仓）

国　太　（右掌扶胸自指）我的老命（摆双掌）不要了！（摘凤冠左手指端冠）

秦香莲

【大锣凤点头】(过门同前)1 5 3 3 3 ^{5}3 1 2 3 (6 1 2 3 -) 3 2
你 今 不放 陈 驸 马, (仓) 我 死

3 5 5 3 5 2 ^{3}2 ^{3}2 2 1 6 2 1 6 1 ^{3}2 ^{3}2 ^{2}1 -
在 开 封 你们 谁 敢 承 担!
(抖右手指包拯) (凤冠放桌上)

〔【撕边】(崩登仓)包拯双手捋髯,面向外亮。

〔亮弦〕

(5 i 2 1 2 4 5 6 i 5. 6 56 4 2 3 2 1 7 2 - 1 -)

〔包拯双手分髯沉思,退步,放髯,双掌互搓。【撕边】

包 拯 (垂首摇头)哎呀!

〔【大锣凤点头】包拯拳、掌互击,右掌顺髯、上步、左手捋髯,右手打背供。

〔西皮散板〕

包 拯 1 1 5 6 1 6 2 1 - (6 2 1) 3 3 ^{6}1
皇 家 的 官 司 难 了
(摊双掌)

2 ^{3}2 (7 6 1 2) 3 ^{5}3 2 1 2 (3) 2 ^{5}3. 2 1
断, 此 事 怎 能 两 周 全。
(双端带思索)

(7. 2 1) 2 2 5 3 1 2 2 - 3 ^{3}2 2 -
(仓) 看 过 俸 银 三 百 两,
(看王朝)

王 朝 (向包拯摊双掌)啊?

〔【散板长锤】包拯挥左掌示意,王朝“下场门”下,双手捧银复上,至包拯左侧。

王 朝 俸银送上。

包 拯 (看银后左手指香莲)香莲!

【大锣凤点头】(过门同前)6 2 1. 6 3 ^{3}2 2 1 1 - ^{6}1 2 2 ^{6}1 -
将 银 交 与 秦 香 莲。
(向王朝挥左掌)

〔【撕边】(八大台 仓)王朝托银至“大边”台口香莲右侧。

王 朝 (仓)(左手端银,右掌按银)相爷赠你(才)银两,收下吧。(递银上前)

〔【撕边一锣】香莲伸右掌拒绝。

王　朝　（再递银）收下吧。

〔【撕边一锣】香莲退步，立左掌拒绝。

王　朝　（转向包拯）相爷她不要哇！【软四击】（回至包拯左侧）

包　拯　（看王朝手中银，转向香莲）香莲哪！【撕边】【大锣凤点头】（接银，来至香莲面前，将银交香莲手中）

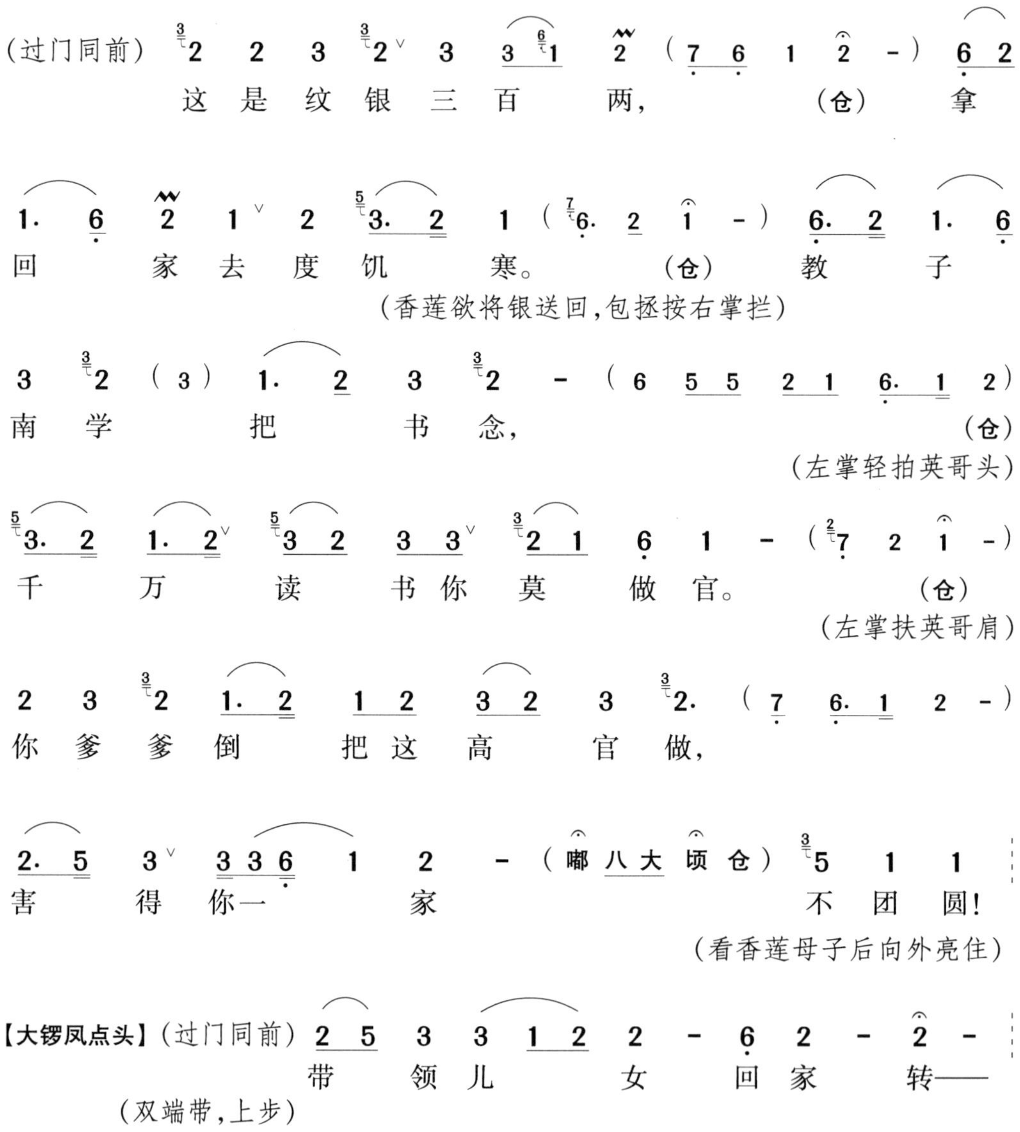

〔【撕边】（八大台0 仓）香莲将银送还，包拯按右掌拦阻。（才）香莲转向外，垂目望银。

秦香莲　喂……呀……（揾泪）

〔（仓）包拯向香莲挥右掌示意离去，左转身向里站“大边”里首。兄妹俩扯香莲袖。

英　哥
冬　妹　妈！

秦香莲

［【大锣凤点头】香莲右手拉儿，冬妹右手扯娘袖，同至台口。

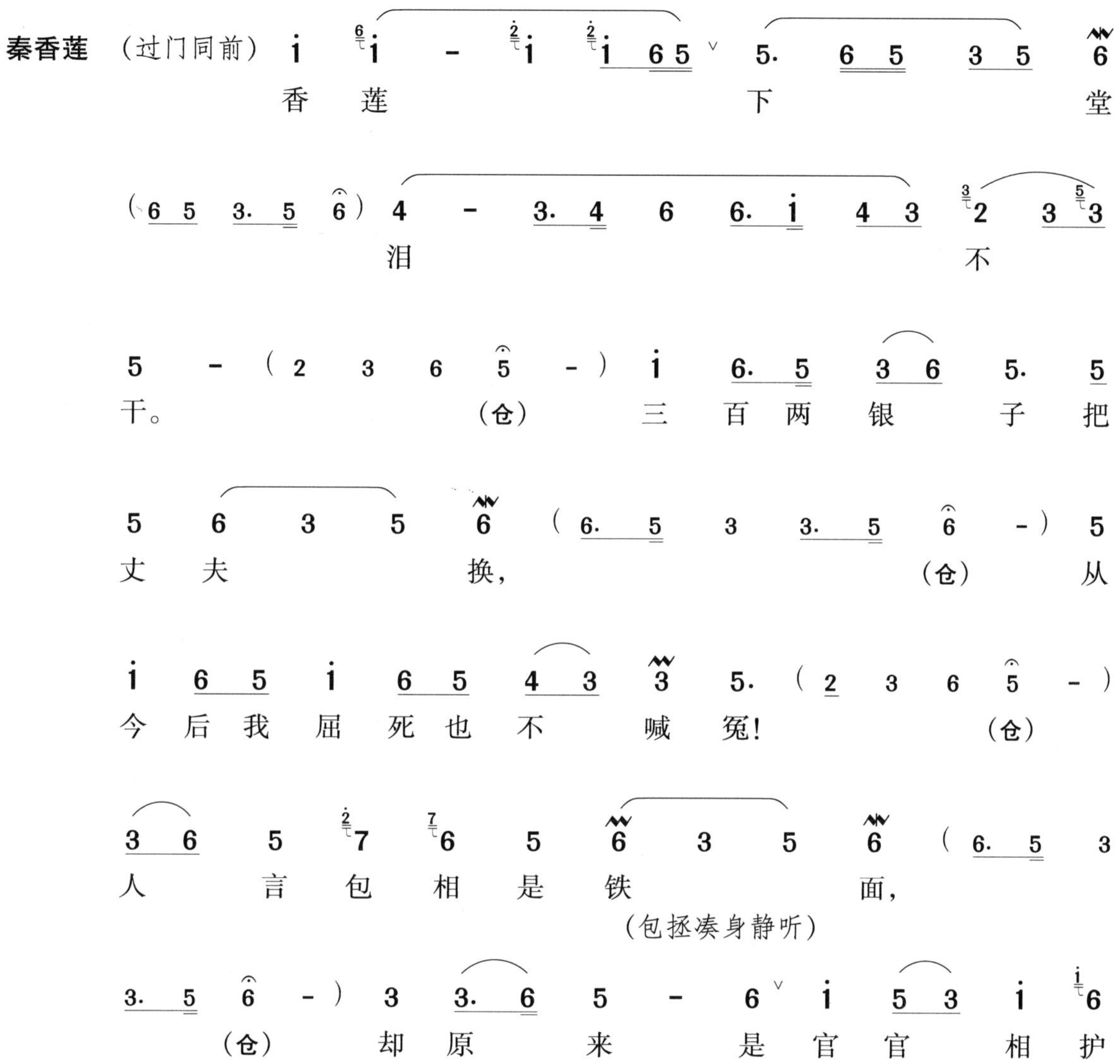

包拯 【大锣一击】（撤步、摊双掌）啊！

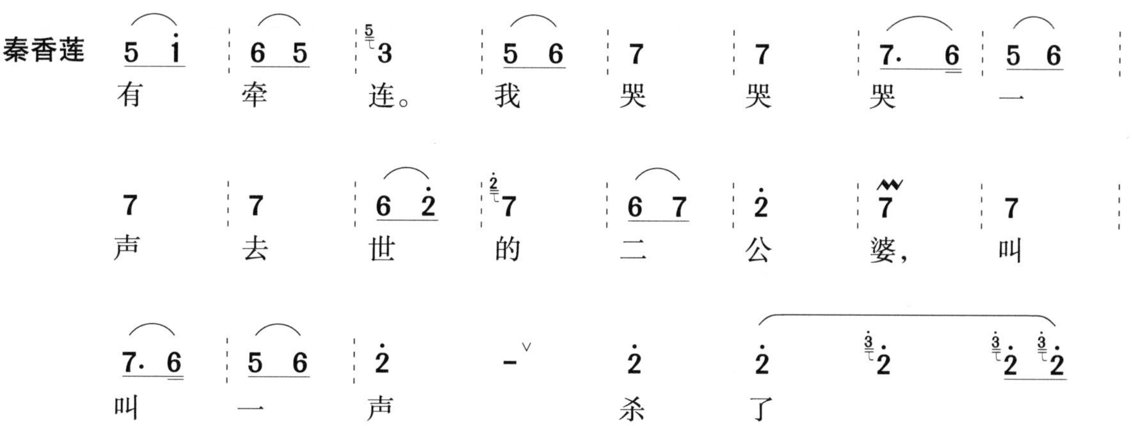

1̇ 2̇ - - ∨ 5̇. 3̇ 2̇ 2̇ 2̇ 7. 6 6 6 5 6
人 的 天！
（拱手）

2̇ - - 7 2̇ 7. 6 5 6 6 5 5 - ‖

〔【撕边】（崩登仓）香莲搭右袖上腕，搂右侧冬妹肩走至“大边”台口。包拯至台中，望着香莲母子，大声疾呼。

包　拯　回来！（抖左袖，上前）

〔西皮散板〕

【大锣凤点头】（过门同前） 3 3 3 3 2 5 3 3（6 1 2
香 莲 下 堂 把 我 怨，

3） 3 6 2 1 2 1 2 1 2 3 1（7. 2
（仓）她 道 我 官 官 相 护 有 牵 连。

1 -） 1 5 3 3 1 2 2 2. 3 3 6 1 2
（仓） 本 当 铡 了 陈 士 美，
（立右砍掌）

皇　姑　【撕边】（双手摇国太右臂）母后！

国　太　（双手拿凤冠，往桌上蹾）哪个敢？

〔（崩登仓）包拯向外摊掌。

包　拯　呀！（右掌背供，左掌指右后国太）

【快纽丝】【凤点头】（过门同前） 3 3 1 2 2 3 1（7. 2
国 太 苦 苦 死 纠 缠。

1 -） 1 5 3 3 1 2 2∨ 2. 3 3 1 2 -
（仓） 有 心 不 铡 陈 驸 马，
（右手捋髯，左手指左前方）

秦香莲　（面向包拯）【大锣一击】冤枉——！

〔（崩登仓）包拯闻声两抖袖，叉双腿呆愣。

英　哥
冬　妹　妈！（母子三人搂抱一处）

包　拯　哎呀！

【大锣凤点头】（过门同前）3　1 2　3　3　2（3　4 3　2 1

倒　叫（哇）　包　拯　（呐）

6. 1　2 -）　3　1　2　3　3 -　3 5　2 1　1 -

【撕边两击】　我　两　为　难。

（左右两望）　（双手攥髯，顿足）

【撕边】（八大台　仓　匝匝匝）（包拯双手攥髯，迟疑片时，向外亮住）罢！【大锣凤点头】（右手扔髯，抖右袖，左手放髯面向外）

（过门同前）2　1. 2　3　2（3）1 2　3. 3　2　3　2 5　3　5 - -

皇　家　的　官　儿　我　不（哇）做，纵　有　这　塌

（右托掌）

3　2 -　2（6. 1　2　3）1 3　2 1　6　1【大锣住头】

天　祸　【撕边一锣】　有　某　承　担！

（双手摘相纱，放胸前）（左手端相纱）（右掌击肚，胸前握右拳）

包　拯　刽子手！

众　（拱手听命）啊！【大锣一击】

包　拯　（立右砍掌于胸前）开铡！

众　啊！

<尾声>

2/4 6 2 | 1 6 5 | 6 5 3 | 3 2 1 2 | 3 5 2 |

2 5 3 2 | 3 3 5 | 6 1 2 3 | 1 2 7 6 ‖

〔国太瘫坐椅上，皇姑扶国太肩，瘫软在旁。

〔包拯左手端相纱，按右掌，中台口“小边”一侧立。

〔秦香莲将儿女搂于怀中，立在中台口“大边”一侧，心绪沉重地望着包拯，慢转向外。【急急风】闭幕。

——剧终

蔡英莲 **整理** 曹宝荣 **记谱** 杨广同 **锣经整理**

诗文会

根据1984年电视片及庆祝张君秋舞台生活五十周年演出录像整理

京剧《诗文会》由沈凤熙、李岳南根据明人吴炳所撰传奇《绿牡丹》改编。

《诗文会》沿袭了《绿牡丹》的基本构架，将乡试改为京试，将其中人物顾粲改为顾子玉，柳希潜改为牛斯文，车本高改为车步青。剧情为：老学士沈重之女婉娥才貌双全，为选配佳婿，沈府举行文会，邀世家子弟顾子玉、牛斯文、车步青三人以绿牡丹为题作诗，以便甄选。车、牛二人系纨绔子弟，胸无点墨，牛请馆师谢英、车请胞妹静芳代笔。评阅结果，牛为卷首，车次之，真才子顾子玉反屈居末名。沈重见牛斯文相貌猥琐，以三卷难分高下为辞，约定本年金榜高中后，再议婚。牛、车自知难以登第，二人商议，以车妹许配牛斯文。车用谢英为牛代笔之诗给妹静芳提婚。静芳才智过人，观诗甚喜，但恐其人与兄同流，提出面试之后方肯允婚。牛、车二人无奈，强迫谢英代牛应试。谢英与静芳见面后，因不忍殃及无辜，故题歪诗，破坏婚事。谢英因此为牛所逐，后得同学顾子玉资助，一同赴考。牛、车二人闻科考已毕，各自假扮状元到沈府骗婚。适顾子玉得中榜眼，亦到沈府拜谒。为辨真假，沈重拟当场复试，牛、车二人只好钻狗洞逃出。时谢英得中状元，也来沈府拜见。沈重为践前言，决定招顾子玉为婿。沈重怜静芳孤零，又从中作伐，将她许配谢英。静芳见到谢英后，以为他是上次题歪诗骗婚的牛斯文，于是严加斥责，不允婚事。经谢再三解释，并当面试诗，才消除误会。两对佳偶，终成眷属。

《诗文会》是张君秋先生连续创编张派名剧《望江亭》、《秦香莲》、《西厢记》、《状元媒》之后，艺术造诣达到巅峰时期的再创精品。此戏唱腔技能高超，腔体变幻莫测，其中的〔南梆子〕、〔四平调〕、成套式〔快板〕、〔滚板式导板〕及〔快二六〕等，在自然酣畅中险峭而摇曳生姿，再现了集抒情性唱腔的华丽清新、尽情奔放于一体的风格。张先生十分喜爱〔四平调〕这个板式。〔四平调〕来源于安徽“徽调”，唱腔风格与二黄近似，在长期互相影响渗透中，吸收了许多二黄声腔，使〔四平调〕板式更加充实丰富，成为京剧声腔的主要板式之一。张先生认为〔四平调〕创作空间很大，大胆改革创新，他突破了上下句的主体旋律又不拘于一格。一般〔四平调〕都是中音起唱，但《诗文会》中前三字“喜盈盈”上来就是高唱，达到了高音“5”落到高音“3”上，上下句的唱腔旋律有了大胆的变革，紧接着“欲前”又是一个高“4”音，几次高腔的峭拔形成一定的难度，要求演员嗓音的高音音域必须通畅。此段特点：唱词 12 句，演唱时间只有 3 分 40 秒，结构严谨，曲调酣畅、完整且十分精湛，全段为连句形式结构，中间过门极少，只有一两处用短小过门连接，其余演唱台词与唱腔的衔接只有短暂的半拍，这和一般舒缓、从容的〔四平调〕确有不同之处。张先生的演唱看不出呼吸，张嘴就唱，这对任何一个唱功演员来讲都是个严峻的考验。

《诗文会》中有成套式的〔西皮快板〕，从“可笑他……”、“那诗篇……”、“纵然他是……”、“绣花枕头……”到“说什么……”，五段贯穿在一起，这又是此剧唱腔的又一难点。张先生〔快板〕吐字清晰，音韵美、有气势，唱腔情绪是在气愤之中演唱（车静芳当面监考选才郎，未想到一表人才的谢英写的却是一首歪诗），所以，节奏一段比一段加快，腔体一段比一段难唱，其中运用了闪板、掭板，一会儿扬放，一会儿紧缩，一会儿高腔盘旋而上，一会儿低腔迂回落地，还有快中加花腔，快中出擞的绝技。其中五段开唱，有的引用过门前奏，有的用锣鼓开唱，风格十分独到，格外醒脾俏丽。第三场〔顶板二六〕“写下了歪诗辱圣贤”一段，借鉴了老生《文昭关》的〔快二六〕唱法，表现更细腻、更俏美、更豪放、更悠扬。

1961 年演《诗文会》之际，作曲名家徐兰沅先生说：“君秋啊，你设计的唱腔这么难，看你老了怎么唱！”张先生一笑没说什么。1984 年张先生 64 岁高龄录制电视片《诗文会》全剧，在中央台棚里先期录制时，我守候在旁，他老人家嗓音虽不如年轻时甜亮，但宽中有弹性、有力度，声位高、气息足，劲头技法更胜当年。录音小歇时，张先生对我讲：“当初徐老说我‘看你老了怎么唱’，今天你看咱 64 岁了，唱的比年轻时怎么样？”我心中只有敬佩。

《诗文会》由张先生与刘雪涛、陈少霖、李四广等名家集体编创排演。此戏是才子佳人的大文戏，以青衣为主，小生二人，小花脸二人，还有老生，既有“三小戏”的观赏性，又美妙的声腔，且剧情风趣轻松，为喜剧风格。张先生是很喜欢此戏的。此戏充分表现了车静芳的聪明伶俐、主见分明。她对自己的婚姻大事敢于亲自面试，体现了争取独立自由的人物个性。

总之，用前辈的话说“好演员都会用心唱歌”。张先生恰恰是用全身心投入每一个戏，深入感悟每个人物的个性后，而设计出许多栩栩如生的人物声像与形象的，不能不令人钦佩。

此剧本根据 1984 年张君秋在中央电视台录制的电视片及 1986 年天津庆祝张君秋先生舞台生活五十周年演出版整理。

蔡英莲

人物行当

车静芳	旦	顾子玉	小生
谢　英	小生	沈　重	老生
车步青	文丑	书　童	生
牛斯文	文丑	丫　鬟	旦
沈婉娥	旦	二家院	杂
飘　香	花旦		

服装扮相

车静芳　俊扮。点翠头面、大头，金大领、水蓝色玉兰帔、金回纹牡丹花白色腰包，白色彩裤，彩鞋。（第二场换梅红色或浅粉色白玉兰花帔；第三场先换水绿色玉兰花帔，后换红绒双桃，红色对帔）

谢　英　俊扮。黑色桥梁巾，蓝色道袍，湖色彩裤，厚底靴。（第二场换浅绿色绣花道袍；第三场换纱帽、金花，红官衣）

车步青　勾丑脸。浅雪青丑学士巾，浅雪青八宝绣花道袍，大袜、方口皂靴。（第二场换浅黄花道袍；第三场换丑纱帽、金花、窄翅，红官衣）

牛斯文　勾丑脸。绿色棒槌巾，绿绣花道袍，黑彩裤，大袜、方口皂靴。（第二场先换丑学士巾、蓝色花道袍，后换黑色罗帽，黑色道袍、杏黄大带，黑彩裤；第三场换丑纱帽、金花、窄翅、红官衣）

沈婉娥　俊扮。水钻头面、大头，绣花帔、绣花裙、青褶子，湖色彩裤，彩鞋。（拜堂时换带桃红绒花、红团花，对帔，绣花裙）

飘　香　俊扮。水钻大头，绣花袄裤、绣花坎肩、四喜带、腰巾子，彩鞋。

顾子玉　俊扮。湖蓝色学士巾，绣花道袍，湖蓝色彩裤，厚底靴。（第三场换纱帽、金花，红官衣）

沈　重　黑学士巾、黪三，香色团花帔、褶子，香色彩裤，厚底靴。（第三场换蓝色学士巾、蓝色团花帔）

书　童　俊扮。孩儿发，湖色茶衣裤、腰巾子，福字履。

丫　鬟　俊扮。梳大头、线尾子、水钻头面，袄子、坎肩、腰巾子、彩裤、彩鞋。

二家院　俊扮。黑罗帽，一个黑三、一个黪三，黑道袍、紫色大带，黑彩裤，厚底靴。

道具

诗　文	三张（各有四句诗）	**文房四宝**	三套
扇　子	四把	**绣花绷子**	一个

第一场

会诗

〔沈府书房。白色蝴蝶幕，台中山水屏风，屏风前摆一正桌，内一椅，桌上文房四宝。左右八字桌，内各一椅。

【大锣原场、撤锣】

开幕曲　1＝E　笛、笙、群乐演奏

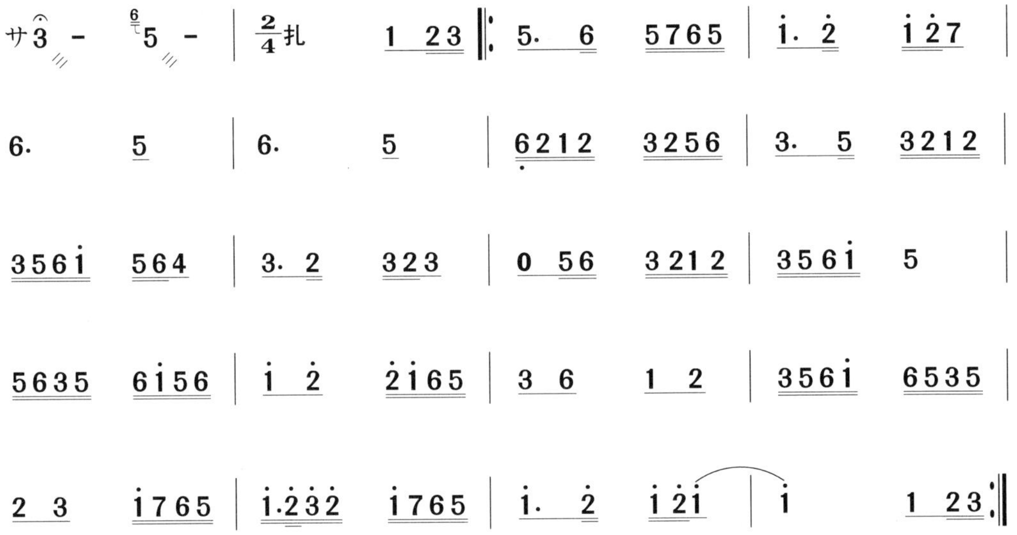

〔二院子分别“上、下场门”上，手拿托盘，盘中文房四宝及书筒，进门放在八字桌上，出门，“双挖门”，分下，乐曲止。

【小锣齐钹、抽头】

〔车步青“上场门”上，“九龙口”亮相，至台中右手托扇抖右袖，左转身，左手托扇抖左袖。

车步青　〔数板〕自幼生长在豪门，有钱有势能通神。
吃喝玩乐咱都好，就是不爱念书文。
诗云子曰瞎胡混，十年寒窗熬煞人。
沈家赴考选女婿，妹妹替我作诗文。
但愿沈家小姐骗到手，那真是郎才女貌一对新人。
哈哈…… **【小锣一击】**（高兴地拍手）
哎，飘香哪去了？我说飘香，飘香……（向“上场门”看）

飘　香　（“上场门”跑上）来了！**【小锣一击】**公子，您慢点走哇！

车步青　飘香，刚才在家吩咐你的话，都记住了吗？

飘　香　不就是（击掌三下）三击掌吗？

车步青　对，就是（击掌三下）这点事。

飘　香　我都记住了。
车步青　事成之后，重重有赏。
飘　香　多谢公子。
车步青　跟着我啊！【**小锣一击**】(二人小圆场，院子“下场门”上，出门，站“大边”台口)
院　子　车公子来了。
飘　香　老大爷。
院　子　飘香，你也来了！
飘　香　来了。(进门，车步青、飘香站“小边”，院子站“大边”)
公子，我去看看沈小姐去。
车步青　去吧！(飘香出门，“下场门”下。车步青归“大边”，桌内坐下)
「顾子玉内白：“仁兄请。”【**小锣抽头**】顾子玉“上场门”上，牛斯文随上，二人右手拿扇。

〔西皮摇板〕

顾子玉　(7 6 5 55 36 55 32 11 65 55)

サ i 5 7 6 7 6 3 5 6 - (6· 5
今 日 庭 前 花 似 锦， (进门)

35 65 32 12 65 35) 3 2 21
(牛斯文接唱) 前 来 沈

1 2 - 1 2 ^{3}2 1 - (11 72 i -) ‖
府 会 诗 文。 (进门)

(车步青迎上，三人拱手见礼)
院　子　二位公子来了。
车步青　久违了，哈哈…… 【**小锣一击**】(三人站“小边”)
院　子　有请老爷！
「沈重【**小锣五击头**】“下场门”上场，右手拿扇，边走边说。
沈　重　会文选佳婿，国色来命题。
三位世兄来了。
车步青　啊，年伯，小侄拜见。
牛斯文　(三人站“小边”齐拜，同时边念边拜)啊，年伯，晚生拜见。
顾子玉　啊，老师，学生拜见。
沈　重　三位少礼！【**小锣住头**】(归座)
老夫久仰三位世兄，博学多才，后生可畏(左手赞美式)。古人云：“文以会友，友以辅仁。”今日喜到雅社，不过是互相取益罢了，望各位座必依号，(看车、牛、顾三人，右手合扇指右手)出必执戳，善守会规的才是。

顾子玉
牛斯文 （同白）领教。（三人拱手齐拜）
车步青
沈　重 想那传递夹带么？（左手拿扇，右手捋髯，前看）**【小锣一击】**
牛斯文 啊，年伯，（从“小边”走至“大边”）晚生苦读诗书，下笔万言，万万不会作弊。
车步青 年伯，小侄十年寒窗，学富五年，岂肯传递夹带呀？（右手指下）**【小锣一击】**
沈　重 是啊，想三位世兄，俱是君子（左手赞美式），老夫我就不必防嫌了，请来依号入座。（左右让座）待老夫命题。
顾子玉
牛斯文 （同白）是！（顾子玉入正桌内坐，牛斯文入“大边”桌内坐，车步青入“小边”
车步青 桌内坐，三人仔细听之）
沈　重 待老夫命题！

命题曲（月琴、三弦奏）

（多多）‖: 5 5 6 i | 5643 5 | 5 6i 5654 | 3. 2 |

3 5 1761 | 2. 3 | 5632 1765 | 1 – :‖

沈　重 （右手托髯思考，走至台中场，目视前方）看庭前牡丹盛开，争艳斗盛，以绿色牡丹为奇，想这绿牡丹，旧的花谱无有记载，此乃唐代花师宋崇儒（右手拿扇指左）以幻术变易而成也！（右手拿扇下指点头，曲收）

〔西皮摇板〕

【小锣凤点头】（过门同前）1 2 1 2 – 2 1 1 3 2 –
如 此 品 种 世 罕 见，
（右手交扇于左手，右手一捋髯，抖袖，拿扇，打开扇）

（3 2 1 6 1 2 1 6 5 5 5） 6 2 1 1 2 3 – 2 1
果 然 一 株 值

6 1 –（3 2 1 6 2 1 2 6 5 5 5） 1 2 1 2
万 千。 绿 色 牡

3 5 2 1 1 3 2 –（3 2 1 6 1 2 1 6 5 5 5）
丹 为 题 目，

6 2　1　1　2　2　6 1　2　-　2　1　-　‖
各　　赋　一　绝　　限　七　　　　言。

如此就以绿色牡丹为题，各赋七言绝句一首。

顾子玉
牛斯文　（同）领题。（三人拱请式）
车步青

（奏命题曲，同前）

沈　重　家院，（左方看家院）外面伺候三位公子听候呼唤。
家　院　是。（“下场门”下）
沈　重　老夫暂且告退。（目视三人，退步“下场门”，最后一道幕下）
顾子玉
车步青　（同白）请便。（三人拱请式）（乐曲收住）
牛斯文

〔行弦〕

【小锣一击】　（‖: 5 36 | 5 i | 6536 | 5 :‖）

飘　香　（“下场门”上，在“大边”台口偷听，曲中念白）公子叫我击掌三声为号，瞧，到时候了，待我试试。（门外击掌三声）
车步青　啊，牛贤弟。（出位至台中）
牛斯文　车仁兄。（也出位至台中）
车步青　方才的题目是什么绿……？
牛斯文　“绿牡丹”为题呀！
车步青　啊，“绿牡丹”为题，各赋七言绝……
牛斯文　各赋七言绝句一首，你就忘了吗？
车步青　哦，“绿牡丹”为题，各赋七言绝句一首。
〔飘香门外听见题目，点头“下场门”下。
牛斯文　不错。
车步青　妙，妙得紧哪！
牛斯文　妙得紧哪。（归座）
车步青　妙得紧哪。（归座）
顾子玉　好幸会也。（合唱）（〔行弦〕收住）

〔西皮原板〕

4/4 扎　多　大　6 | 5　i　6 5　3 5 |
4/4 0　0　0　0 | 0　0　0　0 |

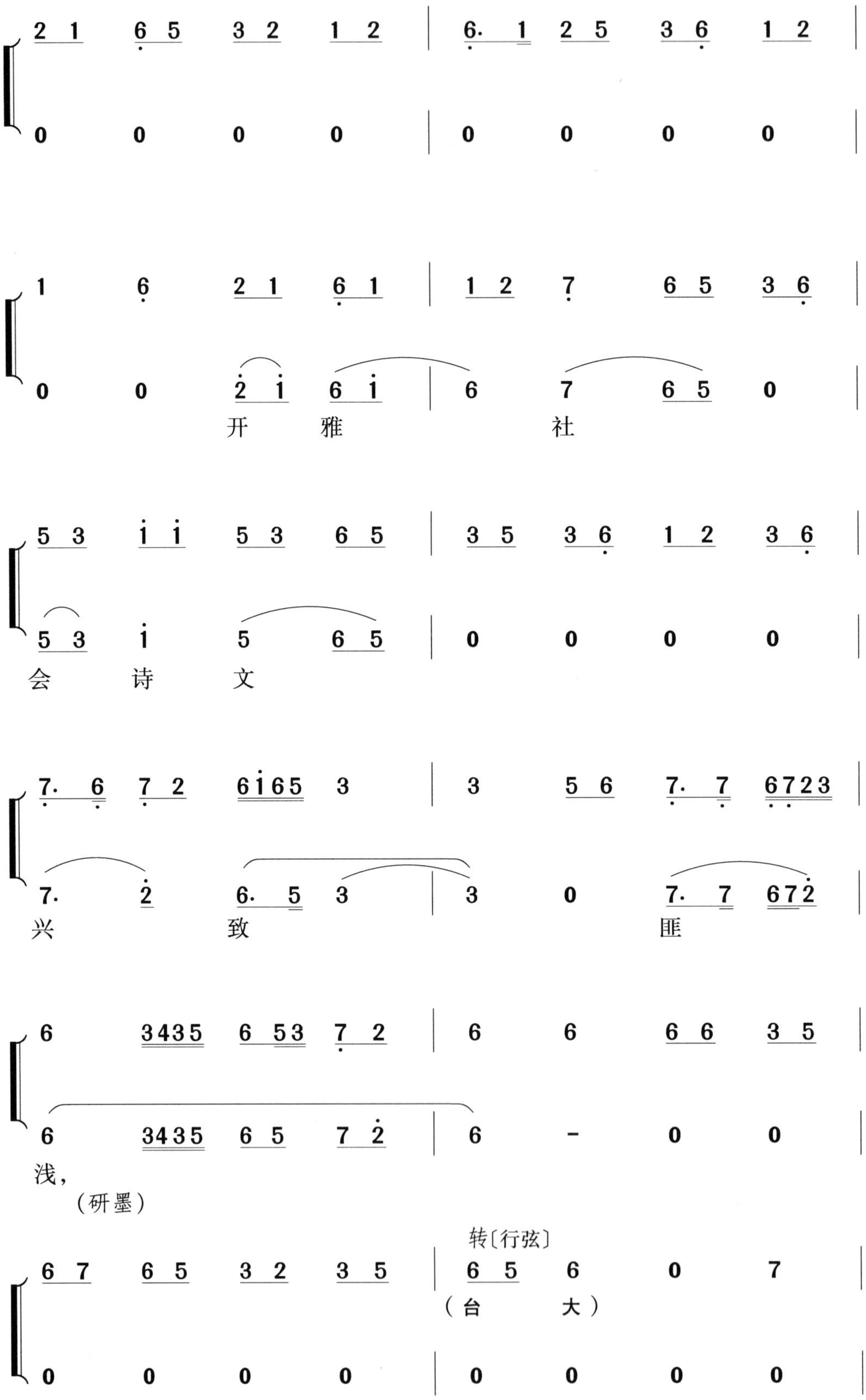
开 雅 社
会 诗 文
兴 致 匪
浅，
（研墨）
转〔行弦〕
（台 大）

书　童　（“上场门”上场，站“小边”台口，在门外偷听）牛公子叫我出来听听，是时候了。（咳嗽一声）

牛斯文　啊，顾贤弟，（站起）你看这“绿牡丹”为题，各赋七言绝句一首，哎呀，妙得紧啊！

「书童听见命题，点头，“上场门”下。顾子玉思题目，倍加赞美。

顾子玉　妙得紧，哈哈……（持笔，舔笔，左手摘笔毛）

牛斯文　（向外看）妙得紧哪……哈哈……（坐下）

「三人各自心照不宣地发笑。

顾子玉　哈哈……

〔西皮原板〕慢一倍

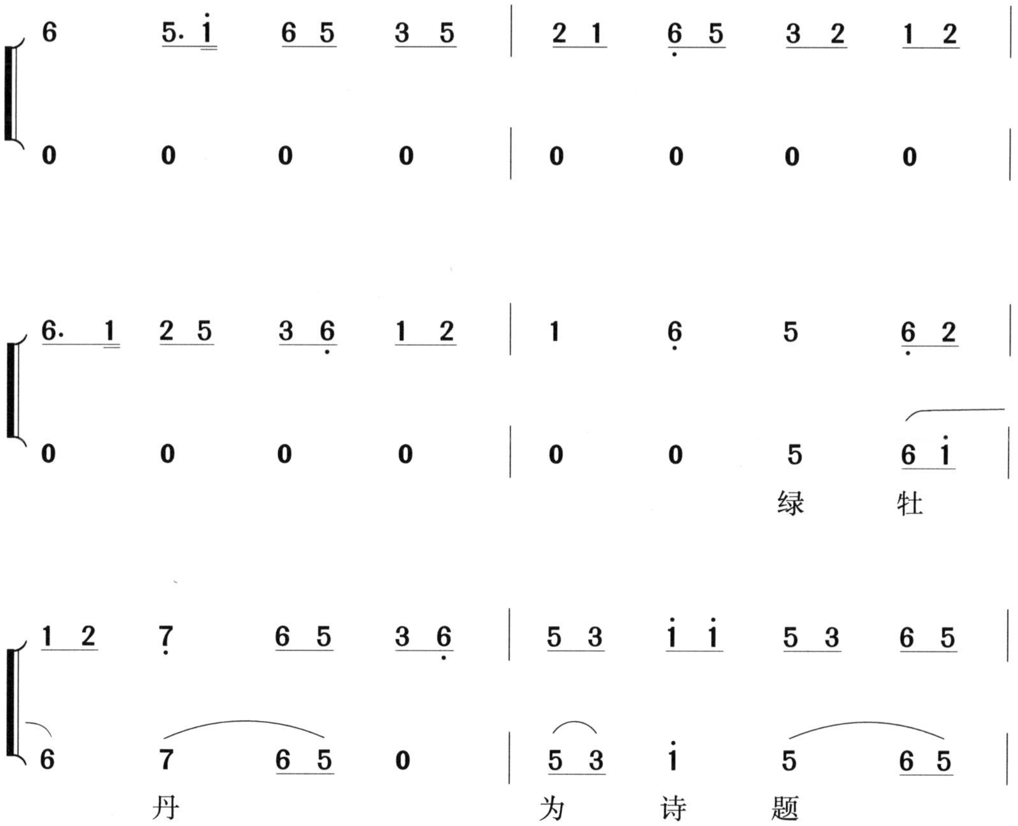

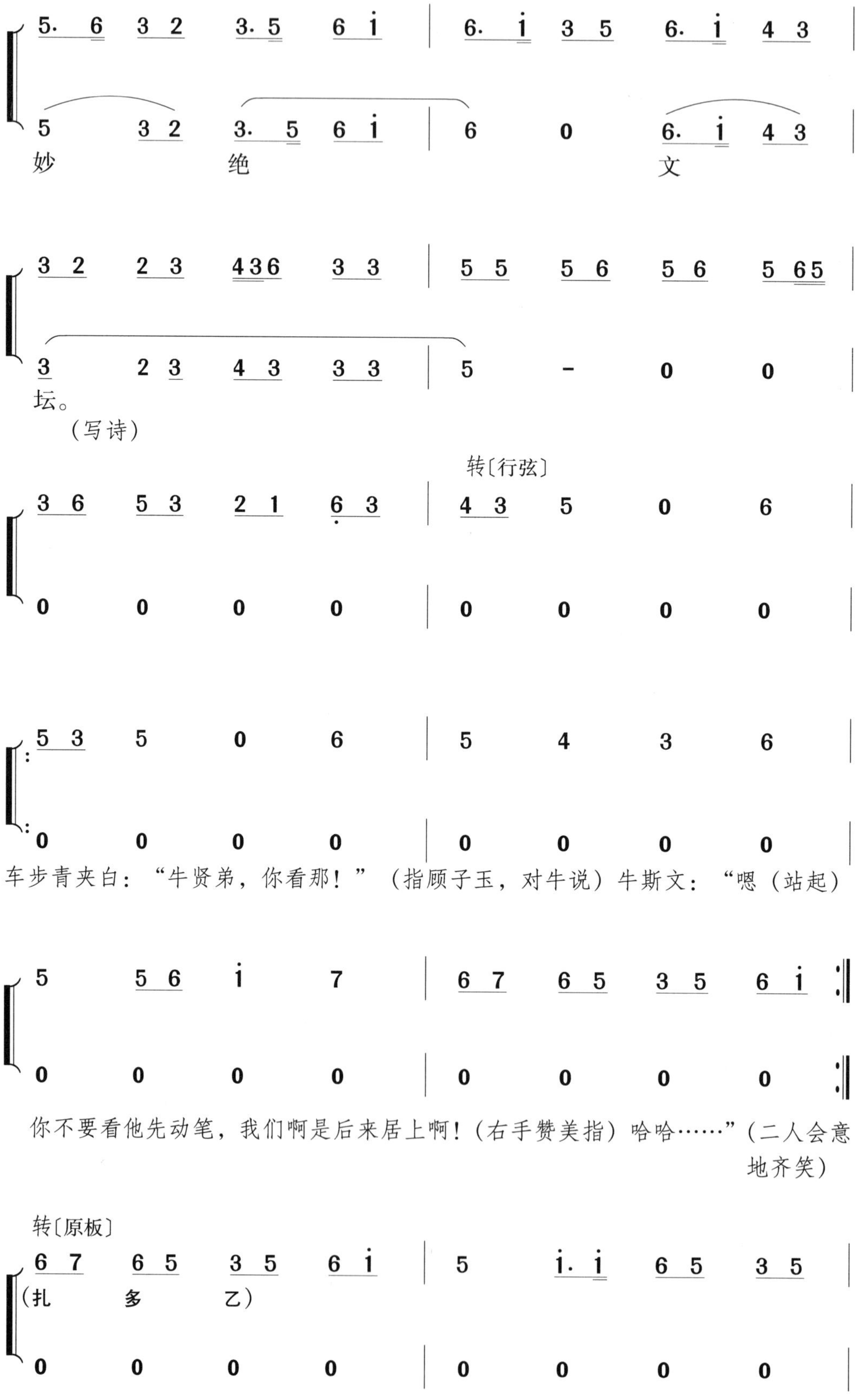
妙 绝 文
坛。
（写诗）
转〔行弦〕
车步青夹白：“牛贤弟，你看那！”（指顾子玉，对牛说）牛斯文：“嗯（站起）
你不要看他先动笔，我们啊是后来居上啊！（右手赞美指）哈哈……”（二人会意地齐笑）
转〔原板〕
（扎 多 乙）

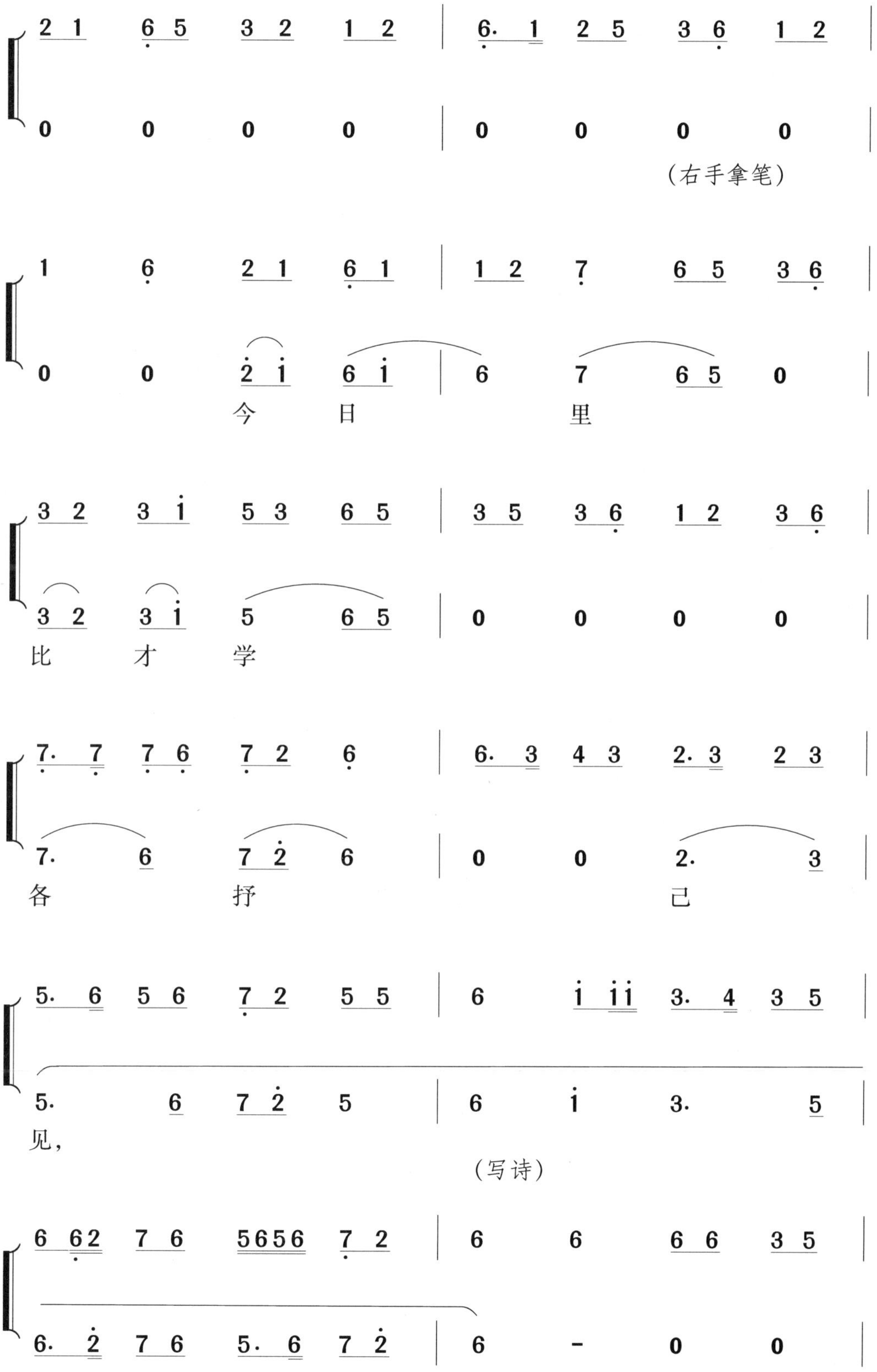
（右手拿笔）
今　日　里
比　才　学
各　抒　己
见，
（写诗）

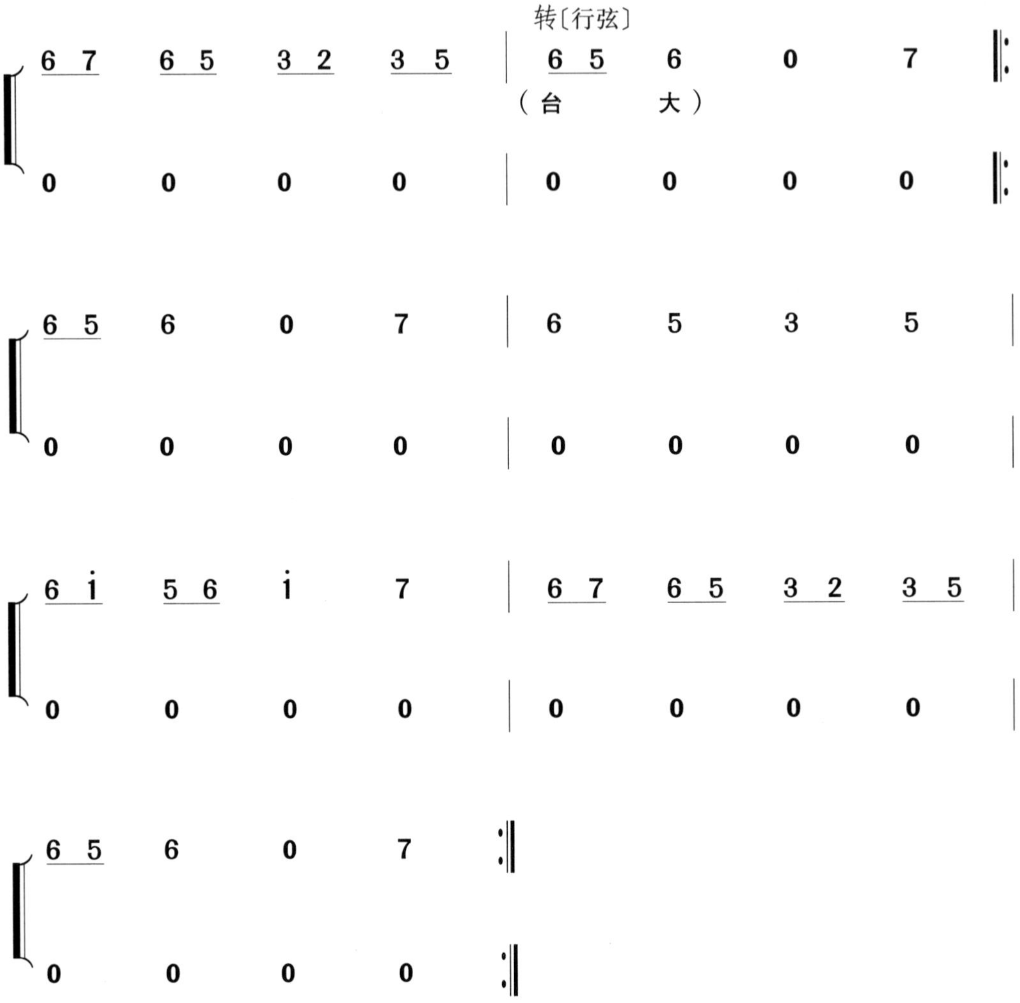

飘　香　（“下场门”上，“大边”台口站）许到时候了。（双手击掌三下）

车步青　（听到三击掌声后，顿觉腹疼，站起）啊哟，啊哟（手捂肚子）怎么腹内疼痛起来了，（离位）我要出恭。（【小锣一击】三个）

「院公“上场门”执签交车步青，车步青取签出门，到“大边”台口，飘香取诗，交与车步青。【小锣一击】飘香下。车步青偷偷地看诗。

牛斯文　啊哟，我的肚子也疼起来了，（站起）我也要出恭，（离位）院公，快拿出恭签来！

「院公“下场门”交签与牛斯文，牛欲出门正与车步青相撞。【小锣一击】牛斯文“大边”站，车步青“小边”站立。

顾子玉　（写诗中，得意地）哈哈……

牛斯文　哎，顾仁兄，你为何发笑？哦，你莫非是疑心与我不成？你若疑心么？不妨事，你我三人一块前去出恭啊。

〔西皮摇板〕

顾子玉　【小锣凤点头】（过门同前）3 3 6 5 i 5 - 3

喜的 是 佳 丽

i̇ 6 - （6 5 3 5 6 -） 3 3 6 5· 6
词 与 你 们

i̇ - i̇ - 2 - 3 3 5 - ‖（接〔行弦〕）
何 干。

牛斯文 本来么，咱们不可以小人之心，度君子之腹哇，岂有此理！

〖书童“上场门”上，牛斯文出门，至“小边”台口，书童交诗与牛，牛忙揣起，书童“上场门”下。**【小锣一击】**

车步青 （念）定心丸到，眉开眼笑。（在座上偷看诗，喜形于色）

牛斯文 （念）急忙归座，动手来抄。（上右袖，急归座，打开诗篇）

顾子玉 （拿起写好诗篇）

〔西皮摇板〕

【小锣凤点头】（过门同前）3 3 6 5 5 5 7 - 6 -（6 5 3 5
写 下 了 锦 绣 词

6 -）7 6 - 6 2 3 - 5 - 7 7 6 - 台 大． ┊接〔行弦〕）
东 床 待 选，（站起）

牛斯文 啊，顾贤弟，你要什么哇！

车步青 是呀，你不要传递夹带呀。

顾子玉 （看车与牛）哈…… （至台中）

〔西皮摇板〕

【小锣凤点头】（过门同前）3 3 6 5 - 5 - 3 i̇ 6 -
顾 子 玉 岂 是 那

3 6 5 - 6 - 3 5 - （5 5 3 6 5 -）‖
无 耻 儿 男。

（看诗）小弟我完卷了。（老家院“下场门”上）

车步青 （出位）我也完卷了。

牛斯文 （出位）我早就完了。

家　院 有请老爷。

沈　重 **【小锣住头】**（ “下场门”上场）三位世兄俱已完卷了么？（正桌入位站定）

〖顾子玉“小边”、“八字”内站，车步青“小边”、“八字”外站，牛斯文“大边”、“八字”站。

顾子玉
牛斯文 （同白）俱已完卷，恭请年伯评选。（三人各自把诗卷交与沈重）
车步青

沈　重　待老夫看来。

阅卷曲

台 i　6 i | 2321 6i5 | 5 3　5 3 | 6 i　5 |

（台　台台　台　台台　另台　乙台　另另　台

6 5　6 i | 653　3 | 5　- ‖

台儿　另台　乙另　台）

（三卷逐一观看）

哦，哈…… 【小锣一击】俱是佳作，（放下诗卷于桌上）文章难分高下，勉强之分，当首推牛世兄第一，【小锣硬一击】车世兄第二，【小锣硬一击】顾世兄么……（顾子玉转内面对沈重）【小锣一击】只好屈居第三了。（顾子玉左手背供低下头来）大家请来传阅。【小锣一击】（拿起三卷诗文与院公，院公交与车、牛、顾，三人分别看诗）

车步青
顾子玉　（同白）是。【小锣一击】（各自看诗）
牛斯文

车步青　纷纷……这纷什么？待我仔细辨认。这……

顾子玉　（左方，边看诗边念）不是彭门贵种分，

肯随红紫斗芳芬。（右方看看诗）

胆瓶过雨遥天色，

一朵偏宜剪绿云。【小锣一击】

哎呀，好诗，好诗，只是儿女情肠，略带脂粉气味，（思之）【小锣一击】其中必有缘故。

牛斯文　（看诗）换过来吧！

车步青　（同白）换过来吧！（互相换诗）

牛斯文　啊，年伯，诗篇已经评定，令嫒的婚事，总该有定了。

沈　重　这个…… 【小锣一击】

牛斯文　晚生乃是卷首，理当中选。

车步青　老伯，牛仁兄的八字与小姐不同，理应选我这个俊才。

车步青　理当选我。

牛斯文　理当先我。

沈　重　二位世兄！

〔西皮摇板〕

【小锣凤点头】（过门同前）　2　2　1　2　3　1　-　2

（出位至台中）　三　位　文　章　难　评　选，

（3　2 1　6 1　2 1　6 5　5 5）　6 2　1　3　-

且　喜　今

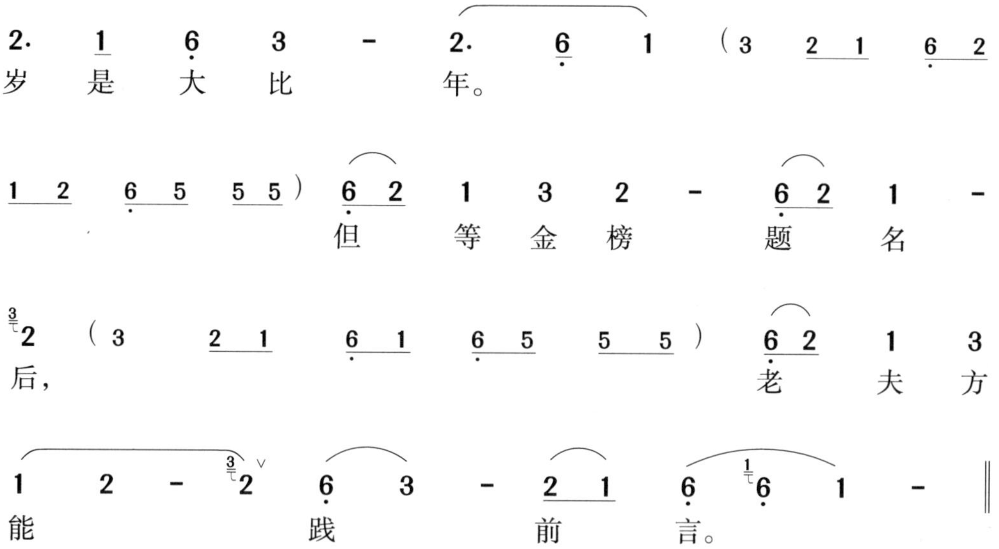

【小锣一击】少陪了！哈…… （“下场门”下）

〔西皮摇板〕

顾子玉 【小锣凤点头】(过门同前)
(至台中)

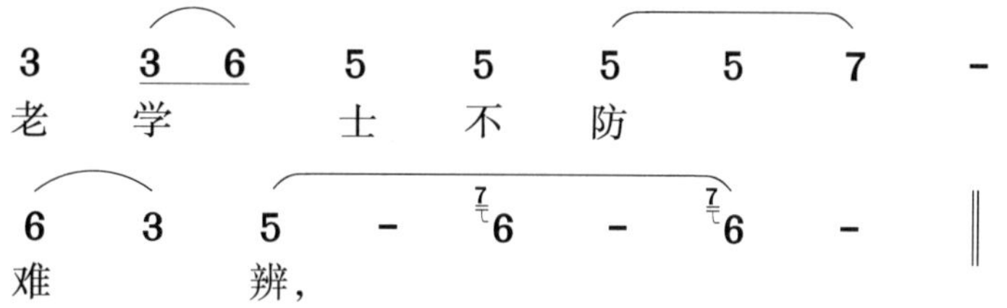

【小锣凤点头】(过门同前)
(出门，至“大边”台口)

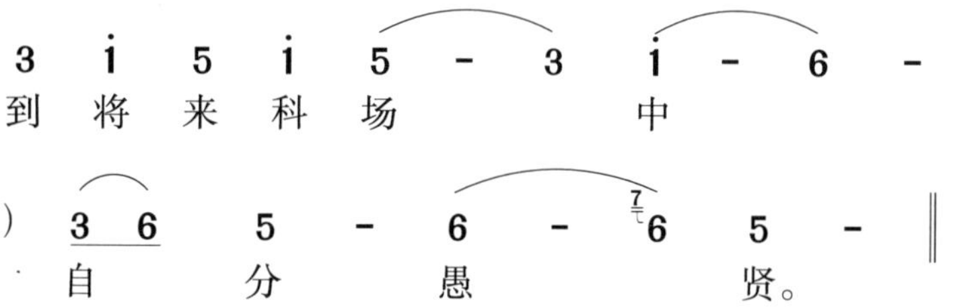

〔【小锣五击】顾子玉摇头叹气“下场门”下。【小锣一击】车步青、牛斯文出门，拉二幕。

牛斯文 唉，这门亲事算吹了。真晦气。（“八字”站“大边”台中，手拿诗文）

车步青 什么晦气，都怪你这长相。（“八字”站“小边”台中）

牛斯文 这是什么话，俗话说，人不可貌相，海水不可斗量，这学问是装在肚子里头的玩意儿，也不会长在脸上啊，不通啊，不通！

车步青 咱哥们，谁不知道谁？你那点学问，怕早已就饭吃了。

牛斯文 哼！考卷在此，总比你强。【小锣一击】

车步青 要论文章呀，哈哈……

牛斯文 那是？

车步青 哈哈…… **【多罗】**〔数板〕天下文章属三江，三江文章属故乡。
故乡文章属舍妹，舍妹跟我学文章。

牛斯文 （背供语）哎呀慢着！**【小锣一击】**人说车步青有个妹妹，叫车静芳，长得人有人才，文有文才，要是想个主意把他妹妹弄我手里头，那也挺得劲的。哈……车仁兄，你我既是仁义兄弟，不必为了两句话伤了我们的和气啊！

车步青 没什么。

牛斯文 这么办，干脆我把沈小姐让给你了。**【小锣硬一击】**

车步青 怎么着？你把沈小姐让给我了？

牛斯文 你看我够朋友么？

车步青 是真的？

牛斯文 君子一言，驷马难追。但有一件。

车步青 哪一件？

牛斯文 我的亲事，你也得给我想想办法！

车步青 你的亲事？**【小锣一击】**干脆这么办！把我妹妹静芳许配于你，咱们又亲又友，你看好不好啊？

牛斯文 你说的话，是真的吗？

车步青 你还能骗你么！

牛斯文 哎呀，看尊兄这副尊容，令妹的面貌没见过，这玩意儿恐怕是靠不住吧！

车步青 俗话说，一龙生九种，种种不相同。我妹妹可真是人有人才，文有文才，咳，这么办，将你的试卷给我，我妹妹一看就中。

牛斯文 （左手拿着诗文）好，就请令妹多多的指教。（交诗文与车步青）

车步青 岂敢，岂敢。（将诗文放在右袖内）

牛斯文 我说车仁兄，你能做得了令妹的主吗？

车步青 自从我父母去世后，家归我管，我说到那里做到那里，你放心吧，没错。

牛斯文 如此大舅在上，受小弟一拜。**【小锣硬一击】**（拱手拜之）

车步青 咳，太早了。

牛斯文 那我就听你的喜信了？再会，再会！（拱手至“小边”，车步青至“大边”）

车步青 好！

牛斯文 哈哈……（“上场门”下场）**【小锣一击】**

车步青 （看牛斯文下，摇头、叹气）

〔亮弦〕

（ 7̣ - 2 - 1 - ）

【小锣凤点头】

〔西皮流水〕

0 1	5 65	3561̇	5 1̇	3· 2	1321	6̣123	1 21
0	0	0	0	0	0	0	0

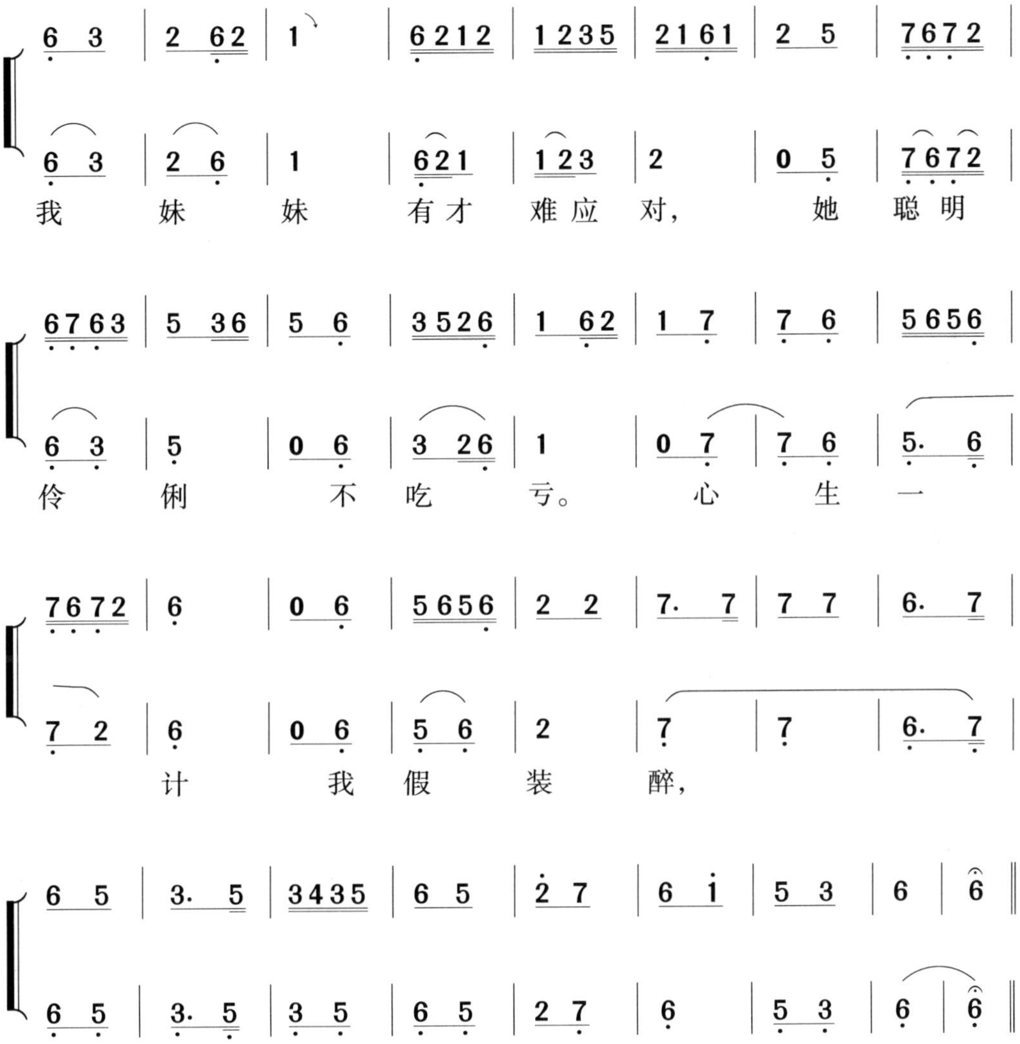

「【小锣抽头】圆场，至“小边”台口，进门，台中。车静芳厅堂：粉蝴蝶幕，正中孔雀屏风，“大边”湖色桌围（桌子横摆），左右跨椅，“小边”斜放绣花绷子，外放一方凳。

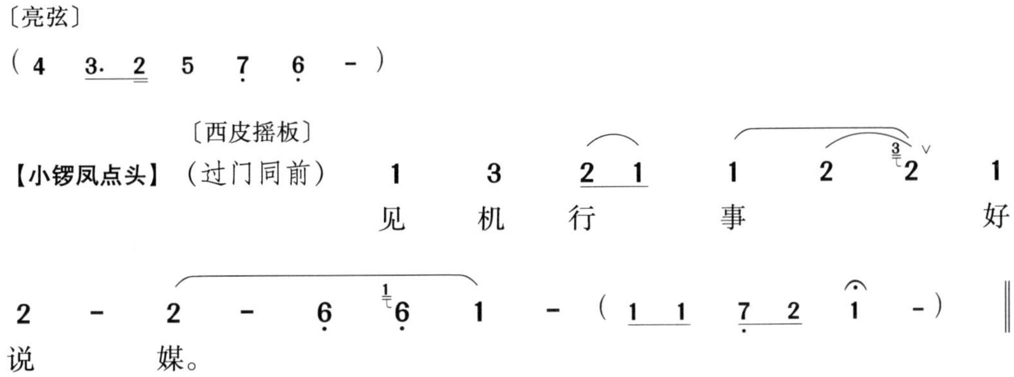

（走醉步、向“上场门”，寻找状）（白）妹妹！妹妹！妹妹——！【小锣一击】（飘

香急忙从“上场门”内上场，看车步青醉态，制止）

飘　香　公子，您别嚷啊！您又喝酒啦？

车步青　谁喝酒啦？

飘　香　我们小姐生您的气了，说您哪。

车步青　说什么？

飘　香　说您冒充斯文，拿小姐的诗沽名钓誉，小姐生您的气哪！

车步青　怎么，她倒生气了！我还正要问问她呢！

飘　香　问小姐什么？【小锣一击】

车步青　她不该叫我在人前丢丑？【小锣硬一击】

飘　香　（震惊地问）丢什么丑？

车步青　沈老伯看小姐那首诗，不住讥笑，岂不叫我人前丢丑？（故意喧嚷，目视“上场门”）【小锣一击】

飘　香　哼，我就不信，你忘了去年沈老爷寿辰（拱手），小姐替你写了一副诗联去祝寿，沈老爷一见，不住嘴地夸奖，今天看见小姐的诗，绝不会讥笑。

车步青　今天也夸奖了。（坐“大边”桌内跨椅）

飘　香　是不是？准夸奖了吧！

车步青　哼，是这么夸奖的：（拿扇子当诗，边看边说）“嗯，何人作此歪诗，欠通啊欠通！真是岂有此理！”随手一扔，就抛掷在案旁了。【小锣硬一击】（故意向“上场门”，放声说给车静芳听）

飘　香　是真的吗？

车步青　我还骗你？

飘　香　你这是醉言醉语，别往下说了，让小姐听见就更生气了。您回房歇息去吧！（推车步青）

车步青　我这坐会儿，我这坐会儿。（“大边”斜桌坐内椅）

〔车静芳幕内念白：“飘香！”【小锣硬一击】

飘　香　啊，小姐！

〔车静芳幕内念白：“你们讲话，我已听见，请我兄长稍坐，我来了。”

飘　香　是啦！（“下场门”下）

车步青　这叫激将法，一激就出来了。（坐“大边”桌外跨椅）

〔车静芳幕内唱。

〔西皮小导板〕

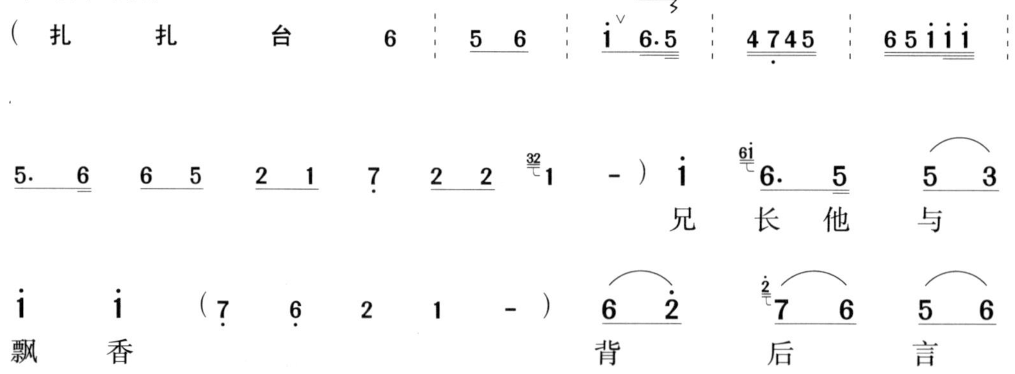

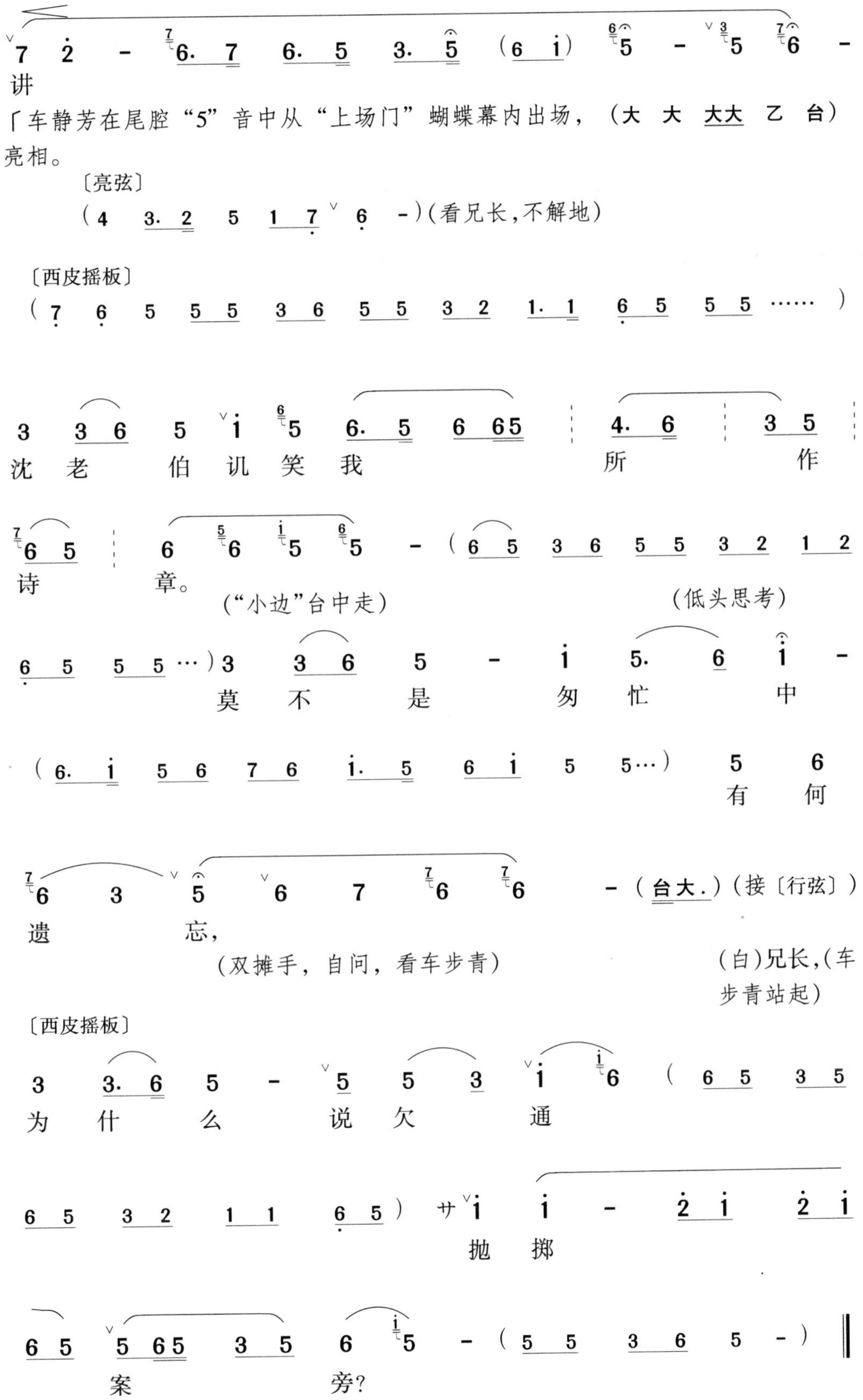
讲
〔车静芳在尾腔“5”音中从“上场门”蝴蝶幕内出场，（大 大 大大 乙 台）亮相。
〔亮弦〕
（看兄长，不解地）
〔西皮摇板〕
沈老伯讥笑我所作诗章。
（“小边”台中走）
（低头思考）
莫不是匆忙中
有何遗忘，
（台大.）（接〔行弦〕）
（双摊手，自问，看车步青）
（白）兄长，（车步青站起）
〔西皮摇板〕
为什么说欠通
抛掷案旁？

车步青 什么抛掷案旁啊？我说的是不住地夸奖妹妹，你听错了。【小锣一击】

车静芳 为何又说在人前丢丑？

车步青 哎妹妹，你又听错了，我说的是"险中魁首"，什么人前丢丑啊！

车静芳 （【小锣一击】得意地一笑）啊兄长，沈老伯约你等前去会诗，真乃闲情逸致啊！（坐在绣花棚子旁凳子上）

车步青 哎！可惜啊，可惜！

车静芳 可惜什么？

车步青 可惜妹妹那首诗得了个第二，要是得中第一，那沈家小姐就成了你的嫂子了。【小锣一击】（车静芳震惊地站起）

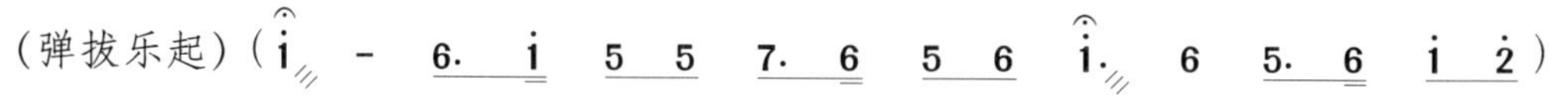

车静芳 此话怎讲啊？

车步青 妹妹你不知道，那沈老伯名为会诗，实乃选婿，咱们那首诗，要是得中第一，那位沈家小姐呀，岂不是就许配哥哥我了！

车静芳

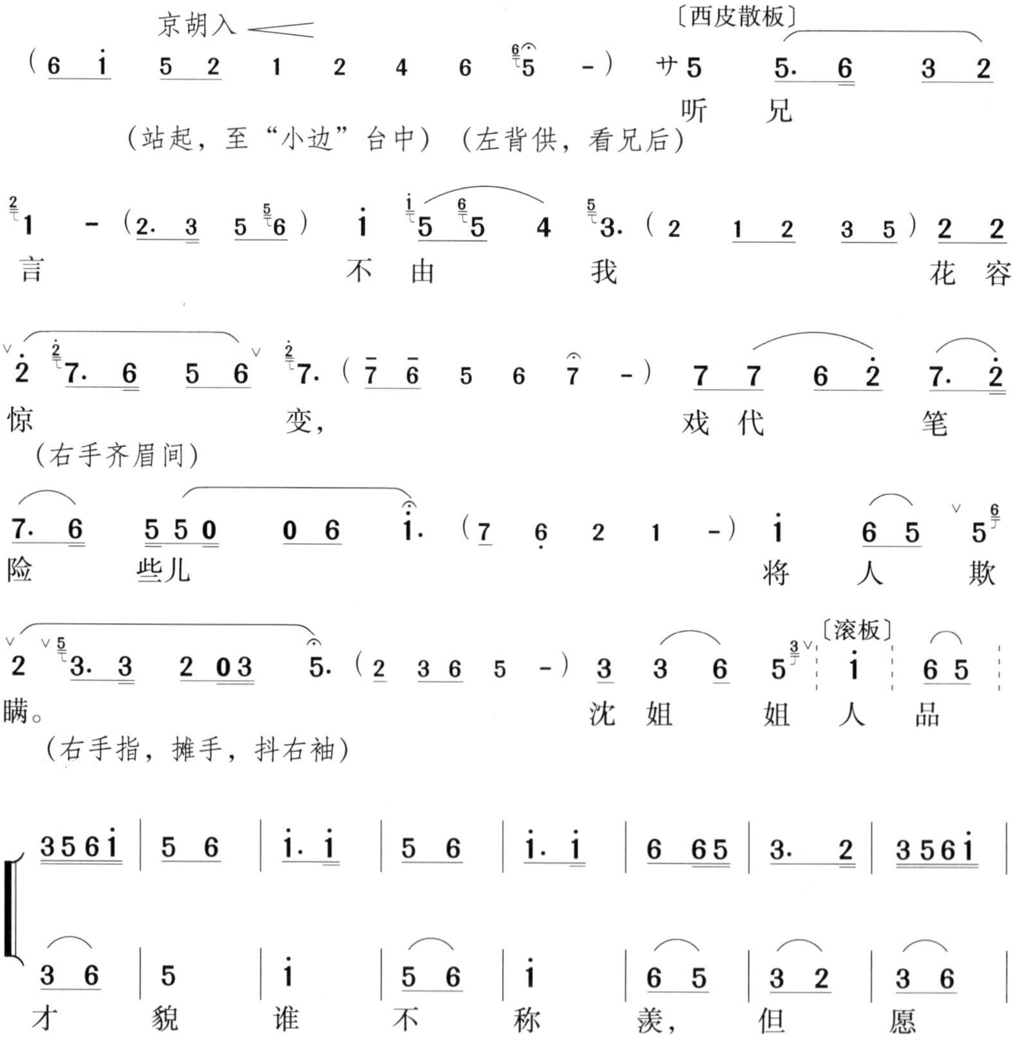

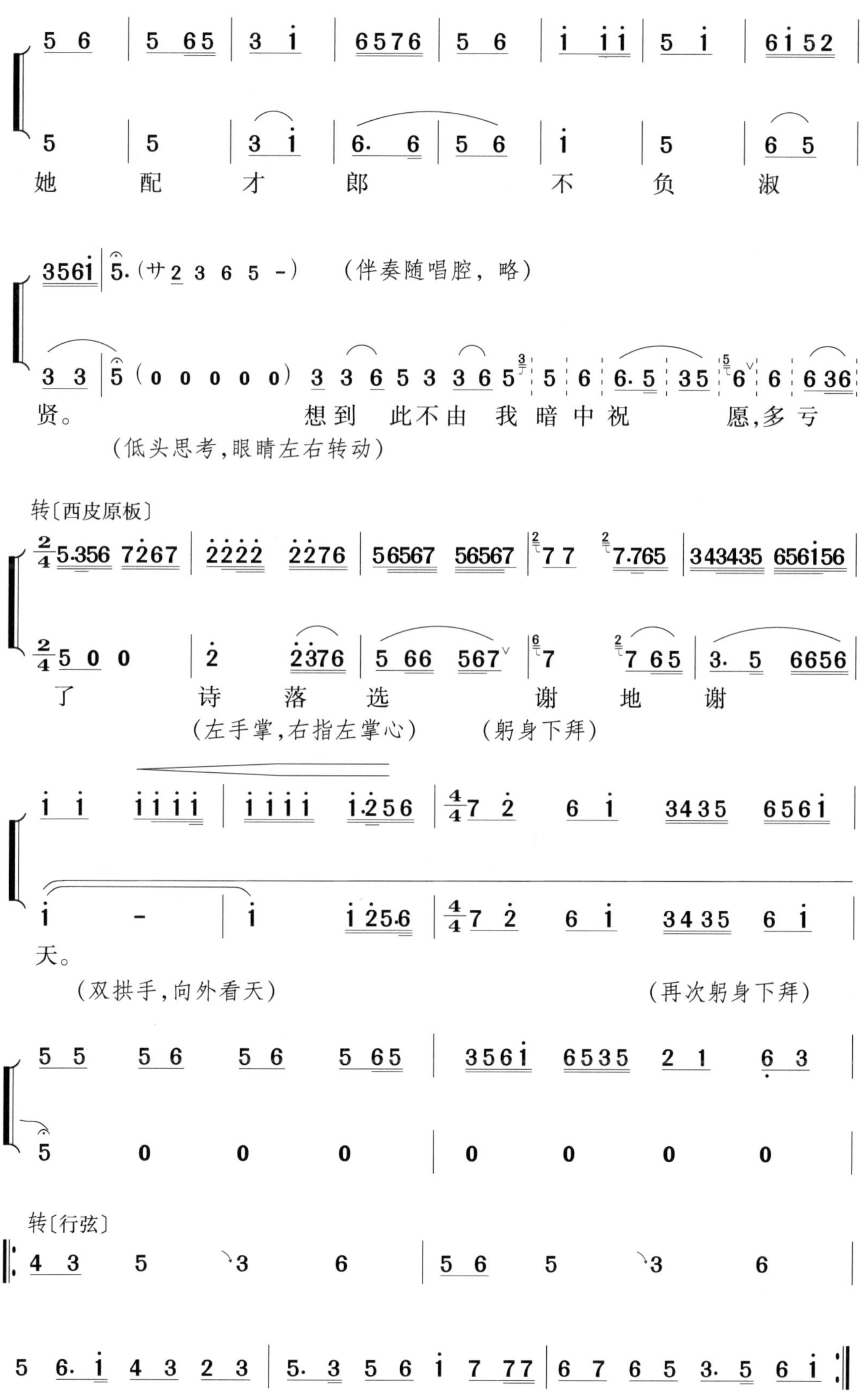
她 配 才 郎 不 负 淑
(伴奏随唱腔，略)
贤。 想到 此不由 我暗中祝 愿,多亏
(低头思考,眼睛左右转动)
转〔西皮原板〕
了 诗 落 选 谢 地 谢
(左手掌,右指左掌心) (躬身下拜)
天。
(双拱手,向外看天) (再次躬身下拜)
转〔行弦〕

车步青 哥哥我这会心里都烦着哪，你倒幸灾乐祸起来了。

车静芳 嗯，我幸灾乐祸有何不可？（回至凳边）**【小锣一击】**（坐下）

车步青 怎么着？你气我啊？我也气气你！（车静芳右转身，观赏自己刺绣的牡丹花）你呀！平日孤高自赏，藐视哥哥和我的好朋友，如今你反屈居亚军，那卷首呀倒是我的朋友所作，唉，诗篇在此，（从左袖中取出诗文）你拿去瞧瞧吧！

车静芳 （接过诗文）倒要领教领教。（至“小边”台中）

车步青 见识见识！

车静芳 待我看来，（看诗）**【小锣一击】**

（念）纷纷姚魏敢争开，（右看诗）

空向慈恩寺里徊。（点头示意，转左方看）

雨后卷帘看霁色，

却疑苔影上花来。（思考，回味地）

古诗“绿牡丹”，牛斯文作。（思之，点头，心中赞赏）

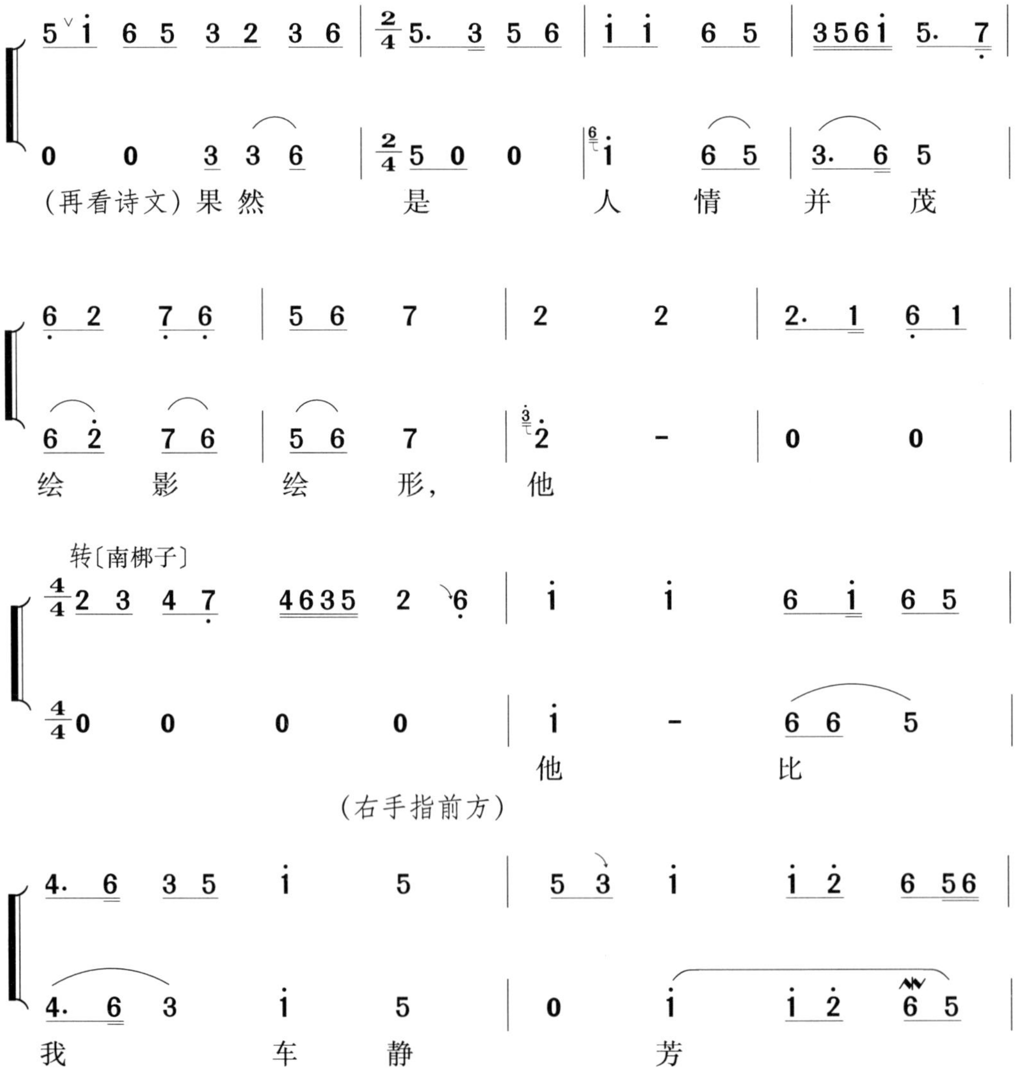

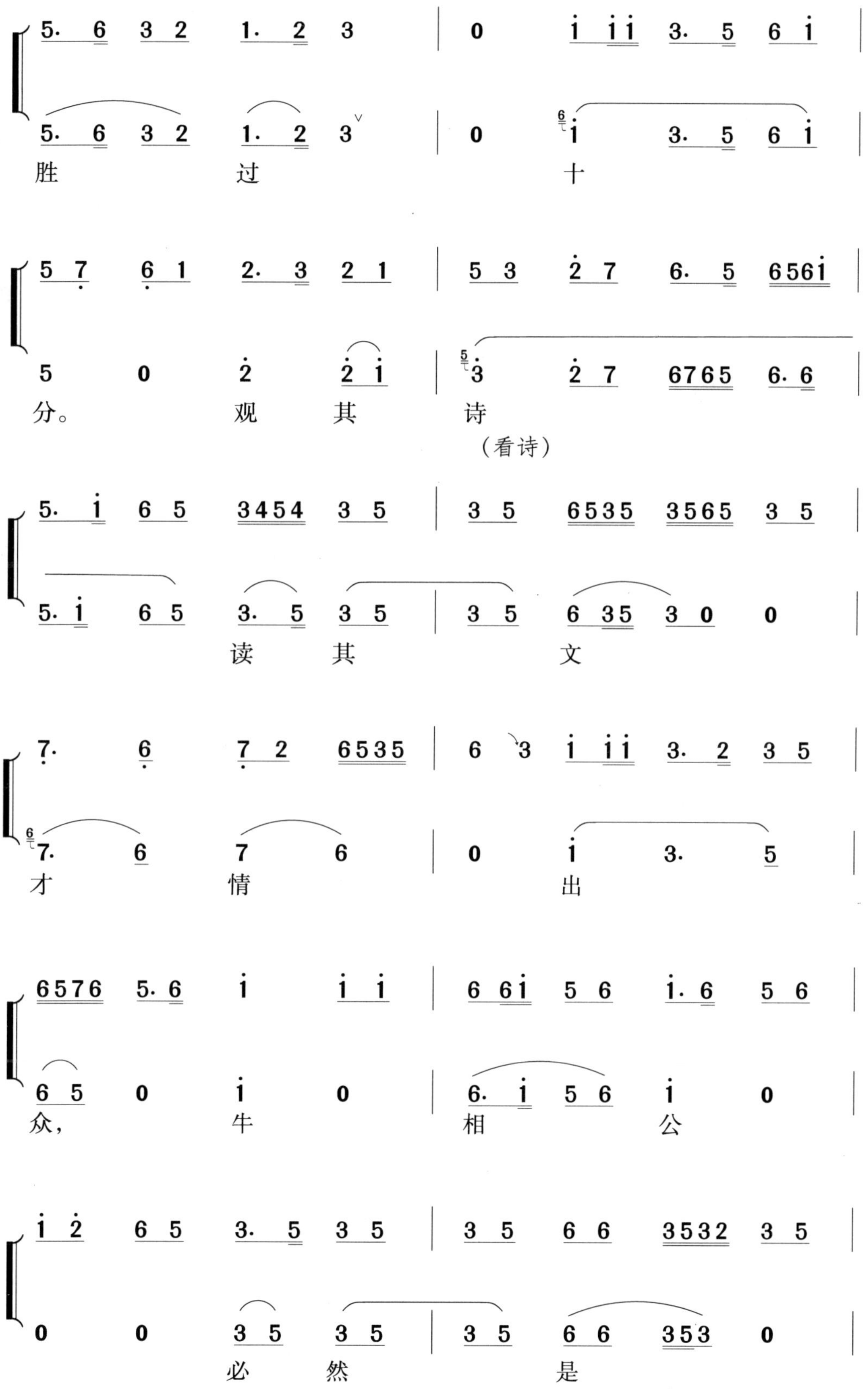
胜　过　十
分。　观　其　诗
（看诗）
读　其　文
才　情　出
众，　牛　相　公
必　然　是

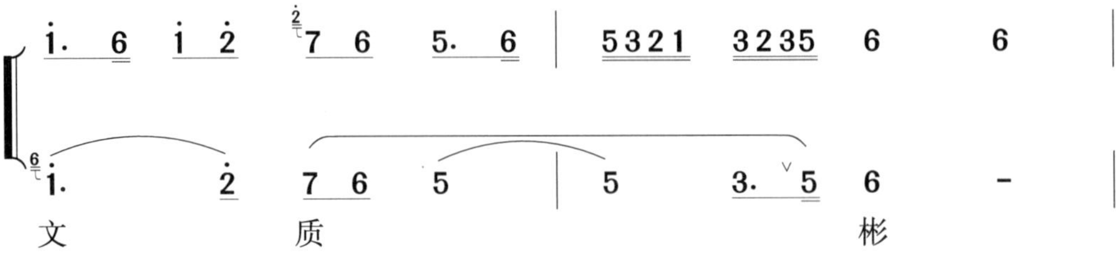

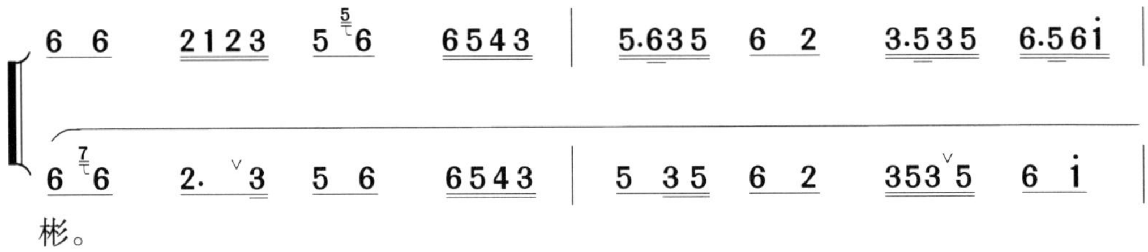

（右手齐眉）

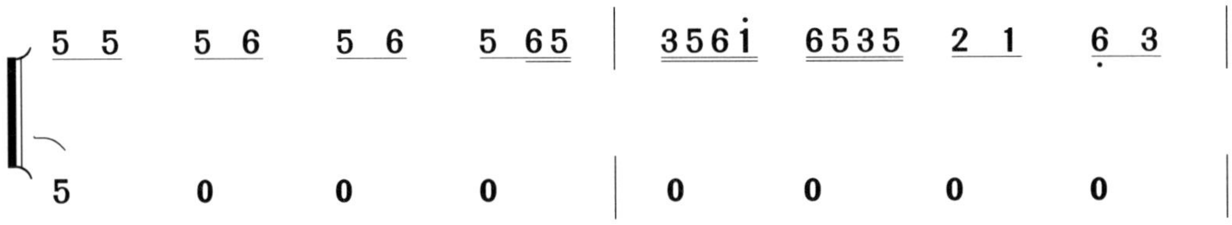

（看诗欣赏地走在凳前，把诗放在牡丹花上）

转〔行弦〕

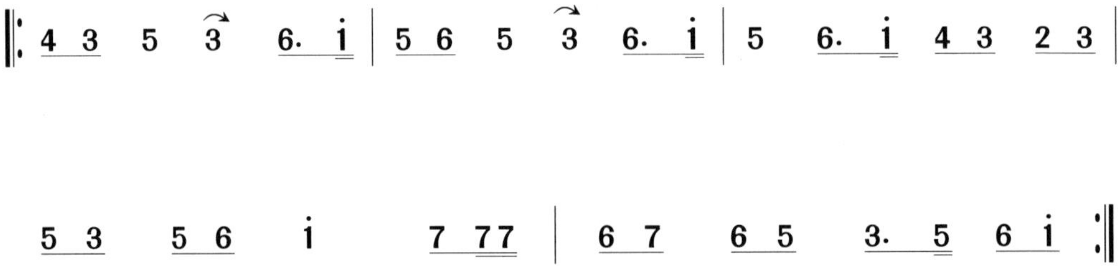

车步青　（醉言醉语地）他不但文质彬彬，这里头还有一桩喜事哪！（假装困倦，扶椅而睡）

「车静芳看兄长、站起，走至“小边”台中心。

〔南梆子〕

车静芳

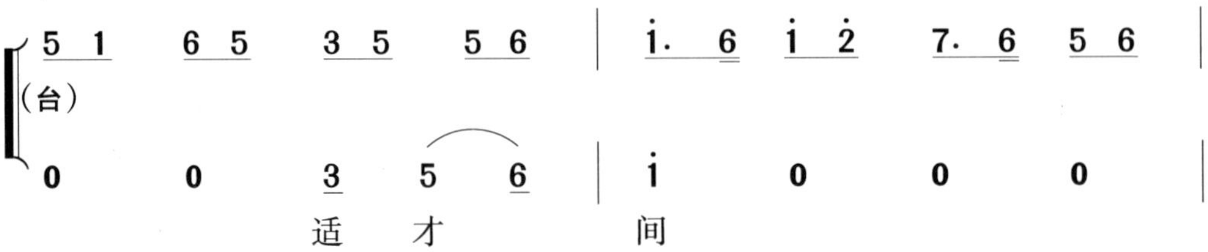

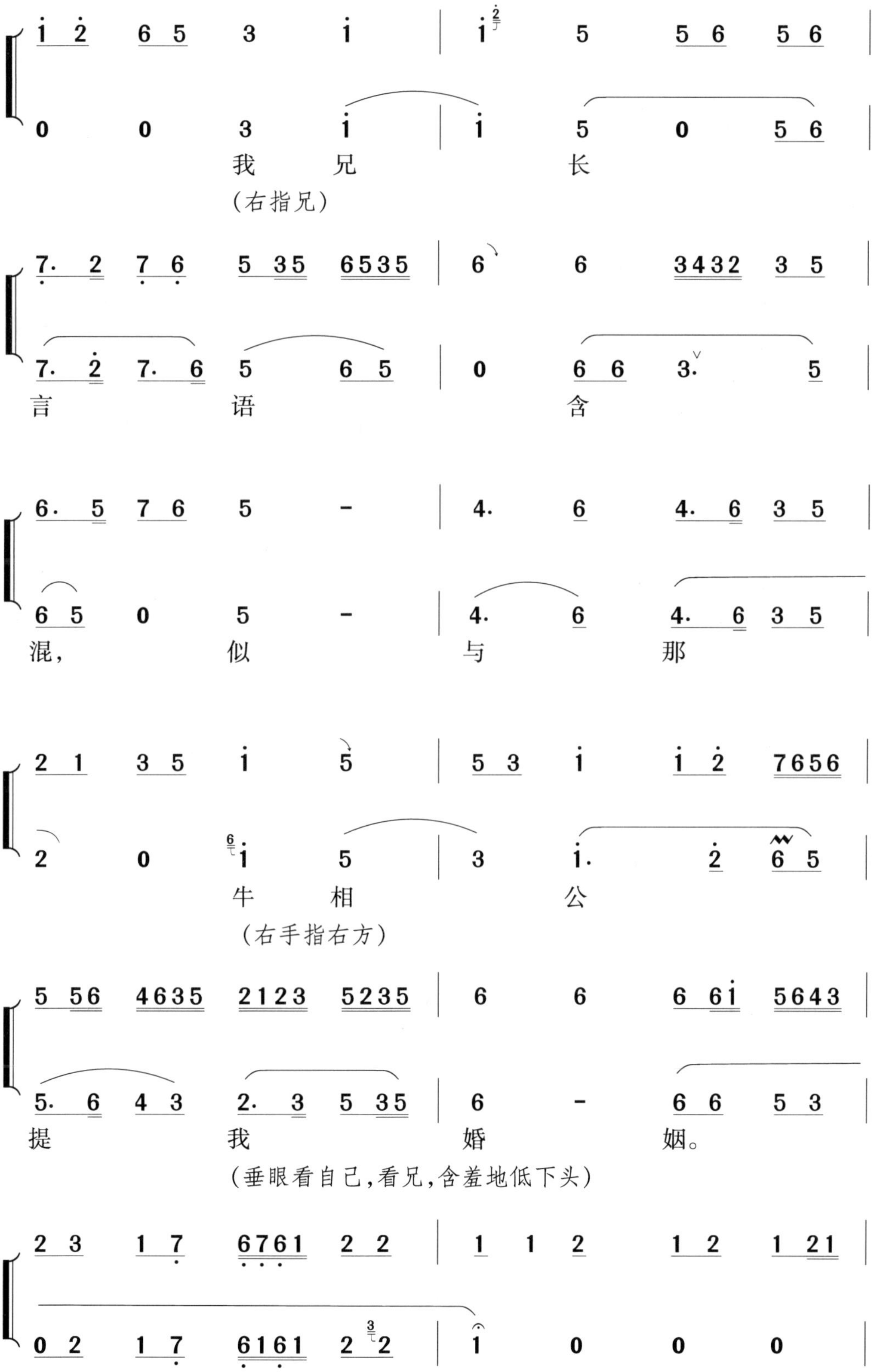
我 兄 长
(右指兄)
言 语 含
混, 似 与 那
牛 相 公
(右手指右方)
提 我 婚 姻。
(垂眼看自己,看兄,含羞地低下头)

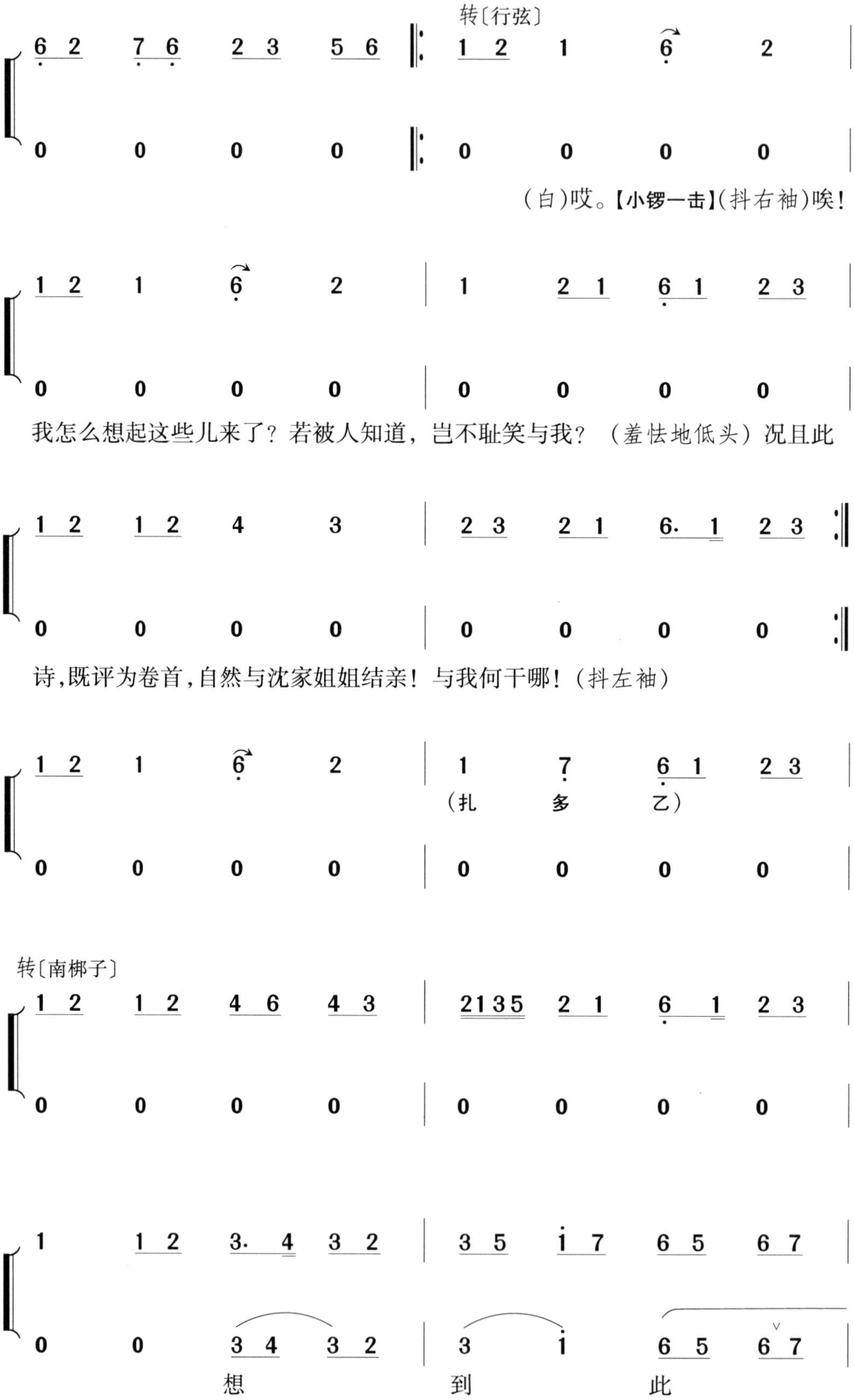
转〔行弦〕
（白）哎。【小锣一击】（抖右袖）唉！
我怎么想起这些儿来了？若被人知道，岂不耻笑与我？（羞怯地低头）况且此
诗，既评为卷首，自然与沈家姐姐结亲！与我何干哪！（抖左袖）
（扎 多 乙）
转〔南梆子〕
想 到 此

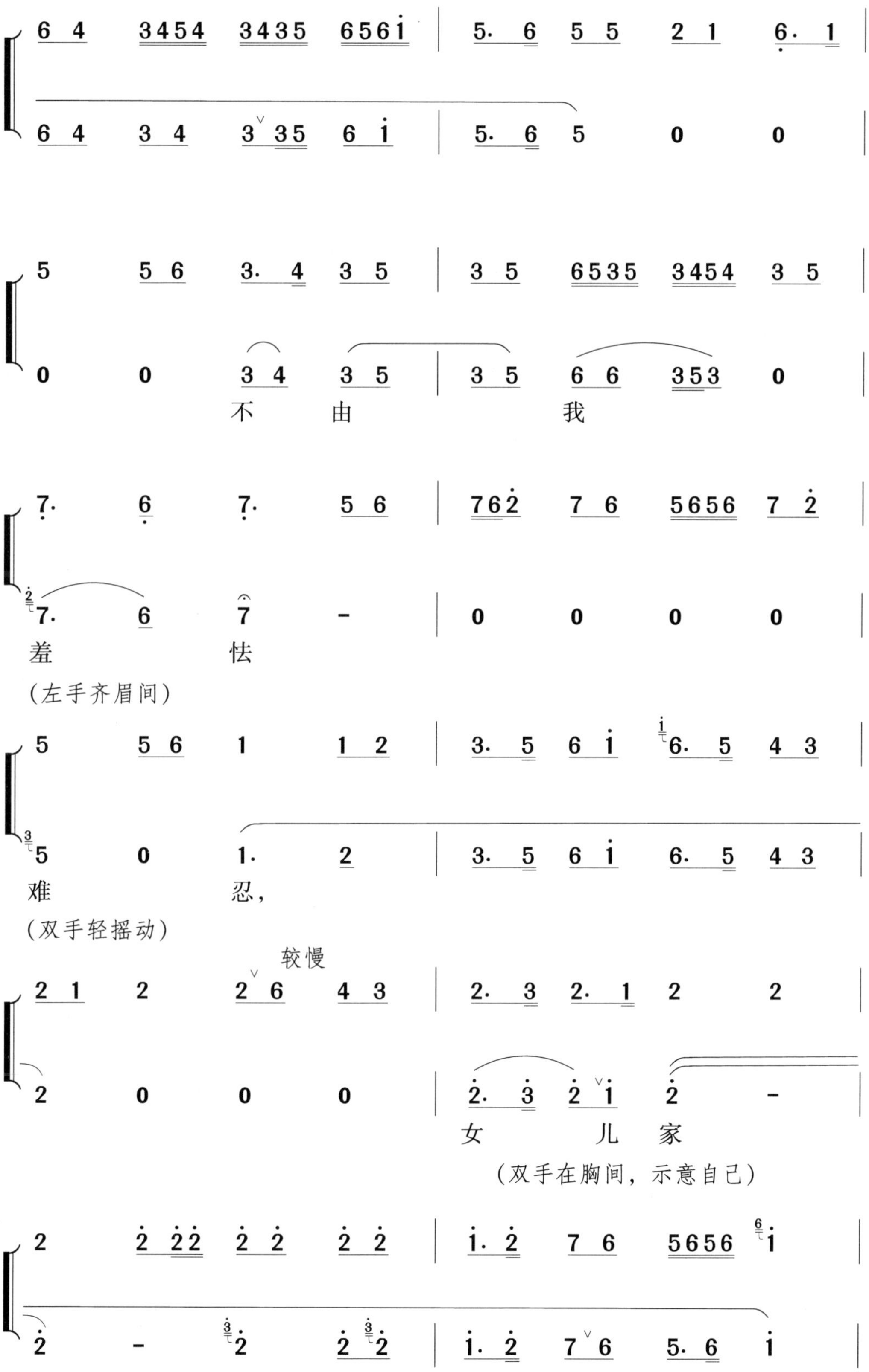
不 由 我
羞 怯
（左手齐眉间）
难 忍，
（双手轻摇动）
较慢
女 儿 家
（双手在胸间，示意自己）

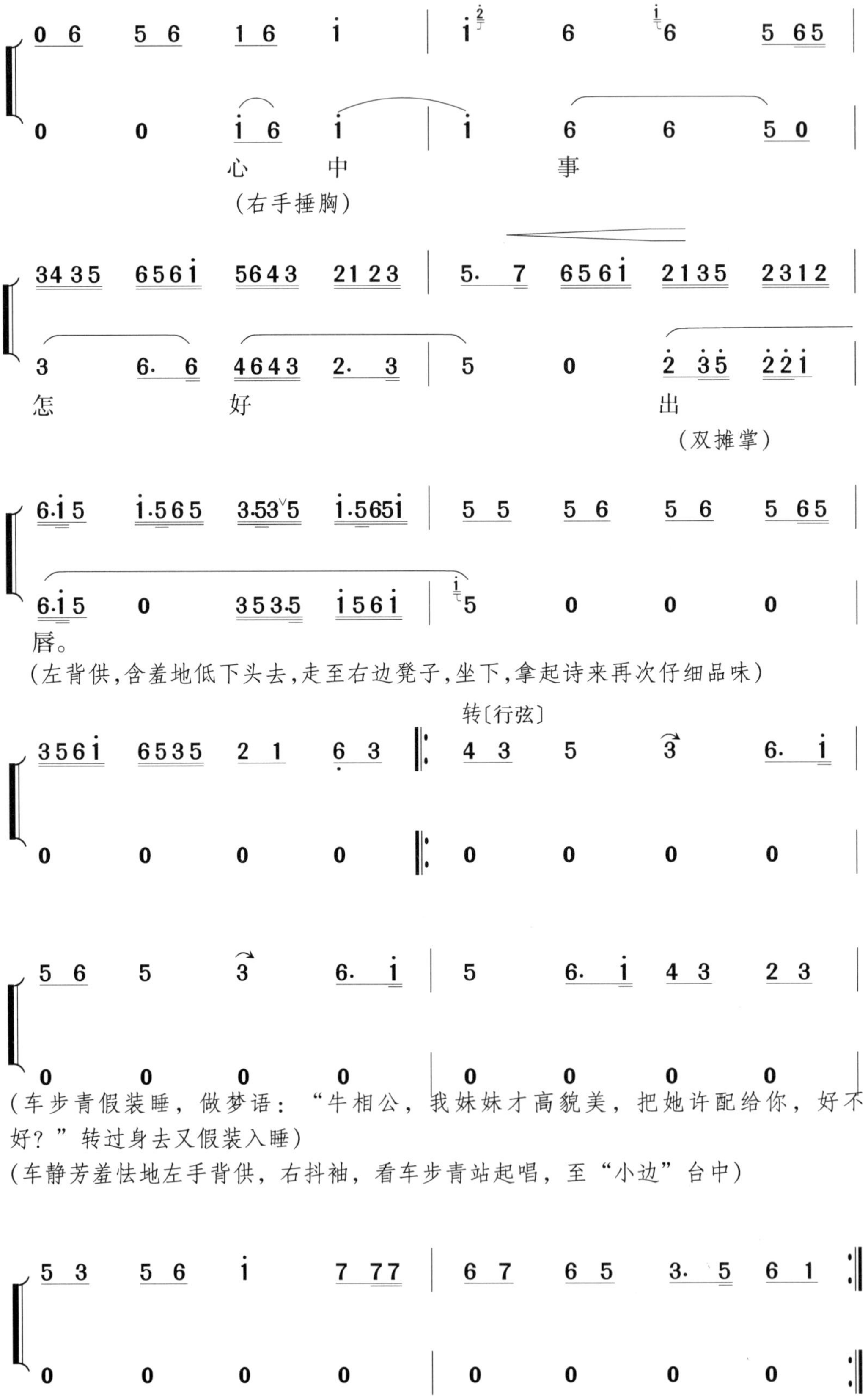

心 中 事
（右手捶胸）
怎 好 出
（双摊掌）
唇。
（左背供，含羞地低下头去，走至右边凳子，坐下，拿起诗来再次仔细品味）
转〔行弦〕
（车步青假装睡，做梦语：“牛相公，我妹妹才高貌美，把她许配给你，好不好？”转过身去又假装入睡）
（车静芳羞怯地左手背供，右抖袖，看车步青站起唱，至“小边”台中）

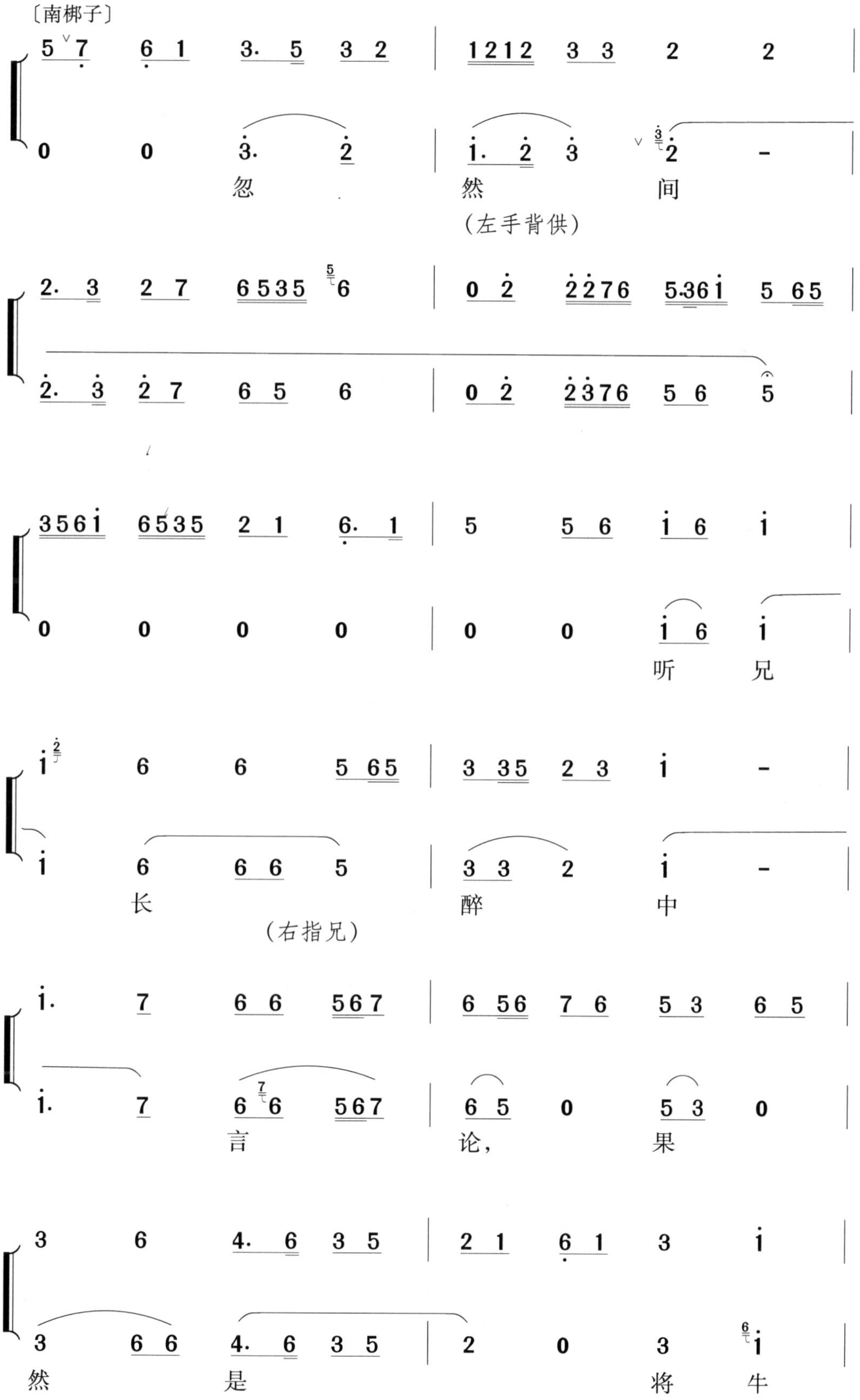
〔南梆子〕
忽 然 间
（左手背供）
听 兄
长 醉 中
（右指兄）
言 论， 果
然 是 将 牛

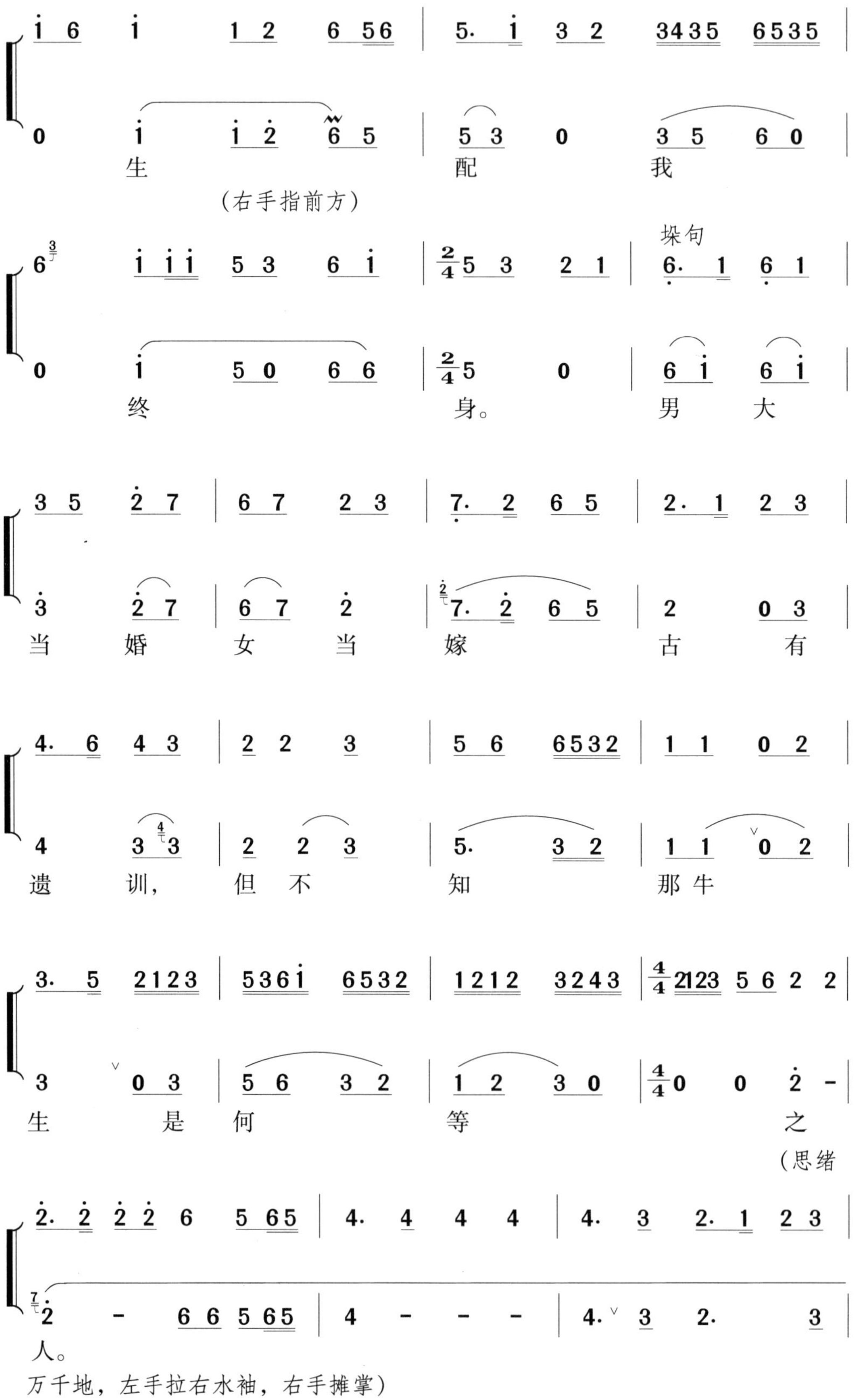
生 配 我
(右手指前方)
垛句
终 身。男 大
当 婚 女 当 嫁 古 有
遗 训，但 不 知 那牛
生 是 何 等 之
(思绪
人。
万千地，左手拉右水袖，右手摊掌)

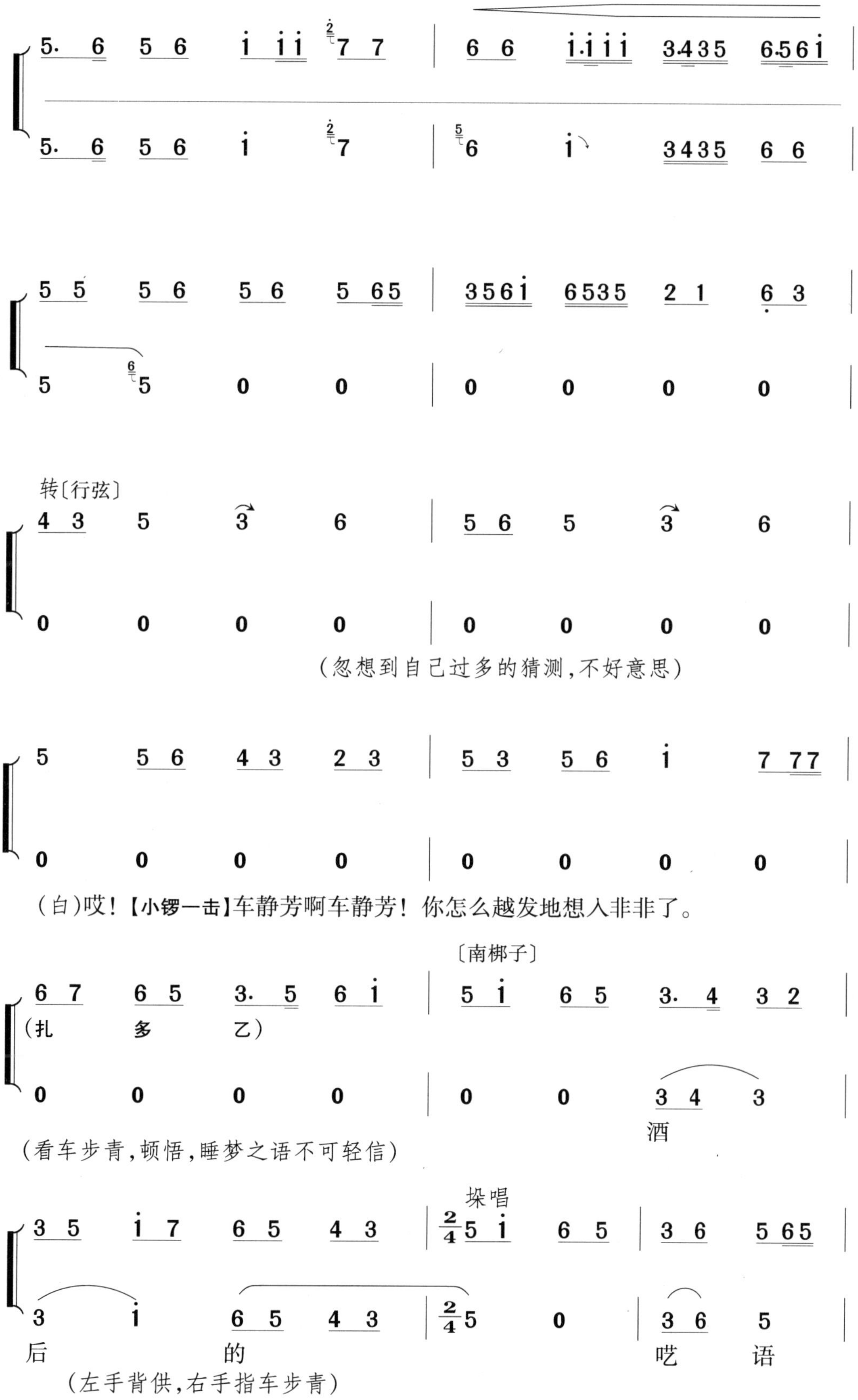

转〔行弦〕
(忽想到自己过多的猜测,不好意思)
(白)哎!【小锣一击】车静芳啊车静芳!你怎么越发地想入非非了。
〔南梆子〕
(扎 多 乙)
酒
(看车步青,顿悟,睡梦之语不可轻信)
垛唱
后 的 呓 语
(左手背供,右手指车步青)

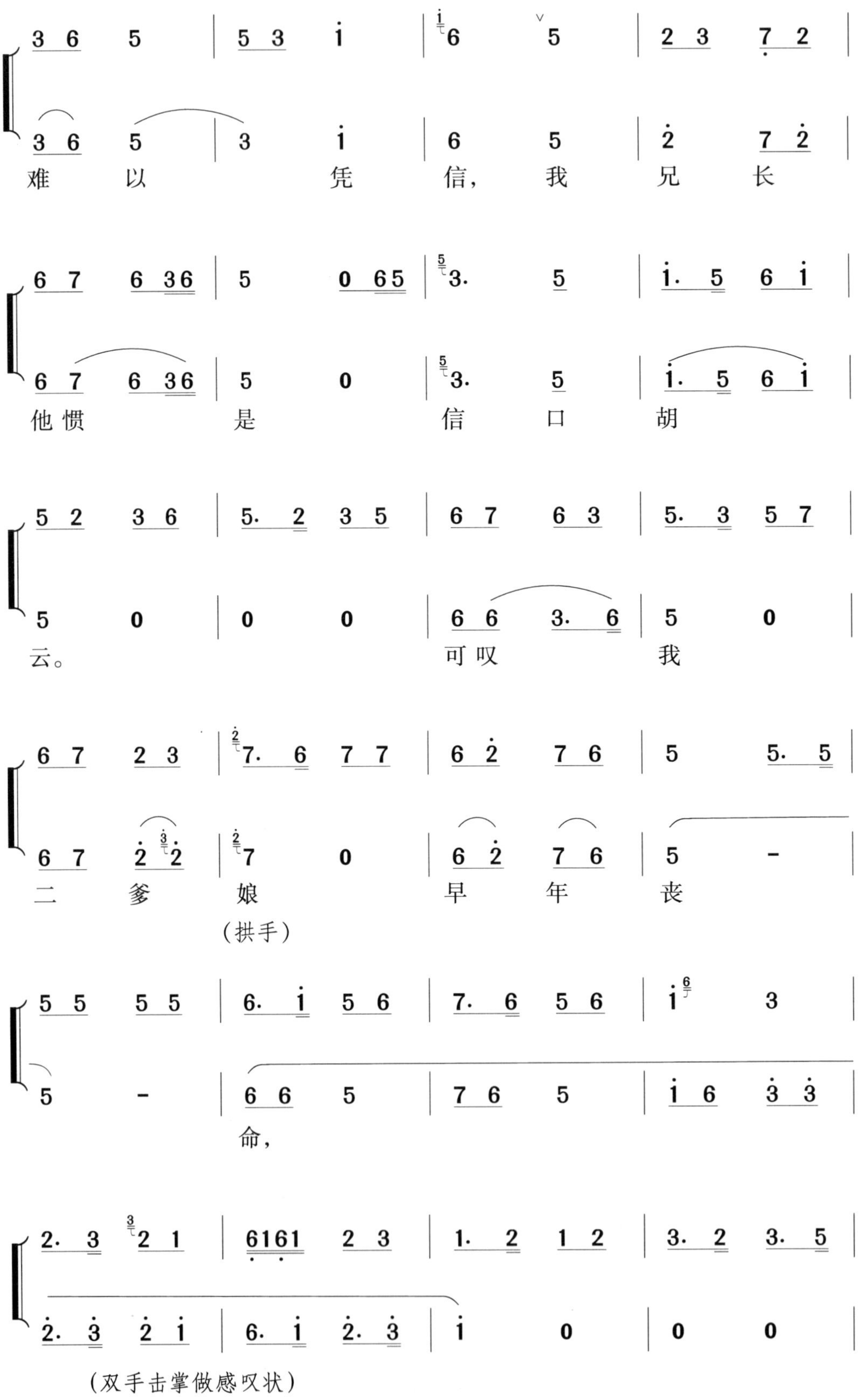
难以凭信，我兄长
他惯是信口胡
云。可叹我
二爹娘早年丧
（拱手）
命，
（双手击掌做感叹状）

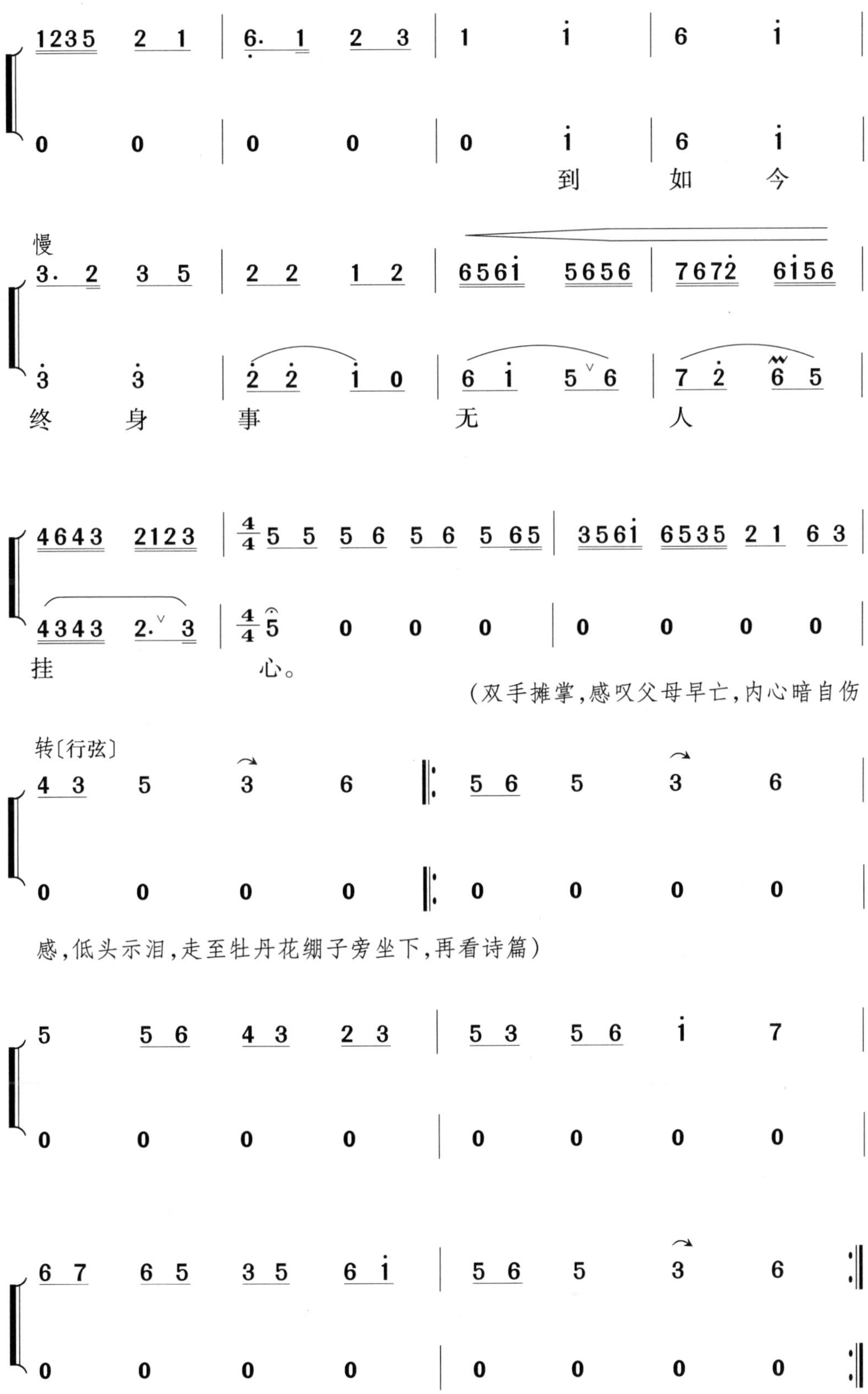
到 如 今
慢
终 身 事 无 人
挂 心。
（双手摊掌，感叹父母早亡，内心暗自伤
转〔行弦〕
感，低头示泪，走至牡丹花绷子旁坐下，再看诗篇）

车步青　（背供语）看我妹妹这样啊，这门亲事有门。有了，试试她的心意如何。（伸懒腰，站起）好睡！**【小锣一击】**真是酒后多忘事！往后这酒啊还真得少喝了。（至“大边”台中）我说妹妹，我忘了一件大事哪！

车静芳　（惊奇地）噢，什么大事？（放诗文，站起走至“小边”台中）

车步青　恭喜妹妹，贺喜妹妹。（双拱手看静芳）（〔行弦〕收住）

车静芳　哎！（抖左袖）**【小锣三锤】**

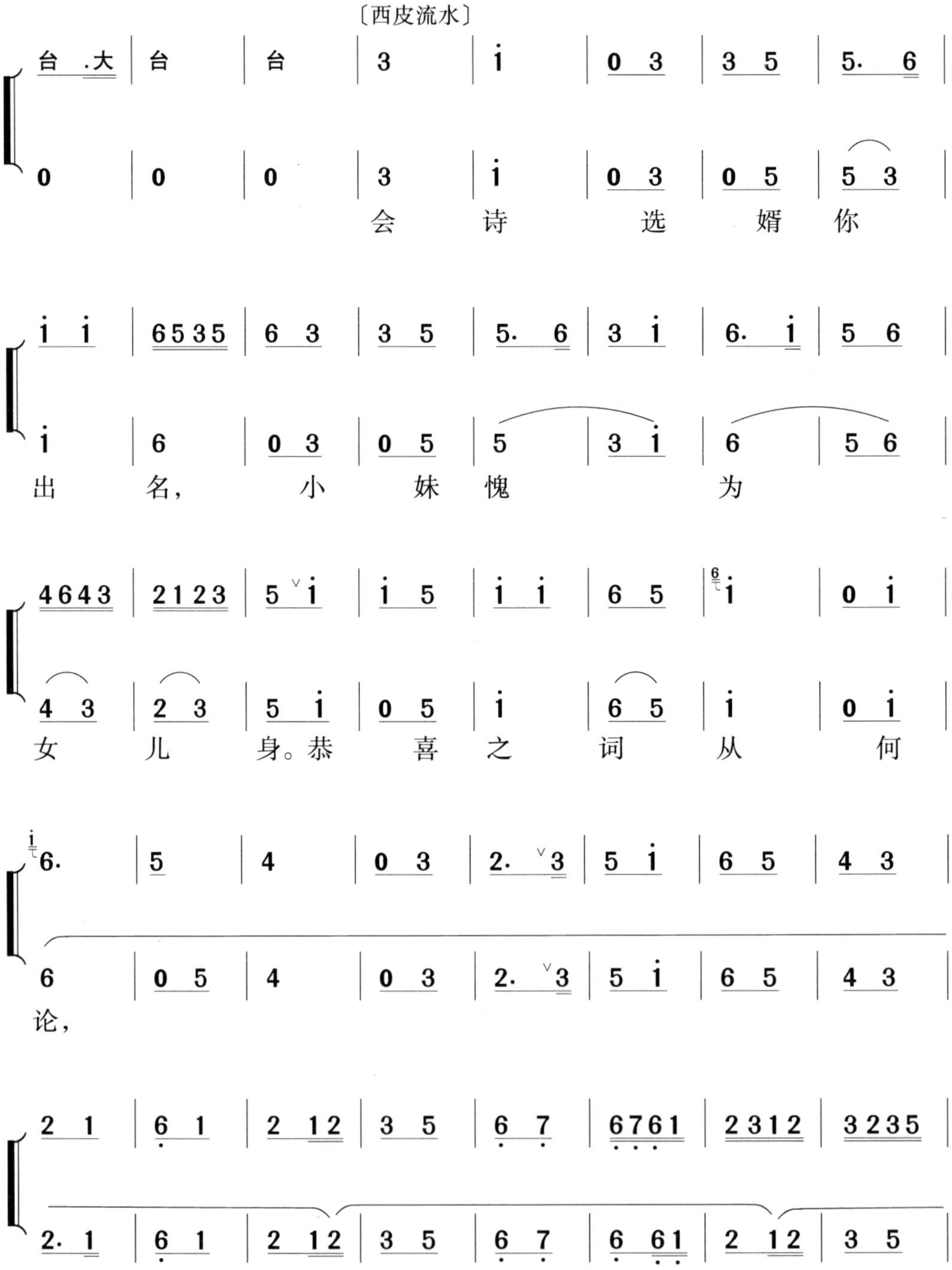

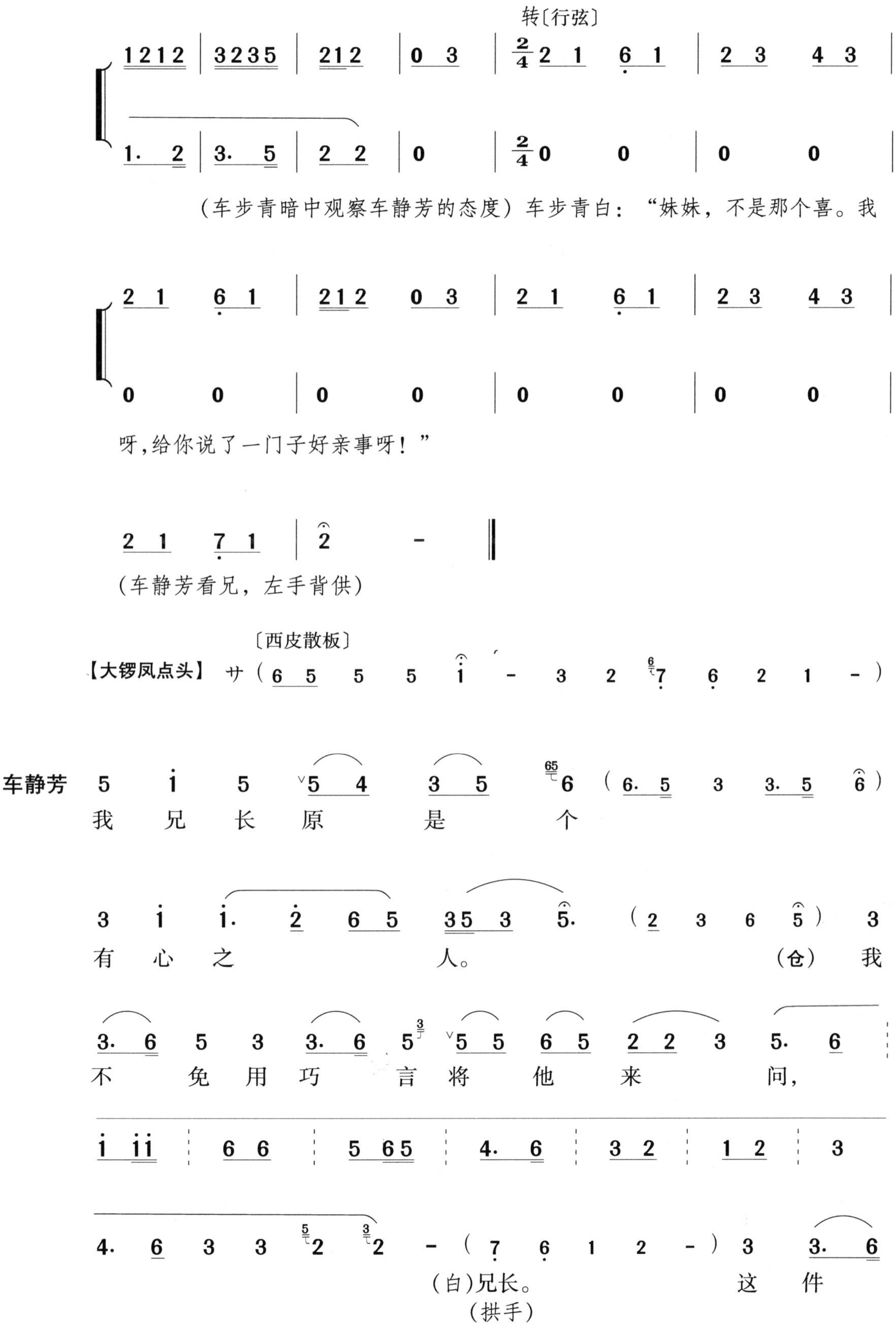
转〔行弦〕
（车步青暗中观察车静芳的态度）车步青白："妹妹，不是那个喜。我
呀，给你说了一门子好亲事呀！"
（车静芳看兄，左手背供）
〔西皮散板〕
【大锣凤点头】
车静芳
我兄长原是个
有心之人。（仓）我
不免用巧言将他来问，
（白）兄长。这件
（拱手）

5 ˇ3. 6 5 3 i 65 6 （6. 5 3 3. 5 6 －） 4
事 但 不 知 是

3. 6 4 3 2 3 3 5. （2 3 6 5 ）3. 6 5
假 是 真。 （仓） 请 问

（走至“大边”台中，车步青到“小边”）车步青白:“我说的全是真事。”

3. 6 5 － 3 ˇ5 6 7 － 6. 5 5 3 7 6 － ‖
此 人 他 的 名 和 姓?

（左手左指）（看兄，难为情地低头垂目，右手背供）

车步青 妹妹呀!

〔西皮摇板〕

【小锣凤点头】（7 6 5 5 5 3 6 5 5 3 2 1 1 6 5 5 5）

サ 3 2. 1 1 －ˇ 3 2 2. 1 6 1 2 －
他 就 是 牛 员 外 的 少 爷

（白）我的朋友，当今的才子 i － 65 5 － 3 i － 6. i 3 5 3 5 － ‖**【小锣一击】**
牛 斯 文。

哎！妹妹，我一猜呀，你就得愿意。

车静芳 （假意急之）胡说!

车步青 胡说？你要是不愿意呀，妹妹，你可别乐！你别乐……啊……哈哈……（车步青看车静芳，车静芳含蓄地一笑）**【小锣一击】**还是愿意了。

车静芳 啊，兄长。

车步青 妹妹。

车静芳 那牛相公他评为第几？（至“小边”台中，车步青从后边走至“大边”台中）

车步青 评为第一呀!

车静芳 （疑问地）这就不对了!

车步青 怎么会不对了呢?

车静芳 既是评为卷首，自然与沈家小姐结亲才是!

车步青 哎哟妹妹，你哪知道，我与牛相公啊，我们是交友深厚，他情愿把沈小姐哪，让给哥哥我了，所以我将妹妹你许配与他，（洋洋得意地）这是两全其美，哎，两全其美哟……（舞动扇子，看着静芳）

车静芳 （看兄得意）哎!

| 诗 文 会 |

〔西皮摇板〕

【小锣凤点头】サ（7 6 5 55 36 55 32 11 65

55……）i i. 65 3.6 5 -（5 65 36 5……）

婚 姻 大 事

5 6 3 5 6 -（65 35 65 32……）

已 言 定，

3.6 53 i 6 5 65 サ3 5 - ‖

岂 能 轻 易 让 他 人。

（抛右袖，不满地）

车步青 妹妹呀！

〔西皮摇板〕

【小锣一击】（过门同前）3 2. 1 1 62 1 - 3 1 2（3 21 61

我 二 人 素 来 交 谊 深，

21 65 55）62 1 2 2 - 3.5 2.1 1 - 接〔行弦〕

让 个 媳 妇 怎 不 能。

车静芳 （左背供，警惕地思考）哎呀且住！此人与我兄为伍，恐是纨绔子弟。（转眼睛思考，胸有成竹地点头）啊，兄长！牛相公既愿与我家结亲，我要面试他的真才实学。

车步青 真是岂有此理，那有女孩儿家要面试男子汉大丈夫的？哎，岂有此理，岂有此理！

车静芳 （见兄不允，果断地）如此，这婚事就作罢！（抛右袖）【小锣一击】

车步青 哎，别价别价！倒是慎重点好。就依着你啦，明儿个我就找他去。（车静芳在右边凳子坐下，看绣的花朵）

〔西皮摇板〕

【小锣凤点头】（过门同前）2 2 1 2 32 3 - 2 -

妹 妹 做 事 真 聪 明，

（3 21 61 21 65 55）62 1 3 2.1

我 的 如 意

1 2 - 76 6 - 1 - ‖【小锣抽头】（“下场门”下）

算 盘 要 落 空。

车静芳 （站起，至台中，上搭右袖看兄的背影）【小锣一击】〔亮弦〕（7 2 - 1 -）

（得意地抖双袖）

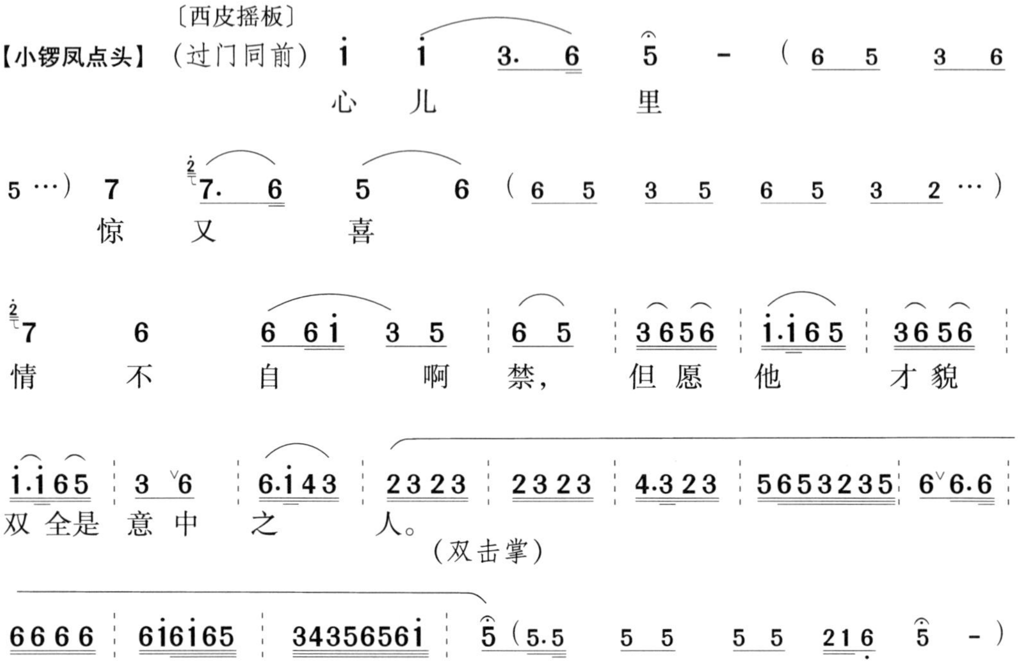

（右转，双背袖，走斜直线，【小锣抽头】若有所思“上场门”慢步下场）

〔【小锣抽头】闭二幕。台中正桌、内正座，桌上右摆笔、砚、托盘。

第二场

帘试

〔拉开二幕。牛府书房。梅兰竹菊四扇屏，正场桌（内一椅）。

〔谢英【小锣抽头】手拿书，“上场门”上“九龙口”。〔亮弦〕（4 3 ²6 5 -）

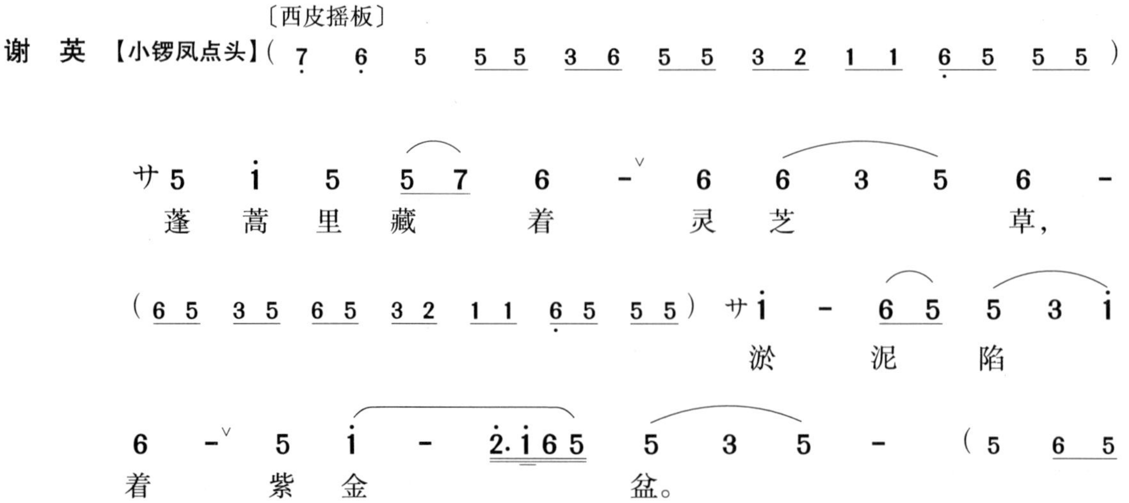

3 6 5 5 3 2 1 1 6 5 5 5) 3 6 5 5 7 -
有 朝 一

6 - 7 6. 7 6 5 5 - 7 - 7 6 - ‖
日 春 雷 震，

【小锣抽头】(过门同前) 5 i - 2i65 5 3 i -
(进桌内正座，坐下) 谢 英 壮 (啊)

6 - 5 - 6 6 4 3 3 3 5 - ‖
志 凌 青 云。

〔牛斯文“上场门”先上，车步青后上，二人手拿扇子“九龙口”至“大边”台口。

车步青 【小锣齐钹、抽头】

（念【扑灯蛾】）

以前古怪事儿少，
如今事儿古怪多。
女的敢来主科场，
男的倒霉受折磨。

牛斯文 【小锣齐钹、抽头】

（念【扑灯蛾】）

便宜从来不易得，
玫瑰虽好刺儿真多。
指望娶个好媳妇，
啰嗦啰嗦真啰嗦。【小锣住头】

车步青 哎，你说找小谢到我家应考相亲，他肯去吗？

牛斯文 他不同意？谁叫他吃着我的稀的，拿着我的干的，叫他干什么就得干什么。（二人进门）啊，谢先生！【小锣一击】（牛斯文“大边”站，车步青“小边”站）

谢 英 二位到此有何见教。（站起，出位，台中站）

牛斯文 啊，哈哈哈，你的好差使来了。

谢 英 敢莫又是——【小锣一击】（示意替写诗文）

牛斯文 非也，大相公今日我要相亲了。

谢 英 此乃一桩喜事，就应速去才是。

牛斯文 是这么回事。这位小姐要面试于我，我来那求求，求求谢先生您替我去一趟。【小锣一击】

谢 英 哎呀呀，这怎么使得！谅那女子，未必精通文墨，你大胆前去就是。

牛斯文 嗨！你别隔着门缝把人看扁了。上次在沈府考试，考中第二名的就是这位小姐。

车步青 对了，就是舍妹。【小锣硬一击】（谢英观望车步青）

谢 英 既是令妹的亲事，就越发地不该弄虚作假的了。

车步青 我这个当哥哥的说使得就使得，你就辛苦一趟吧！

牛斯文 难为你，帮个忙吧！

谢 英 此乃伤天害理之事，我实难从命。【小锣硬一击】（抛右袖）

牛斯文 我说小谢呀小谢，你诚心的不识抬举了。【小锣硬一击】想你流落此地，落魄客店，是我爸爸看得起你，替你还了账到我家坐馆。告诉你，我是主人，你是侍候主人的，叫你做什么，你就得做什么，话已说完，你倒是去也不去？

谢 英 我难以从命。【小锣一击】（抛左袖，拒绝之）

车步青 可不是么，我这个舅老爷都有成人之美，你怎么这样死心眼哪？

谢 英 谢英实难从命，不能乱为。【小锣硬一击】

牛斯文 哈哈！（念【数板】）（多罗）

小谢小谢你太性傲，不肯替我走一遭。
你若前去还罢了，倘若不去给你好的瞧。
一不打来二不骂，一张状纸将你告。
告你在我府做强盗，送你到当官去坐牢。
先打板子带手铐，花点银子买你命一条。
看你走我的阳关道，还是过你的独木桥。

〔【小锣一击】〔亮弦〕（4 3. 2 3 6 5 －）谢英无可奈何状。

〔闭二幕，三人走向台前，牛斯文至“小边”，谢英至“大边”台口。

〔西皮摇板〕

谢 英 【小锣凤点头】（7 6 5 55 36 55 32 11 65 55）サ 36 5 57 6 － 5 i 65 6 －（65 35 65 32 11 65 55）36 5 5 3 i － 6 － 5 i － 6. 5 5. 3 5（5 65 36 55 32 11 65 55）36 5 7 － 6 － 6 6. 5 6 － 6 －（65 35 65 32 11 65 55）36 5 5 3 i － 6 － 5 － 6 6 43 3 3 － 5 －（55 36 5 －）

纨绔子弟似恶棍，寄人篱下一书生。（双手击掌，叹气状）【小锣一击】万般无奈暂应允，见机行事会衩裙。

　　　　我去就是。
牛斯文　你去啦？好，谢谢您！
谢　英　走，走，走！【小锣一击】
牛斯文　你穿这件衣裳可不能去！
谢　英　怎么才能去？
牛斯文　随我到上房！换件好衣裳再去。
谢　英　将就了吧！
牛斯文　那能将就，走吧！【小锣一击】（牛斯文劝说谢英）【小锣下场】（谢英一步一回首，无奈地“下场门”下，牛斯文、车步青同下）
　　　　〔场上设置：粉蝴蝶幕、牡丹花屏风、“大边”斜桌（内跨椅）、“小边”斜桌（内一椅）、右跨椅。

幕间曲

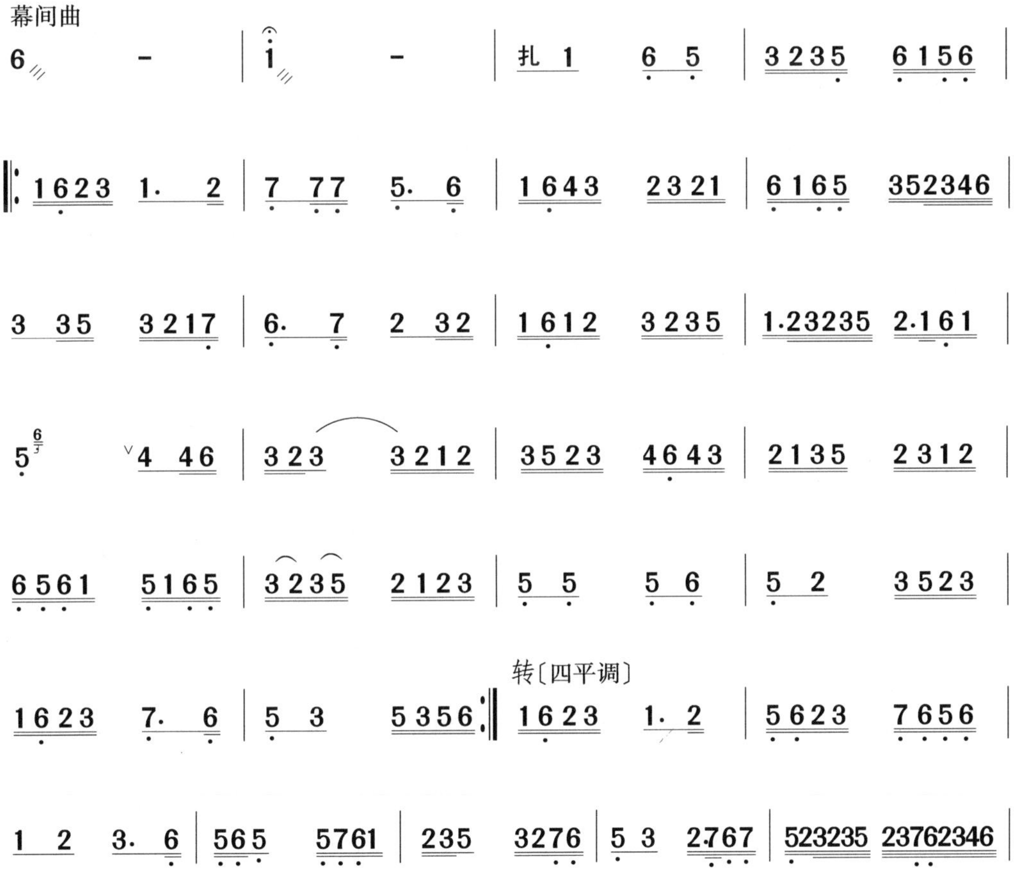

（车静芳喜悦地轻移莲步“上场门”蝴蝶幕外上场，“九龙口”亮相【小锣一击】

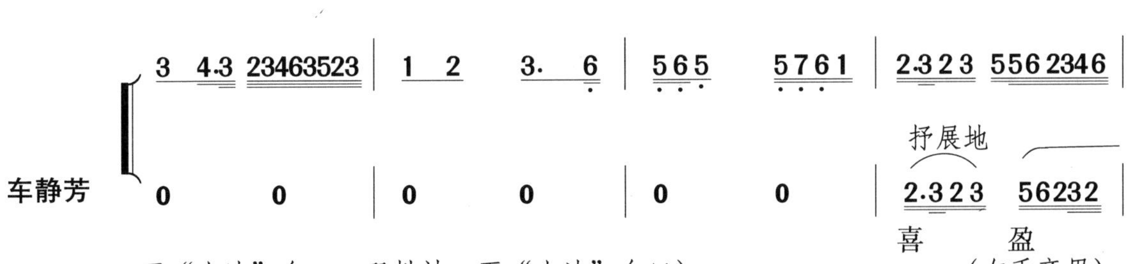

至“小边”台口，双抖袖，至“小边”台口）

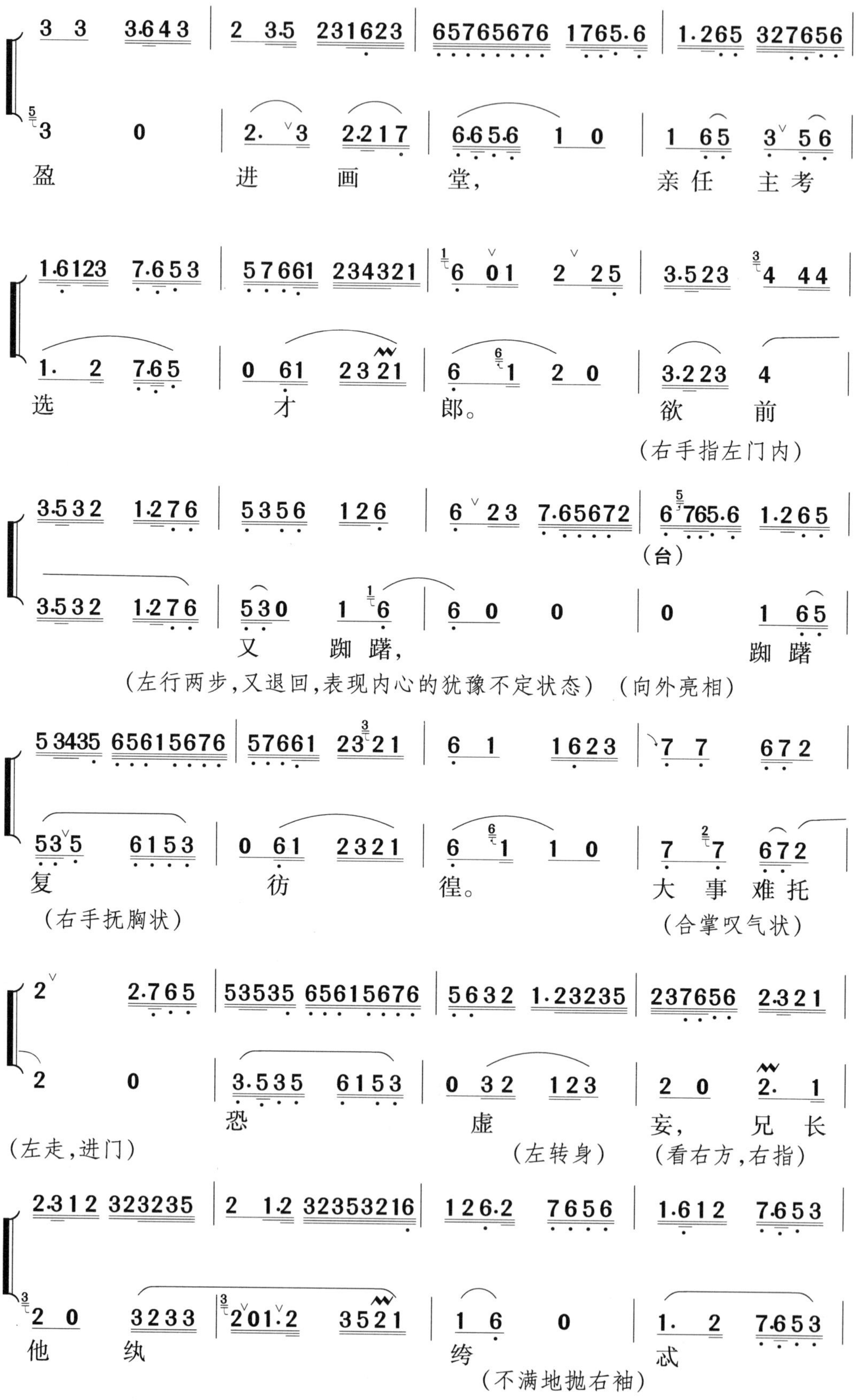
盈进画堂，亲任主考
选才郎。欲前
（右手指左门内）
（台）
又踟蹰，踟蹰
（左行两步，又退回，表现内心的犹豫不定状态）（向外亮相）
复彷徨。大事难托
（右手抚胸状）（合掌叹气状）
恐虑安，兄长
（左走，进门）（左转身）（看右方，右指）
他纨绔忒
（不满地抛右袖）

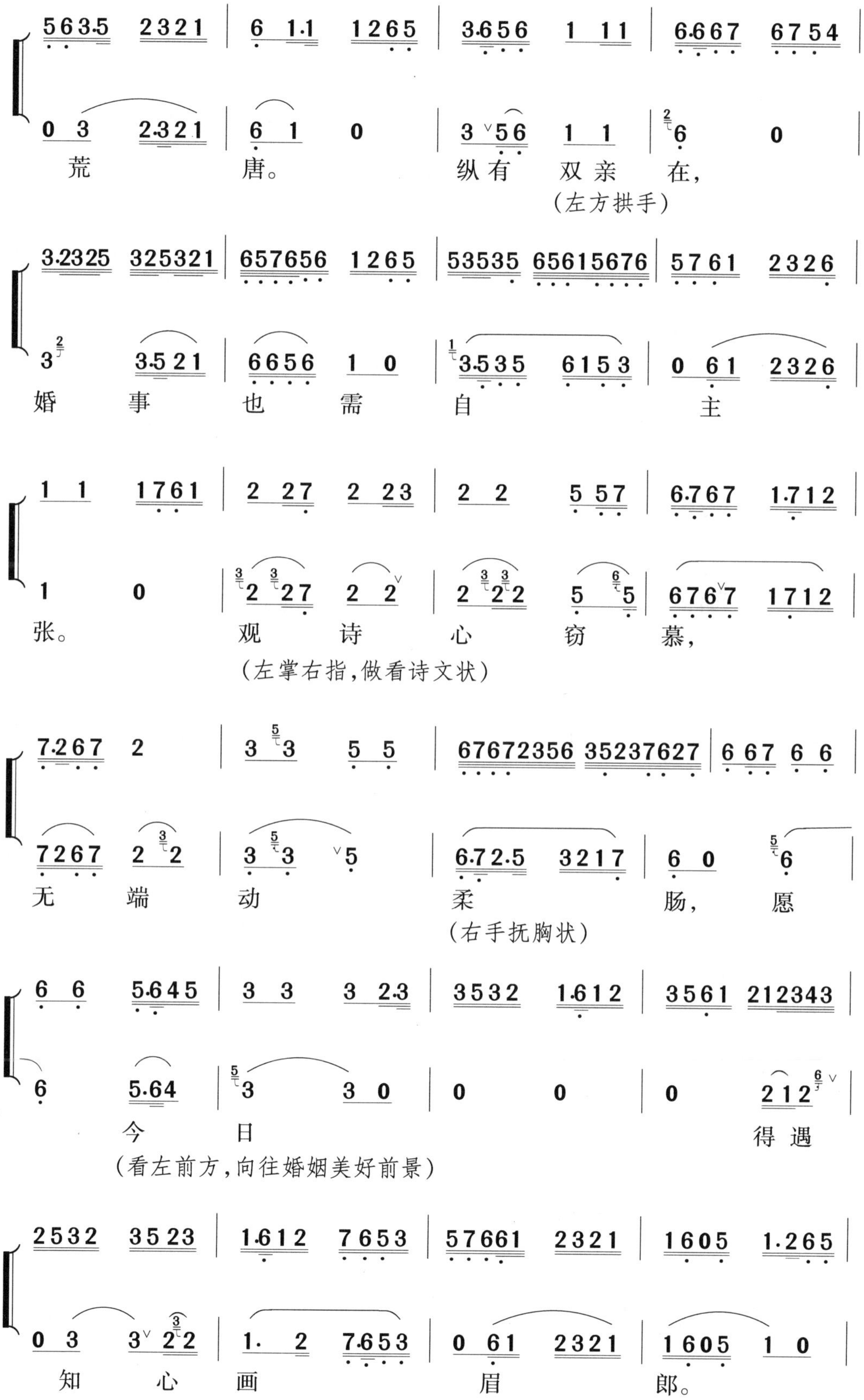
荒 唐。纵有 双亲 在，
（左方拱手）
婚 事 也 需 自 主
张。观 诗 心 窃 慕，
（左掌右指，做看诗文状）
无 端 动 柔 肠，愿
（右手抚胸状）
今 日 得遇
（看左前方，向往婚姻美好前景）
知 心 画 眉 郎。

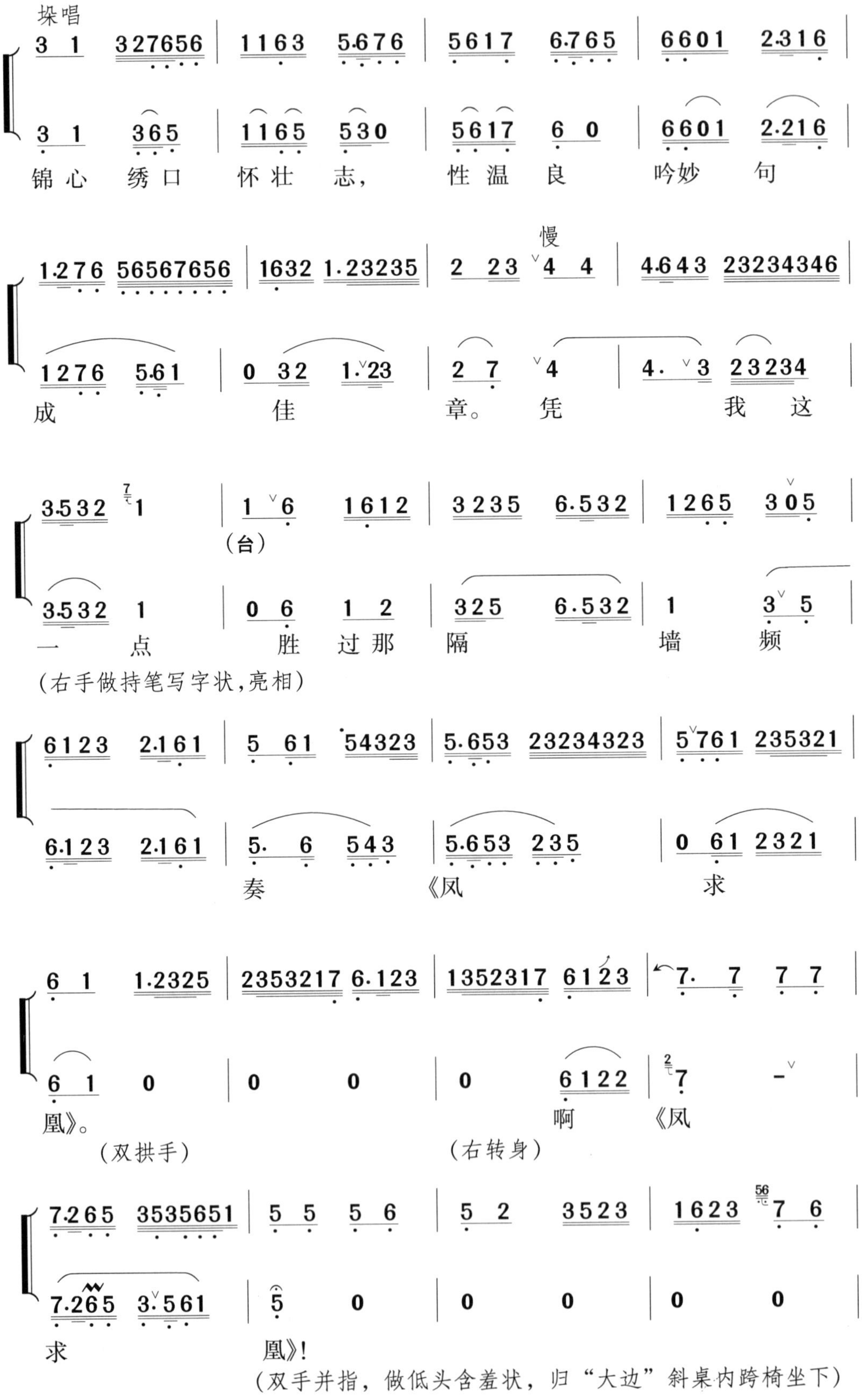
垛唱
锦心绣口怀壮志，性温良吟妙句
成佳章。凭我这
（台）
一点胜过那隔墙频
（右手做持笔写字状，亮相）
奏《凤求
凰》。
（双拱手）
慢
啊《凤
（右转身）
求凰》！
（双手并指，做低头含羞状，归“大边”斜桌内跨椅坐下）

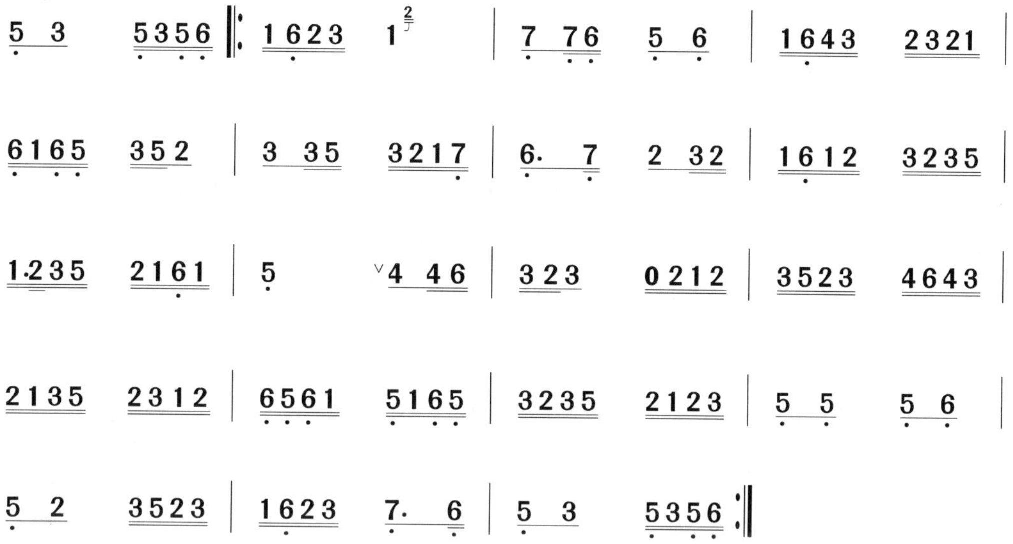

车步青 （“上场门”上）牛相公请，到了。告诉我妹妹一声。(进门）妹妹！牛相公请到了。

车静芳 有请！（站起）

车步青 有请牛相公。

牛斯文 （扮作家人，“上场门”上）**【小锣一击】**（与车步青对视）

车步青 你怎么出来了？回去回去。

牛斯文 对，对，有请相公！（面向“上场门”）

谢　英 （“上场门”上，“九龙口”亮相）**【小锣一击】**（牛斯文从后边走至“小边”台口，谢英从前边走至“小边”台中）今日装假貌似真，满腹怨情向谁申。（车步青接近“小边”台中）

牛斯文 谢先生，我的亲事成不成，可就全在您啦！

谢　英 嗯！**【小锣一击】**休得胡言，书童！

牛斯文 （不解地）书童？叫谁哪？（自问？忽然意识到身份的改变）

谢　英 随我进来。**【小锣一击】**

牛斯文 喳！

车步青 牛相公，牛相公请进。（三人进门，车步青站台中，谢英“小边”台中，牛斯文“小边”）（车静芳站立，走至“大边”台中）我来给你们引见一下。这是舍妹静芳。妹妹！这是牛相公。

谢　英 我这厢有礼！**【小锣一击】**（谢英与车静芳至台口二人施礼）

车静芳 还礼！（二人目光对视，急回避，车静芳归“大边”斜桌内跨椅，谢英归“小边”斜桌正座）

车步青 坐下，坐下，（坐在“小边”斜桌内跨椅，牛斯文站在斜桌外，飘香站在“大边”斜桌外首）妹妹你就出题吧！

车静芳 （看到牛斯文）吩咐下去，闲人一概不许停留。**【小锣一击】**（抛右袖）

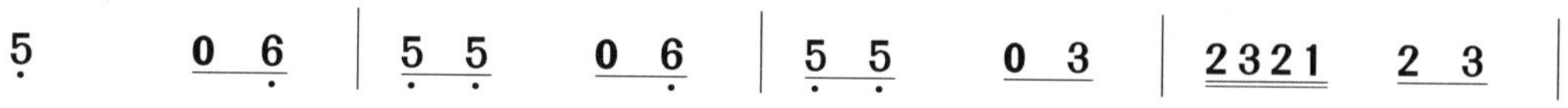

车步青(站起，走向牛斯文)：“哎，听见没有？闲人一概不准停留。出去出去。

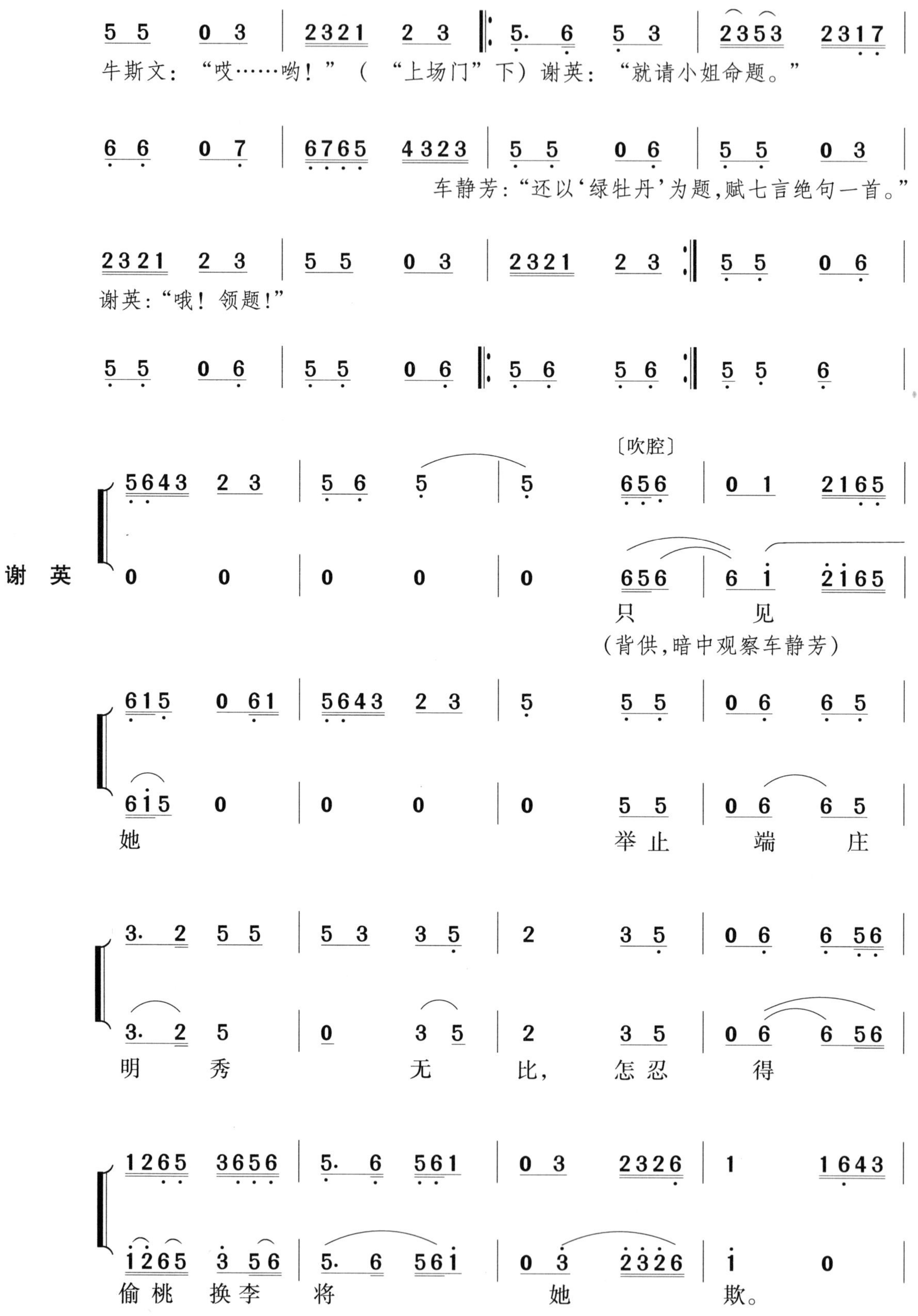
牛斯文："哎……哟！"（"上场门"下）谢英："就请小姐命题。"
车静芳："还以'绿牡丹'为题，赋七言绝句一首。"
谢英："哦！领题！"
〔吹腔〕
谢英
只 见
（背供，暗中观察车静芳）
她
举止 端 庄
明 秀 无 比，怎忍 得
偷桃 换李 将 她 欺。

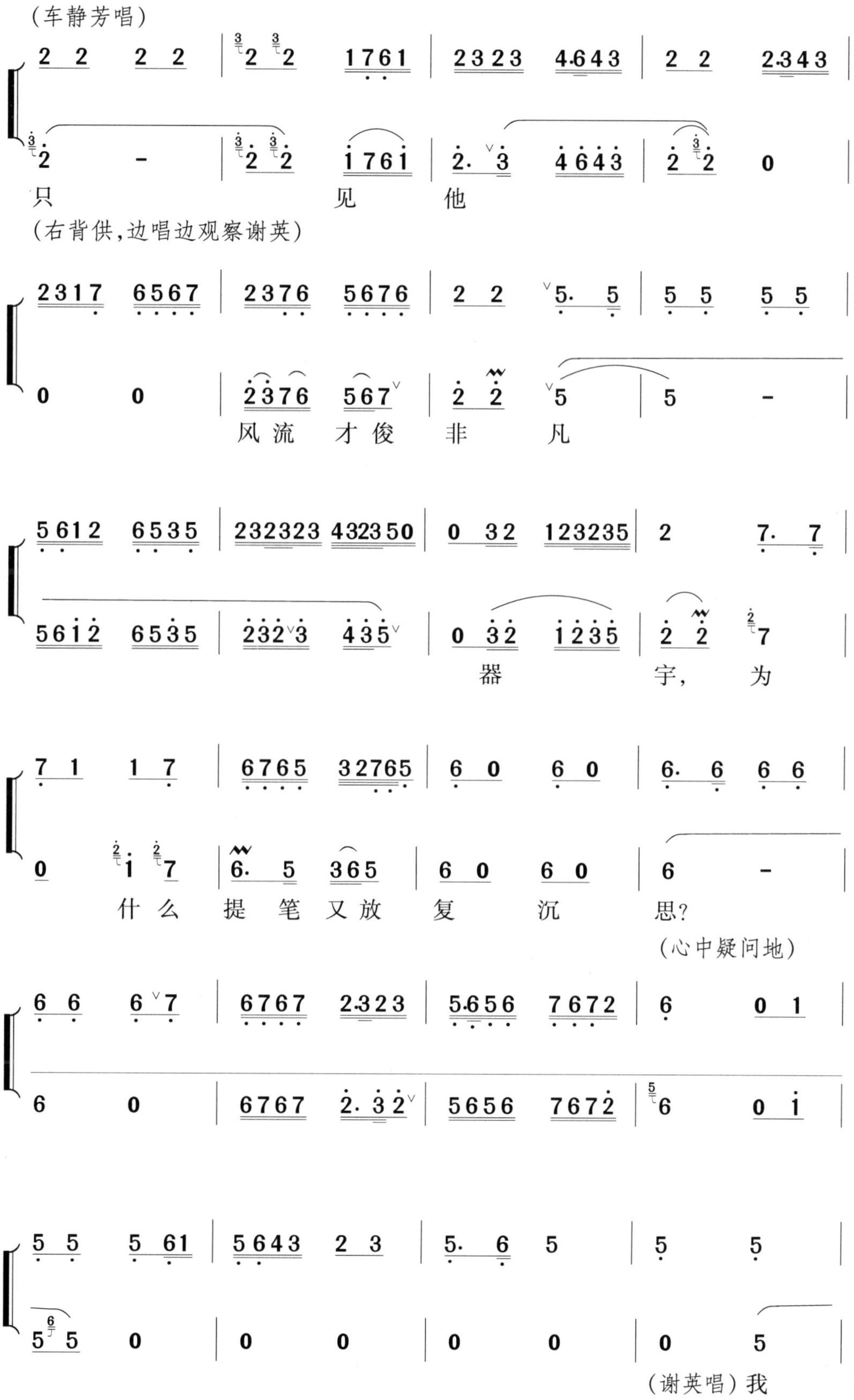
（车静芳唱）
只 见 他
（右背供，边唱边观察谢英）
风流 才俊 非 凡
器 宇，为
什么 提 笔 又放 复 沉 思？
（心中疑问地）
（谢英唱）我

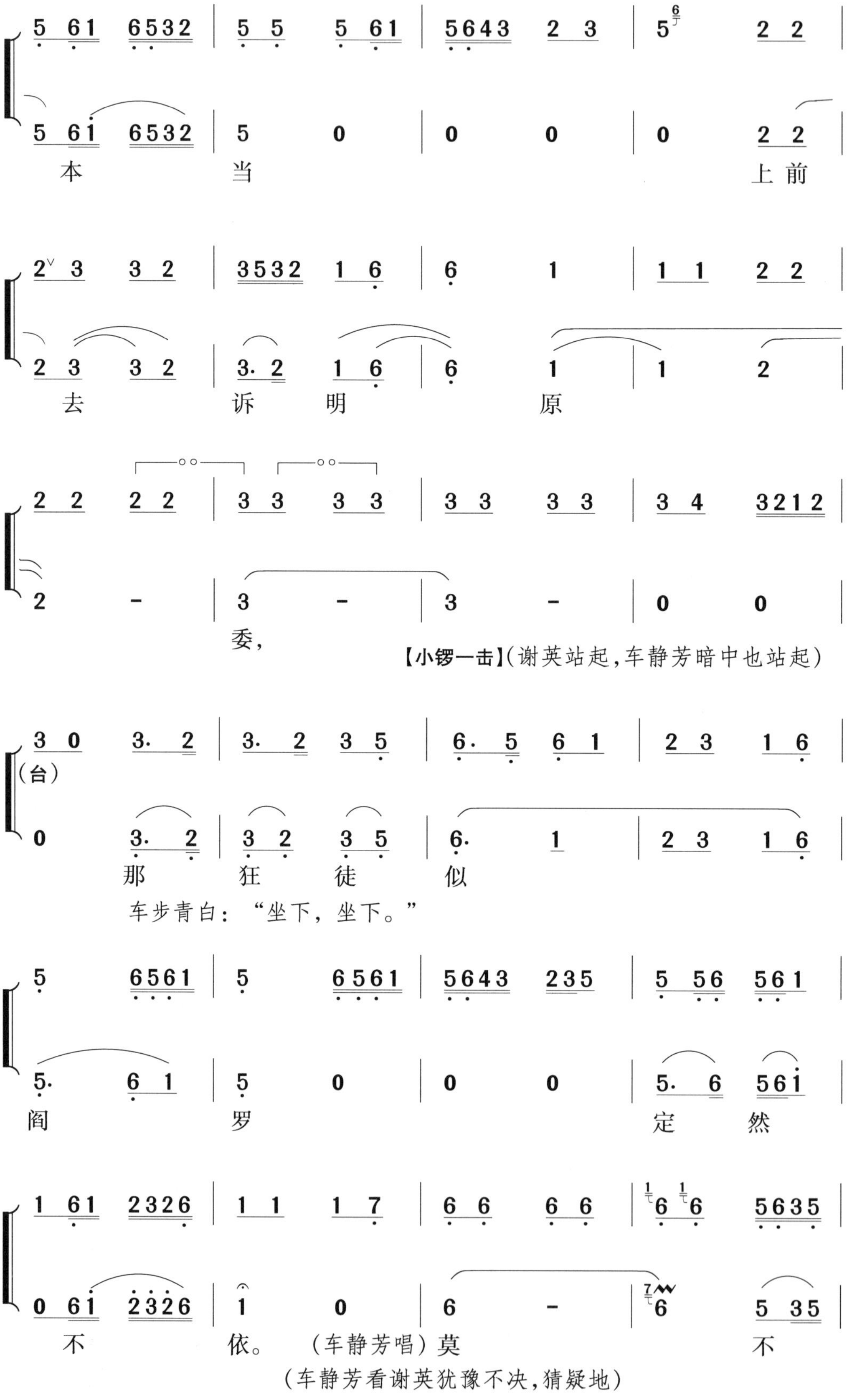
本 当 上前
去 诉 明 原
委，
【小锣一击】(谢英站起，车静芳暗中也站起)
(台)
那 狂 徒 似
车步青白：“坐下，坐下。”
阎 罗 定 然
不 依。 (车静芳唱)莫 不
(车静芳看谢英犹豫不决，猜疑地)

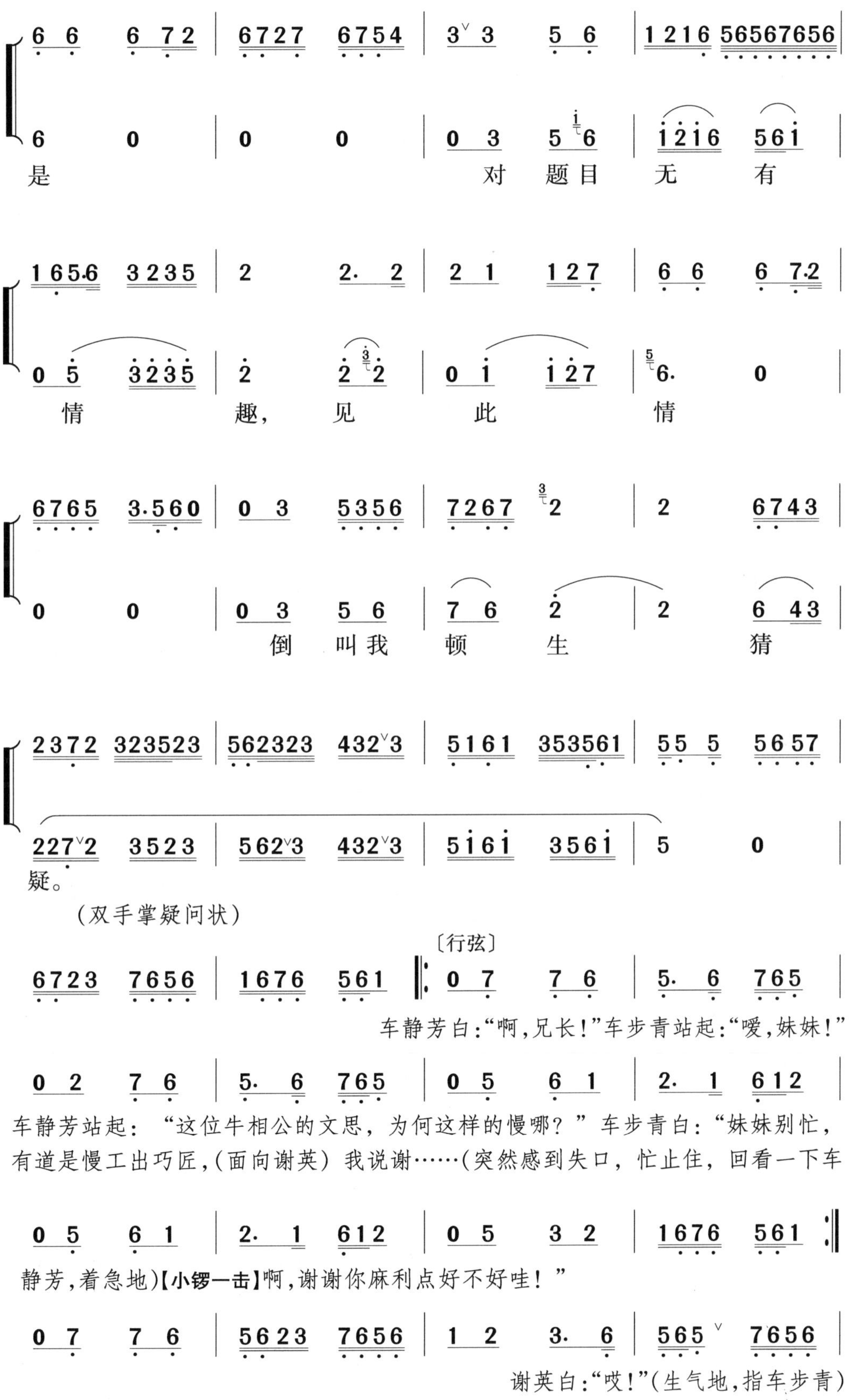
是 对 题目 无 有
情 趣，见 此 情
倒 叫我 顿 生 猜
疑。
（双手掌疑问状）
〔行弦〕
车静芳白：“啊，兄长！”车步青站起：“嗳，妹妹！”
车静芳站起：“这位牛相公的文思，为何这样的慢哪？”车步青白：“妹妹别忙，有道是慢工出巧匠，（面向谢英）我说谢……（突然感到失口，忙止住，回看一下车静芳，着急地）【小锣一击】啊，谢谢你麻利点好不好哇！”
谢英白：“哎！”（生气地，指车步青）

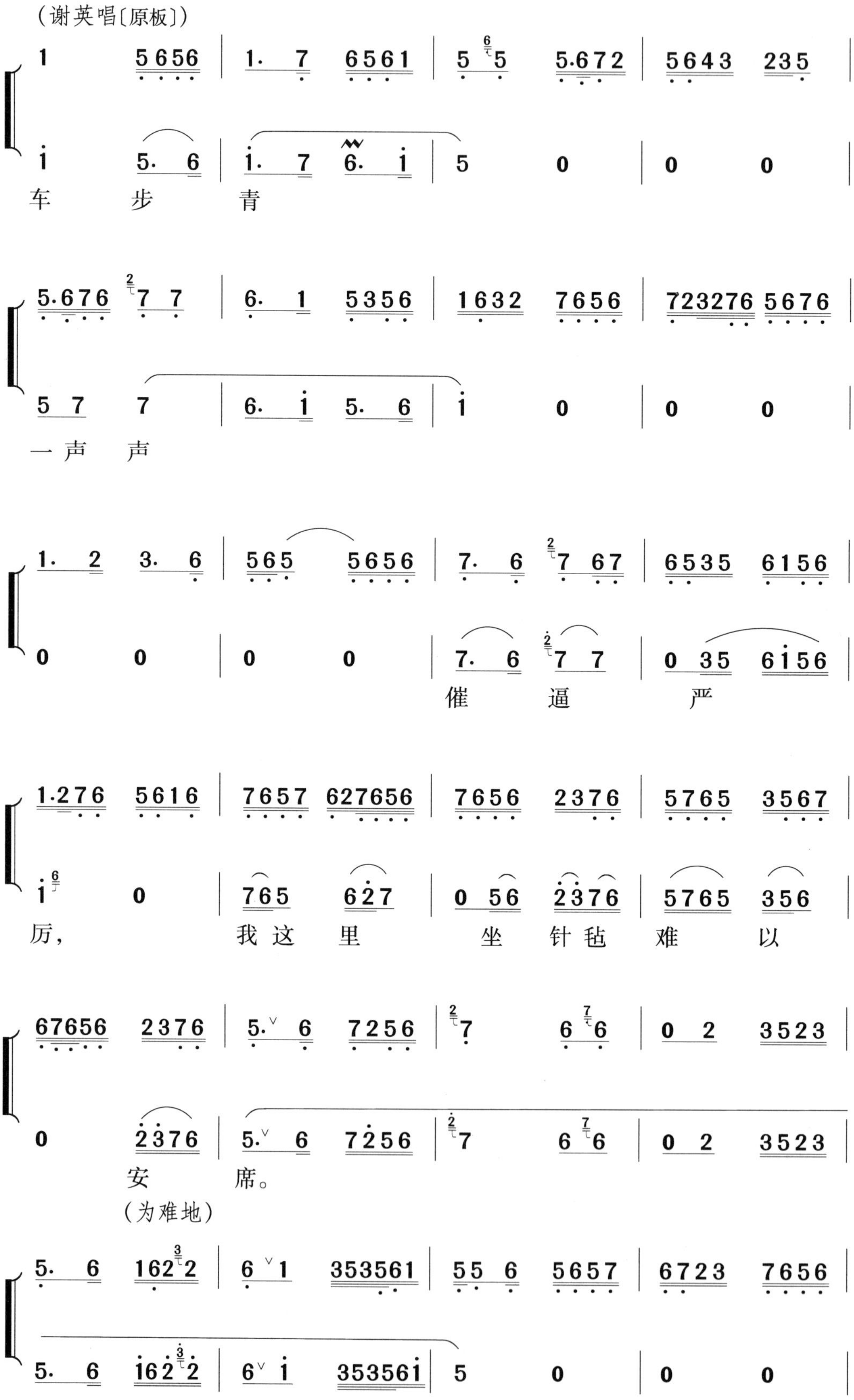
（谢英唱〔原板〕）
车 步 青
一声 声
催 逼 严
厉，我这 里 坐 针毡 难 以
安 席。
（为难地）

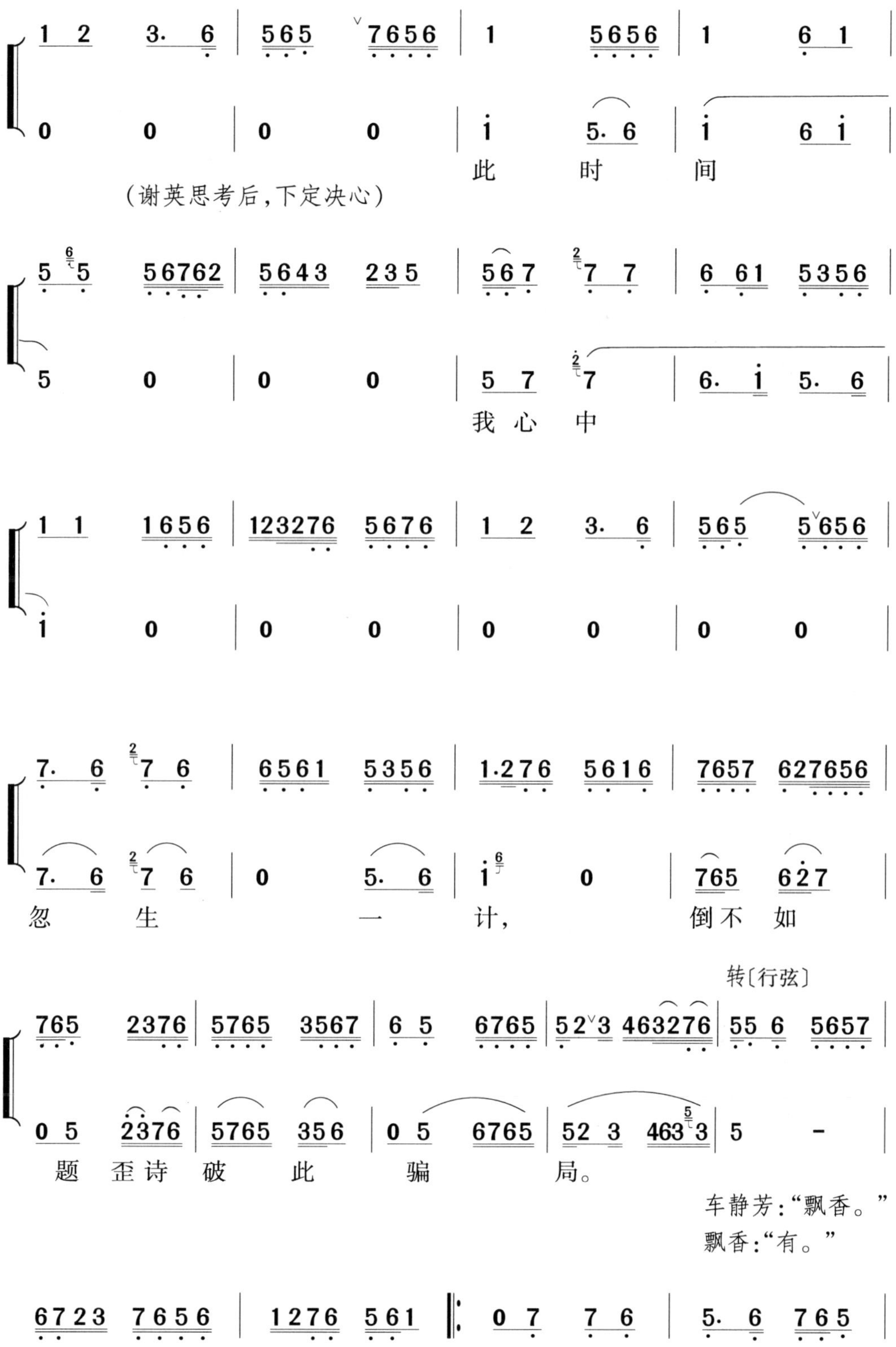

（牛斯文“上场门”暗上，偷听）车静芳：“点上一炷香，香尽之后，若无诗作，与我抢

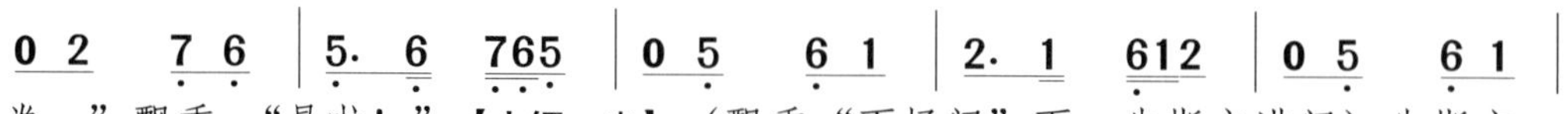

卷。”飘香：“是啦！”【小锣一击】（飘香“下场门”下，牛斯文进门）牛斯文：“我说写呀！写呀老爷子你就快点写吧！”（飘香上）车静芳：“何人在此讲话？

轰了出去！”飘香：“哎，你怎么又进来了？出去出去！”车步青：“（站起）出去！出去！”牛斯文：“这，这怎么不让待呀！”（牛斯文无可耐何地“上场门”下。谢英提笔写诗）

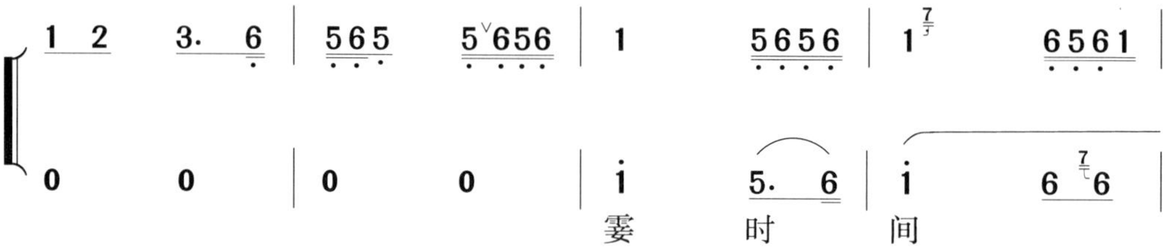

（挥毫快速地写完）

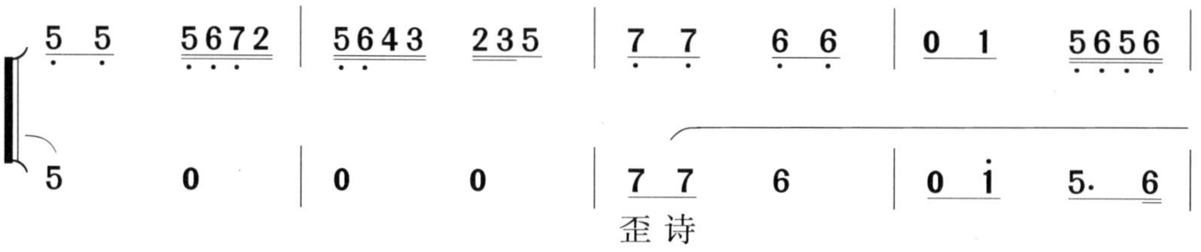

（车静芳细心观察）

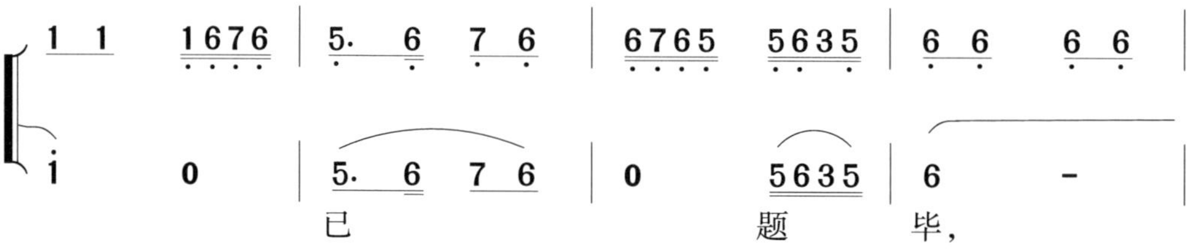

（心中暗暗欣喜地）

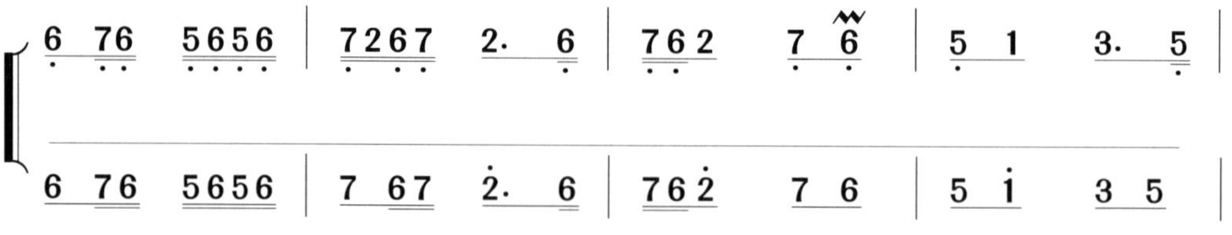

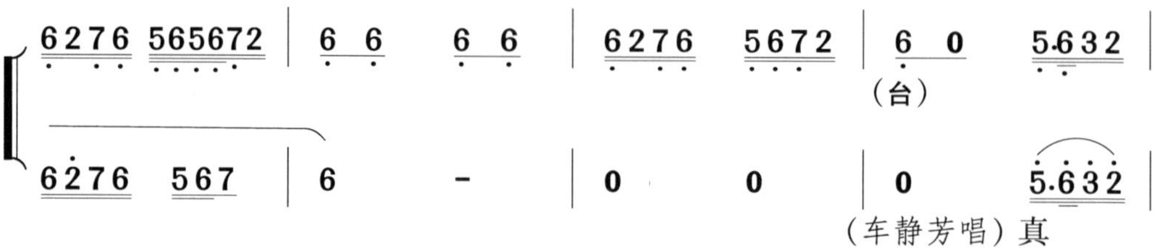

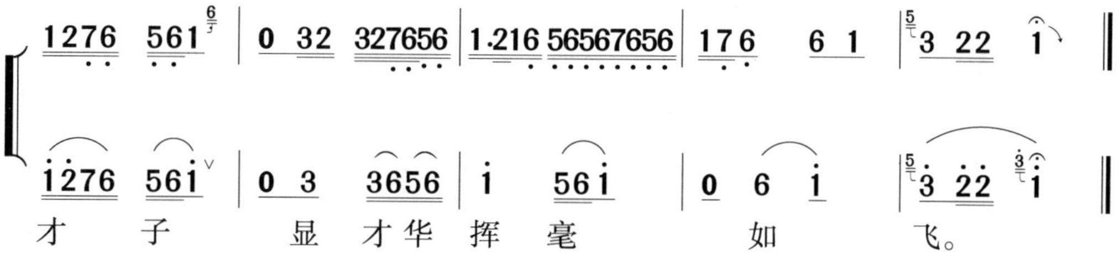

谢　英　交卷。（把诗放在桌上，离位、出门）（八　大大　仓）（提褶子，台中亮相，牛斯文"上场门"上）

车步青　别走！【快冲头】（谢英"上场门"下，车静芳站起）

牛斯文　谢先生，谢先生！

车步青　【小锣一击】妹妹，今儿这首诗一定错不了，我念给你听听？（至"小边"台中）

车静芳　嗯，快快念来。（至"大边"台中。飘香随之，车静芳认真地听之）

车步青　绿色牡丹真奇怪，非红非紫非黄白。

借问此花何所似？（车静芳看飘香）乌龟背上长青苔。（车静芳大惊）

牛斯文　哎哟我的妈呀，这是什么诗呀！（"上场门"下）

车步青　什么哟！【紧锤（望家乡）】（生气地双手颤抖，退行几步双水袖花）

〔西皮流水〕

车静芳

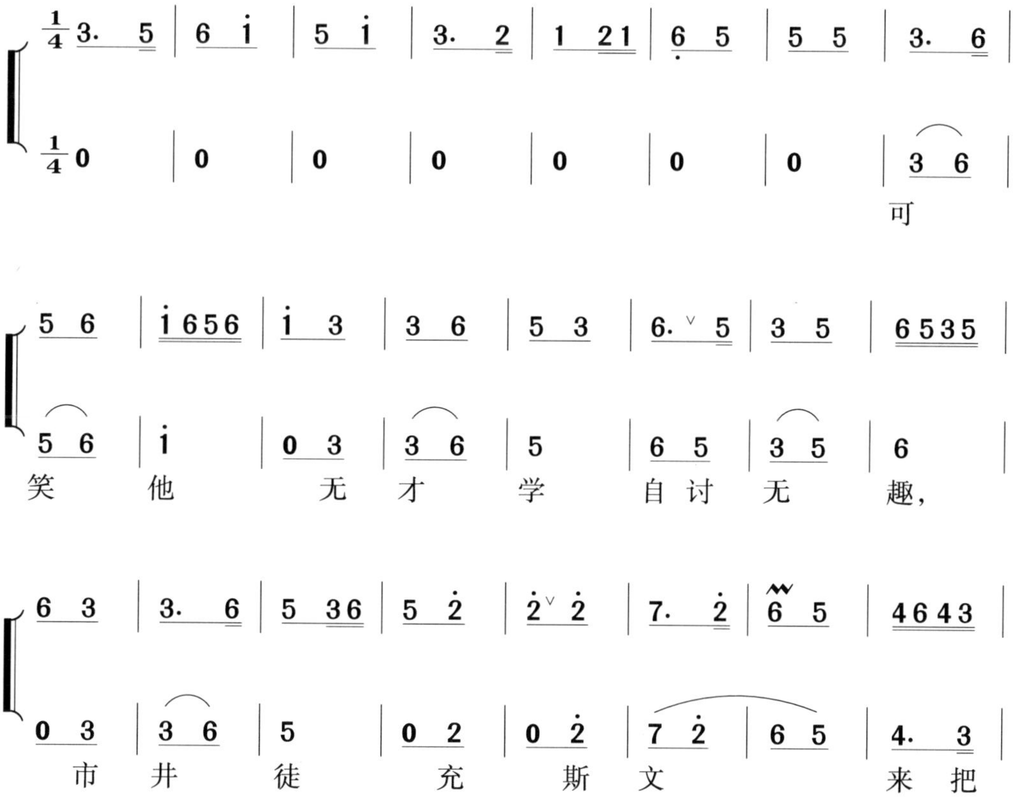

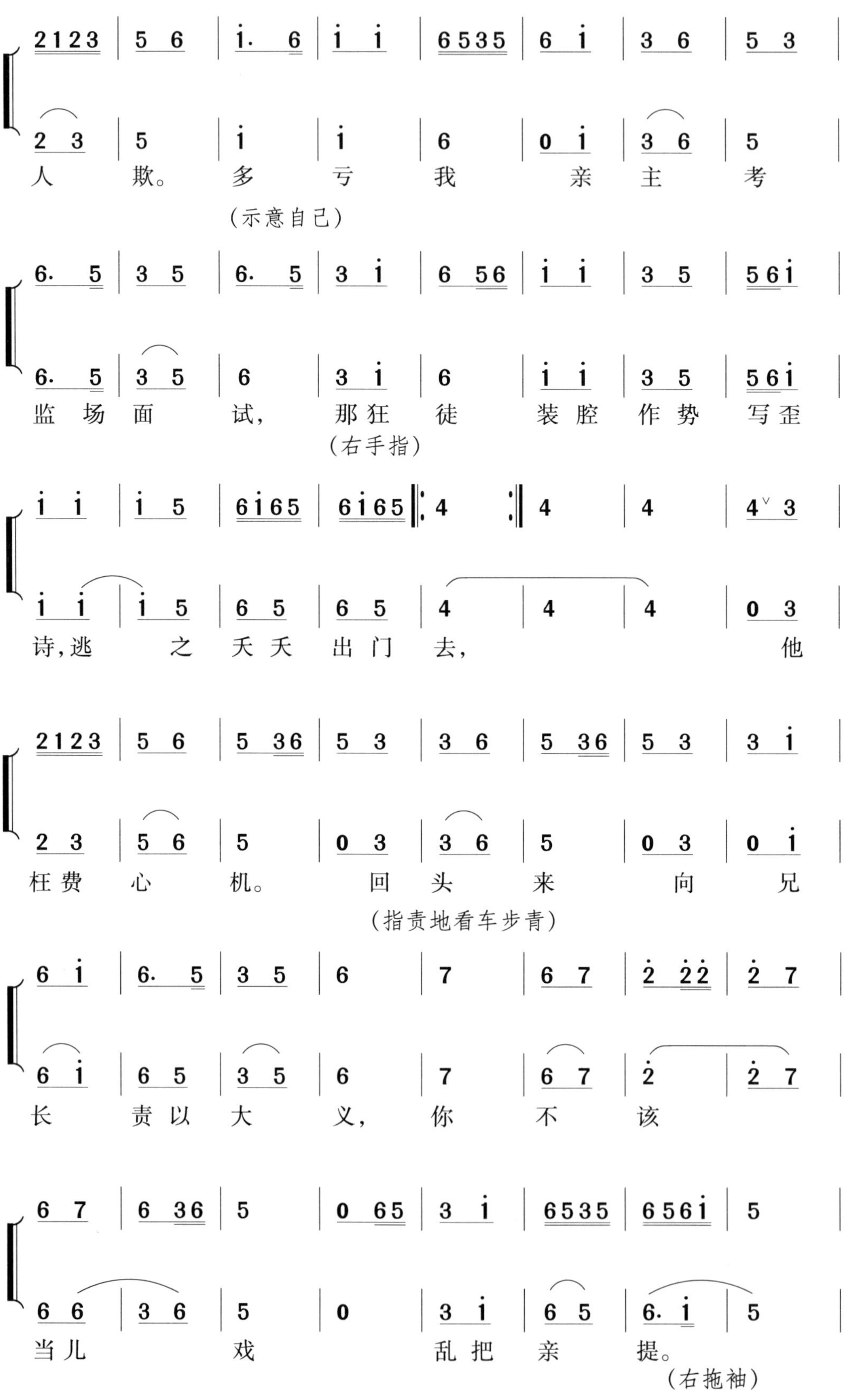

人欺。多亏我亲主考
（示意自己）
监场面试，那狂徒装腔作势写歪
（右手指）
诗，逃之夭夭出门去，他
枉费心机。回头来向兄
（指责地看车步青）
长责以大义，你不该
当儿戏乱把亲提。
（右拖袖）

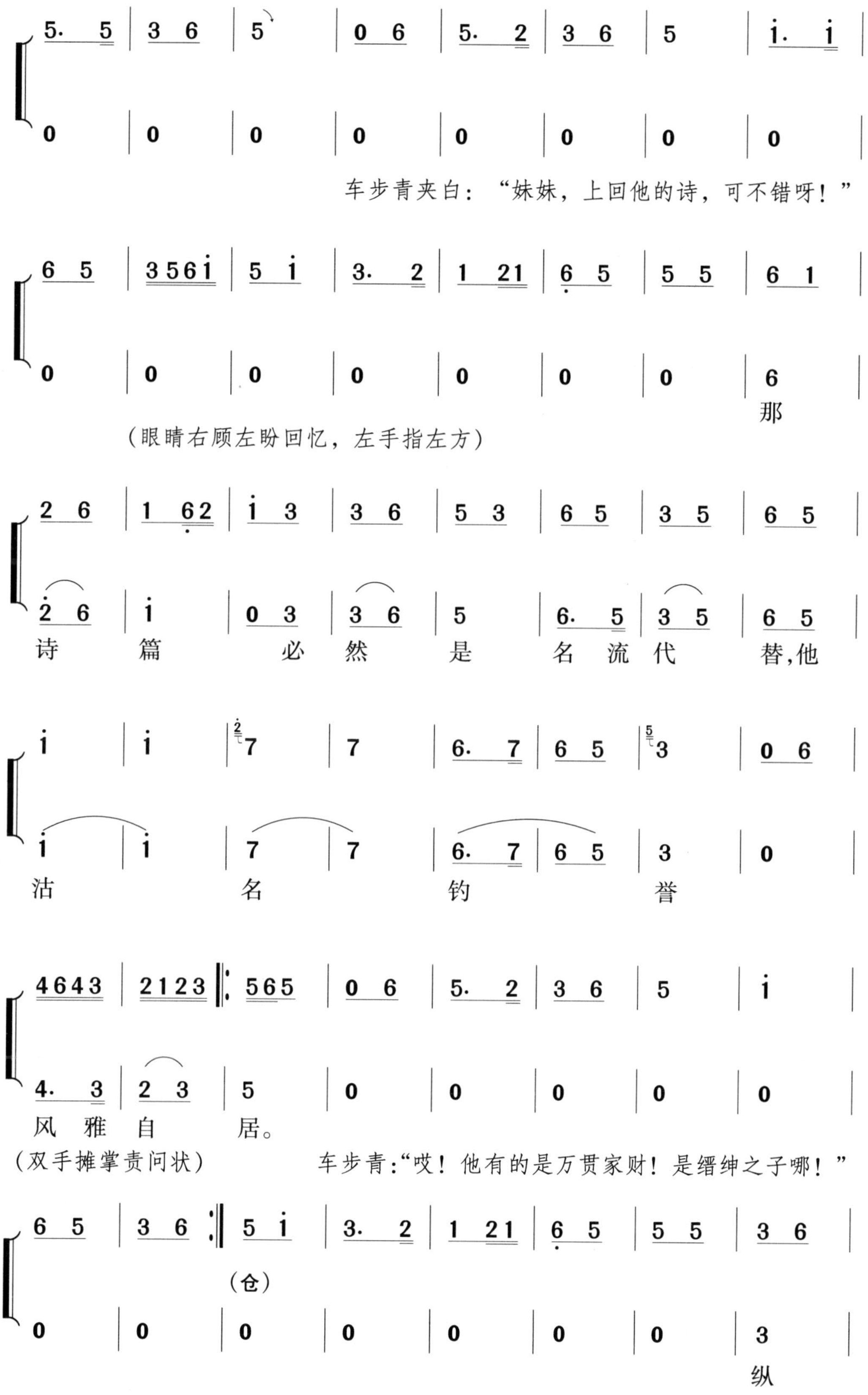
车步青夹白："妹妹，上回他的诗，可不错呀！"
那
（眼睛右顾左盼回忆，左手指左方）
诗 篇 必 然 是 名 流 代 替，他
沾 名 钓 誉
风 雅 自 居。
（双手摊掌责问状）
车步青："哎！他有的是万贯家财！是缙绅之子哪！"
（仓）
纵

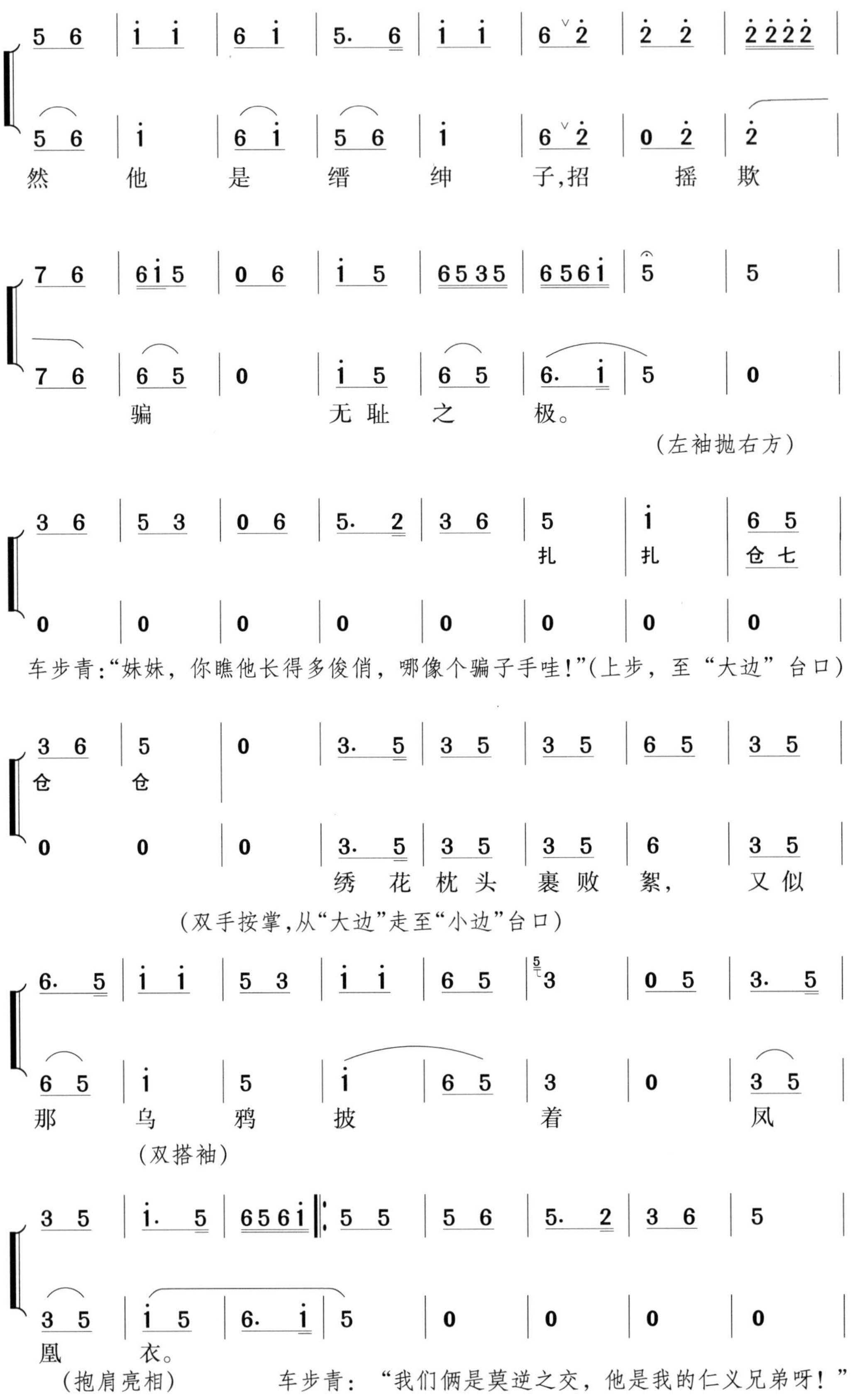
然 他 是 缙 绅 子,招 摇 欺
骗 无 耻 之 极。
(左袖抛右方)
扎 扎 仓 七
车步青:“妹妹，你瞧他长得多俊俏，哪像个骗子手哇!”(上步，至“大边”台口)
仓 仓
绣 花 枕 头 裹 败 絮, 又 似
(双手按掌,从“大边”走至“小边”台口)
那 乌 鸦 披 着 凤
(双搭袖)
凰 衣。
(抱肩亮相)
车步青：“我们俩是莫逆之交，他是我的仁义兄弟呀!”

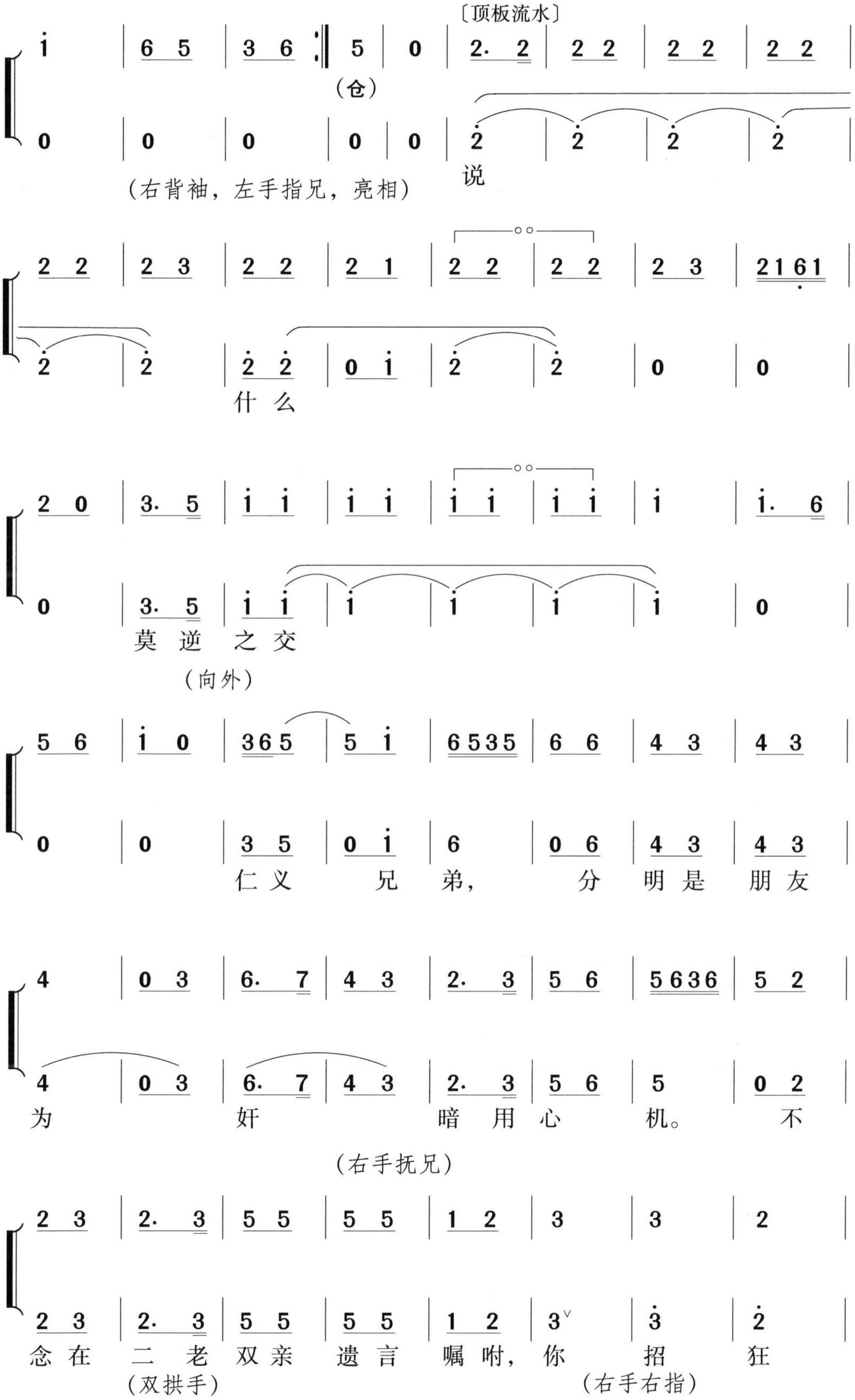
〔顶板流水〕
（仓）
（右背袖，左手指兄，亮相）
说
什么
莫逆之交
（向外）
仁义 兄弟， 分明是朋友
为 奸 暗用心 机。 不
（右手抚兄）
念在二老双亲遗言嘱咐，你招狂
（双拱手）
（右手右指）

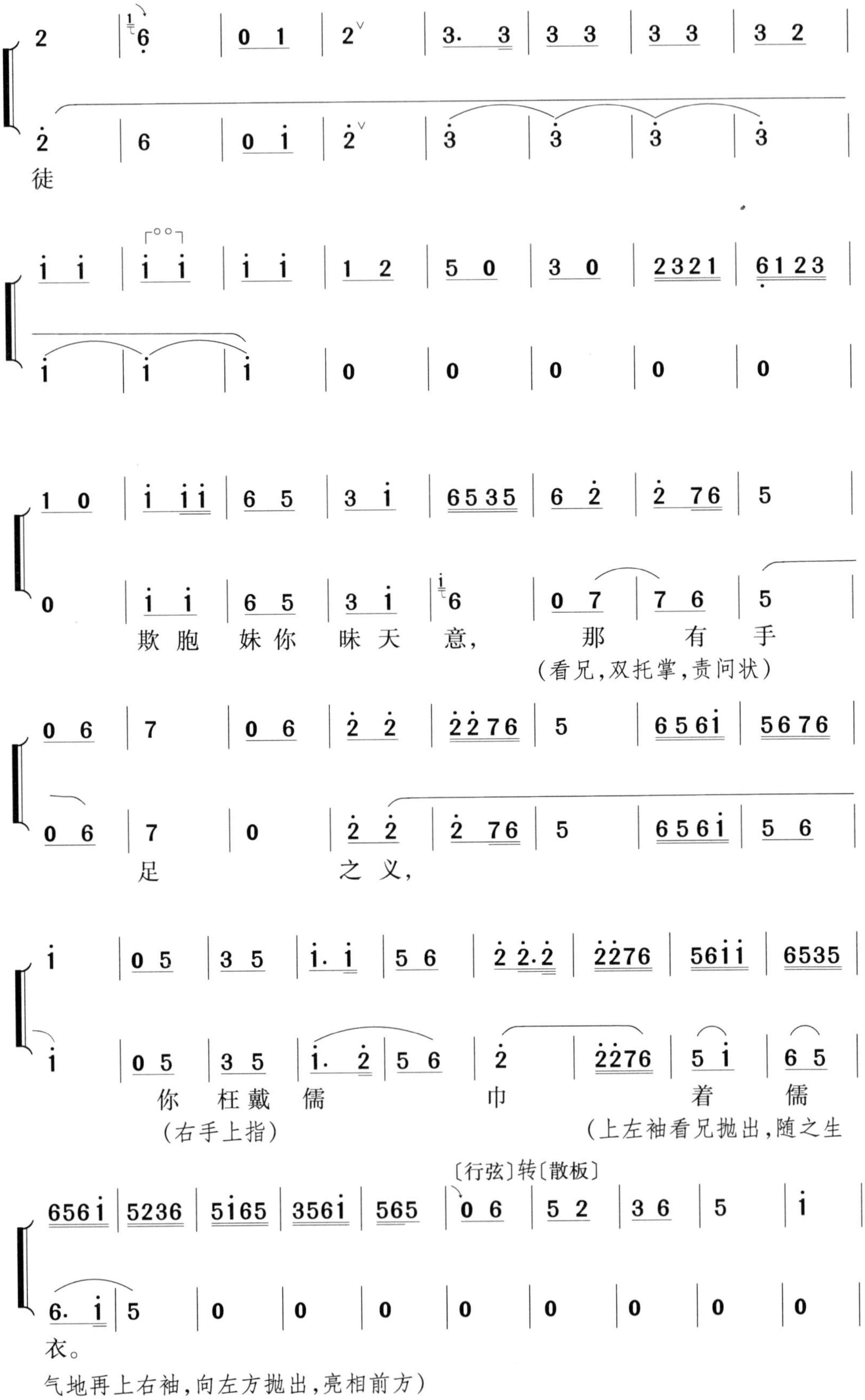
徒
欺胞妹你昧天意，那有手
（看兄，双托掌，责问状）
足之义，
你枉戴儒巾着儒
（右手上指）
（上左袖看兄抛出，随之生
〔行弦〕转〔散板〕
衣。
气地再上右袖，向左方抛出，亮相前方）

车步青 你呀，把我的好心当成驴肝肺啦！往后呀，再也不给你找主啦！

车静芳 （气愤地看兄）唉！（双抖袖）

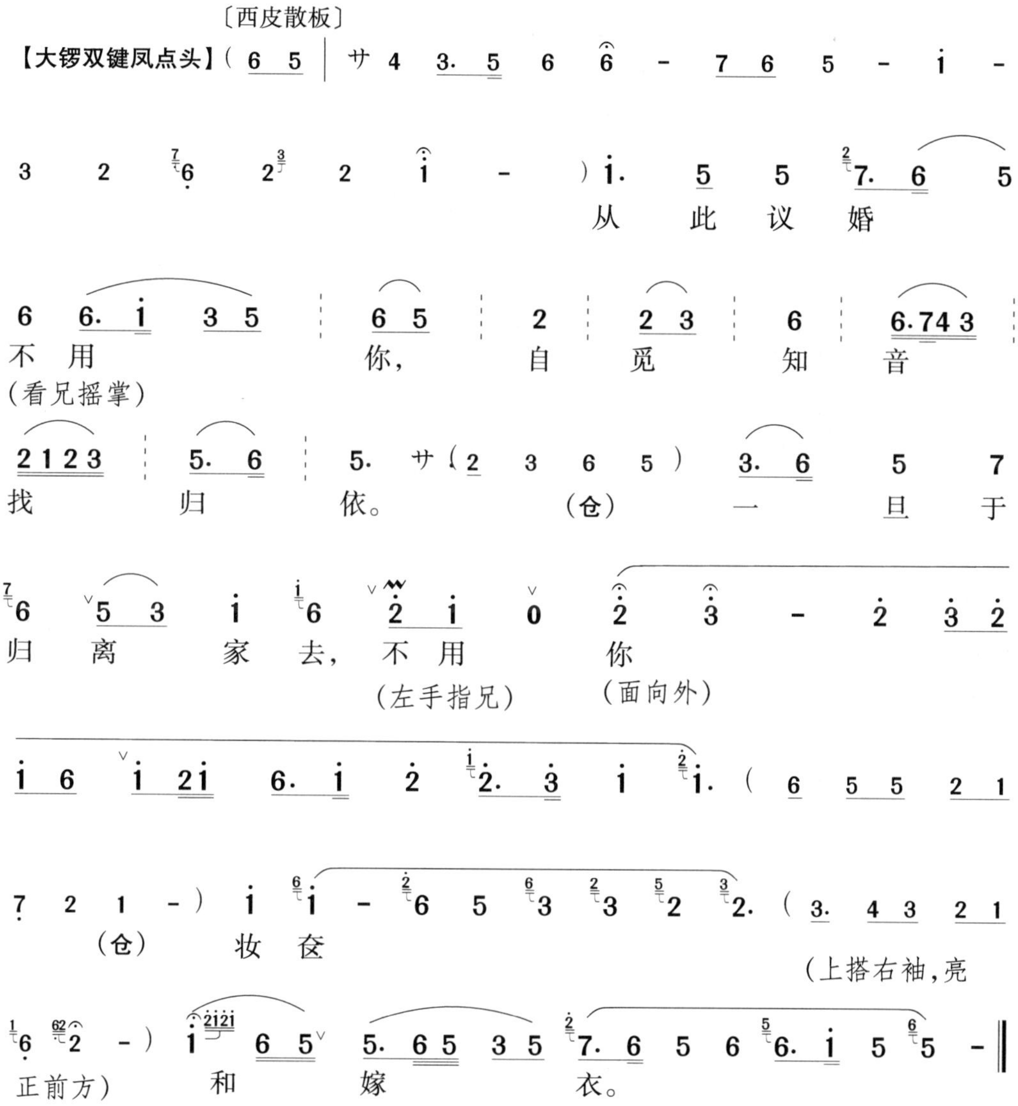

（车静芳气愤地将双袖向兄长抛去，出门，上翻右袖，左手掩面，哭泣中“上场门”下场）

车步青 （望着妹妹的背影扫兴地）唉！

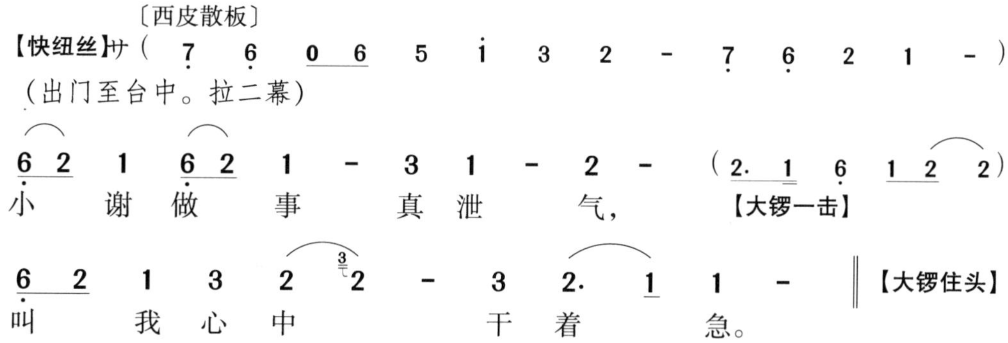

老牛，老牛。【小锣一击】（牛斯文“上场门”上）这件事全怪你，谁叫你找了一个这样的替身，伤了我们兄妹的和气，你看糟不糟？

牛斯文 哎！咱们哥们儿有话好说，不必伤了和气。依我看来，今日之事，全赖谢英一人，他是成心破坏我们的亲事。待我回家去，告诉我爸爸，扣下他的行囊，把他赶出去，活活饿死这个穷书生！唉！完了，一切全完了。

车步青 怎么会全完了呢？

牛斯文 我将沈小姐让给你了，我和你妹妹的亲事也吹了，我这不是全完了吗？

车步青 我也完了。

牛斯文 你完不了。沈老爷说了，谁得了一官半职，沈小姐就归谁。你肚子里有点文章，你妹妹再帮帮你，还怕点不了个榜眼、探花么？

车步青 榜眼、探花？考试官就是个瞎子也不会取中我呀！告诉你吧！我已经有了好主意了！

牛斯文 什么好注意？

车步青 等发榜之后，我假扮状元，去沈府骗婚，沈老头心中一糊涂，就把沈小姐许了我，我们拜了天地入了洞房，等他明白过来，生米也煮成熟饭了。你瞧这个主意怎么样？

牛斯文 不错，不错。恭喜，恭喜。沈小姐归你。

车步青 真若归我，我请你喝喜酒。

牛斯文 我也只好喝杯喜酒了。

车步青 再会！

牛斯文 再会！【小锣一击】（车步青“下场门”下）

哎，他假扮状元我就不会么？……有了，不等他去，我先扮个假状元到沈府去骗婚。就是这个主意，正是：（扎）假扮状元去骗婚，花言巧语哄他人，看咱们谁坏得过谁。【小锣打下】（“上场门”下）

〔拉二幕，谢英“上场门”【快纽丝】上场，〔亮弦〕，回望“上场门”，【双楗大锣凤点头】至台中。

〔西皮散板〕

サ（ 7 6 - 0 6 5 i 3 - 2 - 7 6

谢 英 2 1 -） i 5 5 7 6 - 6 - 3
心 中 恼 恨 牛

5 - 7 6 - （6. 5 3. 5 6 -） 3. 6 5 3
斯 文， （仓） 不 该

i - 6 - 5 i - 5 6 5 - （2 3
逼 我 去 相 亲。
（至“小边”台口）

6 5 -） i 5 - 5 - 7 - 6 -
（仓） 街 头 徘 徊 心

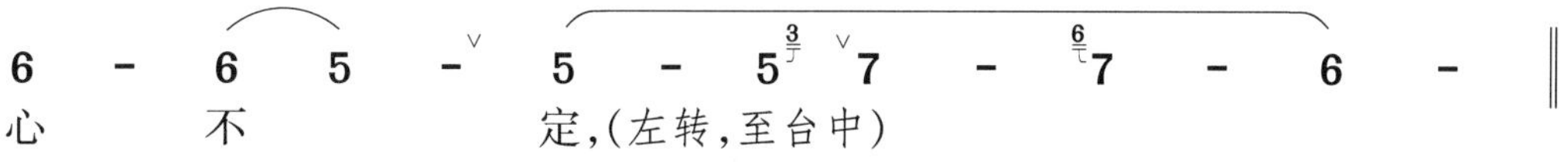

〔亮弦〕顾子玉“上场门”上，“小边”台口看见谢英，背供。

顾子玉
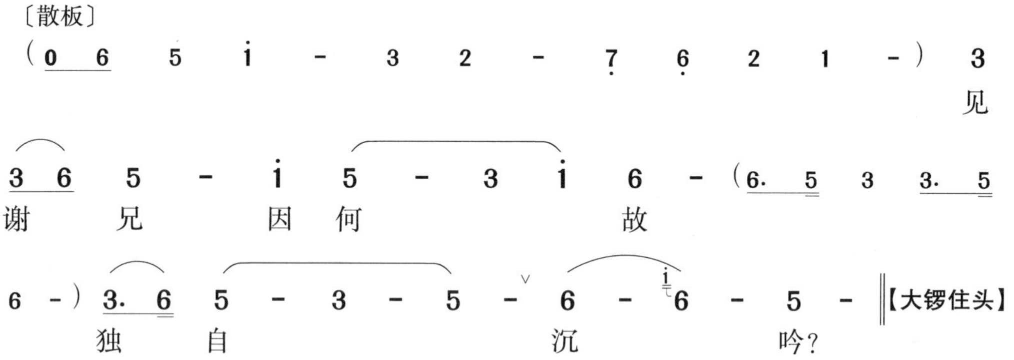

啊，仁兄。

谢　英　原来是颜贤弟。**【小锣一击】**

顾子玉　天到这般时候，为何不回馆舍，一个在此沉吟哪？

谢　英　哎，一言难尽。

【双楗大锣凤点头】
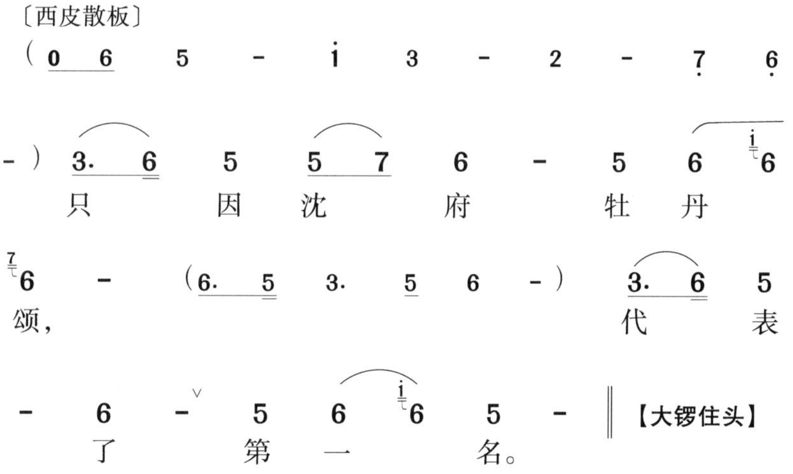

顾子玉　哎呀呀，原来是仁兄的大作。这就难怪了。啊仁兄，今日为何这样打扮哪？

谢　英　唉，可恨牛斯文，二次逼我代他到车府相亲，我看车小姐才貌双全，岂忍害她终身，故意写下歪诗，把车牛两家婚姻拆散，这牛家么，我再也不去了！

顾子玉　仁兄做得好！做得对！想大丈夫志在四方，岂恋这升斗之粟？今当大比之年，何不到寒舍间小住几日，一同赴考，不知意下如何？

谢　英　这……　**【小锣一击】**

顾子玉　自家兄弟，何必太谦。

谢　英　多谢贤弟。正是：**【大锣住头】**斗米折腰深所恨，

顾子玉　仁兄今人胜古人。**【大锣一锤锣，原场转撤锣】**（二人“下场门”同下）（闭二幕）

第三场

辨 真

〔沈府厅堂，蓝色蝴蝶幕，正桌前“小座”，左右各一跨椅。【小锣夺头】

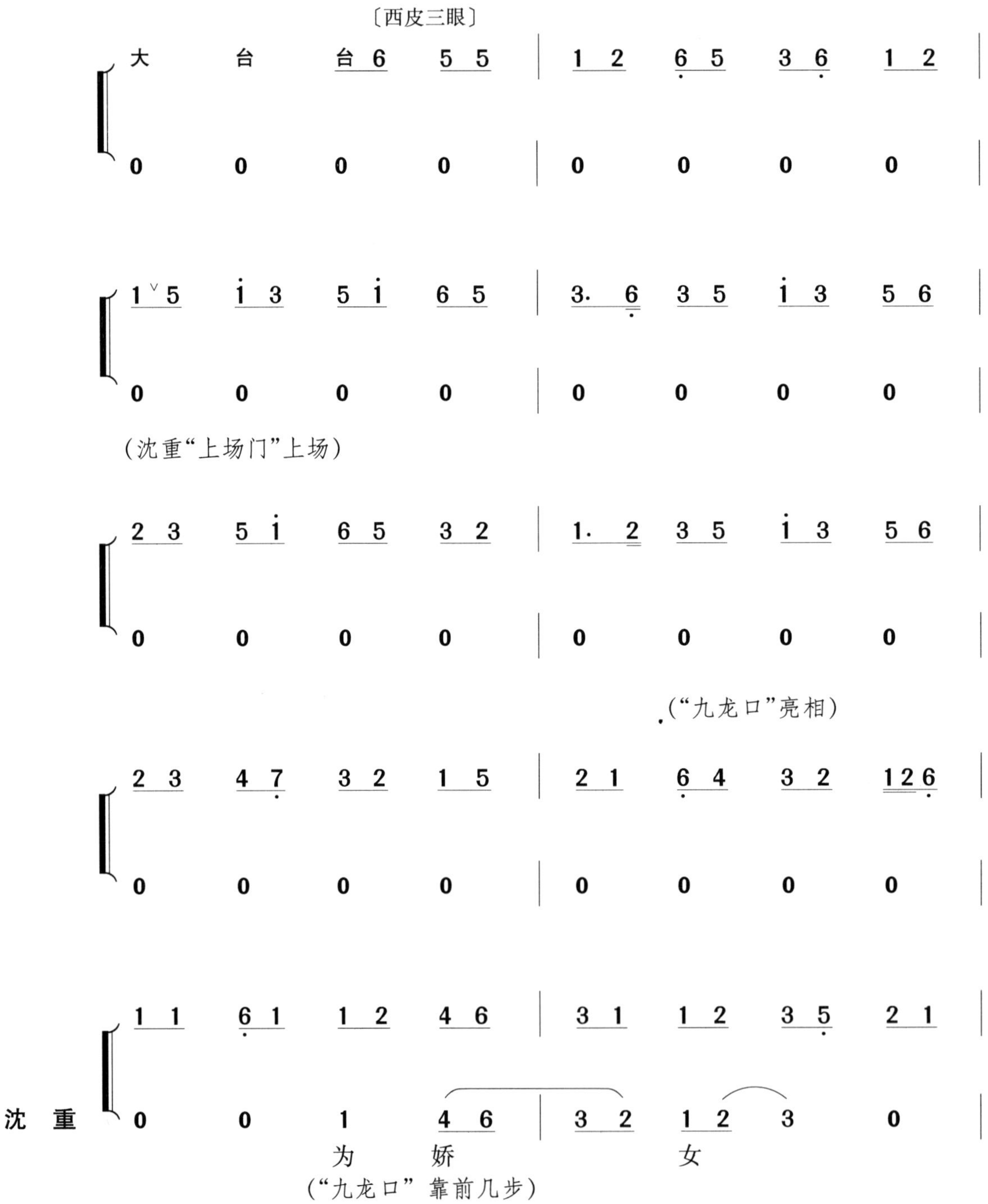

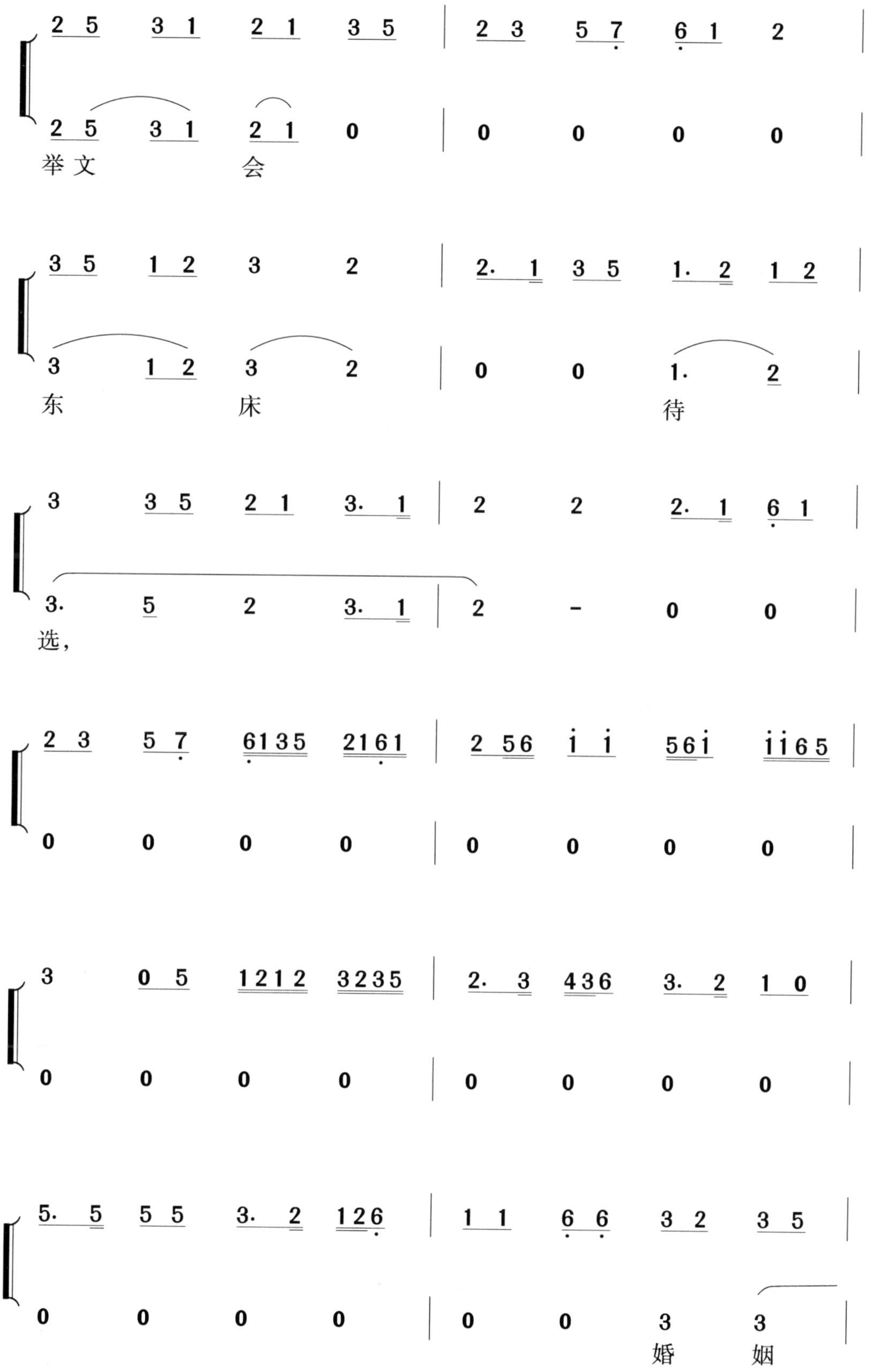
举文 会
东 床 待
选，
婚 姻

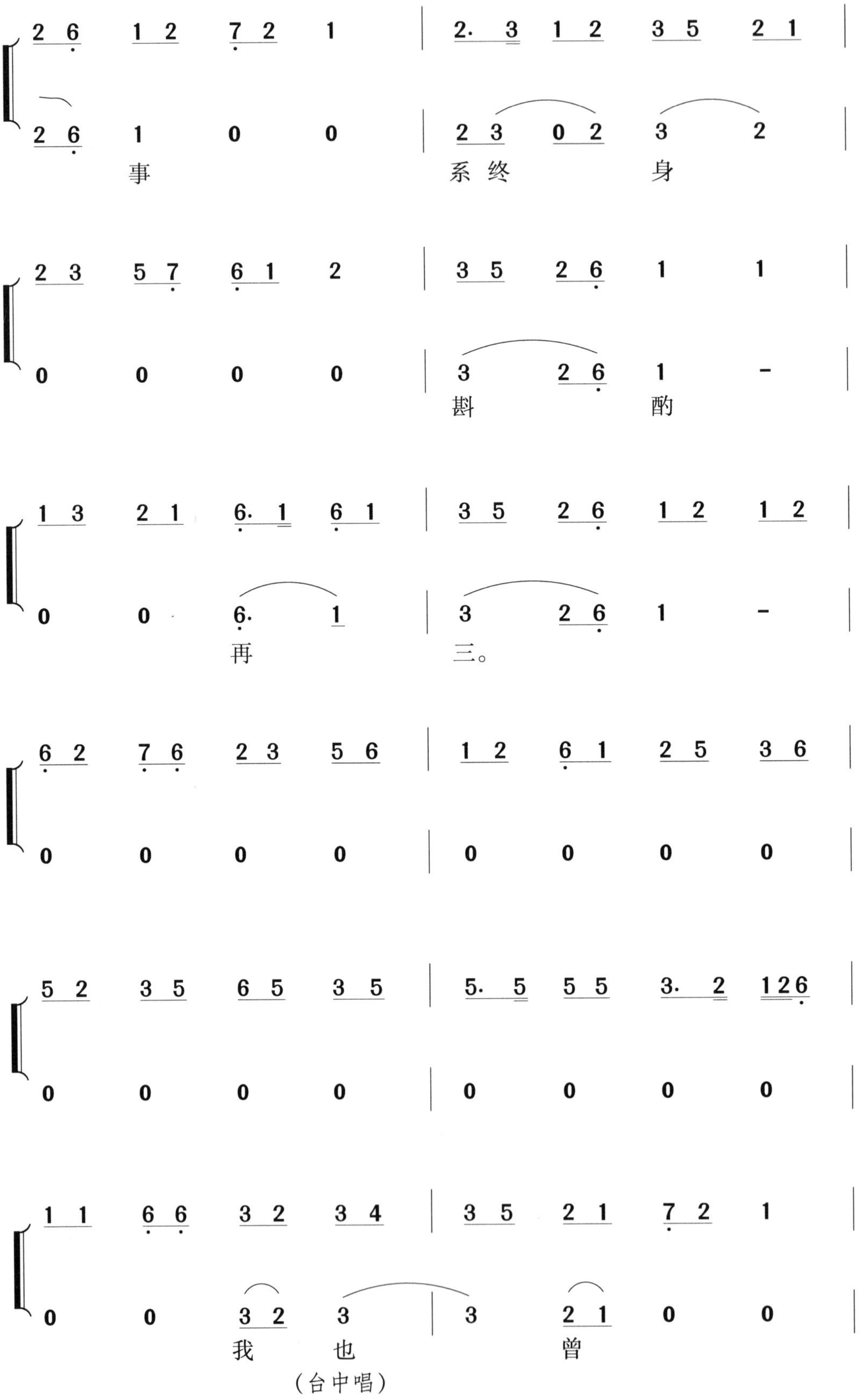
事
系 终 身
斟 酌
再 三。
我 也 曾
（台中唱）

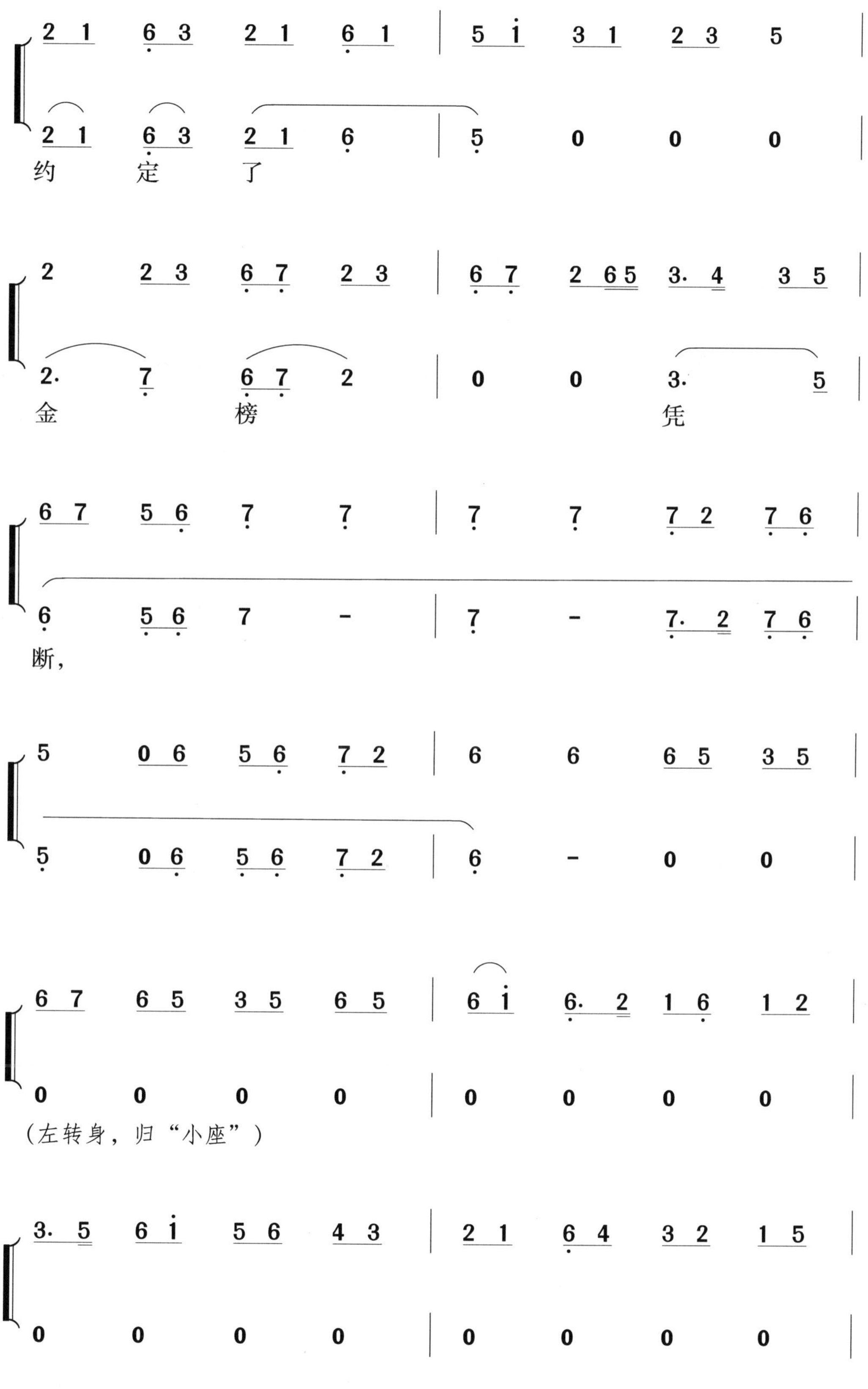
约 定 了
金 榜 凭
断，
（左转身，归“小座”）

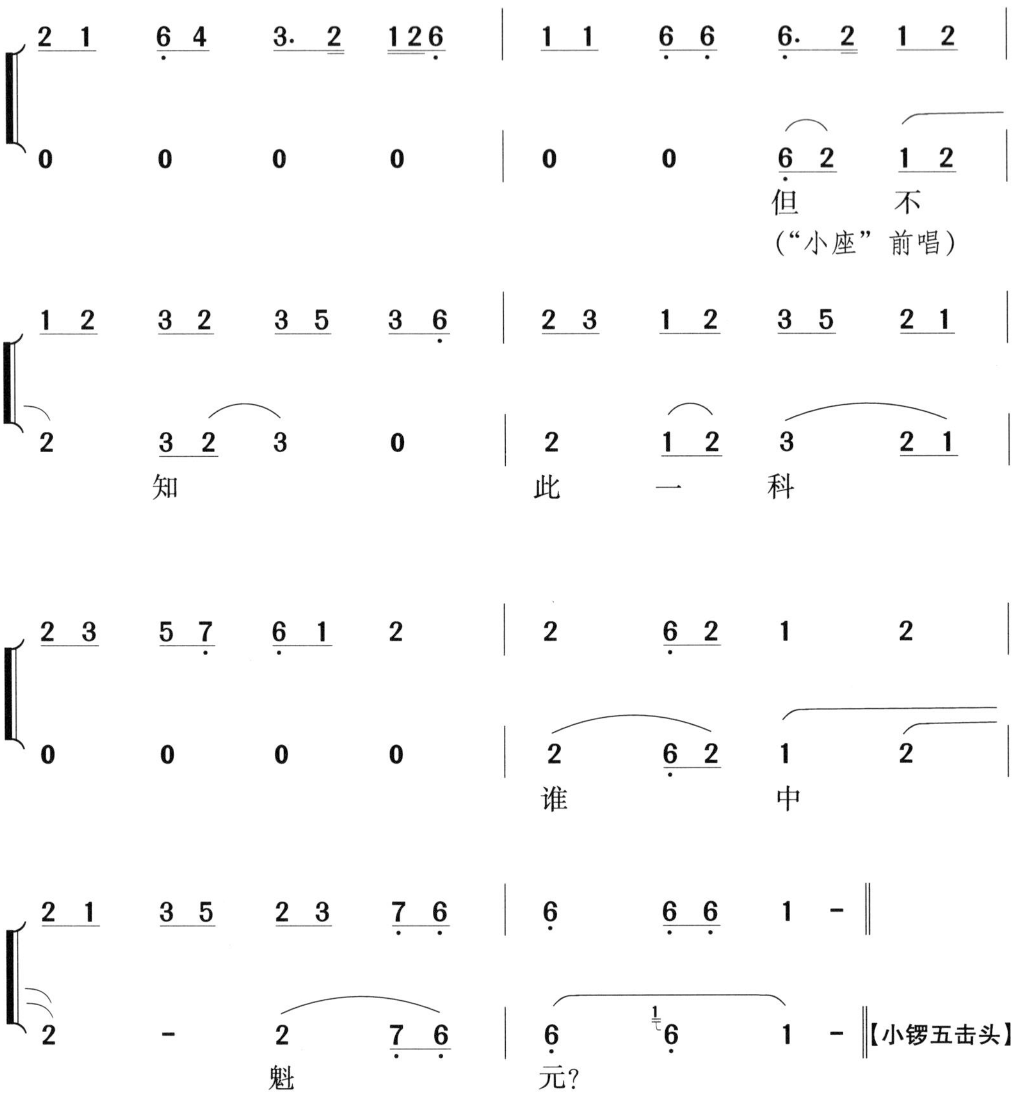

家院甲　（“上场门”上，进门，至台中）启老爷，牛相公得中状元，前来求见。
沈　重　有请。
家院甲　有请。（迎客曲）（牛斯文“上场门”上场）

5 6　5 6 | 3 2　1 | 0 2̇　1̇ 7 | 6 5　6 |
（进门）

6 2̇　1̇ 7 | 6 5　6 | 6　- ‖
（面向沈重）

牛斯文　年伯在上，晚生拜见。（躬身下拜）

沈　重　少礼，请坐。（家院甲搬椅至“大边八字”）

牛斯文　告坐。（坐下）

家院乙　**【冲头】**（“上场门”上场，进门，正中）启禀老爷，车相公得了状元，前来求见。

沈　重　**【小锣一击】**哦，也有请。

家院乙　有请！

车步青　**【小锣抽头】**（“上场门”上场，得意地进门，看见牛斯文，二人左、右目视，车步青指牛斯文）**【小锣一击】**你倒先来了。

牛斯文　我早就来了。

车步青　年伯在上，小侄拜见。

沈　重　一旁坐下。

车步青　告坐。**【小锣五击】**（家院乙搬椅至“小边八字”，车步青落座）

沈　重　哦，二位世兄，同科高中，可喜、可贺。

车步青
牛斯文　（同白）老师提拔。

沈　重　但不知二位世兄中的几榜？

车步青
牛斯文　（同）我们中的头名状元。**【小锣一击】**

沈　重　啊，一科之中哪里来的两名状元？

车步青
牛斯文　（同）我是真的，（二人站起）我是真的！报条在此，（二人同时从袖内取出报条，交与沈重）老伯请看。**【小锣一击】**（沈重未看，交与家院放在桌上）

沈　重　好！且喜二位一同在此，老夫要当面复试，以辨真伪，**【大锣一击】**伪者送官重办（八 仓）。（牛斯文、车步青大惊失色）

牛斯文　啊年伯，今日天色已晚，明日再考吧！

沈　重　老夫主意已定，就请依号入座。（八　仓）家院，吩咐下去，前后门户，重重把守，一概不准出入。（家院走至正中台口）

家　院　下面听着，老爷吩咐，前后门户重重把守，一概不准出入。**【撕边大锣一击】**（家院“小座”边站）

牛斯文　啊老伯，小侄未带笔砚。

沈　重　此处尽有。（大　台0）

车步青　老伯，我要出恭。

沈　重　廊下设有净桶。（八　仓）

〔内声：“状元公到！”

沈　重　有请。

〔奏唢呐曲牌<小傍妆台>。

〔牛斯文站起至“大边”台口，车步青站起紧随其身边，二人见势不妙，“下场门”溜下。谢英、顾子玉“上场门”上场，进门，向沈重叩拜，谢英坐“大边”椅，顾子玉坐“小边”椅)

沈　重　顾子玉，你中的也是状元么？

顾子玉　学生中的榜眼，全禄在此，(从袖中取出全禄文本，交与沈重)老师请看。**【大锣一击】**

沈　重　报条虽不足为据，全禄岂有假的？待我仔细看来。**【软撕边一击】**（看全禄）状元谢英，榜眼顾子玉，**【冷锤】**这上面怎么无有那两个奴才的名字呀？

家　院　报，**【大锣长尖】**（“下场门”上，“大边”台口念）启禀老爷，车、牛两位假状元，都钻狗洞逃走了。

沈　重　哈哈哈……

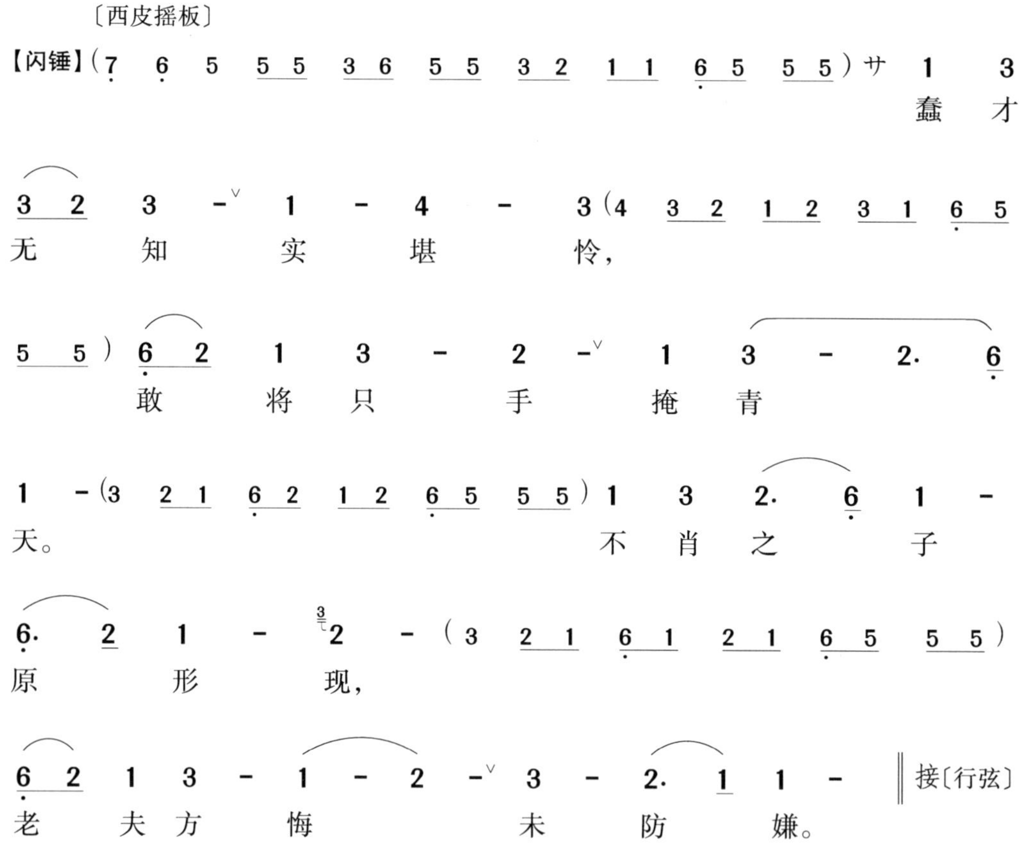

谢　英　老先生呀！（站起）

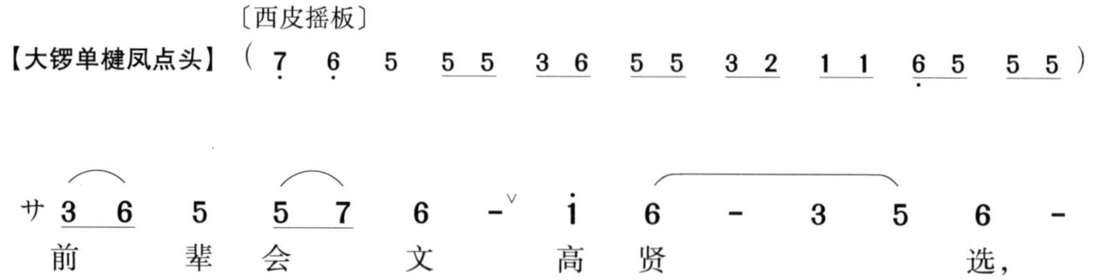

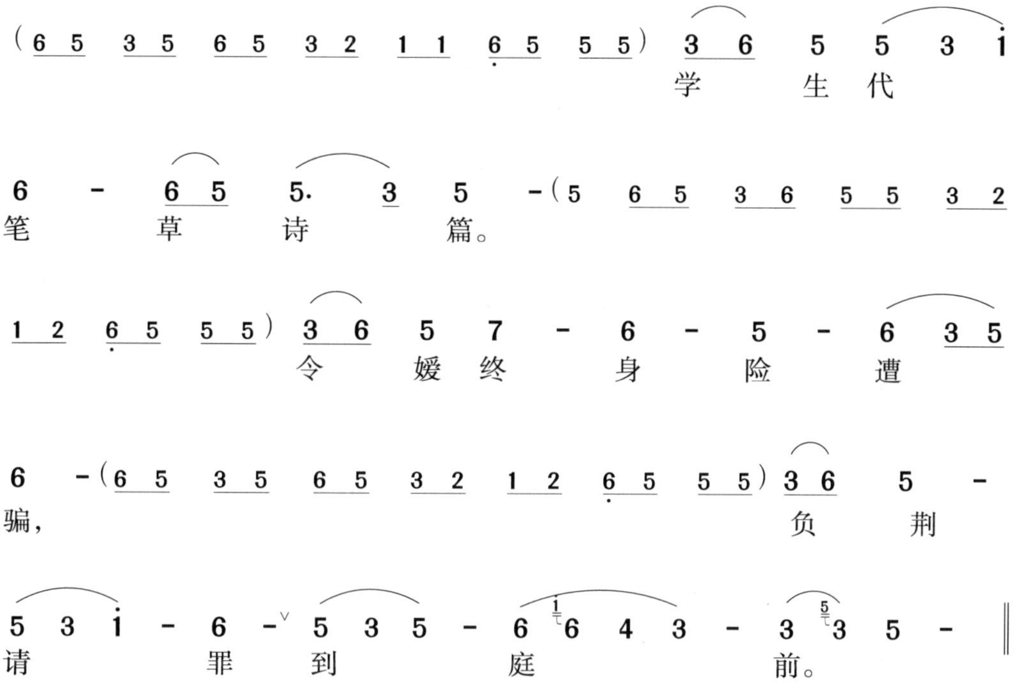

（躬身向沈重拜，沈重向前搀扶）

〔摇板〕

沈 重

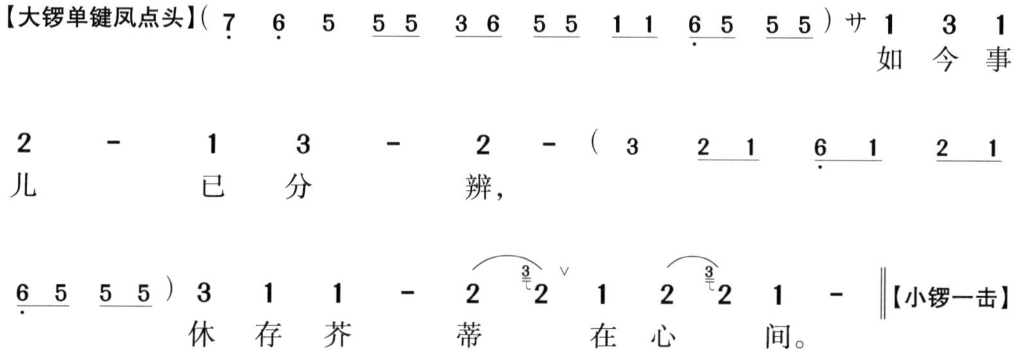

谢 英 多谢老先生。
沈 重 状元公，请过来。（站起至台中）
谢 英 老先生有何见教？（站起至“大边”台中）
沈 重 状元公啊！

〔西皮流水〕

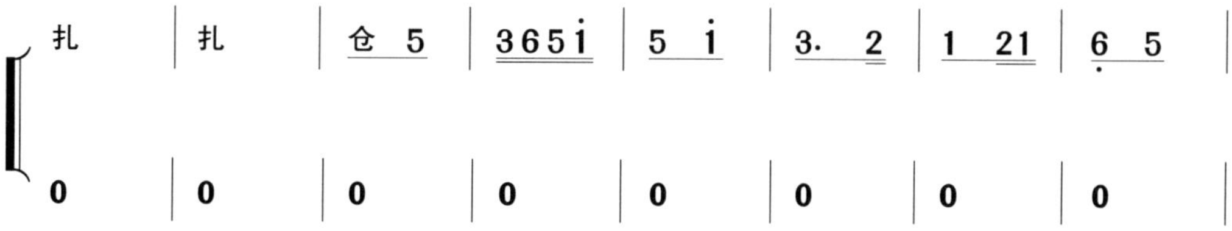

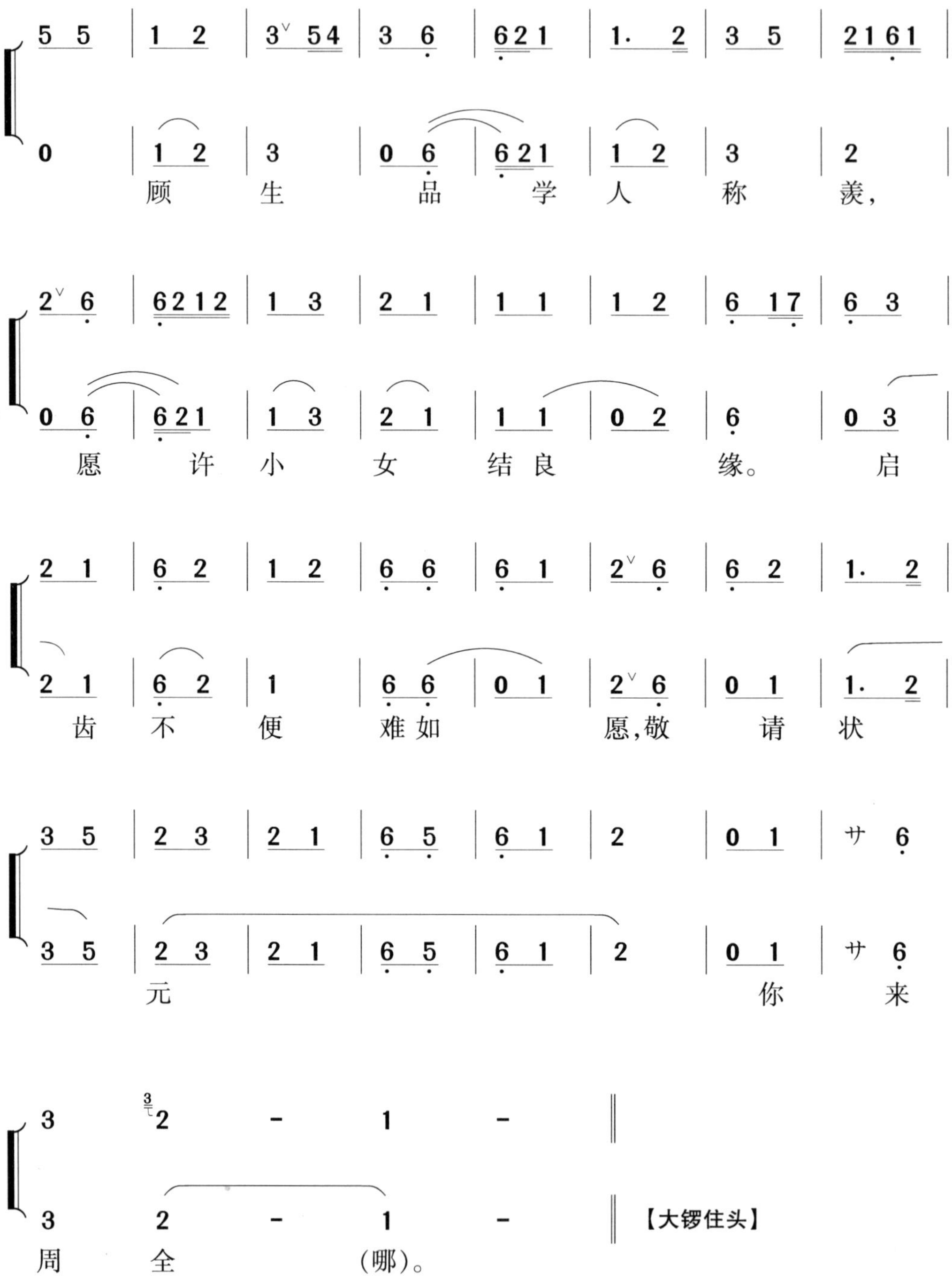

就烦状元公作媒，料无推辞的了！

谢 英 理当效劳。

沈 重 多谢状元公！【小锣一击】（归座）

谢 英 顾贤弟，请过来。（背供，呼叫顾子玉）

顾子玉 仁兄何事？（站起，至台中）

谢 英 贤弟金榜高中，沈家先生愿将小女许配终身，愚兄作伐，不知意下如何？

顾子玉 仁兄做主，小弟焉敢不遵。

谢　英 贤弟不正是为此事而来么？

顾子玉 你呢？（二人会意地同笑）哈哈…… **【小锣一击】**

谢　英 我的亲事全仗贤弟！

顾子玉 包在小弟身上。（归到“小边”台中）

谢　英 啊，老先生，顾贤弟已将婚事应允，贤弟，快快拜见岳父。

顾子玉 （至台中、面向内）岳父在上，小婿大礼参拜。**【小锣一击】**（躬身而拜）

沈　重 贤婿少礼，哈哈…… **【小锣一击】**（归座）

顾子玉 啊，岳父，请过来。（背供，呼请沈重）

沈　重 贤婿有何话讲？（站至台中）

顾子玉 前者诗文会，车步青的诗篇，乃是他妹妹静芳所作，闻得岳父与车家乃是世交，何不做主，将车小姐许配我谢仁兄，岂不是一段美满姻缘。

沈　重 正合我意（拍手称赞）。状元公之事，小婿已然对我说明，事又凑巧，车小姐现在舍下，与小女同习诗文，就请贤婿与状元公暂且回避，待我请她出来商议就是。

谢　英 （二人同拜沈重）多谢老先生！晚生告退（拉住顾子玉，至“大边”台口，二人会意地一笑。**【小锣五击】**“下场门”下）

沈　重 家院，有请二位小姐出堂。（家院至台中）

家　院 请小姐出堂。**【小锣抽头】**（飘香与沈府丫鬟“上场门”出场，“一条鞭”站定，沈婉娥先出场，车静芳后上场）

〔西皮摇板〕

沈婉娥 （7̣ 6̣ 5 5 5 3 6 5 5 3 2 1 2 6̣ 5 5 5）i̇
（“小边”台口） 闺

i̇ - 3 3 6 5 - 7 - 6 - 3 5 -
中 姐 妹 常 相

6 - （6 5 3 5 6 5 3 2 1 2 6̣ 5 5 5） i̇ -
伴， （车静芳接唱下句）春

5. 3 i̇ - 6 - 5 6 5 3 - 5 ‖（二人进门，正中拜见）
花 秋 月 任 留 连。

沈婉娥 参见爹爹。

车静芳 沈老伯。

沈　重 罢了，一旁坐下。**【小锣一击】**（沈婉娥坐“大边”椅，车静芳坐“小边”椅，二丫鬟站在一旁）

沈婉娥 啊，爹爹，将女儿唤出有何训教？

沈　重 儿啊，前者会诗选婿之时，为父有言在先，金榜为断，门生顾子玉得中金科榜眼，

为父作主，将你许配顾生了。【小锣一击】（沈婉娥含羞地低下头）

车静芳 与姐姐贺喜！【小锣长丝头】（沈婉娥站起，出门，"上场门"下。车静芳站起欲走，沈重呼唤）

沈　重 侄女请转。【小锣一击】（车静芳止步，归座）

车静芳 老伯何事？

沈　重 你且坐下，我有一言，你且听了！

〔西皮二六〕

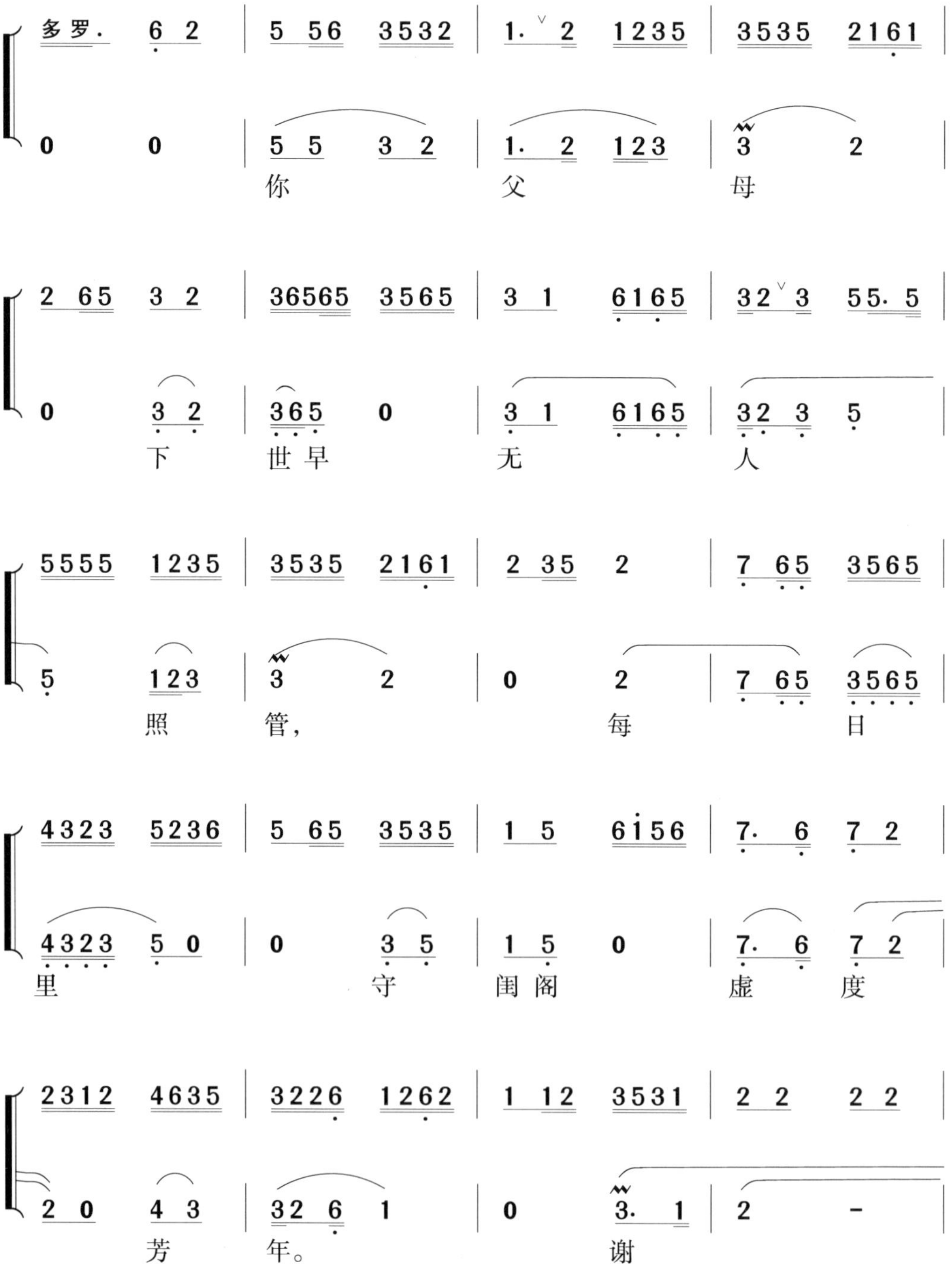

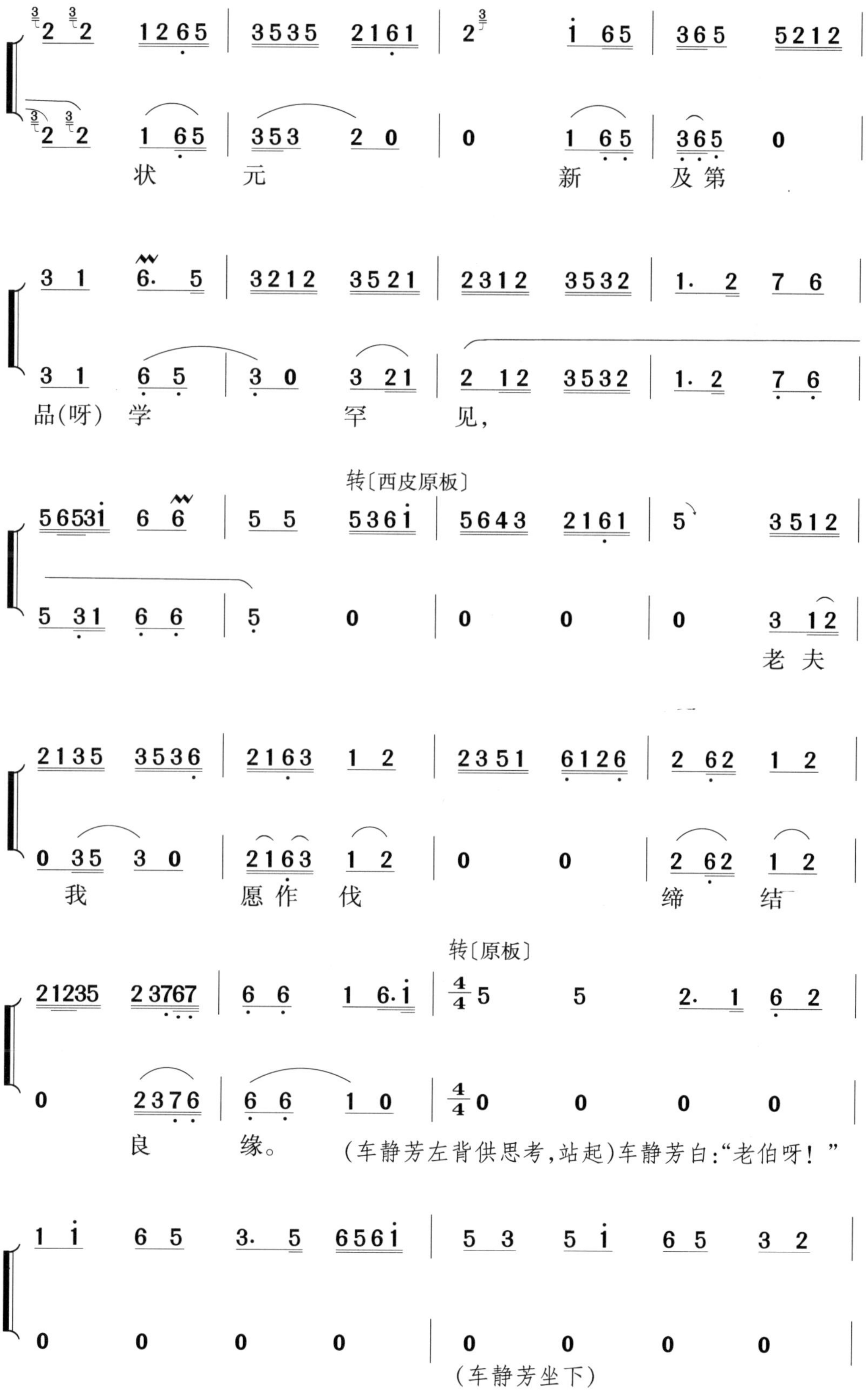
状 元 新 及第
品(呀) 学 罕 见,
转〔西皮原板〕
老 夫
我 愿作 伐 缔 结
转〔原板〕
良 缘。 (车静芳左背供思考,站起)车静芳白:“老伯呀!”
(车静芳坐下)

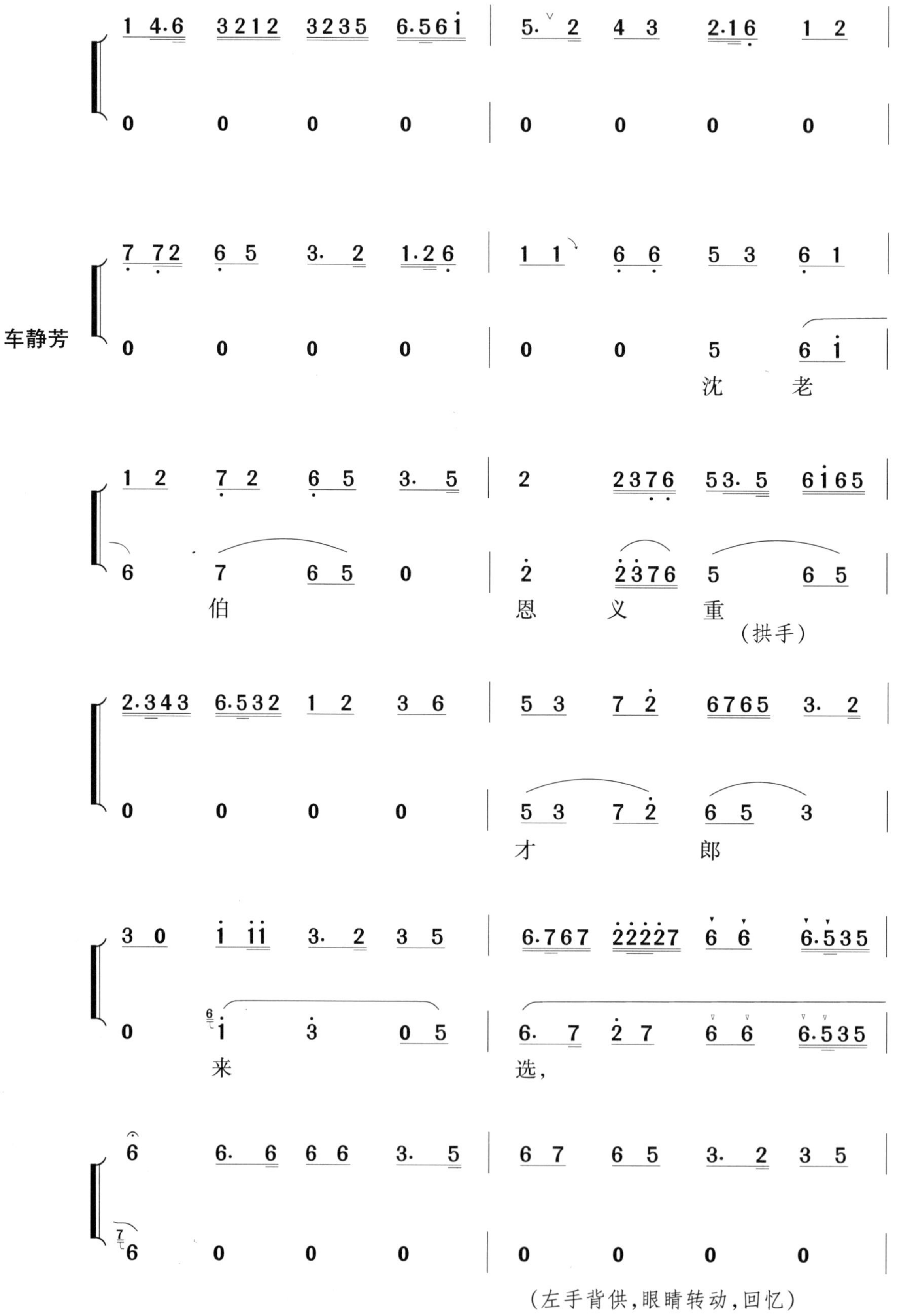
车静芳
沈 老
伯
恩 义 重
（拱手）
才 郎
来
选，
（左手背供，眼睛转动，回忆）

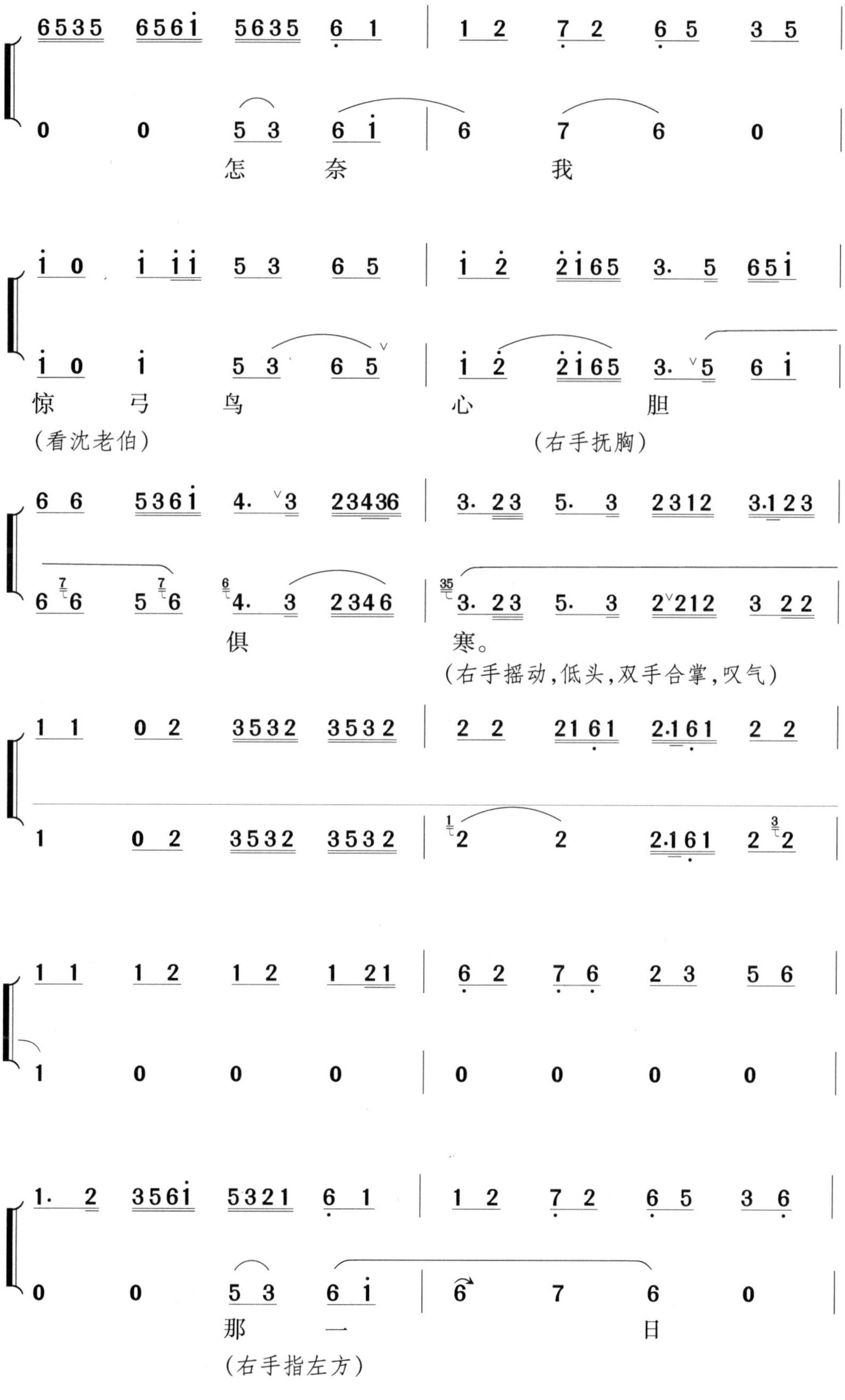
怎奈我
惊弓鸟心胆
(看沈老伯)
(右手抚胸)
俱寒。
(右手摇动,低头,双手合掌,叹气)
那一日
(右手指左方)

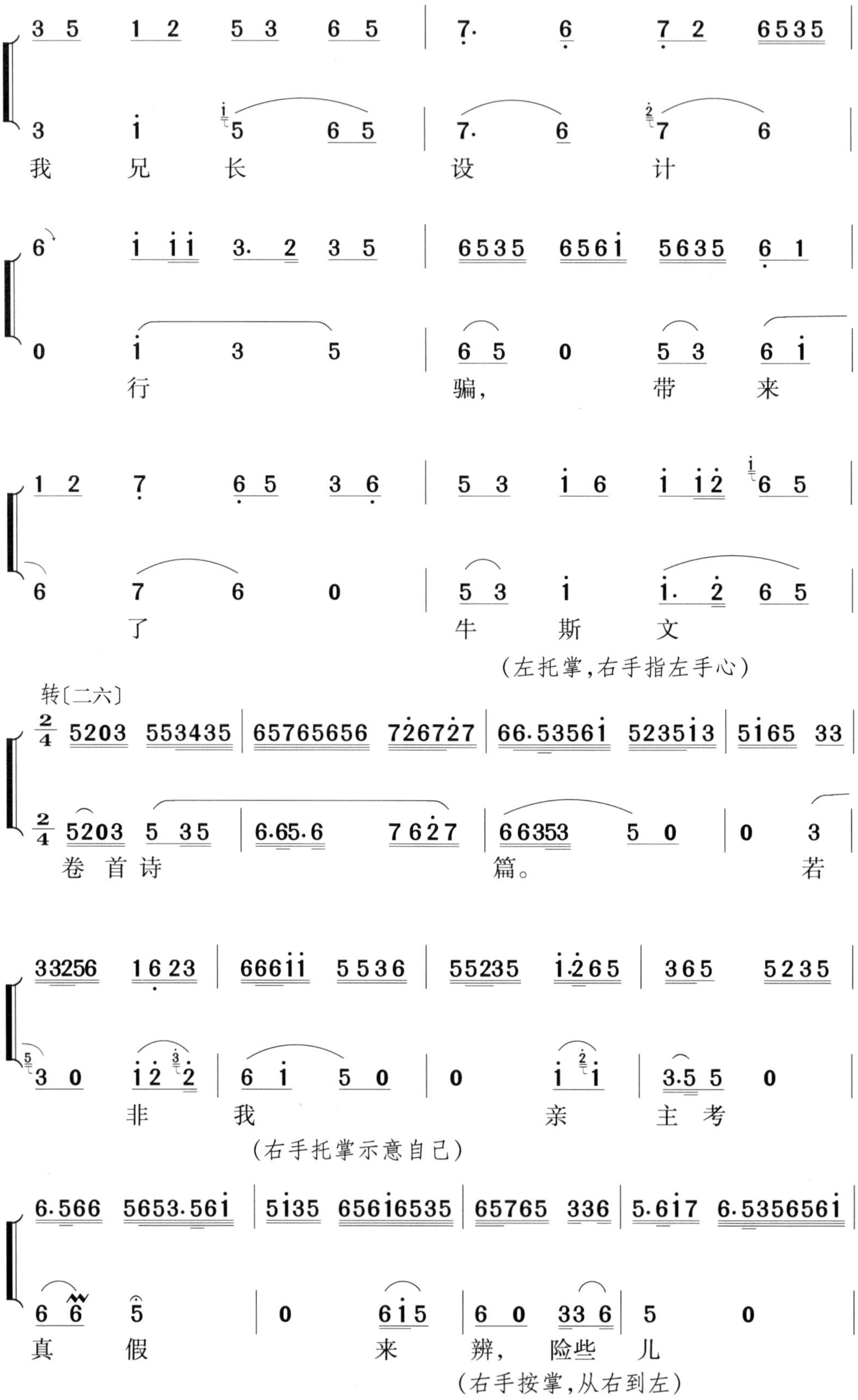
我 兄 长 设 计
行 骗， 带 来
了 牛 斯 文
（左托掌，右手指左手心）
转〔二六〕
卷 首 诗 篇。 若
非 我 亲 主 考
（右手托掌示意自己）
真 假 来 辨， 险些 儿
（右手按掌，从右到左）

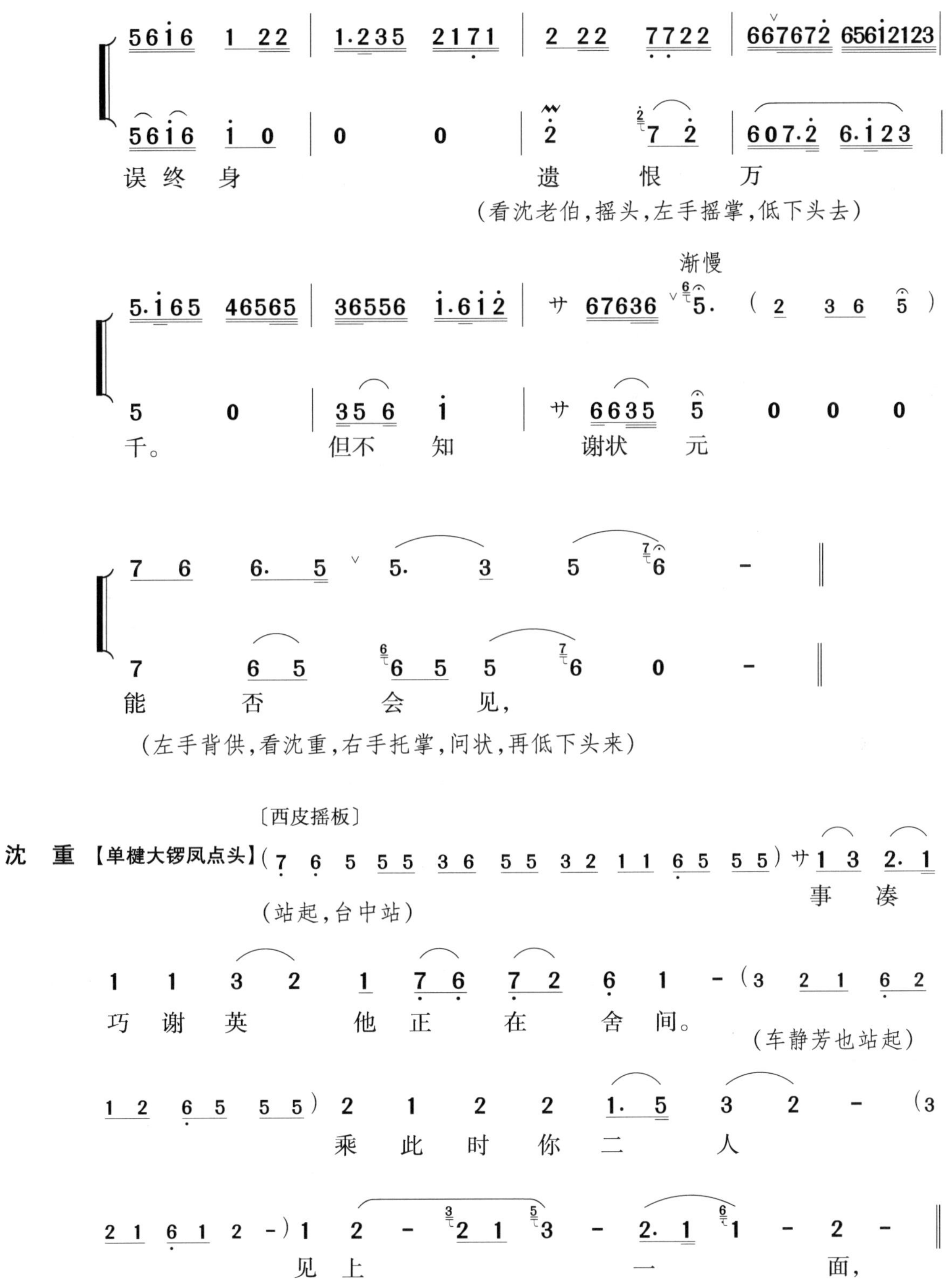

〔车静芳左背供，低头拜谢。沈重向“下场门”呼唤，飘香将椅子搬回桌边跨椅。

沈 重 状元公快来！【闪锤】

〔谢英"下场门"上。

〔西皮摇板〕

（7 6 5 5 5 3 6 5 5 3 2 1 2 6 5 5 5）

谢　英　サ3 3. 6 5 - 5 3 i 6 -（6 5 3 5

见小姐甚惶恐

6 -）i - 6 5 5 3. 5 3 5 - ‖【大锣住头】

心神不安。

沈　重　来来来，这就是车小姐，这就是状元公！

谢　英　（向前见礼）车小姐。

车静芳　【大锣硬脆头】（向前低头施礼，抬头看见谢英，大为震惊，右转身，右上翻水袖，左手指谢英，气愤地）（顷仓）（亮相，看谢英）

〔西皮导板〕

（0 6 5 6 5 6 5 6 7 6 i 0）i 6 5 3. 5 2 3 5

仓仓仓.才仓仓　他那日到我家

5 1 2. 3 5 3 3 5 2 3 2 i 6 i. i 6

来行骗，

（右托掌，面向右前方）

0 i 2 - 5 3 5 3 2 i 2 2 i i -

〔【长锤】接【夺头】车静芳双抖袖，谢英惭愧地右袖挡脸，沈重双托掌做询问状。

〔西皮二六〕

（大扑台　仓）| 1/4 3. 6 | 5356 | i6i | i265 | 2/4 53 5 356 |

0 0 | 1/4 3 | 5. 6 | i i | i265 | 2/4 53 5 356 |

写下了歪诗辱

6 6i 4635 | 2165 3 i | 36565 3235 | 6123 1 7 |

0 4 3 | 2 3 3 i | 3 65 53 0 | 6123 i 7 |

圣贤。若非侄女善明辨，误

（看沈老伯）

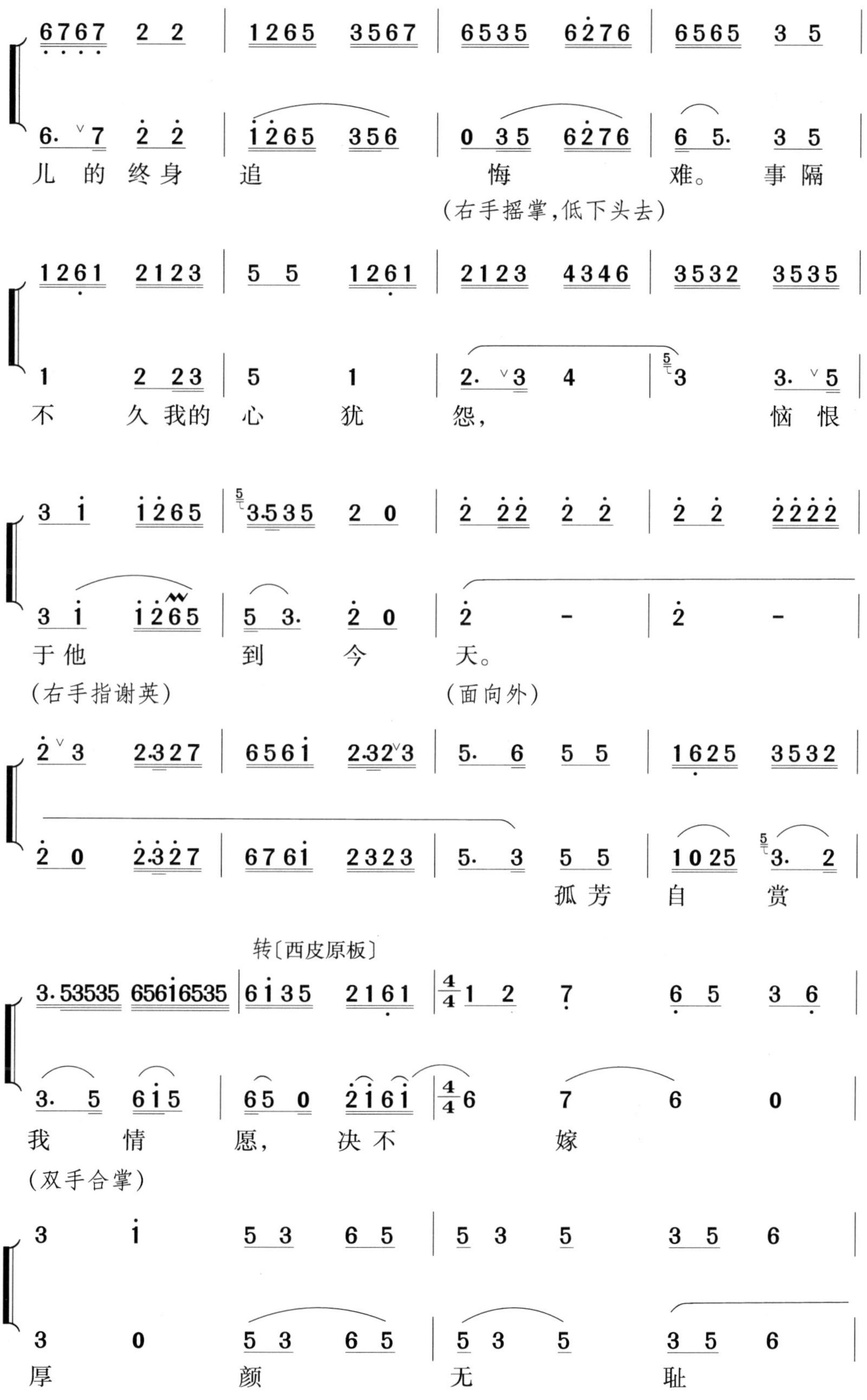
儿的终身追悔难。事隔
（右手摇掌，低下头去）
不久我的心犹怨，恼恨
于他到今天。
（右手指谢英）
（面向外）
孤芳自赏
转〔西皮原板〕
我情愿，决不嫁
（双手合掌）
厚颜无耻

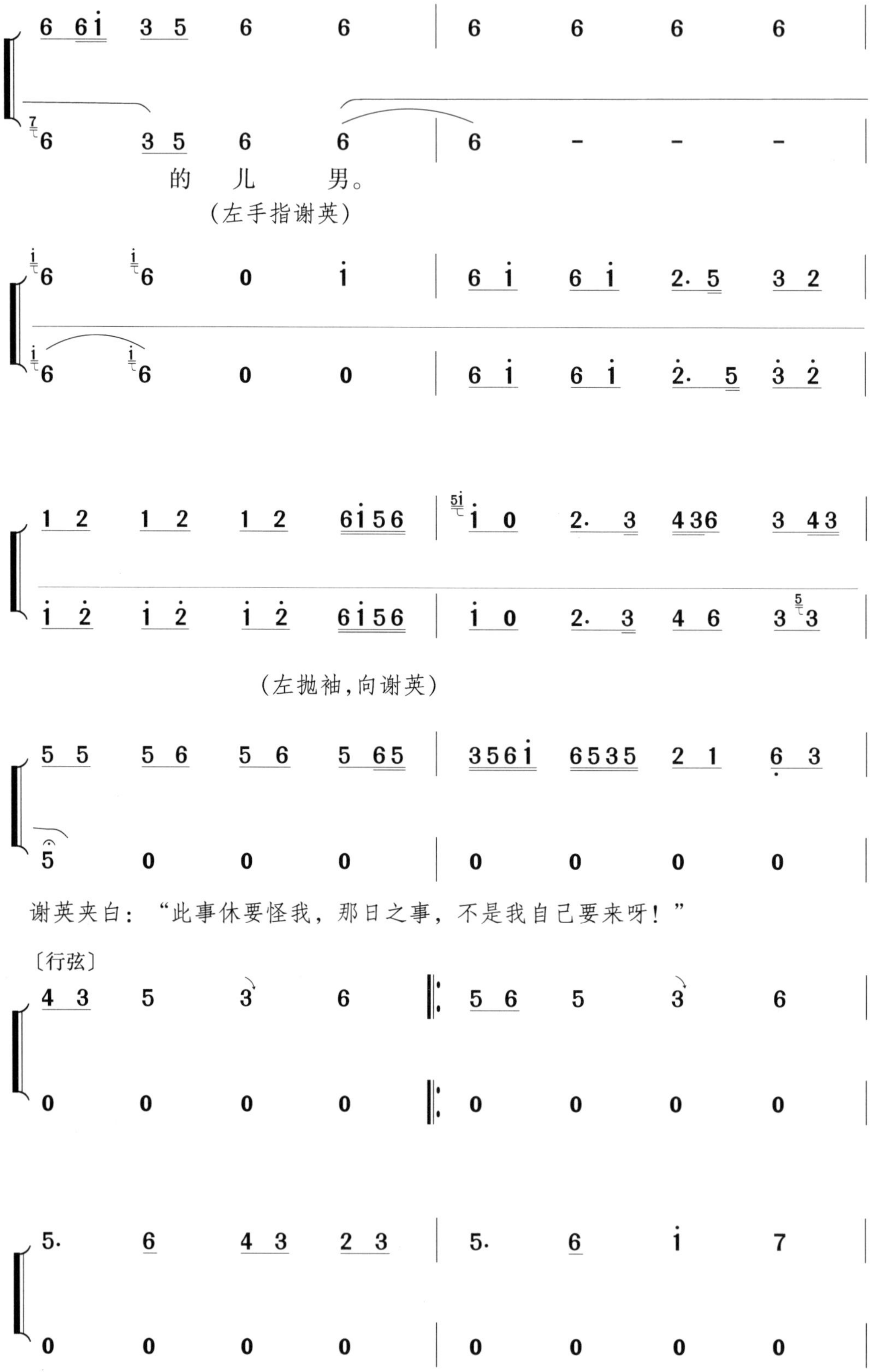
的 儿 男。
（左手指谢英）
（左抛袖，向谢英）
谢英夹白：“此事休要怪我，那日之事，不是我自己要来呀！”
〔行弦〕

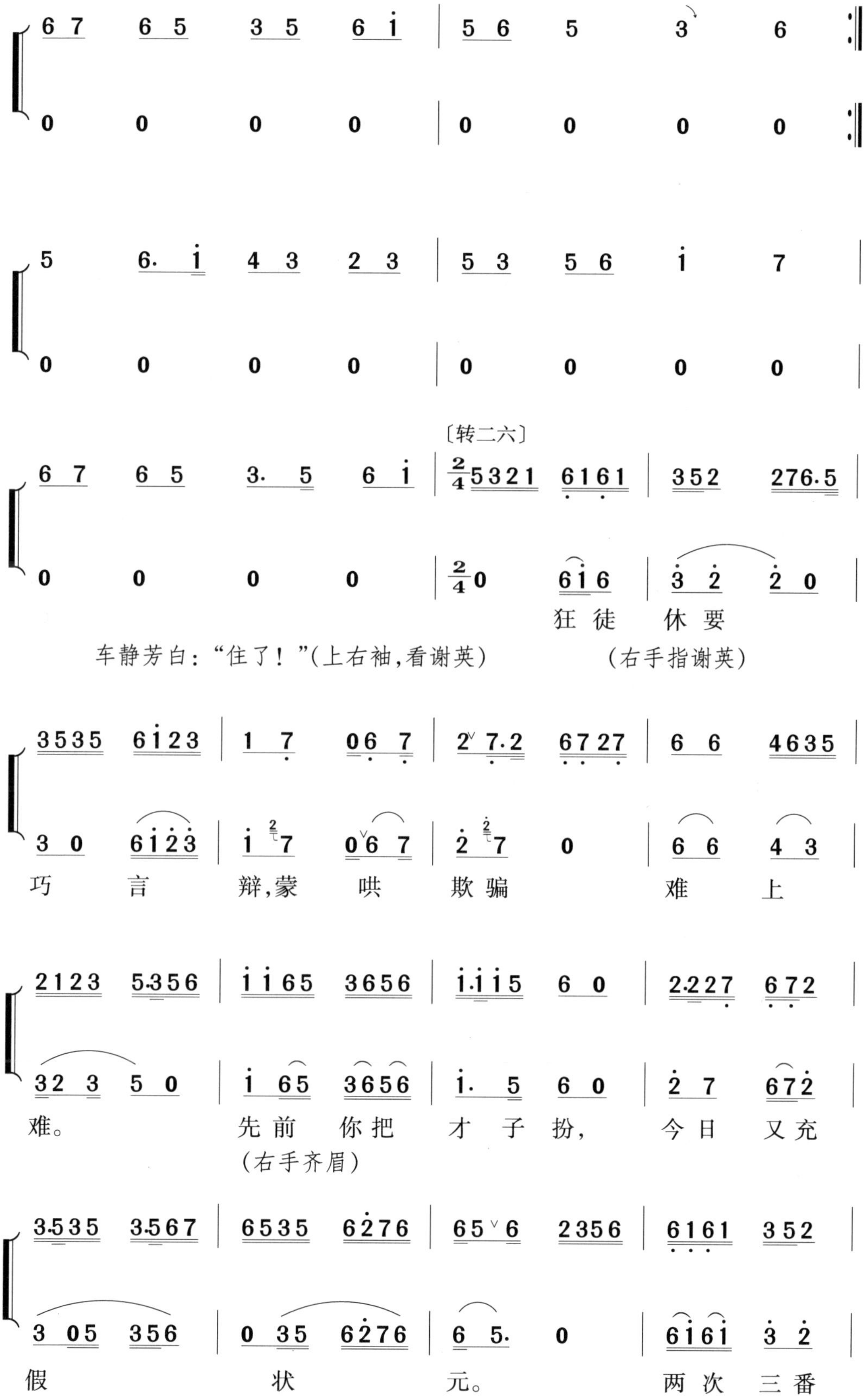
〔转二六〕
狂徒休要
车静芳白："住了！"(上右袖，看谢英)
(右手指谢英)
巧言辩，蒙哄欺骗难上
难。先前你把才子扮，今日又充
(右手齐眉)
假状元。两次三番

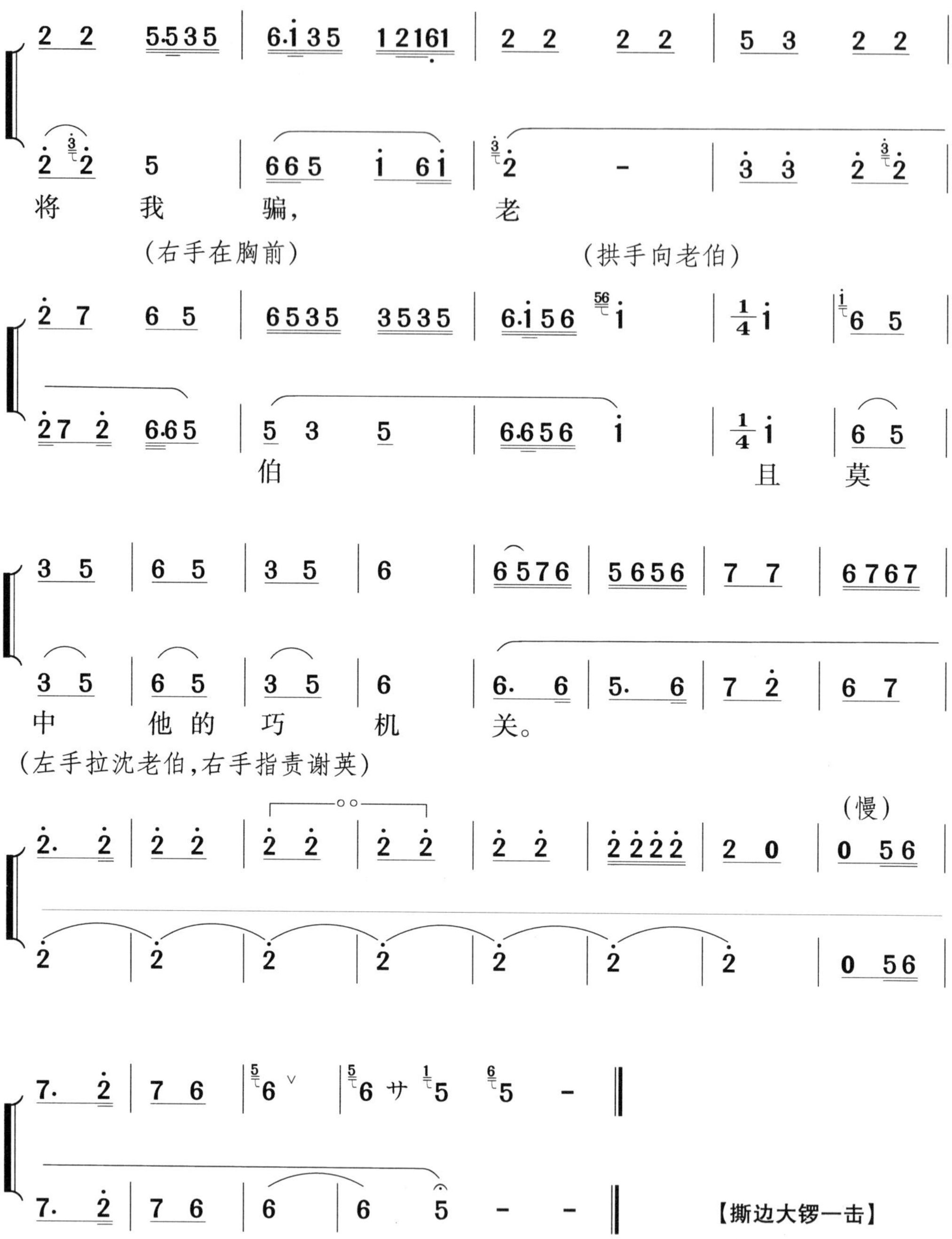

（双袖向谢英抛出）

沈　重　（不解地）哎呀，越发地使我糊涂了。

谢　英　小姐呀！（车静芳左手背供，耐心细听）

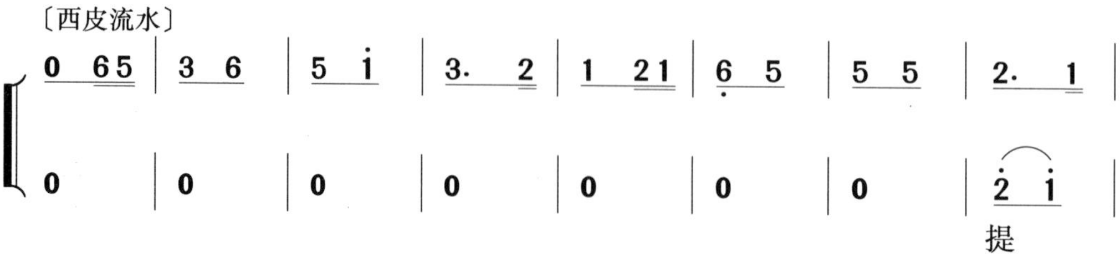

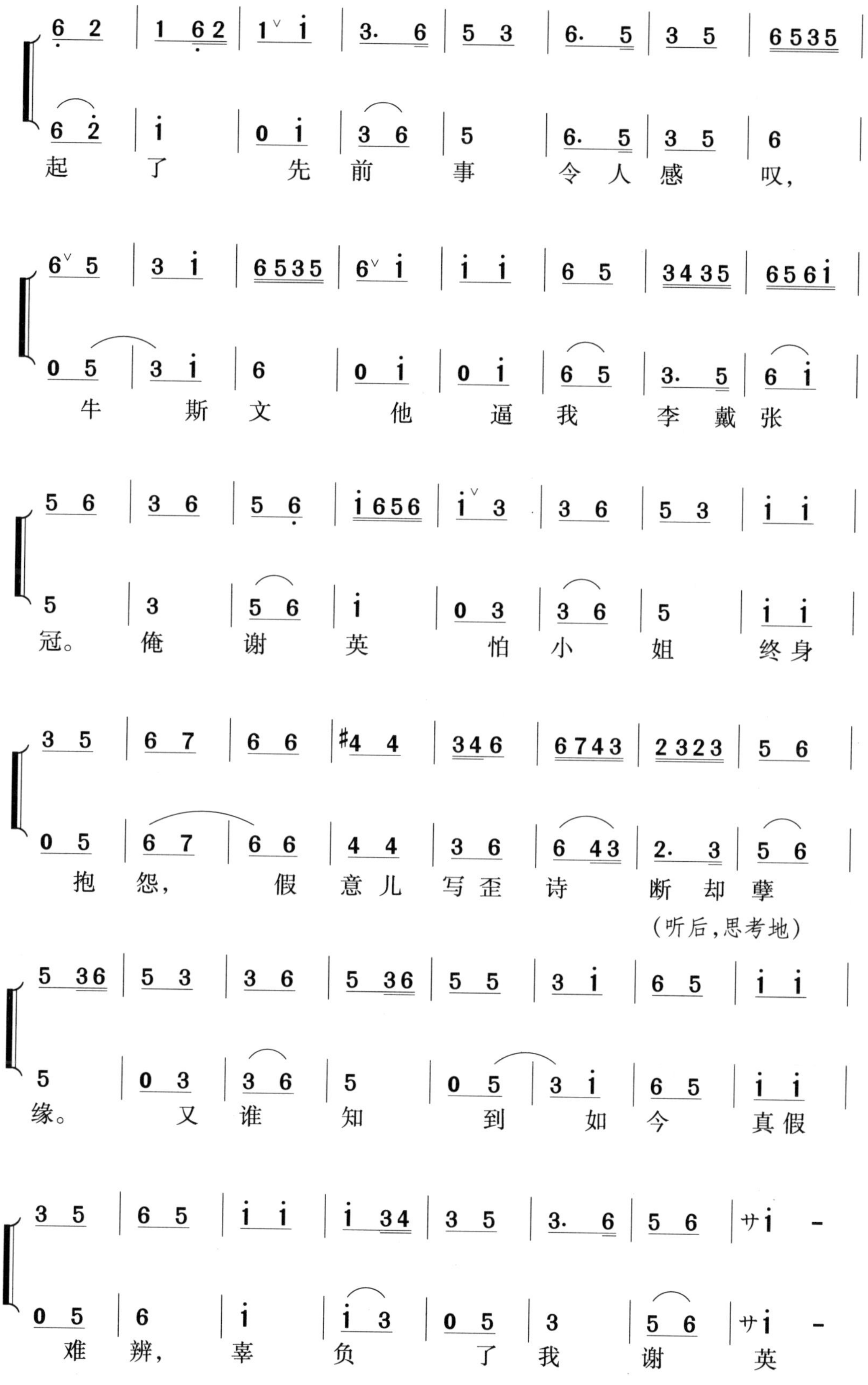
起了先前事令人感叹，
牛斯文他逼我李戴张
冠。俺谢英怕小姐终身
抱怨，假意儿写歪诗断却孽
（听后，思考地）
缘。又谁知到如今真假
难辨，辜负了我谢英

(0 0) 6 5 5 5 3. 5 3 5 i i. 6 5 3. 5 3 5 - ‖
(0 0) 6 5 5 5 3 5 3 5 i - 6 5 3 - ⁵3 5 - ‖
一 片 好 心 田。

沈 重 原来如此。**【大锣单楗凤点头】**（车静芳思后，决定再次考查谢英）

〔西皮摇板〕

车静芳 （7̣ 6̣ 5 5 5 3 6 5 5 3 2 1 1 6̣ 5 5 5）

（左手拉沈重上前几步）

サ3 3 6 5 3 3. 6 5 -ᵛ 7 6 6 3 5 - ⁷6 -
我 这 里 命 一 题 真 假 明 辨，

（6 5 3 5 6 5 3 2 1 1 6̣ 5 5 5）3 3 6 5 -
请 谢 君

5 5 3 i - 6 -（6 5 3 5 6 6 6）3
占 一 呀 绝 以
（右手指谢英）

5. 6 7 2̇ -ᵛ 6. i 4 3 3⁵ 3 5 - ┆接〔行弦〕
释 前 嫌。

沈 重 这倒也使得。

谢 英 就请小姐命题。

车静芳 嗯，还是绿牡丹为题。（〔行弦〕收住）赋七言绝句一首。

谢 英 小姐听了！（**多多**）（车静芳左手背供，细细听之）

谢 英 （吟诗）

サ3 5 6 5 - 6 i 5 3 5 6 -ᵛ 3 5 3
碧 于 轻 浪 翠 于 烟， 如 此 花
（右手按掌） （双手上指）

2 ³2 1 - 2 3 5 6 3 -ᵛ 3 5 6 i 5 6
容 自 解 怜。 仿 佛 姓 名 犹
（右手抚胸） （右手指下）

i - 5 3 2. 1 3 -ᵛ 2 3 1 6 6 -ᵛ
可 忆， 风 流 错 唤

诗 文 会

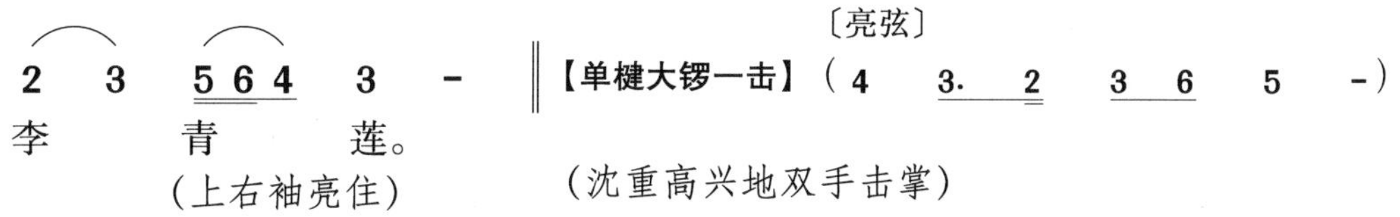

沈　重　诗情画意，真乃佳作也。（右手赞美式）

车静芳　【单槌大锣凤点头】（点头，左手背供）

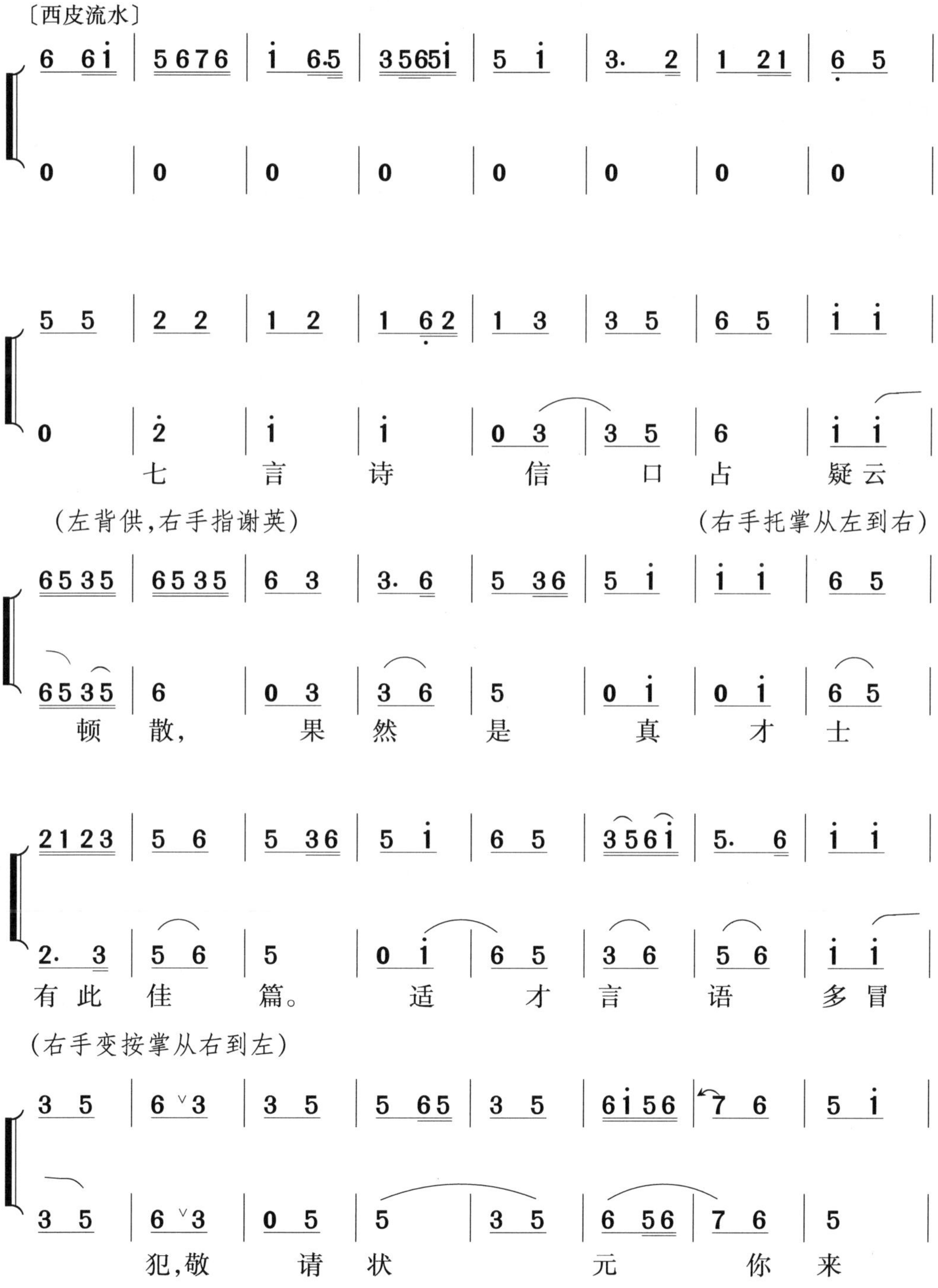

6i52 | 356i | 5 ‖
6 5 | 3 | 5 ‖
海　涵。

〔车静芳施礼，拜谢英难为情地出门【大锣一击】“上场门”下，飘香随下，谢英“下场门”下。

沈　重　哈哈……【闪锤】

〔西皮摇板〕

（7 6 5 55 36 55 32 11 65 55）サ 3 4
贤 侄

3 3 2. 1 1 – 2 12 3（46 32 12 31
女 做 事 特 谨 慎，

65 55）1 3.2 1 2 – 2. 1 6 – 1（3 21
慧 眼 善 辨 假 和 真。

62 12 65 55）3. 5 35 6 6 –（65 35 6 –）
叫 丫 鬟 【大锣一击】

（飘香、丫鬟“上、下场门”双上）

66 6 3. 6 5 –（6.5 35 6i 5 –）3
与 小 姐 理

3.6 5 – 3.5 6 – 5 – 5. 3 5 –
云 鬓，（飘香、丫鬟“上、下场门”分下）

〔散板〕

【慢纽丝】（7 6 – 06 5 i 3 2 – 7 6

2 – 1 –）3 1 3 2 – 35 262 1 ‖
安 排 花 烛 庆 良 辰。

（归座）

牛斯文　【乱锤】（牛斯文拉车步青“上场门”上）讲理去！讲理去！

车步青　讲理去，瞧见他我就哆嗦！

牛斯文 我帮你!(二人进门)姓沈的!(牛斯文站“大边八字”，车步青站“小边八字”)

车步青 我说姓沈的，你讲理不讲理？给我妹妹成亲，瞒着我这当哥哥的？

牛斯文 这就是你知书达理的老学家干的吗？真是不通呀不通!

沈　重 好，你二人自投罗网。来人，快快与我拿下，送往当官查当。

〔**【撕边大锣一击】**二人同时下跪。

车步青 别价，我是，我是来认亲的。

牛斯文 我是来道喜的。

沈　重 这还罢了，起来、起来！老夫我要罚你。

牛斯文 罚我什么呀？

沈　重 罚你做一名赞礼官。

牛斯文 是。(念)

伏揖，老牛把礼赞，
哑巴吃黄连。
先装假才了，
后扮新状元。
如今露了馅，
罚作赞礼官。
看着干瞪眼，
两对美姻缘。

动乐，搀新人。(奏乐曲)

4/4 龙冬 冬冬 1 2 3 | 2/4 5. 6 5765 | 1. 2 127 | 6. 5 |

(“上场门”飘香搀车静芳上,“小边”台口站;丫鬟搀扶沈婉娥后上,“小边”台口站)
(“下场门”谢英先上，“大边”台中站；顾子玉后上，“大边”台口站)

6. 5 | 6212 3256 | 3. 5 3212 | 3561 564 |

牛斯文念：“一拜天地(两对新人正前方施礼拜见)，

3. 2 323 | 3 56 3212 | 3561 5 | 5 35 615 |

二拜高堂(两对新人向沈重施礼拜见)，夫妻对拜(夫妻互相对拜)，

1 12 2165 | 3 6 1 2 | 3561 6535 | 2. 3 1761 |

送入洞房(谢英拉车静芳“下场门”下)。

2 32 1765 | 1. 2 121 | 0 2 1 23 | 5. 6 565 |

(顾子玉拉沈婉娥“下场门”下,二丫鬟各搀小姐同下)

i̇. 2̇ i̇2̇7 | 6. 5 | 6 6 6 5 | 6 - ‖

车步青
牛斯文 （同白）唉！

「奏唢呐曲牌后半截<尾声>车步青、牛斯二人台中亮相。①

——剧 终

---

① 另一演法：沈重台中站，两对新人原地不动“八字”站，车、牛二人扫兴地叹气，各在上下台口亮相。全剧结束时，每个人物都站在台上亮相，定格、拉大幕。